赵郁飞⊙著

晚清民国女性词史稿

时代文艺出版社

图书在版编目（CIP）数据

晚清民国女性词史稿 / 赵郁飞著. -- 长春：时代文艺出版社, 2019.6 （2021.5加印）

ISBN 978-7-5387-6103-0

Ⅰ．①晚… Ⅱ．①赵… Ⅲ．①女作家－词(文学)－文学史－中国－清后期-民国 Ⅳ．①I207.23

中国版本图书馆CIP数据核字（2019）第079228号

出 品 人　陈　琛
责任编辑　李贺来
封面题字　张榕光
装帧设计　陈　阳
排版制作　陈　阳

晚清民国女性词史稿

赵郁飞 著

出版发行 / 时代文艺出版社
地址 / 长春市福祉大路5788号　龙腾国际大厦A座15层　邮编 / 130118
总编办 / 0431-81629751　发行部 / 0431-81629755
官方微博 / weibo.com / tlapress　天猫旗舰店 / sdwycbsgf.tmall.com
印刷 / 保定市铭泰达印刷有限公司
开本 / 880mm×1230mm　1 / 32　字数 / 362千字　印张 / 12
版次 / 2019年6月第1版　印次 / 2021年5月第2次印刷　定价 / 49.80元

图书如有印装错误　请寄回印厂调换

才女说（代序）

马大勇

我想先说说"才女"二字。

才女是人类的一线缥缈回忆，是庄姜或萨福，在古夕阳中垂下睫影；才女是李清照、朱淑真，她们被正读、反读、误读的人生拼缀成文苑传的褪色花边，用以佐酒；才女是紧跟在风花雪月后的第五景，是经国文章所阙漏的语助词。才女必须忧郁。才女有传统而无系统，她们服务于男性士大夫控扼的供需关系，为文学史献出战战兢兢的诗句，和比黄花还瘦的影子。

时至今日，女人一旦做出些成绩，依然会和"才女"的赞美狭路相逢。但我遇到越来越多出色的女性，就越来越不愿使用这个词汇。所谓"闺房之秀"和"林下之风"实在太不现代人文主义，"才女"，也近似于沉香炉、烟袋锅一类半古董，气味暧昧；它一旦宣之于口，就消解掉了职业分工与个性特质，将鲜活的女性模糊成一团意义不大的谈资。

如果我们予历史以同情的阅读，那么旧时才女就有其自洽自足的审美含蕴，旧时的节令和语境，还要尽力复原；但如果我们仍执"才女"一词来指称和绳衡当今女性，那么恐怕只能收获刻舟求剑式的迂狭。我自问非迂狭，希望能够扫涤观念的障翳，烛照出文化、历史、性别等等重大命题中那远未被深探和详察的细故。

　　所以，比起"才女写才女"的说法，我更愿表达成：这是一部女学者写女词人的书。

　　这些女词人，是获得了世间迁变之灵气的独特群落，是与"人类历史中最特殊的世纪"相辉映的文学星辰；这个女学者，有着同她的研究对象最为匹配的浓酽情感、深沉省思——这并不是说郁飞若改攻其他领域就会减损战力，而是说，心迹相通的身份使她做起这方面研究更具天然优势，"理解之同情"，没有比这更恰如其分的了。这是学术和女性双重之幸。

　　我常语诸生曰：第一等治学方式，是与你的研究对象做朋友，你想起他／她如同想起老熟人，谈起他／她的故事如数家珍。郁飞做得很好，她几乎附体在这数十家女词人（博士论文中为百余家）身上，重新活了几十遍。圣因之雄奇，子苾之隽雅，翠楼之英朗，怀枫之笃挚，乃至百年词坛"蛾眉子弟兵"的清歌与哀吟，她三复出入，左右采撷，最终捧出了这样一部"史""论"并举、文质相资的专著。

　　女学者写女词人，初无定法；女学者写女词人，必当如此。当然，在可期的来日，如能将以上所有"女"字定语去掉而略无曲议，我会愈感快慰。

　　无创造之学者不值一为，如无创造之人生不值一过。然而从学生到学者之路绝非坦途，其间种种动心忍性、困塞迷疑，不足未经者道。郁飞不以为苦，将此过程诗意地称为"到灯塔去"，这也是她的微信名字——或即古人之"别署"，并作词释名云：

到灯塔去，到哈特勒斯，岬湾诡细。到灯塔去，趁横厉帆势。这一念、到灯塔去。这一程、飞没飓波里。到灯塔去，望萤光如饵。　　相约到灯塔去，便余生都掷。请引我、到灯塔去，再示我、搏风真意志。到灯塔去，梦晴沙万里。

到灯塔去，到托卡内夫，岸冰积铁。到灯塔去，荒寒十二月。带甚么、到灯塔去？伏特加、粗盐和书页。到灯塔去，带些象征物。　　相约到灯塔去，击楫肯暂歇。谁曾悔、到灯塔去，谁不是、命运之船卒。到灯塔去，人生无家别。

　　——到灯塔去，伍尔夫小说名，比年深喜其字面蕴意。春昼稍暇，戏为敷衍，调寄皂罗特髻

　　隐匿在研究工作背后的"自我"跃身而出，以高蹈绝俗姿态尽发书中所未言，当得起文狷诗狂，其水准毫不弱于——甚且还胜过——她的很多研究对象；而这种真率的自白，又使我忆及先师严迪昌先生"支撑吾辈之生命者，舍学术岂有他哉"的诲导，使我想起自己的一个又一个丙夜清坐、读书思考的时刻。"到灯塔去"，真是见道之语。我辈的"灯塔"犹古贤的"名山"，学问和人生山长水阔，但押上满舵的气力，太值得。

　　我是非典型的导师，郁飞是非典型的博士，对于传统文史学科，我们都有不从拘羁而旁逸斜出的部分。她笑言希望这篇序文也能非典型，我临危受托，助全此书，并由"才女"驰想开去，寄一段心曲存焉。

　　　　　　　　　　　　　　　　己亥暮春于佳谷斋

目录

绪论：近百年女性词史研究论纲

　　一、概念厘定与研究起点 / 002

　　二、共时与历时：近百年女性词的词史定位 / 004

　　　　（一）对近百年词史的补益 / 005

　　　　（二）对千年女性词史的续写 / 010

　　三、体量与坐标：近百年女性词的探研路径 / 014

第一章　清民之际女性词坛

　　第一节　凡鸟偏从末世来：论吕凤词 / 023

　　　　一、漱玉为骨格，杂采诸家 / 024

　　　　二、吕凤与聊园词社 / 028

　　　　三、传统才女的精神困境 / 030

　　　　四、庚子变局中的女性书写：许禧身、刘鉴 / 033

　　　　五、左又宜 / 038

第二节 最后的女性遗民罗庄 / 051

一、"今日犹自不能忘"的故国情怀 / 051

二、"被男人们宽容出来的才女" / 054

三、李慎溶 / 057

第二章 以南社诸子为中心的民国新女性词人群

第一节 "谁识隐娘微旨"：论吕碧城词 / 063

一、狂慧与奇哀：吕碧城词的艺术特质 / 065

二、"近三百年词家之殿军"辨 / 073

三、圣因长姊吕惠如 / 076

四、薛绍徽、陈芸 / 079

五、"西游女士"康同璧 / 084

第二节 "湖湘双璧"：张默君与陈家庆 / 086

一、"天予此生潇洒，不负雄奇骚雅"：论张默君词 / 087

二、"总芳馨怀抱意难禁"：论陈家庆词 / 100

第三节 "秋风秋雨"词人群：秋瑾、徐自华、徐蕴华 / 111

一、"后易安时代"的启幕者秋瑾 / 112

二、"秋山秋水带余哀"：忏慧词人徐自华 / 116

三、南社"格律派"女将徐蕴华 / 123

四、刘韵琴、郭坚忍 / 127

第三章 民国中后期女性词坛（上）

第一节 千秋谁似李夫人：论沈祖棻词 / 135

一、"藏钩射覆总难猜"："词史"还是"心史"？ / 137

二、"难从故纸觅桃源"：《涉江词》的"奄有众妙"与自
我局碍——兼谈词体拟古之得失 / 144

三、写情圣手盛静霞 / 148

四、王兰馨 / 153

第二节　乱世萍踪：尉素秋与冯沅君 / 156

一、"自古逢秋悲寂寥"：论尉素秋词 / 156

二、知行兼擅的词学名家冯沅君 / 163

三、梁璆的《菩萨蛮·五都词》/ 169

第三节　寿香社女词人合论 / 172

一、寿香社词群简论 / 172

二、王真、何曦、王德愔、施秉庄 / 174

三、刘蘅、叶可羲、张苏铮、薛念娟、王闲、郑元昭 / 178

第四章　民国中后期女性词坛（下）

第一节　百年冠冕陈小翠词 / 184

一、"算能传天壤惟文字"：陈小翠的填词生涯 / 186

二、"湖海胸襟，珠玑咳唾"：陈小翠"词人之词"论 / 193

三、"三百年来女布衣"："中性视角"与高士情怀 / 200

四、"鸳蝴词"传人温倩华 / 206

五、艺苑词侣顾飞、顾青瑶、陈乃文、陈懋恒 / 210

第二节　"一生爱好是天然"：论周炼霞词 / 217

一、艳词中女作手 / 219

二、"峻嶒奇气不堪驯" / 224

三、爱国女侪杨令茀 / 228

第三节 "不种黄葵仰面花"：论丁宁词 / 230

一、"百灵嚘恨听哀弦" / 232

二、刚柔并举、骨采相兼 / 235

三、"民国四大女词人"简论 / 241

四、"慷慨使气"的吕小薇词 / 242

附　录

附录一　近百年女性词坛点将录 / 250

附录二　望江南咏近百年女词人三十六家 / 318

附录三　左又宜《缀芬阁词》剽窃情况详表 / 326

参考文献 / 346

后　记 / 368

绪论：近百年女性词史研究论纲

一、概念厘定与研究起点

　　本书是我的博士学位论文《近百年女性词史研究》中晚清民国时段部分。文学而称史，必以保全其内在源流肌理为要任，女性词史尤然。将晚清民国这数十年间"衍"与"变"置于近百年文学史视角下，方可具备做出允当学理判断的可能。

　　近百年女性词史研究，即以女性为创作主体、创作时间大致框定在1900年至2000年的词史研究。①这一概念是在"二十世纪（旧体）诗词研究"提出的基础上自然成立的，它既是"二十世纪诗词研究"的子菜单之一，又葆涵有自身特定的独立性。

　　宽泛而言，二十世纪诗词史研究伴随着二十世纪的时间运程一直存在，而作为一个学术概念、研究方向的"二十世纪诗词史"之明确提出则当以马大勇师《"二十世纪诗词史"之构想》与《20世纪旧体诗词研究的回望与前瞻》二文作为重要标志。②数年以来，学

---

　　① 1900年至2000年是物理时间，而文学史的发展当然无法从此截然割断。因而，百年词史的上下限应该也必须在此基础上有所延伸，即十九世纪最后若干年至二十一世纪初。见马大勇师《行走在古典与现代之间》，《二十世纪诗词史论》，第46页，时代文艺出版社2014年版。

　　② 分别见《文学评论》2007年第5期、2011年第6期。

界围绕此焦点展开了颇为激烈的讨论①。古典样式的诗词写作究竟应否进入二十世纪文学史？争持声浪犹在，答案已趋明晰，总体达成了"理应入史"的共识。②

如此理论背景下，什么人、什么作品应当写入文学史、怎样写入文学史就成了必须画出的一大串问号。比如，女性诗词该以何等姿态与分量"入史"？在历代诗词史、诗词选本中，"妇人"之作或素来遭置殿末，或另被整理结集，"另眼相看"的态度是众所周知的。③不必引入女性主义理论去评定这项选政传统之得失，在此想说的是：既然"女性词研究"是词史研究的一个天然构件，本身具有无可置疑的合理性，我们当然更有理由在二十世纪诗词研究日渐引起关注的今天将"近百年"与"女性词"两个维度统摄起来，并努力补填这项诗词史研究的留白。

在近代词特别是民国词研究呈现出持续热火状态的大背景下，专门的女性词研究不免显得门庭冷落、贫瘠苴弱一些。虽然邓红梅的名著《女性词史》提供了坚厚的研究基石，施议对、刘梦芙、朱惠国、陈水云、曹辛华等也做了大量卓有成效的文献与理论工作，但整体系统研究近百年女性词——也即续写《女性词史》——的工作还仍然处于学界的期待视野当中。其实，对大量二十世纪女性词

---

① 相关论文如王泽龙《关于现代旧体诗词的入史问题》、马大勇师《论现代旧体诗词不可不入史——与王泽龙先生商榷》、吕家乡《新诗的酝酿、诞生和成就——兼谈近人旧体诗不宜纳入文学史》、《再论近人旧体诗不宜纳入文学史——以聂绀弩的旧体诗为例》、刘梦芙《二十世纪诗词理当写入文学史——兼驳王泽龙先生"旧体诗词不宜入史"论》、陈友康《周策纵的旧体诗论和诗作——并回应现代诗词的价值和入史问题》等，不一一注明出处。

② 以上文提到的研讨会为例，即便持反对态度者，也大抵承认这一研究方向成立的合理性以及对现当代文学研究的补益作用。

③ 前者如丁绍仪《词综补》"闺秀"部分，后者选集如陈维崧辑《妇人集》、总集如徐乃昌辑《小檀栾室汇刻百家闺秀词》与《闺秀词钞》等。

文献及理论的搜罗告诉我们：只要理念调转得充分允洽，对其进行整合性研究的时机已经基本成熟，条件已经大部具备①。这部续写的《女性词史》虽在时段上不得不处于"续"的地位，而其理论意义则越轶出了古代文学研究的藩篱，成为中国文学熔铸对接的一个重要"中观"层面②。

二、共时与历时：近百年女性词的词史定位

对于近百年女性词应予的观察维度——也即词史定位——而言，"共时一横"与"历时一纵"这对语言学概念恰可提供适当的横、纵视角。横向而言，它是百年词业园圃中不容忽略和掩蔽的奇花芳树；纵向而言，它是千年女性词长河至今仍在流泻漭洄的"下游"。无论概览百年霞卷云舒，抑或上探千年嬗递流衍，二十世纪女性词都参与组构了繁芜而多元的文学场域。

---

① 仅简述之，文献之宝贵者如施议对《当代词综》、刘梦芙《二十世纪中华词选》、王蛰堪等《二十世纪诗词文献汇编·词部第一辑》、李保民《吕碧城词笺注》等，理论探研之典型可举王慧敏《民国女词人研究》、曹辛华《论民国女词人创作状态与观念的新变》、刘纳《风华与遗憾——吕碧城的词》、叶嘉莹《从李清照到沈祖棻——谈女性词之美感特质的演进》、施议对《江山·斜阳·飞燕——沈祖棻〈涉江词〉忧生忧世意识试解》、徐晋如《易安而后见斯人——对〈涉江词〉在20世纪词史中地位的一种认识》等。不一一注明版本出处。

② 二十世纪诗词研究的文学立场指向的是"中国文学整体观"的重大命题，这一点正在思考探索过程之中，当另有专文论之。

（一）对近百年词史的补益

在窒息生机、夭阏性灵的漫长封建年代中，由"内言不出""无才是德"古训阐发出的"莫纵歌词，恐他淫语"①的妇德规范始终笼罩着闺阁。"深闺静好，光阴不动"②，在以"立言"为终极目的的文学创作的汜博疆土上向来只有男子身影，女性被天然地抑斥在外、视之蔑如。长于"事文字"的女子，往往荷负着尴尬沉重的"误人者"身份。文学上的"衣裳之制"，女子是断不能随意僭越的："若文学者，必与人相通，必为人所知，既有外诱之虞，又不能专主中馈，于是乃为社会所厌弃，而谣诼从兹起矣！故历代女子负文学重名者……多为人所诬也。"③而在以吐露一己幽怀、消解特殊情累为主要功能的词的写作上，女性既从无真正意义上的话语权，也并未得到与男性词人完全平等的文学评议④。

"整个人类社会的历史证明一个事实：凡经历过封建专制的国家，女性文化的发展程度总是和社会的发展同步，这几乎是带有规律性的。"⑤自1900年庚子乱起，内患外侮，易代鼎革，古老诗国的社会各层面都经历着日新月异的洗礼和震荡。从秋瑾、吕碧城挟霜风剑气相视而笑开始，女性词人真正走出了闺闼，走上了历史前台，由"女龙套""女配角"而逐渐获得"挑大梁""压轴"的

---

① 宋若莘、宋若昭《女论语》，陈宏谋辑《五种遗规》，线装书局2015年版，第96页。

② 黄晓丹《从林下之风到闺房之秀——盛清女性写作背后的身份认同》，《齐鲁学报》2013年第5期。

③ 文英《朱淑真与生查子词》，《妇女世界》1943年第4卷第11期。

④ 如对李清照词，在诸襄挞中尚有"然出于小聪挟慧，拘于习气之陋，而未造性情之正"之语。见杨维桢《东维子集》卷五《曹氏雪斋弦歌集序》。

⑤ 严迪昌《清词史》，江苏古籍出版社2001年版，第592页。

"戏份"，创作出了堪与男性词人等量齐观的杰作。词史千年运程，还是第一次出现如此令人感奋的奇丽景观。

若将百年词业运程视作整体随意剖分，我们在任一横切面上都将会发现相当数量的女性词家的活跃身影。不必说沈祖棻、陈小翠、丁宁、周炼霞、冯沅君、张默君、尉素秋、李祁、张珍怀、茅于美、叶嘉莹等名家对于二十世纪历史风云与个人心灵世界的优异书写，也不必说围绕在吕碧城、陈家庆、徐自华、汤国梨周围的南社女词人群体及其他数以百计的民国女性词人，即观今之词界，也还有吕小薇、刘柏丽、丁小玲、段晓华、景蜀慧、李静凤、李舜华诸家相与雁行，赓酬歌咏，扬风播雅。在另一维度的网络空间，女性词人/群体勃然云起，秀出林杪，个中可名一家者如青凤（即李静凤）、任淡如、孟依依、秦月明、如月之秋、添雪斋、问余斋主人、发初覆眉、夏婉墨等等，俱可在网络词坛诸骁将中分得一席，大有平视须眉之概。创立于网络诗词肇兴之初、为国内最早的诗词交流平台之一的菊斋网为人淡如菊创建，曾由孟依依、秦月明等主持版务，为女词人重要活跃阵地。十数年间，菊斋网凡注册诗友四万余名，发表今人诗词近百万篇①，不可不说多赖女词人促兴之力。在二十世纪的每一时段与营域中，词界的"横戈木兰"②都当仁不让地充任着男性词人富于创造活力的友军。

不徒如此，"只要一旦突破礼教观念的某些羁绊，女词人的创作在释放词的或一侧面的特性时绝不比须眉逊色"③。二十世纪女

---

① 引自"菊斋网"微信公众平台。

② 李清照《打马赋》："木兰横戈好女子，老矣不复志千里，但愿相将渡淮水。"徐培均《李清照集笺注》（修订本），上海古籍出版社，2013年版，第356页。

③ 严迪昌《清词史》，江苏古籍出版社2001年版，第590页。

性词以有别于男性词人作品特异美感，拓宽了词的审美品格。作为"更多地呈现女性特质的一种抒情诗体"①，绮艳柔曼的"莺歌凤律"是词之本色，亦是词体"自律"的要求；故男性词人仿拟、托言女性口吻的写作毋宁看作一种"化妆的抒情"②。在传统"性别文化的期待视野"③等种种复杂因由以外，词体与女子品性确乎有着天然的相洽相谐。在男性词人佳作奕代迭出的百年里，女词人一旦涉笔填词，那种独有的才思慧心之美是须臾"代言"不得的。

试看周炼霞与发初覆眉两首作品：

> 几度声低语软。道是寒轻夜犹浅。早些归去早些眠，梦里和君相见。　丁宁后约毋忘。星眸滟滟生光。但使两心相照，无灯无月何妨。
>
> ——庆清平·寒夜

> 镜里青瞳看不真。烛吹凉气夜呵尘。风过瓶梅花渐瘦。知否。一枝相伴未须亲。　故事回翻三十页。谁折。黄边书角白边痕。结局如今殊未了。微笑。此生聊待下回文。
>
> ——定风波·停电夜翻旧书

无须费力地条分缕析，即能体味出两首词中悱恻芬馨的女性抒写之美质。周炼霞为民国沪上名画家，时人誉其词作"咳吐珠玉，可以

---

① 严迪昌《清词史》，江苏古籍出版社2001年版，第590页。

② 杨义《李白代言体诗的心理机制》，《海南师范学院学报》（人文社科版）2000年第2期。

③ 叶嘉莹《从李清照到沈祖棻——谈女性词作之美感特质的演进》，《文学遗产》2004年第5期。

乱漱玉之真"①。这首自度曲则炉冶李清照、朱淑真、纳兰容若，全以纯情酝造、口语写就。下片结句"但使两心相照，无灯无月何妨"为毕生佳构，真纯挚热，情深一往，几突过易安《一剪梅》、《醉花阴》诸作。然"文革"时竟因此惨遭"革命小将"构陷"但求黑暗，不要光明"，被殴打致一目失明，其怀璧之罪乎！发初覆眉为"85后"网络词人，自发表作品之初即颇受刘梦芙、徐晋如等名家青目，其《空花集》为名诗人军持代集②。今其虽已淡出论坛多年，而网间对"小眉体"的追慕摹习犹延绵不绝。《定风波·停电夜翻旧书》虽为集中较低调作品，然"眉氏"美感并未稍欠，读之分明可见女词人慧黠易感的身影娉婷穿行字间。发初覆眉另有《蝶恋花·是夜重读张爱玲》下片云："倦缕炉香如半偈，想见人生，一袭华衣矣。着我时光灰烬里，寻谁空镜青螺髻。"与"烛吹凉气夜呵尘""黄边书角白边痕""此生聊待下回文"同一机杼，极尽空灵摇曳韵致，与所咏"临水照花人"③张爱玲气息相接；而词中对自己心灵洞幽烛微的观照与陶写，尤非敏赡少女不能为。

　　在对女子诗才的传统二元表述中，以清畅、明朗、秀逸为主要审美品格的"林下之风"是明显区别于和雅、幽娴、柔婉的"闺房之秀"④的。最具此种特质者应首推陈小翠。读其写于1934年的三首《羽仙歌》⑤：

　　　甲戌之岁，家君自营生圹于西湖桃源岭。每春秋佳

① 转引自薛峰《周炼霞的华美人生》，《文艺报》2011年4月8日。
② 刘梦芙编《二十世纪中华词选》，黄山书社2008年版，第1984页。
③ 胡兰成《今生今世》，中国社会科学出版社2003年版，第159页。
④ 徐震堮《世说新语校笺·贤媛第十九》，中华书局1984年版。
⑤ 《羽仙歌》即《洞仙歌》之别名。组词悼念父亲陈栩，故取"羽"字。

日，挈眷登临，辄徘徊不能去。曰吾千秋万岁后，魂魄犹乐居于此。顾谓：翠儿，为我作歌。予呈词三叠，藏家君箧中，将七年矣。今春编遗稿，无意得之，为悲恸不自禁。嗟乎！慈父恩深，生我知我，一人而已。今距家君之殁，又半年矣，故乡风鹤频惊，不克归葬，予既心魂丧乱，不能措一辞。爰录旧词存之，以志不忘，工拙所不计也。

人生何似，似飞鸿印雪。雪印鸿飞去无迹。是刘樊眷属，粉署仙官，却自来、留个诗坟三尺。　　登临成一笑，谁识庄周，栩栩蘧蘧二而一。不用咒桃花，窄径春风，早开了、满山蝴蝶。看一片、湖光扑人来，证明月前身，逝川今日。

桃源岭下，愿一抔终假。借与行云作传舍。向山头舒啸，月下长吟，有千首、世外新词未写。　　黄泉如有觉，咫尺松阴，亲戚何妨共情话。旷达竟如斯，知死知生，把千古、哑谜猜着。看蝴蝶、花开满山云，比坡老寒梅，一般潇洒。

吾生多病，似未冬先冷。一寸心灰九分烬。只蛮鞋蹴雨，絮帽披云，忘不了、天下山峻岭。　　三生如可信，愿傍吾亲，明月清风共消领。种树小梅花，分占青山，浑不用、大书言行。遣翠羽、低低说平生，倘谥作诗人，死而无恨。

父女深情、黍离伤叹、雪泥鸿爪的坎坷生涯、成住坏空的生死哲思，被词人只笔轻轻绾结，浑化无迹而气韵通贯，何啻一篇沉哀而隽蔚的《先君诔》？刘梦芙在《〈翠楼吟草〉代前言》中状貌陈小翠词，拈出"仙心玉质"四字，然这三首《羽仙歌》却颇具萧散廓落风神而略无女态。若论词境之大，百年倚声家红妆行伍中，翠楼允擢第一。她自辟户牖的林下雅音，又以与同世男性词人"和而不同"的美态秀立于词坛。

（二）对千年女性词史的续写

中唐时艺妓柳氏涉笔作《杨柳枝》赠答韩翃①，女子填词，自此滥觞。同词的发展经由酒席歌筵移向文人案头一样，女性词也从歌儿舞女的偶一为之转为闺阁中的专意写作。李清照起，《漱玉》一卷，"无一首不工"②"神骏""芬馨"③，独步千秋。朱淑真出，浓挚哀怨，幽襟独抱，亦称艳才。其后女性词"断香零粉，篇幅畸零"④，经由金、元、明前中期的"弹菱"⑤，至嘉靖间吴江午梦堂风华始振，叶氏母女下启有清一代女性词大观：先有徐灿之"伤逝工愁"、顾贞立之劲爽不群；又继有随园女弟子词群之交映生辉、

---

① 孟棨、叶申芗《本事诗·本事词》，古典文学出版社1957年版，第8页。

② 李调元《雨村诗话》，转引自徐培均《李清照集笺注·总评》（修订本），上海古籍出版社2002年版，第530页。

③ 沈曾植《菌阁琐谈》，转引自徐培均《李清照集笺注总》（修订本），上海古籍出版社2002年版，第532页。

④ 王鹏运《小檀栾室汇刻百家闺秀词序》，见徐乃昌《小檀栾室汇刻百家闺秀词》，南陵徐氏光绪二十二年（1896年）刻本。

⑤ 邓红梅《女性词史》，山东教育出版社，2000年版。

熊琏之冷寂郁慨、赵我佩之真纯流丽、沈善宝之脱略俊逸；再有吴藻之清俊敏妙、贺双卿之凄清怨楚；而顾太清《东海渔歌》六卷，天然神秀，造诣绝高，被推为"清代第一女词人"①。词至清乃艳称"中兴"，闺阁清芬的远绍旁流正是词体复盛的重要表征。

虽然严迪昌先生在《清词史》中颇带"理解之同情"地援引况周颐《玉栖述雅》"但当赏其慧，勿容责其纤"的观点，认为："妇女词的'春怨秋思'、离愁别恨，一般较真切，她们在诉述感情生活以及身世遭际时'真'的成分要比摇笔即来的男性文人多得多。细腻与纤巧往往只是一纸之隔，这差距的关键每在于'真'与否。"而又特别强调："清代妇女词的抒露情怀的勇敢程度胜于前代，锦心慧口的充分表现，是不能用通常论词的所谓'沉郁''浑厚''醇雅'以及'雄放'等审美标准来绳衡的，更不应动辄以'纤'来贬斥妇女词的细腻缠绵特点。"②这是相当宽厚的文学评价，也是对女性词整体较为狭窄的审美风格擘肌入理的总结。

邓红梅在《女性词史》中则对女性词的总体特色与主体美感做出以下精当阐述："这众多的声部混合而成的复调式美感，形成了女性词在历史发展中的多姿多彩景观……不过，月影千江的分别，实际蕴涵着千江一月的真相。在这各具特色和美感的女性词的世界中，有些抒情美感为众手所调，有些词情在历史上蔚为大观，就连语言材质也在变化之中包含着稳定的因素。这些变中的不变，流动中的不迁，使女性词在个体的分别之上有着整体的统一性，由这些

---

① 顾太清为学界"清代第一女词人"票选最高者，参见黄世中《清代第一女词人——满族西林顾春词漫论》，《文学评论丛刊》第三十一辑，人民文学出版社1991年版。

② 严迪昌《清词史》，江苏古籍出版社2001年版，第593页。

统一性形成了它的总体特色和主体美感。"①以此为前提，邓红梅将女性词之体貌判定为"'闺音'原唱与纤婉文学""苦闷渊薮与伤怨文学""师心自铸与清慧文学"三端，这是对女性词整体"纤弱婉约"风格更为细腻感性的切分。这里，我们结合上述归纳，更着眼于女性词在二十世纪的"流中之变"②，试从如下角度对二十世纪女性词特质略作申说：

1. 从"闺音"原唱到"老凤新声"

二十世纪初"民主""平等"思潮带给传统女性最大的改变即是对狭隘的生存环境与生活体验的质变性突破。反映到创作上，一方面，她们的词作不再拘囿于孤云淡月、落花飞絮等典型闺阁化的轻约意象而转为牢笼万象、吟咏百端。如吕碧城的诸多外邦纪游词作，驱遣异域雪山、大洋于笔端，"锦囊诗料，更兼收、十洲澜翠"（吕碧城《凄凉犯》），实为词之题材辟一新境；另一方面，词的抒情方式也由曲折幽眇转为明朗质直。如陈小翠《大江东去·题〈东游草〉》："燕市悲歌，黄龙痛饮，此意空今昔。长歌当哭，一杯且酹江月"、当代网络词人添雪斋《临江仙》："千古兴亡谁见，金戈铁马悲笳。唐文宋赋少风华。古今英烈句，碧血染黄花"。直抒胸臆到了此种程度，尽脱女子装裹作相而真"如丈夫见客，大踏步便出去"③。显然，千年女性词的品貌在二十世纪发生了由"燕燕轻盈，莺莺娇软"的纤薄靡弱向"剑门秋雨，归鞍驴

---

① 邓红梅《女性词史》，山东教育出版社2000年版，第3页。

② 严迪昌《清词史》："本来，流变是一切事物得以发展的活力所在，反之，一味因循沿袭只能导致衰竭凝滞，进而必也失去其保持传统。"江苏古籍出版社2001年版，第4页。

③ 王士禛《池北偶谈·论坡谷》，中华书局1982年版，第445页。

背"①的醇厚深稳的"华丽转身"。

2. 从苦闷渊薮到蹈扬性情

传统女性作词，笔下投射的精神形象大抵不外少女、怨妇，而二十世纪的女性词中时常现出"襟怀朗彻"（陈小翠语）、剑气箫心的文士、侠者等等"须眉面目"，所抒之情亦由单一的"对情爱的盼望与怨尤"转变为对"国家的""民族的""政治的""社会的"甚至"宇宙的（哲思的）"②真切悲悯与深沉感喟。女性词得从蒸郁着自抑与苦楚的窄小牢笼中突出，跃入表达自我、挥洒性情的广阔新天。叶嘉莹先生对沈祖棻的评价即是对这种转变的绝好总结："女性的作家，从最初的用自己的生命血泪写出的诗篇到随着中国的男性词的演进，从婉约到豪放，到妇女的意识觉醒和解放，到沈先生完全跟男子一样了，她写出了跟男子一样的'学人之词''诗人之词''史家之词'，而且写出不同的风格，不同的作品，那真是一个集大成的作者。"③

3. 从师心自铸到转益多师

"师其心而少师其人""自铸其辞而少袭人"④的创作心态，塑造了旧式才女词纯真清慧而单调寡味的品格。进入二十世纪，女词人拥有了转益多师的幸运：从有形的承习与交流上看，民国"福州八才女"同出南华老人何振岱门下，沈祖棻、叶嘉莹、茅于美则分别师事名词人汪东、顾随、缪钺，当代词家苏些雩、梁雪芸则拜入朱庸斋分春馆门墙。女词人与广大男性词人的嘤鸣切磋、声气往还

---

① 陈小翠词《大江东去·题东游草》语。

② 邓红梅《女性词史》，山东教育出版社2000年版，第6页。

③ 叶嘉莹《从李清照到沈祖棻——谈女性词作之美感特质的演进》，《文学遗产》，2004年第5期。

④ 邓红梅《女性词史》，山东教育出版社2000年版，第15页。

之便、之盛亦是从未有过的；从无形的创作资源上看，二十世纪女词人得以终结被词史传统"割断"与"沉埋"的命运，走上创作前台，与男性词人共享悠长文学史中的丰饶养料。如沈祖棻一生创作先后出入玉田、碧山、小山门庭而终能兼采众长、卓荦成家；吕碧城则在濡沃玉田、梦窗法乳以外，杂糅了楚骚、长吉、义山诡丽迷离的美学元素；发初覆眉的作品中则能清楚地觇见其瓣香姜张、追习纳兰的姗姗莲步。另外，随着礼教桎梏的渐次松解，在女性面前展扩的复杂社会生态也提供给女词人肥沃的创作土壤与喷薄的灵感催化剂，"转益多师"不能忽视"社会""现实"给予词人们的重要启迪。

三、体量与坐标：近百年女性词的探研路径

有必要从数量角度检看一下整个世纪女词人的研究体量：

1. 据朱德慈《近代词人考录》[①]，卒年在1900年以后的近代女词人有二十家左右；

2. 据王慧敏《民国女性词研究》[②]附录《民国女词人钩沉》，可考的民国女性词人共一百六十八家，其中悉其生平者九十六人，生平未详者七十二人；

3. 据曹辛华《民国女词人考论》[③]："民国女词人中知其生平与词作者一百五十九人，未悉生平而知有词作者一百人，其他填词

---

① 中国社会科学出版社2002年版。

② 南开大学2012年博士论文。

③ 曹辛华《民国词史考论》，人民出版社2017年版，第46—49页。

情况待考者一百八十一人。”

这几项数字叠加并去其重复已达四五百之数，若参以施议对《当代词综》、刘梦芙《二十世纪中华词选》等总集，则可知共和国前三十年中，进行“地下潜伏式”创作的女词人数量也甚可观，而自改革开放迄今约四十年内，女性词人、词作数量更呈几何级数式迭增。即便相当保守地估计，近百年女性词人的总数也应在千家以上，而词作的总量更是一个难以蠡测的庞大数字。在总量无法数计的情况之下，划定“时间的”“人物的”“群体的”基本坐标且勾勒出二十世纪女性词的“绰约轮廓”[1]，是体认面貌、解决问题的正途。

面对如此巨大的研究体量，圈定研究对象必须给出相对严格的标准：一方面，词作应达到能体认“自家面目”的程度（包括结有词集或未有词集而存词较多者）；另一方面，词人/群体/现象在精神趣向、文本质量、艺术品格任一方面具有值得书写之特质。以此标准绳衡，点出百家左右女词人进入研究视域绝无问题。其中，冶异绝俗、逸思遄飞的吕碧城，意气轩举、寄托幽微的丁宁，吐属清雅、声情从容的沈祖棻与冷隽廓落、兴慨多方的陈小翠可并称为“四大家”[2]，其他诸如陈家庆、冯沅君、李祁、叶嘉莹、张珍怀、盛静霞、茅于美、段晓华、青凤、添雪斋、发初覆眉……无不尽一时才调而各具面目。这些晨星般闪亮的名字不唯可照亮天之一隅，更运划出足以绾摄百年风华的溢彩流光的“星轨”。在已有研究成果的基础上，似还有一些问题需要深度廓清：

---

① 马大勇师《20世纪旧体诗词的回望与前瞻》，《文学评论》2011年第6期。

② 关于“四大家”之“四”与“大家”之辩说，可参见马大勇师《南中国士，岭海词宗：论詹安泰词——兼论“民国四大词人”》一文，《求是学刊》2015年第2期。

如二十世纪最具人望、负"三百年来林下作，秋波临去尚销魂"①之美誉的沈祖棻能否毫无争议地占得百年女词人首席？若能，她的成就是否真正超越了"漱玉词宗"，可以凭借五卷《涉江词》越千年而上，被推尊为女性词史第一人？她与同世词家特别是学人群体在借由词载运"心底的涟漪或狂澜"②的方式上有何异同？而细探沈词，拨开交叠着柳永、秦观、晏几道、周邦彦、张炎、王沂孙等两宋名家身影的表层技艺，其精神内核是否更和与她在身世、情怀等多方面有着诸多共同之处的李清照灵犀暗通？沈氏一生创作，虽偶有"何须文字方成狱，始信头颅不值钱""无端留命供刀俎，真悔懵腾盼凯旋"之变徵③，但终于毕生未出宋贤户限，那么在"古调自爱""几可乱真"中，是否存在词人刻意的自我局碍？另外，其师汪东民国时所作《〈涉江词〉序》中有"窈然以舒""沈咽多风""澹而弥哀"的激赏④，那么在新中国成立后她是否确如徐晋如等学者所言英气凋零、佳作难继⑤？

类此将镜头由"大词史"掉转而内向聚焦于词人心灵的个案研究当然是这一课题关注的重心，可再举两例。丁宁在编定于1951年的《还轩词》自序中云："第以一生遭遇之酷，凡平日不愿言、不忍言者，均寄之于词。纸上呻吟，即当时血泪。果能一编暂执，亦

---

① 钱仲联《近百年词坛点将录》，《当代学者自选文库·钱仲联卷》，安徽教育出版社1999年版，第713页。

② 严迪昌《近代词钞》，江苏古籍出版社1996年版，第20页。

③ 沈祖棻《鹧鸪天》，该篇为1947年"六一惨案"而作，参见马大勇《论现代旧体诗词不可不入史——与王泽龙先生商榷》，《文艺争鸣》2008年第1期。

④ 沈祖棻《涉江词》，湖南人民出版社1982年版，第1页。

⑤ 徐晋如《易安而后见斯人——对〈涉江词〉在20世纪词史地位中的一种认识》，《甘肃联合大学学报》2010年第4期。

暴露旧社会意识形态之一法也。"①而她"惊霆骇浪人间世""已拚生死共存亡"的人生后三十年的酷烈遭际又何止"呻吟""血泪"！创作于1953年之后的《一厂词》及若干首补遗是一定要给予特别关注的；再如集诗、书、画、词、曲诸隽才于一身的陈小翠，幼承家学，早年有"翠楼新句动江东""坛坫声名海内传"②之誉，中晚岁命途多蹇，"文革"时因不堪凌辱，引煤气自尽，故生命最后时段所作词应予格外珍重。以上两位女词人同跻百年一流，她们的高华词品与卓绝词艺，实冶淬打磨自秉烛夜行、临渊荷光的生存状态与高蹈坚执、狷介特立的品格心地。

关于百年女词人的月旦品鉴，是深度个案研究以外又一大题目。前人评骘文字如钱仲联《近百年词坛点将录》点吕碧城为"地阴星母大虫顾大嫂"、左又宜为"地壮星母夜叉孙二娘"、沈祖棻为"地慧星一丈青扈三娘"，更对吕碧城《晓珠词》不吝揄扬："圣因近代女词人第一，不徒皖中之秀""杜陵广厦，白傅大裘，有此襟抱，无此异彩"③。再结合以点将录传统体例，钱先生心中近百年女词人位次即吕一、沈二、左三。施蛰存则云："并世闺阁词流，余所知者有晓珠桐花二吕、碧湘翠楼二陈、湘潭李祁、盐官沈子苾、潮阳张荪簃，俱擅倚声，卓而成家，然以还轩三卷当之，即以文采论，亦足以夺帜摩垒，况其赋情之芳馨悱恻，有过于诸大家者。此则辞逐魂销，声为情变，非翰墨之功也。昔谭复堂谓道咸同

① 丁宁《还轩词》，刘梦芙编校，黄山书社2012年版。

② 邵祖平《陈小翠女诗人寄赠所著〈翠楼吟草〉，率题八绝为谢》，刘梦芙《翠楼吟草》，黄山书社2010年版，第96—98页。

③ 钱仲联《近百年词坛点将录》，《当代学者自选文库·钱仲联卷》，安徽教育出版社1999年版，第709，713页。

兵燹成就一蒋鹿潭，余亦以抗日之战成就一还轩矣。"①将《还轩词》目为"并世"女性词压卷，可谓极尽说项之能事。当代文史学家周采泉在《金缕百咏》其一中起首便写道："间气中兴矣，女词人、祖棻双蕙，怀枫一紫"②，提出又一种"前五强榜单"。诗词名家陈九思为陈蕙漪《蕙风楼烬余幸草》撰序云："当代女词人者三，曰螺川诗屋周炼霞，飞霞山民张珍怀，蕙风楼主蕙漪陈乃文，皆名重一时。"③则将女性词坛分此鼎足。刘梦芙《冷翠轩词话》专撰《女词人二十二家》，点出秋瑾、吕碧城、刘蘅、温倩华、陈小翠、丁宁、李祁、陈家庆、周炼霞、沈祖棻、吕小薇、张珍怀、潘希真、宋亦英、茅于美、阚家蓂、施亚西、叶嘉莹、刘柏丽、王筱婧、林岫、梁雪芸，"缀珠采玉，列为专辑"④，选擢女词人较多而自出手眼。凡此数种各异其趣的"排行榜"，背后俱潜含一部小型女性词名家论而"学术浓度"特高，极富研究价值。前文提出"四大女词人"之说不妨也可视作对前贤诸种评骘的呼应与别解，而倘能在此基础上取径入深，排定二十世纪女词人"点将录"⑤，则肯定更进一步号准了二十世纪女性词史的"脉象"。

　　"二十世纪女性词史研究"绾结着"二十世纪诗词研究"与续写"女性古典词史"的双重理论维度，故而可成为理论价值、研究

---

① 丁宁《还轩词》，刘梦芙编校，黄山书社2012年版，第100页。

② 周采泉《金缕百咏》。其中除沈祖棻、丁宁外，双蕙指陈蕙漪、刘蕙愔，一紫为周炼霞紫宜。转引自刘聪著辑《无灯无月两心知——周炼霞其人其诗》，北京出版集团2012年版，第82页。

③ 陈九思《〈蕙风楼烬余诗草〉序》（自印本）。转引自刘聪著辑《无灯无月两心知——周炼霞其人其诗》，北京出版集团2012年版，第82页。

④ 刘梦芙《二十世纪名家词述评》，安徽文艺出版社2006年版，第263页。

⑤ 见文末附录一《近百年女词人点将录》、附录二《望江南·咏近百年女词人》。

体量皆相当丰厚的"学术富矿"之一。传统诗词史本位当然不能离弃，而由于"女性""二十世纪"等身份、时空特质，女性主义、"第二性"等现代性别理论也应适度引入，以期形成立体全景的关照视角。比如，遍览百年而溯流千年，女性词人中最醒目的当为那些不蹈闺阁习气者，余者则无藉藉名："……千篇一律之闺情词，纤巧无格，读之令人厌倦"①。其实，豪言壮语之新篇并不乏空伪，搓酥滴粉之旧什亦可包孕性灵。重点关注和着力陈说那些"突出一军"——也即前文所言"老凤新声""林下雅音"固为题中应有之义，但也须谨防由此陷入矫枉过正的功利态度而忽略了格调婉约而灵光照人的"小家""小作品"。近年诗词界复古风大炽，相当一批"85后""90后"女词人实践着复归闺音的代际性旨统，同时也面临着似曾相识的同质化困境，对此更不能简率地拢划阵垒，一笔抹煞。百年女性词史研究理当在重大与纤薄、豪壮与婉约、深厚与清浅种种离合的神光中洞见理念，提点命题，而其中最重要的意义是："照我思索，可认识人。"②

---

① 朱庸斋《分春馆词话》，广东人民出版社1989年版，第112页。

② 语自沈从文《抽象的抒情》，《沈从文全集·16卷》，北岳文艺出版社2002年版，第527页。原文为："照我思索，能理解我；照我思索，可认识人。"后人集沈氏此四句手迹，刻为碑文。

第一章　清民之际女性词坛

　　如同中国女性尚未完全从绵衍数千年的封建阴翳中突围而出，清代末年的女性词并没有随世纪更迭，萌生出足以革故鼎新的气象，才女们仍在花月小径之上依既定惯性滑行，"俱近世名家闺秀所作，亦无非状伤悲感，兼多风雅"①而已；而自公元1900年庚子事变以来的频年祸乱，也将悲凉的末世气息吹入闺帏，在红笺小字上留下掸不去的烟尘。"未到晓钟犹是春"——这是此期女性创作生态的形象概括。故此，将"清民之际女性词坛"作为百年首章，正是出于保全文学史的内在沿流、肌理的考量。

　　文史学者冼玉清将古代女性作者身份概括为"名父之女""才士之妻""令子之母"②，这与本时段女词人尚未自脱于家庭、社会从属地位的实际情况也是吻合的。入选本章的若干家旧式才媛中，有的未及"转型"为新女性，有的自甘为遗民，她们的那些颇具艺术特色的词作不应因"旧"而被忽视甚或遗忘。

---

　　① 秋蟾女史《〈伴月楼诗钞〉自序》。此期旧式闺阁词人代表如沈韵兰（1853—1916），字淑英，浙江钱塘人，巡抚沈葆桢女孙，瞿倬继室，有《倚梅阁词钞》）；姚倚云（1863—1944），字蕴素，安徽桐城人，姚鼐五世任孙，范当世继室，有《蕴素轩词》）；曾懿（1853—1927），字伯渊，一字朗秋，四川华阳人，左锡嘉女，袁学昌室，有《古欢室词》）；屈蕙纕（1860—1932），字逸珊，浙江临海人，王咏霓继室，有《含青阁诗余》）；吕景蕙（约1873—约1924），字若苏，号璇友，江苏阳湖人，有《纫佩轩诗词草》）；杨延年（1880—1915），字玉晖，杨昌浚任孙女，左宗棠孙左念康室，有《椿荫堂词存》等。

　　② 冼玉清《广东女子艺文考》："就人事而言，则作者成名，大抵赖有三者：其一名父之女，少禀庭训，有父兄为之提倡，则成就自易；其二才士之妻，闺房倡和，有夫婿为之点缀，则声气自通；其三令子之母，侪辈所尊，有后嗣为之表扬，则流誉自广。"长沙商务印书馆1941年版，第1页。

第一节　凡鸟偏从末世来：论吕凤词

（附许禧身、刘鉴、左又宜）

"毗陵多闺秀"[①]。清中叶以降，英风渐炽：常派领袖张惠言女侄褕英、悼英、纶英、纨英一门四杰，皆能诗词；庄盘珠莲佩《秋水轩词》、左锡璇芙江《红蕉碧桐山馆诗词集》[②]，允称双璧。缪荃孙《国朝常州词录》录闺秀三卷，收女词人八十五位，风雅迭递，蔚为大观。洎清民之际足堪接绍流韵者，应推吕凤。

吕凤（1868—1934）[③]，字桐花，武进人，适同邑赵椿年[④]，世称桐花夫人。工诗词，兼擅小篆[⑤]。有《清声阁诗草》、《清声阁诗余》四种六卷[⑥]，存词六百七十三首。吕氏生平不甚详，仅于剑秋悼

----

① 徐珂《近词丛话》。

② 王蕴章《然脂余韵》："盘珠尤以词著。有清中叶以后，闺阁倚声，不得不推苏之庄、浙之吴为眉目。《秋水》一编，艺林传播……兼金双玉，美不胜收"；"左锡璇……是能从大处落笔，不作小红低唱者。"杜松柏主编《清诗话访佚初编》（八），新文丰出版公司1987年版，第376，529—530页。

③ 吕凤生年据《清声阁词·词目》"光绪壬辰二十四岁"可推知为1868年；卒年据《中央时事周报》1934年第六—七期《女词家吕桐花》，逝于当年1月26日。

④ 赵椿年（1870—1942），字剑秋，赵翼五世孙。光绪进士，官至江西知府。入民后任农工商部参议，民国元、五年两任财政次长。著有《石鼓十种考释》、《金石杂录》、《覃揅斋诗文存》、《癸酉消夏诗》等。

⑤ 樊增祥题《清声阁诗余》诗有"楹联二七蚕头字，亦与孙洪铁线侔"句；谭祖任题词有"金荃咏罢，银钩还肆官帖"句。

⑥ 《清声阁诗余》三卷共三百三十首、《和小山词》二百五十五首、《和漱玉词》五十七首、《和淑贞词》三十一首。

妇二联"来归之始，适君丧母，过门之后，值我奇穷。频年奔走四方，膳侍重闱，葬营两弟，总赖君辛苦支持。集蓼是今生，心力早从当日尽；八年在赣，正属盛时，卅载在燕，渐嗟暮景。毕世俭勤一致，病悭医药，愁积诗词，最使我追思哀悔，芝芙醒昔梦，闺房应惜此才惜""恨我不知医，枉教诸苦备尝，终归不起；呕心空有集，未得及身镌定，遗憾难弥"①及《诗余》中诸"此身堕地，有百千磨折，百千烦恼""人海风云多变态，问生涯、怪底尘劳扰"语中略窥一生行迹。由清入民旧式才媛词界，吕氏为较亮眼一家，然其身后寂寞，近世以来少被论及。目及者只有施蛰存氏"并世闺阁词流，余所知者，有晓珠桐花二吕、碧湘翠楼二陈、湘潭李祁、盐官沈子苾、潮阳张苏簃，俱擅倚声，卓而成家"之褒掖，亦仅提点名姓而已。吕凤其词其人，实颇有值得细探处。

一、漱玉为骨格，杂采诸家

在作于晚年、自叙情志的《金缕曲·记事自题拙稿并题清声阁填词图》组词中，吕氏有"忍说填词师漱玉"句，总结一生创作门径。遍检《诗余》，那种婉折哀丽的"内向"摹写确乎最近于易安面目：

> 天涯岁月忒匆匆。乍展新凉，便听吟蛩。虚堂帘卷起还慵，病怯秋光，瘦怯秋风。　　斜阳悄立感重重。望断南云，数遍南鸿。愁添青鬓髻螺松，容易飞霜，容易飞蓬。
>
> ——一剪梅

---

① 见《女词家吕桐花》。

秋窗正在无眠，可堪连夜催秋雨。丝丝静织，萧萧渐紧，绵绵不住。隔断砧声，湿沉漏鼓，挽将铃语。任香销宝鼎，灯飘朱箔，拼滴碎愁千缕。　　此际顿惊倦旅。听空阶、哀蛩絮苦。芭蕉卷恨，幽篁泻翠，疏杨低舞。桃簟凉侵，秋衾梦阁，枕函风度。怅乡心，暗集知音间阻，问谁堪诉。

——水龙吟·听雨

"帘外展西风，梦阁桃笙冷""人寂寞，瑞脑烧残烟薄""风前百倍增消瘦"则着意拼贴"易安元素"；《蝶恋花·重九》更是直接檃栝漱玉名篇：

秋雨声中人病够。九日黄花，顾影同消瘦。百计难除眉上皱。题糕添得闲愁凑。　　佳节年年慵。把酒只有，诗心潦草还依旧。一缕药烟回永昼。寂寥庭院寒生骤。

拼贴檃栝，意尚不足，至有《和漱玉词》五十七篇，其中酷肖者如：

病眸入夜眠还醒，月照闲庭。月照闲庭。勾起乡心，忍怪月无情。　　愁添篱豆虫声紧，一片凄清。一片凄清。不是离人，触耳也难听。

——添字采桑子

《如梦令》则可看作易安同调词另一视角的改写：

> 记得江干日暮。一棹藕花迷路。歌逐采莲舟，人在白深
> 处。飞渡。飞渡。好梦惯随鸥鹭。

这不仅仅是填词技法上的学而似，更是以易安怀抱、精神自许的。旧式才女生逢"城荒铁瓮，日沉琼岛"之乱世，无力"置身锋镝外"[①]时，易安的词品甚或人格样板也许是师法的最优选。

吕凤法漱玉而能不泯于漱玉。集中题为"拟耆卿""拟清真"乃至追步六一、东坡、稼轩、碧山、竹山、定盦之作则俯拾皆是。如《菩萨蛮》："沉沉一枕懵腾里。日移帘影朝慵起。好梦落谁家。隔墙开楝花。　　池塘芳草路。梦里频来去。燕子尽双飞。春归犹未归。"浑融高古，逼近花间；而《菩萨蛮·四时闺咏用飞卿韵》"风摇帘影明还灭。枕痕红透腮边雪。新恨上双眉。春寒花放迟。　　起来临宝镜。山黛遥相映。蝴蝶扑罗襦。声声啼鹧鸪""纳凉夜向花阴歇。新裁纨扇圆如月。玉笛谱出成。满天星斗明。　　新荷凝粉脸。翠盖难掩。蟾影上阑干。销凝更漏残"于飞卿特有之金粉底色上自饶清新；《解佩令·用蒋竹山韵》"花开也好。花残也好。花片儿、飘来更好。花片纷纷，绣出红香袅。更不妨、群花谢早。　　琼窗人悄。绿杨莺小。滞春寒、雨尖风峭。才见春来，怪一霎、又将春老。好光阴，切莫负了"可效竹山之清畅。

吕凤有《和小山词》达二百五十五首，大抵不为事所作，词藻多密丽，不专拟小山；另有咏物篇什若干，能略得浙西神理。兹各

---

① 以上见吕凤词《金缕曲·记事自题拙稿并清声阁填词图》句。

举一首：

> 鸣凤声传碧玉箫。吴娃丰格信妖娆。三眠蚕酿千丝就，一斛珠量百感销。　河渡近，路非遥。风前杨柳妒柔腰。屏宜深护千重锦，月不单明廿四桥。

——鹧鸪天

> 雅制菱花古。是当初、唐家故物，玉纤亲抚。并蒂芙蓉凋谢久，一片青铜认取。比沧海、遗珠同觑。见说绛云楼阁迥，理晨妆、屏启春痕伫。钗凤褽，彩鸾舞。　情天易老才人去，尽凄迷、山庄红豆，美人黄土。韵事百年空想象，难传朱颜长驻。纵蚕缕、浓缠何补。阅尽兴亡惟剩此，只苔华、小印堪同语。曾鉴得，好眉妩。

——金缕曲·河东君镜

要之，这位千载下的"易安门人"实并未以门户自限，虽尚不能尽脱工愁善病的闺阁习气，但多个方向上的艺术尝试足可成就其清怨底色上兼综博采的风貌。综观《清声阁诗余》，樊樊山所谓"扫空脂粉"[1]或云未必，刘宗向之"漱玉柔纤断肠靡，空贵洛阳片纸。总逊尔、一珠一字"[2]还是很能颇具只眼地点画出桐花夫人眉目的。

---

[1] 樊增祥《赵媪吕夫人属题清声阁集并谢篆联之惠》。

[2] 刘宗向《金缕曲·题内子所绘清声阁填词图》。

二、吕凤与聊园词社

吕凤夫妇琴瑟甚笃，除证之集中"履诸松雪仲姬"①的频年唱和外，更以携手同临词社雅集为毕生鸾凤和鸣、花叶相当之韵事。夏纬明《近五十年北京词人社集之梗概》记聊园词社始末云："逾二年乙丑（1925），谭篆青祖任乃发起聊园词社，不过十余人。每月一集，多在其寓中。盖其姬人精庖制，即世称之谭家菜也。每期轮为主人，命题设馔，周而复始。如章曼仙华、邵伯絅章、赵剑秋椿年、吕桐花凤（剑秋夫人）、汪仲虎曾武、陆彤士增炜、三六桥多、邵次公瑞彭、金篯孙兆藩、洪泽丞汝闿、傅心畬儒、叔明僡、罗复堪、向仲坚迪琮、寿石工玺等，皆先后参与。而居津门者如章式之钰、郭啸麓则沄、杨味云寿枬，亦常于春秋佳日来京游赏时，欢然与会。当时以先君②年辈在前，推为祭酒。一时耆彦，颇称盛况。"③自"清季四家"及"庚春词人"星散，又"五四"新文学风潮起，辇下词坛故人零落，至此始重现复振生机。聊园与须社（原名冰社）、沤社、趣园南北呼应，声气相求④，担负了为传统词业"续命"之重任；而当"迨辛亥之春"后"甚为寂寞"的京洛词坛重新标举风雅时，吕凤是这场群星毕集的高规格词社中唯一就席的

---

① 《武进赵公椿年暨元配吕夫人合葬墓志铭》，夏仁虎撰，傅增湘、俞陛云书，赵、吕季孙赵祖纯誊录。

② 夏孙桐。

③ 张伯驹《春游社琐谈·素月楼联语》，北京出版社1998年版，第22页。

④ 汪曾武《趣园味莼词序》："于是瀛内遘遯，相率托于令慢，寓其忧思，沤社、须社，南北相遇；聊园、趣园，故都复振。"1941年铅印本。

女性。

《清声阁诗余》卷三起于甲子年（1924），约与词社同时。其中颇可觅得"良朋雅集"的片羽吉光："雨阁清明年逢闰，花下文星聚巧。更鲁殿、灵光巍照。"（《金缕曲·戊辰清明日，外子偕樊山、味云、鹤亭诸公，在雩坛桃林下啜茗，风吹花片，坠入瓯中，味云曰：此桃花茶也。请樊山先生赋之，诸公继和》）、"商略旗亭醇醁醉，共横琴、谱出清平调。"（《金缕曲·和味云偕津地词流公宴樊山先生》）……斯人斯会，引人想往。但更值得注意的是，在与诸吟侣的嘤鸣切磋中，这位"同声之唱，时出新制"[1]的桐花夫人相当"高频"地提及了以柳永为代表的北宋名家："残月晓风幽韵好……白石屯田才并到"（《蝶恋花·为奭召南题夏闰枝词卷》）、"柳岸晓风才不让"（《蝶恋花·题叔庸弟高梧轩图》）、"北宋才尊晏柳，翻新制、珠玉篇篇"（《满庭芳·溽喜斋词人夜集》）……这是足以为聊园词社完成了"以梦窗玉田流派者居多"到"提倡北宋，尊高周柳"的"一变风气"[2]作一有力注脚的。聊园词社之"地位和影响"[3]，应是形成了对已流行了数十年的"梦窗风"的相当规模的纠弹[4]。

---

[1]　董康《清声阁诗余序》。

[2]　慧远《近五十年北京词人社集之梗概》，张伯驹《春游琐谈》，中州古籍出版社1984年版，第19页。

[3]　张牧石《谭家菜、聊园词社及其他》："……'聊园词社'在近代词史上的地位和影响是留下了。"

[4]　"梦窗风"在晚清民国洋溢词坛，时间可大体划定在1899年至1931年。王鹏运、朱祖谋合校的《梦窗甲乙丙丁稿》梓行后，郑文焯、张寿镛、陈洵等先后校勘、笺释、评点梦窗词，由理论而创作，导引为词坛主流。"没有一位词人像吴文英这样在晚清民国词坛受到如此多的词学家的青睐，得到如此崇高的评价，拟学梦窗成为晚清民国词坛时尚。"见王湘华《晚清民国词集校勘研究》，岳麓书社2012年版，《晚清民国梦窗词风》一节。

彊邨一派的理论倾向与创作实践为近世词史一大题目。朱氏素
被目为学梦窗而得其神髓者，而须知若仅穷毕生之力搭建"七宝楼
台"，而不间以"白石之疏越与东坡之旷朗"，是无法拔升凝结成
"清雄"气格、最终成就其宗师地位的。①"彊邨派月旦"夏孙桐亦
能不死守梦窗门墙而作隽快语②，故其执掌之聊园能调和南北宋，笼
络名手，多出佳制。人的复杂性必导向人之创作的复杂性，汲汲于
"异"而不见"合"，若削足而适履，门派、家法种种理论或将化
为灰色目翳而遮蔽了长青的生命之树。清末民初词坛所以形成群星
丽天、百舸竞流的局面，或即由于各家能不同程度地打破壁垒、逾
越界限。本就不以家数自限的吕凤适逢风会，成为"群公慧业"的
参与者与见证人：

> 小隐金门计非左。接地风云，得享安闲可。柳色花光仍
> 婀娜。苍苍未许容高卧。　　奇句推敲愁阵破。坛坫名珍，
> 唱汝还予和。听罢悲笳闻楚些。吟怀难免添无那。
>
> ——蝶恋花·为爽召南题夏闰枝词卷

三、传统才女的精神困境

前引《蝶恋花》作于丙寅年（1926），"接地风云""悲笳楚
些"应为都门连年兵燹之实。此时吕凤随宦数十载，"望云望雁、

---

① 马大勇师《晚清民国词史稿》，论彊邨词一节，华中师范大学出版社2016年
版，第130页。

② 《悔龛词》中此类词如《石州慢·题谭蒙青聊园填词图，用遗山体》、《水
调歌头·戏为人题醉钟馗》等。

听风听水"，年近花甲，早岁的"哕哕清声"①业已渐化为哀鸣。在次年生辰，她写下"不逢棋乱，也年年、愁集芳春三月。自愧浮生无好梦，劫后余灰休说"，这里的"愁"不再是无边丝雨般的女儿情绪，而是浓重得多的家国死生之感：

> 孤抱凭谁语。数萍踪、软红尘里，积年愁旅。劫换红羊飞燕子，重指宣南芳树。觑蓟北、风云几许。击筑悲深前代梦，乱棋枰、人海繁星聚。锋镝后，笙歌补。　西山依旧眉痕古。只怜他、嫦娥天上，华年轻负。死魄倒生弦晦易，不使蟾圆三五。也一样、沧桑情绪。见说剧场袍笏变，唱新腔、喧遍花奴鼓。黄日落，江亭暮。

种种凡属于男性士人的"激荡""愤懑""奇酷""迷茫"②非仅有，且过之，故产生的强大内驱力能使唱惯燕语莺声的女词人一发为变徵。吕凤早年亦怀有"修到三生完福慧"的旧式才女的良愿，"家国沧桑，生涯盐米"，频年磨折后，已将"夙慧轻抛去"，"青年绮思"也降格为"岁月平安，丝竹娱闲"的"乱世偕隐愿"；诗穷而后工，而吕凤却自言"三昧穷参佳句少，北宋南唐空羡。和残月、晓风才短"，这是因为她敏锐地体察到生平所钟"清妍砚几，温柔词翰"无力容纳与承托"悲歌无限"，自己是"词旨涩，文心倦"而"湘管秃，知音远"的。由清入民的女性自然属于遗民一群，但似比年辈相若的遗老们面临更多一

---

① 刘宗向《金缕曲·题内子所绘清声阁填词图》："振鸣凤、哕哕清声起。"

② 严迪昌编选《金元明清词精选》："晚清外侮频仍，天国举义，'士'之神魂心绪或激荡、或愤懑、或奇酷、或迷茫，造就词史在殿末之期又晚霞一放，幽花重绽，终结之篇是颇斑斓的。"凤凰出版社2002年版，前言页。

层困境，即身份认同与文学理想的双重崩溃。这是末世的角声摇破了闺帏清梦后，传统妇女"遭遇外部世界"[1]的必然结果。需要付诸"同情之理解"的是，吕凤在这类词中寄托的情感仍多归于自我伤悼和慰藉（晚年常体现为对遁世的祈盼），总体不离闺怨范畴。这是女词人识见、经历与性情在特定时空下真实的心灵投影，不应一味责之以伤靡纤弱。以今心例古，势必导致批评的失灵。

辛未年（1931）除夜，吕凤于病中写下《菩萨蛮》[2]四首，如"量柴数米人将老。谈禅说梦谁同调""家祭荐辛盘。未将前例捐"，家常言语，闲闲道来，背后潜藏着多少内心的海桑变幻！桐花夫人擅《金缕》，《清声阁诗余》即以十首《金缕》结篇，以志毕生鸿雪，并略陈抱残守缺、寄情词章之心。此录二首：

积梦终难剖。占清秋、西风卷帘，黄花人瘦。萝月当前吟补屋，憔悴晚凉时候。尽拍遍、阑干偻偬。虫语啁啾铃语碎，听商音、独夜喧遍骤。愁似雨，灯如豆。　　牙签万卷长相守。叹平生、聪明早误，情怀非旧。回忆髫年如梦寐，心字香残金兽。拼病累、一身消受。茗苦荠酸原习惯，又何堪、荒岁兵尘凑。储落叶，霜盈袖。

凝睇江南路。隔家山、迢迢烟水，重重云树。门户荒寒悲祚薄，缺恨娲皇难补。得仙侣、刘樊心许。萍水情缘怜小

---

① 钱南秀《薛绍徽及其戊戌诗史》，[加]方秀洁、[美]魏爱莲编，《跨越闺门：明清女性作家论》，北京大学出版社2014年版，第308页。

② 此组词未标明写作时间，依作于庚午年的《百字令》其后数首中的节序描写推为辛未。

草，幸瓣香、继续芳兰抚。期后日，楹书付。　　怕看乱世多风雨，怨羁栖、懒吟春月，厌闻箫鼓。客抱无欢甘守拙，纸阁芦帘静处。翻旧稿、愁萦千缕。敢效词人终抑塞，似呕心、长吉耽辛苦。独俯仰，伤迟暮。

在词中，我们看到了对身世的感喟、对清贫的坚守、对往昔时光的怀恋、对易安的敛衽致敬。这是一位闺秀在垂暮之年卷起重帘，坦露出的复杂又纯粹的心境。近年"最后的闺秀""民国闺秀"时闻于坊间，"闺秀"一词已近俗滥；如提高入选标准，工词善书的传统才媛如吕凤者可当之。就学理而言，"闺秀"的内涵或还包含封建纲常语境下妇女"才德之辨"的成分①，但这里我们只取它最好的意味。

四、庚子变局中的女性书写：许禧身、刘鉴

吕凤之下应接谈同为官夫人而年龄略长、"宠贲鸾纶，封崇一品"②的许禧身。许禧身（1858—1916），字仲萱，一字亭秋，浙

---

① 黄晓丹《从林下之风到闺房之秀——晚清女性写作背后的身份认同》，《齐鲁学刊》2013年第5期。

② 叶庆曾《亭秋馆词钞序》。冯乾编校《清词序跋汇编》（第三册），凤凰出版社2013年版，第1146页。

江钱塘人，三十一岁始归陈夔龙①为继室。性敏慧，能通大谊，工绘事，善诗词，有《亭秋馆词钞》四卷，存词百余。禧身以"浙水名媛、颍川华胄"②嫁陈氏，政治婚姻意味颇浓③。夔龙际遇显达，庚子之乱，以顺天府尹膺留京办事大臣，筹办两宫西狩，并随同奕劻、李鸿章两全权大臣襄办和议。禧身随宦经年，数度履险④而"气闲身静，临乱不惊""枪林弹中，不失常度"⑤，甚至为身处风口浪

---

① 陈夔龙（1855—1948），又名夔麟，字筱石，又作小石、韶石，号庸庵、庸叟、花近楼主，贵州贵筑人。十九岁中举人，入丁宝桢幕。光绪十二年中进士，因一字之误置三甲，不得入翰林。兵部任上时得荣禄、奕劻、李鸿章倚重，官至顺天府尹。夔龙坚决抵制变法，尝会审"六君子"。庚子年筹资镇压拳民，得慈禧赏识，留京参与签订《辛丑条约》。为慈禧、光绪帝筹办"西狩"事宜。后历巡豫、苏、晋、川、鄂，调任直隶总督兼北洋通商大臣、长芦盐政。逊清后以遗老身份寓居上海，曾参与超然吟社活动。据《辛亥革命——贵州事典》、《贵阳文史资料选辑》，贵州人民出版社2008年版。

② 钱塘许氏为清代望族。禧身祖父学范官至京师顺天府治中，合家呼"京兆公"，自是家族科第兴旺。七子中四人中举人，三人点翰林，时有"七子登科"之誉。禧身姊婿廖寿恒官礼部尚书；从兄庚身以军机处章京入仕，官至军机大臣、兵部尚书；寿身（后更名彭寿）与父乃普"父子鼎甲传胪"，任礼部侍郎，"辛酉政变"中以上疏请治"肃党"陈孚恩"党援之罪"而声震朝野；兄佑身为俞樾第二婿，妇绣孙有《慧福楼词》，女之仙、之引、之雯皆有才名。

③ 陈夔龙《梦蕉亭杂记》卷一："余与嘉定廖尚书寿恒，先后随任黔中，同为泰和周氏婿。嗣缔姻钱塘许氏，又系尚书作伐。许夫人为尚书夫人之胞妹，重重姻娅，交谊弥敦。"

④ 许禧身《偕园吟草·含真图咏》："……七月二十一，洋兵枪炮逼城，予不得已怀利剪与阿芙蓉膏以备非常。"陈夔龙《亭秋馆诗钞序》，民国元年（1912年）京师刻本。

⑤ 陈夔龙《亭秋馆诗钞序》，民国元年（1912年）京师刻本。

尖的丈夫提供计策与助力[①]。《词钞》中可略窥端倪:

　　漫点铜龙,缓敲檐铁,欣闻春雨纷纷。笼雾青纱,照来烛影偏清。隔闱共说安民语,喜听来、句句真诚。黯消凝。炉内香残,案上灯昏。　　运筹决尽承平策,奈安边少计,鬓角愁生。一样无眠,静传银箭沉沉。祝天早罢干戈事,愿从今、永庆升平。倚窗听。残溜声低,滴至黎明。

——高阳台·感怀

　　小窗秋夜,听阶前风雨,声声落叶。天际孤帆疏柳外,水浪拍堤如雪。凉月乌啼,平沙雁断,回首成凄咽。愁云锁处,难抛玉宇琼阙。　　最怜昨岁干戈,洞庭波沸,满地多荆棘。暮色层层迷远岫,一望千山重叠。感慨悲歌,断肠词调,不忍论畴昔。曲栏凭尽,淞滨权作羁客。

——买陂塘[②]·和徐花农[③]侍郎秋雨骤寒书感作

　　"隔闱共说安民语,喜听来、句句真诚""祝天早罢干戈事,愿从

---

　　① 《皇清诰封一品夫人陈尚书继配许夫人墓志铭并序》:"凡有规画,夫人赞助之力为多",引自《杭州文博》第五辑。陈夔龙《水流云在图记·严城决策》:"(夫人认为)各国遇我情势,亦殊非一致要挟者""由是天心厌祸,各国亦如约缔盟,诚非始愿所及。"又,宣统二年监察御史江春霖上书弹劾奕劻,理由之一即"老奸窃位,多引匪人"。复奏:"陈夔龙继妻为前军机大臣许庚身庶妹,称四姑奶,曾拜奕劻福晋为义母。许宅寓苏州娄门内,王府致馈,皆用黄匣,苏人言之凿凿。""夔龙赴川督任,妻畏道逗留汉口,旋调两湖,实奕助力。"

　　② 此词调应为《念奴娇》。

　　③ 徐琪(1850—1918),字玉可,一字涵斋,号花农,浙江仁和人,俞樾弟子,自幼与禧身三兄佑身善。光绪庚辰进士,官至兵部左侍郎、内阁学士,有《玉可庵词存》,俞樾、李慈铭为题序。

今、永庆升平"，纯是命妇口角。夔龙于后世政声颇恶①，但这些片断镜头里，他是"运筹诀尽""鬓角愁生"的，彻夜的祷祝是"句句真诚"的。在晚清风雨如晦的危局中，亭秋夫人不仅以政才成就了一世权臣，亦以簪花小笔勾画出了他春风得意背后的侧影——这或许也是"词史"之一种罢。

而在千里之外的湖湘之地，另一位名门女眷刘鉴（1852—1933）也在这场"千年变局"中留下了自己的词体记录。刘鉴，字惠叔，一字慧卿，长沙人，祖刘权之、父刘若珪皆有政声于时②。适曾国荃次子曾纪官③为继室，婚后夫妇甚相得，惜纪官青年病殁，惠叔三十而寡，自此将全副心力投入子侄教育及曾家内务。1890年曾国荃去世后，刘鉴实际成了家族四十余年间的核心人物。

惠叔《分绿窗集》存诗七百、词百余，时人评曰："闳轶朴茂，渊雅澹正，精切稳炼，无体不工。"④诗《读岳传》尾联"汤阴庙貌垂模远，赵氏何曾有寸基"沉痛无地，而笔锋所指，盖在眼

①　同科进士中，陈夔龙显达最早、擢升最速，时人目为"巧宦"，盖指其善于投机钻营，蒙荣禄、奕劻、慈禧荣宠。今人陈捷延有诗咏之："青蝇附骥已高升，媚夷卖国更飞腾。"《过客吟捷延咏史诗存》，中国文史出版社2012年版，第1894页。

②　刘权之（1739—1818），字德舆，号云房，乾隆二十五年（1760年）进士，以编纂《四库全书》功，升侍讲，累迁大理寺卿、左都御史、吏部尚书。后授军机大臣、吏部尚书、协办大学士、加太子少保，卒谥文恪。刘若珪（？—1854），字桐坡，嘉庆十八年（1813年）中副榜，由工部员外郎就外职，历署遵化、黄州等府，题补安陆，迁盐法道，未赴任而太平军占黄州，去职。咸丰四年（1854）为太平军击毙于武昌。

③　曾纪官（1852—1881），字剑农，一字愚卿，号郑卿、思臣。同治七年（1868年）入湘乡县学，十六岁考取优廪生，伯父曾国藩以"少年秀才"称之。光绪二年（1876年）以正一品荫生授员外郎，签户部云南司兼广东司行走，钦加三品衔。身后诰授奉直大夫、通议大夫、赐赠光禄大夫、建威将军。纪官原配夫人为曾国藩内任女。

④　程琼《〈分绿窗词钞〉序》，长沙友善书局民国三年（1914年）版。

前。《词钞》中绝大部分作品仍是"春闺""忆外"一类长日消闲之属，伤时忧国题材的《满江红》一组七首以情怀忠耿，最为特出。先读《庚子感事》二首：

> 风鹤惊心，家书梗、梦魂飞越。深愤懑、顽民悍族，祸延君国。蚕食鲸吞东道尽，狼奔豕突神京兀。最堪伤、官府半凋残，金瓯缺。　求言诏，几微澈。匡时略，条陈切。叹饷储匮乏，莫舒筹策。革旧维新期后效，卧薪尝胆尊前辙。待从容、再复富强初，恢宏业。

> 烽火经年，痛畿辅、首罹浩劫。想当日、翠华西指，仓皇急迫。羸马敝车颠越险，豆羹麦饭供承缺。况长途、十户九无人，增悲切。　天潢胄，声威歇。台衡宰，犹未竭。奈联邦十一，互施抑勒。赔款止兵和约定，达聪明目邦交协。庆尧天、重整旧朝仪，胪欢切。

生长于侯门深院，惠叔不可能有什么超越时代和阶级的政治主张，她所惋惜的是"官府半凋残""饷储匮乏"，祈盼的不过"邦交协""重整旧朝仪"；但她也将悲悯的目光投向了那"烽火经年"后"十户九无人"的神州大地，急切地希望朝廷能够"革旧维新""卧薪尝胆"以"富强"，这样的胸襟、器识就不是寻常闺秀所能企及。恨不能身为男儿一展抱负、实现报国热望——她的满腔孤愤凝结成了组词第四篇，也是整部词集最精光熠耀的《满江红·闻击剑》：

> 弹铗声来，抵多少、哀琴怨瑟。尘世事、转蓬无定，徒

增悲切。昭烈情伤髀里肉，侍中愤洒襟前血。到而今、剩有
蒋山青，吴山白。　　追往迹，眉如结。悲近事，心尤咽。
叹冶金跃跃，有怀空说。紫气冲霄形欲化，铁衣转战寒侵
褶。耐青萍、结绿亦空谈，雄心歇。

约四年后[1]，时在日本的秋瑾发出了与"叹冶金跃跃，有怀空
说"句意极其相似的不平之叹："休言女子非英物，夜夜龙泉壁上
鸣！"此时的惠叔还只能收敛雄心、消歇志气，然而随着历史的转
轨易辙，属于秋瑾、吕碧城和南社女杰们的时代就要到来了。

五、左又宜

在近百年女性词研究整体门庭冷落的局面下，清季女词家左
又宜是始终获得较多关注和表彰的一位。早在民国之初，左氏谢世
未久，王蕴章即有"（诗词）蒨秀宕渺，而词为尤胜"[2]之称许。
其后，梁乙真在《清代妇女文学史》第四编中征引王氏评语对左又
宜予以肯定，两部重要清词总集《全清词钞》、《词综补遗》分别
选左词四首与三首。而给予左氏最高文学史评价、使其蜚声当代学
界的，是钱仲联《近百年词坛点将录》。由于"点将录"文体规则
所限，钱著仅纳"女头领"三员，此三位女将也就自然获得近百年
女性词人的状元、榜眼和探花席位。钱氏将"地阴星母大虫顾大

---

① 据郭延礼、郭蓁《秋瑾诗文选注》考证，秋瑾《鹧鸪天》应作于光绪三十年
（1904年）赴日后不久。

② 王蕴章《然脂余韵》卷六，杜松柏主编《清诗话访佚初编》（八），新文丰
出版公司1987年版，第583页。

嫂""地慧星一丈青扈三娘"之位分属吕碧城、沈祖棻，向为诸论家心服首肯，而"地壮星母夜叉孙二娘"则出人意表地点到左又宜，谓"左夫人挺秀湘西……慢词声韵幽美，能得白石、草窗神理"①。

左又宜（1875—1912），字鹿孙，一字幼卿，左宗棠第三子左孝勋长女。宗棠娶于湘潭周诒端，周、左数代女眷中多能诗者。又宜幼承家学，"秉质冲懿，娴蹈轨训，受群经章句，类晓大谊。旁涉艺文，吐辞妍妙"②，祖父"特钟爱之，逾于诸孙"③。与母从子夏敬观幼年即有婚姻之约，议未成，年二十八始归夏氏为继妻，"奉姑宜室，恂恂愉愉，匪懈益虔"④，时人又有记其佐夫为政、坚拒贿银事⑤。三十七岁以病遽辞世。又宜夙耽吟咏，"黝壁膏檠，对榻冥索，神开灵伏，精魂回移，迭不觉邂逅何所"，夏敬观"尝诡语宾亲：帷几之侧，细旒之上，殆缅穹岩大谷，惘惘与造物者游也"⑥，笑谑中见夫妇相得之状。又擅绣，尝制《三村桃花图》，缀夏敬观《蓦山溪》词于其上，联珠合璧，美传一时。又宜殁后，夏敬观检校遗稿成《缀芬阁词》一卷，存六十五首，翌年即刊成，朱祖谋为题签。

① 钱仲联《梦苕庵清代文学论集》，齐鲁书社1983年版，第174页。

② 陈三立《夏君继室左淑人墓志铭》，左又宜《缀芬阁词》，民国二年（1913年）刻本，第1页。

③ 夏敬观《左淑人行述》，左又宜《缀芬阁词》，民国二年（1913年）刻本，第1页。

④ 夏敬观《左淑人行述》，左又宜《缀芬阁词》，民国二年（1913年）刻本，第1页。

⑤ 参见诸宗元《缀芬阁词序》，载左又宜《缀芬阁词》，民国二年（1913年）刻本，第1页；陈谊《夏敬观年谱》，黄山书社2007年版，第44—45页。

⑥ 陈三立《夏君继室左淑人墓志铭》。

　　《缀芬阁词》闺襜正格，题材风调不外怨绿啼红、滴粉搓酥，无多特色。"出语婉妙，不落俗凡，全集之中，零金碎玉，亦颇有佳什美句可寻耳"①之评语已略嫌虚美，有清一代臻此水准之才媛实不知凡几，置于近百年女性词史绚美长卷中更属平平小家数耳。然而这位似无须多耗笔墨的词人身上，却背负着一桩不为世知、值得侦探的剽窃疑案。

　　对照翻查徐乃昌刊刻于光绪二十二年（1896年）的《小檀栾室汇刻闺秀词》，左又宜《缀芬阁词》六十五首词作中，剽窃作品多达五十七首，接近总量九成。其中包括邓瑜《蕉窗词》六首，吴藻《香南雪北词》、赵我佩《碧桃仙馆词》、陆蓉佩《光霁楼词》各四首，左锡嘉《冷吟仙馆词》、李佩金《生香馆词》、鲍之芬《三秀斋词》、方彦珍《有诚堂诗余》、苏穆《贮素楼词》、刘琬怀《补阑词》、袁绶《瑶花阁词》、顾贞立《栖香阁词》各三首，曹慎仪《玉雨词》、左锡璇《碧梧红蕉馆词》、殷秉玑《玉箫词》、熊琏《淡仙词钞》各二首，孙荪意《衍波词》、许诵珠《雯窗瘦影词》、汪淑娟《昙花词》、高佩华《芷衫诗余》、顾翎《茝香词》、吴尚熹《写韵楼词》、许庭珠各一首。

　　《缀芬阁词》的剽窃有以下数类情况，兹分述之：

　　1.原封照搬。与原作雷同达百分之八十以上的词作谓之原封照搬，是性质最为严重者。此类作品共十六首，约占剽窃总量百分之二十八。依集中顺序，计有：《玉楼春》（小楼人倚阑干立）、《浪淘沙·寄映庵金陵》、《齐天乐·菊》、《寿楼春》（惊东风吹来）、《柳梢青》（帘卷香销）、《如梦令》（芳草天涯青遍）、《醉花阴》（为恐江城风信动）、《临江仙》（莫道春归愁

――――――――――

　　①　《续修四库全书总目提要》，转引自孙克强、杨传庆、裴喆编著《清人词话》（下册），南开大学出版社2012年版，第2112页。

已绝）、《一叶落》（小院落）、《一叶落》（万籁寂）、《生查子》（把酒问东风）、《生查子》（珠箔隔轻寒）、《长亭怨慢》（乍惊觉）、《醉春风》（莫把辞春酒）、《桃丝·自度腔》、《翠凌波·自度腔》。其中又有七首雷同比在百分之九十以上，如两首《一叶落》。其一云："小院落。秋阴薄。夕阳一片画阑角。井梧已渐凋，新凉谁先觉。谁先觉。满眼西风恶。"其二云："万籁寂。霜天碧。月明满地夜砧急。雁飞紫塞遥，相思无终极。无终极。梦破蛩吟壁。"与左锡嘉原作无毫厘之差。而两首自度曲《桃丝》、《翠凌波》系连同词调名一道窃自顾贞立，通篇仅改易一字，甚至顾氏叙说创作缘由的词序也被稍事删润后堂皇置于己作：

> 清波难写流虹影，喜梦里垂垂。比似人间枝叶异，桃丝。 红房烂煮琼花宴，问此会何时。四十九年偿慧业，归迟。
>
> ——左又宜《桃丝·自度腔 辛亥四月廿四夜，梦两仙女，遗予异卉二枝，其一条色惨碧，红丝垂垂，非花非叶，名之曰桃丝。其一翠叶浅深相间，方圆斜整，形不一致，名之曰翠凌波。觉而异之，因其名，各制一词》

> 香逼衾鸾，鬟鼓钗凤。断鼓零钟，薄醉和愁拥。哀雁啼蛩清露重。翠生生、幻出凌波梦。 灵根知是瑶台种。艳叶柔丝，不与凡花共。待展研粉吴绫，写幅屏山清供。珠箔深沉，不教风雨吹送。
>
> ——左又宜《翠凌波·自度腔》

> 清波难写流虹影，喜梦里垂垂。比似人间枝叶异，桃

丝。　　红房烂煮琼花宴，问此会何时。四十九年偿慧业，归迟。

　　——顾贞立《桃丝·自制曲　壬子九月二十一夜，梦两仙子，烟鬟云鬓，雾縠霞绡，芬芳袭人，珊珊而来，光彩耀室。遗予草二株，一枝条擘红丝，非花非叶，纤纤可爱，不与垂柳似，云是桃丝。一枝翠叶浅深，如梧如菊，如桂如蕖，方圆斜整，种种可异，云是翠凌波，因其名，遂各制一词记之》

　　香逗衾鸾，鬟敧钗凤。断鼓零钟，薄醉和愁拥。哀雁啼蛩清露重。翠生生、幻出凌波梦。　　灵根知是瑶台种。艳叶柔丝，不与凡花共。待展研粉吴绫，写幅屏山清供。珠箔深沉，不教风雨吹送。

　　——顾贞立《翠凌波·自制曲》

再看《齐天乐·菊》与鲍之芬《台城路·咏瓶菊（其一）》之比对，百分之八十一的雷同比之下，剽窃部分灼然可见：

　　十风九雨重阳过，秋光更饶篱菊。败叶阶除，疏桐院落，秀夺一天霜足。堆黄熨绿。自不为春华，不因寒肃。野韵幽芳，独开迟暮避尘俗。　　书窗分取一束。称诗怀淡雅，瓶水新掬。瘦影离披，青灯暗月，添写屏山六幅。翛然溪谷。伴楚客狂吟，乱头簪簇。醉擘霜螯，晚香泛樽绿。

　　十风九雨重阳过，秋光更饶篱菊。败叶阶除，疏桐院落，秀色一天霜足。堆黄熨绿。自不为春华，不因寒肃。野韵幽芳，独开迟暮避尘俗。 书窗分取一束，称诗怀浓淡，瓶水新掬。瘦影离披，清灯暗月，添写屏山六幅。翛然溪谷。伴楚客狂吟，陶家清福。爪攫霜螯，冷香沁樽醁。

2.移花接木。与原作雷同比在40%—80%的词作谓之"移花接木"，共二十九首，为集中数量最夥，约占剽窃总量51%。计有：《菩萨蛮·和映庵春雪》、《一剪梅》（蜜炬熏炉细细烧）、《金缕曲》（莫放双丸逐）、《天香·牡丹》、《满庭芳·柳絮》、《浪淘沙》（何处望乡关）、《蝶恋花》（残月横窗帘似水）、《霓裳中序第一·用草窗韵》、《临江仙》（月到当头何限好）、《虞美人·寄映庵徐州道上》、《疏影·红梅》、《菩萨蛮·自题小影》、《摸鱼儿·玄武湖夜游》、《临江仙·白荷》、《苏幕遮》（漏沉沉）、《虞美人》（小楼一夜帘纤雨）、《蝶恋花》（怯试春衫寒尚悄）、《风入松》（玉阶芳草碧迎眸）、《苏幕遮·鸟声》、《苏幕遮·卖花声》、《减字木兰花》（春深春浅）、《水调歌头·题桃花源图》、《如梦令》（金鸭香残烟暝）、《南歌子·寻梅》、《探春慢·腊梅》、《金缕曲·冰花》、《忆秦娥》（山光白）、《浪淘沙》（帘外绿阴浓）、《蝶恋花》（云鬓蓬松钗欲坠）。此类词作往往将原作略为剪截拼接，羼入数处原创字句而通体面目无大改。典型者如左词《苏幕遮》二题"鸟声""卖花声"，盖窃自刘琬怀同题之作，雷同比分别为65%与58%：

雨蒙蒙，春悄悄。柳陌花堤，宛转千回绕。燕舌莺喉容易掉。已解人言，只分伤春老。 度波心，穿树秒。一世歌唇，含恨知多少。短梦惊残晴色好。香雾迷离，一带楼台晓。

晓云轻，晴旭早。折取红英，欲换榆钱小。行过短墙经曲道。吴语声娇，相和枝头鸟。　暖蜂游，妆镜绕。梦隔纱窗，酒醒惊春闹。闲倚楼阑听渐杳。几阵回风，微送余音袅。

刘词云：

雨蒙蒙，春悄悄。柳陌花堤，宛转千回绕。绣舌娇喉容易掉。玉润珠圆，相和相争巧。　过池塘，穿树杪。爱学清歌，宫羽翻颠倒。短梦惊残晴色好。香雾迷离，一带楼台晓。

晓云轻，晴旭早。摘取红英，欲换榆钱小。唤过短墙经曲道。清脆吟腔，远远酬啼鸟。　雨初晴，春正好。忍贷韶光，不管东皇恼。闲倚楼头听渐杳。几阵回风，微送余音袅。

两首皆有大段文本与原作完全重合。又如与袁绶《虞美人》雷同比达63%的《虞美人·寄咉庵徐州道上》，上片仅替换数处字面，下片在原韵上对煞拍施以改动即径署己名，且持赠夫婿：

宵长漏尽灯初焝，积雪明鸳瓦。月波寒浸小庭心，睡鸭香销还自拥重衾。　邮签细数程过半，肠逐车轮转。残淮残汴易生愁，为恐朔风吹霤白君头。
　　　　　　——左又宜《虞美人·寄咉庵徐州道上》

宵长漏尽兰灯焝，残雪明鸳瓦。月波凉浸小庭心，睡鸭

香销慵展九华衾。　　邮签细数程过半，肠逐车轮转。一番
离别一番愁，待不思量偏又上眉头。

——袁绶《虞美人》

3.留骨换胎。与原作雷同比在20%—40%者谓之"留骨换
胎"，此类共十二首，约占剽窃总量21%。计有：《一斛珠》（绮
窗月透）、《浪淘沙》（窗树夜萧森）、《一萼红·梅》、《念
奴娇·题丹徒包兰瑛女士锦霞阁诗集》、《月上海棠·立秋夜对
月》、《摸鱼儿》（浸寒阶）、《暗香》（四山寒色）、《满庭
芳》（溪水拖蓝）、《解语花·白桃花》、《庆春泽》（霜月凝
晖）、《声声慢·七夕》、《齐天乐·新柳》。此类作品虽改头换
面，但大幅度保留了原作架构及神髓。长调诸作以有篡改空间之
故，为此手法"重灾区"。

此类中，首先应对邀誉最广的《暗香·除夕庭梅盛开，置酒花
下，以凤琴谱白石〈暗香〉、〈疏影〉词，声韵幽美，因与映庵各
和之》一首做一分析：

四山寒色。渐冷魂唤醒，灯楼横笛。细蕊乍舒，雪底阑
边好攀摘。惊听催春戏鼓，休闲搁、吟笺词笔。趁此夕、一
醉屠苏，花暖烛摇席。　　南国。思寂寂。叹岁去年来，万
感萦积。翠禽漫泣。仙梦罗浮那堪忆。清漏帘间滴尽，疏竹
外、云封残碧。怕暗暗、年换也，有谁见得。

——左又宜《暗香·除夕庭梅盛开，置酒花
谱白石暗香、疏影词，声韵幽美，因与映庵各和之》

四山寒色。把瘦魂唤醒，声声长笛。绿萼乍舒，缟袂盈

盈谩攀摘。忙了催春腊鼓，休闲了、生香词笔。趁此夕、约伴寻幽，乌肪载吟席。　　花国。思岑寂。叹岁去岁来，别绪萦积。翠禽似泣。仙梦罗浮那堪忆。冻雪苍苔未扫，疏竹外、云封残碧。者暮景、将去也，问谁绾得。

　　——赵我佩《暗香·题孤山饯岁图，用白石韵，为绷士韵梅作》

即便去掉姜词原韵字，雷同比仍在38%，且有"四山寒色""仙梦罗浮""疏竹外"关键字句及数处意象完全一致，而通篇意脉、情韵的高度近似亦不难感知。

再将左词《念奴娇·题丹徒包兰瑛女士锦霞阁诗集》与熊琏《百字令·题平山女史诗卷》做一对照：

瑶编一卷，是天孙云锦，霞烘晴腻。玉手蔷薇春泪浣，净洗粉浓脂丽。笔落珠圆，吟成绮灿，一种幽芬气。空江浮玉，翠蛾频照秋水。　　闻道别浦花繁，收将凤纸，小叠回文字。夜月高楼香雾湿，肠断紫箫声里。明圣湖光，毗陵山色，绣幞莲风起。弄烟题叶，定应香茗能继。

清才慧性，是碧翁亲付，蕊珠仙子。玉手蔷薇花露浣，净洗脂浓粉艳。笔落珠圆，诗成锦灿，一种幽芬气。平山不远，菁华钟自邢水。　　堪敬梁孟丰标，闺房师友，千载金兰契。夜月高楼香雾湿，秋在凤箫声里。愧我微才，瑶编幸接，展卷惊还喜。一词莫赞，惟知拜读而已。

33%的雷同比虽较前两类为低，然同前例一样，不难看出左词与原作整体上的肖似，更不必说"玉手蔷薇""笔落珠圆""一种幽芬气""夜月高楼香雾湿"数句的原样照搬了。集中即如雷同比例最低的《摸鱼儿》（浸寒阶）一首，仍有"珠帘"及"西风"两句与苏穆《摸鱼儿·饯秋》完全一致，而通篇意象、句法绝多重叠，亦难逃剽袭之嫌。

有必要对这类作品多几句解释。"夫述者相效，自古而然"①。在诗词创作中，同古贤神交冥漠、灵犀暗通的情况并不鲜见，偶一借援前人成句的行为也例被默允。如"西昆体"诗人对李商隐诗、纳兰性德对王彦泓诗的袭用即是。若借用成句且能另拓奇境，则应目作"二次创造"而予以褒赏。最著名个例即晏几道《临江仙》"落花人独立，微雨燕双飞"名句之"原创版权"应属五代诗人翁宏，但最终被公认"灵丹一粒，点铁成金"②，沈祖棻甚至有"文君再嫁而扬名"之妙喻③。的确，"文学创作无意识的'蹈袭'在所难免……无意的蹈袭与恶意的剽窃有时确难区分"④，然而左又宜这类低雷同比的词作之所以不可判为"无意的蹈袭"而确为"恶意的剽窃"，原因正在前两类高雷同比作品的存在。换言之，既已有如此高比例的剽窃在前，这些较低比例的雷同怎可判定为"无意的蹈袭"呢？

循声觅迹，可以看出左氏的某些剽窃规律。其词往往于前人题材近似之成篇基础上修改而成，行迹约有数端：第一，词题相近。

---

① 刘知几《史通》，上海古籍出版社2008年版，第158页。

② 黄庭坚《答洪驹父书》，载黄庭坚著、郑永晓整理《黄庭坚全集辑校编年》（下册），江西人民出版社2008年版，第733页。

③ 沈祖棻《宋词赏析》，中华书局2008年版，第70页。

④ 李明杰、周亚《畸形的著述文化——中国古代剽窃现象面面观》，《出版科学》2012年第5期。

如其《菩萨蛮·自题小影》剽窃陆蓉佩《菩萨蛮·镜影》，其《水调歌头·题桃花源图》剽窃吴藻《水调歌头·题柳暗花明又一村图》。第二，依自身地域特征篡改原作若干字面。如将左锡璇《浪淘沙》结句"飞到长安"改为"飞到湘南"，将邓瑜《庆春泽·冬夜盼家书》中"怕累伊"改为"念湘流"。第三，以别名置换原词牌。如将左锡璇《鹊踏枝》改作《蝶恋花》，殷秉玑《买陂塘》改作《摸鱼儿》等。此类掩耳盗铃式表现，恰令剽窃行为欲盖弥彰。

经过大量文本比对，左又宜剽窃案应说铁证如山，全可坐实，但兹事体大，仍须严谨论证：

第一，是否存在后人传写之误，从而将他人作品混入左氏集中的可能？就《缀芬阁词》的辑刻过程看，是为未经传抄的第一手文献；再从逻辑上讲，将数人作品经过不同程度的修改后打散混进一人集中的行为，可能性趋近于零，文学史中向无此先例[1]。

第二，会不会存在这样的可能性：左又宜的本意是将前人作品进行一番修改后编选成集，身后却被夏敬观误认作原创作品集付梓，遂致讹传于后世呢？尽管此概率极微小，仍不可不慎加稽考。这就需要找到左又宜生前对《缀芬阁词》"原创"版权的承认，来确定剽窃行为的主观故意性质。如下几则外证，可从传播角度砸实证据链条：

1.左氏在词题或小序中明确表示"赠外"及"和外"的作品共计六首，其中四首系剽窃之作。除前引《暗香》、《虞美人》外，还有《浪淘沙·寄映庵金陵》（与邓瑜《浪淘沙·雨夜怀远》雷同比达81%）、《菩萨蛮·和映庵春雪》（与孙荪意《菩萨蛮·绣毯

---

① 参见李明杰《中国古代著作权研究》，社会科学文献出版社2013年版。

花》雷同比达66%）。在这种夫妇心灵间"秘密对话"①情境中，怎么可能告知对方"拙作"系修改前人作品而成呢？这四首作品，左又宜必然是以"原创"名义呈寄夫婿的。

2.夏敬观刊刻于光绪三十三年（1907年）的两卷本《映庵词》中，将夫人窃自赵我佩的词作《暗香·除夕庭梅盛开，置酒花下，以凤琴谱白石暗香、疏影词，声韵幽美，因与映庵各和之》附于己作之下。这是其时尚在世的左又宜对夫婿眼中"原创"名义的再度默认。

3.女诗人包兰瑛（1872—？）是《缀芬阁词》中除夏敬观外唯一提到的名字。包氏刊行于宣统二年（1910年）的《锦霞阁诗词集》将左又宜剽窃自熊琏的《念奴娇·题丹徒包兰瑛女士锦霞阁诗集》收录于卷首题词中，可知左氏生前曾将剽窃作品以原创名义对外行使交际功能。包兰瑛又有《湘阴左缀芬夫人孝澂惠题拙集走笔赋谢》诗云："行间字字艳兰苕，不愧才名匹左娇。自分蒹葭依玉树，敢期桃李报琼瑶。门风鼎贵轻黄散，墨雨纷披胜白描。从此盦薇吟不了，余音化作紫云飘。"②自诗意可推知，至晚在去世前两年，左又宜作为词人——而不是选家——的声名业已远绍旁流。

从仅存的少数原创作品来看，左又宜并非全无天赋与才情；作为侯门闺秀、才子之妇，她几乎享有女性创作者所能梦想的"顶级配置"环境来研习词艺。那么，她为何置风险于不顾，身犯古今斯文之大不韪呢？现代心理学告诉我们：剽窃行为的深层原因乃社会

---

① [美]姜斐德《略说次韵诗作为秘密的对话——兼论其对墨梅画的影响》，王水照主编《首届宋代文学国际研讨会论文集》，复旦大学出版社2001年版，第319—329页。

② 包兰瑛《锦霞阁诗词集》，胡晓明、彭国忠主编《江南女性别集初编》（下册），黄山书社2008年版，第1438页。

期待与实际能力的错位。或许亲长的厚望、夫婿的盛名早使她不堪
其负，她亦不肯坦然接受自己才力有限的现实，一两次抄袭侥幸过
关后，她便放胆涉忌，终成难收覆水。天不假年，左又宜永远地失
去了悔改的机会；而《缀芬阁词》也瞒天过海，一箧尘封，成就了
她才女而不仅为命妇的嘉名。

　　左又宜的剽窃之举瞒过了视她为闺中诗侣的夏敬观，瞒过了
周遭才士陈子言、诸贞长、龙毅甫、钱梦苕乃至一代词宗朱彊邨，
甚或于妇女文学投入相当关注的王蕴章、梁乙真亦未曾发现①——
这背后清晰地透现出了传统文学批评场域中那道习焉不察的性别隔
膜。即以女性词最为隆盛的清代而言，那些"闺中顾妇"与"庭下
谢家"②们也仍因久处边缘化位置而被"打入另册"，声闻夙著如吴
藻、熊琏、顾贞立者，其作品也并未进入评论家的集体记忆。从这
个意义上说，《缀芬阁词》剽窃案的破获，正是在性别维度上对文
学批评的主客体提出了双向要求：男性评论家须摘掉有色眼镜，克
服传统思维惰性，站在两性平等立场上秉公直断；而女性创作者既
不应以性别之防而遭致漠视，也绝不能藉性别之利豁免于罪罚。

　　文字千古事。诗家可不慎独乎？论者可不明察乎？左氏三湘才
女之名至此已告证伪。必准以《点将录》体，则莫如拟作"地贼星
鼓上蚤时迁"——千年词史中窃名欺世若此者，左又宜外恐无第二
人了。

---

① 梁乙真《清代妇女文学史》对《缀芬阁词》中抄袭作品予以表彰。
② 毛先舒《越郡诗选》，陈维崧《妇人集》，中华书局1985年版，第20页。

第二节 最后的女性遗民罗庄

（附李慎溶）

出生于十九世纪末的罗庄（1896—1941），创作生涯其实已基本介入民国时段，然而对于旧王朝、旧文化的眷念坚守姿态，使她成了绝不多见的女性遗民词人。罗庄以家世渊源赏爱于王、况等老辈事，也折射出彼时词坛复杂生态之一隅。世纪之交的另一"名父之女"李慎溶也可附此一说。

一、"今日犹自不能忘"的故国情怀

罗庄字寤生[①]，一作婺琛，又字孟康，浙江上虞人，学者、藏书家邈园公罗振常长女，近代著名金石家罗振玉女侄。自小生长淮安，短期寓居东瀛，后定居上海。孟康沾濡家学，耽坟籍，尤喜填词。邈园谓子女"诗词当如初日芙蓉，而不当若晚秋杨柳"，即题其词集曰《初日楼集》。年三十一，归周延年子美为继室，九年生三子一女，支持盐米不暇。迨抗战起，沪上沦陷，时子美病，孟康遂携子女避兵祸三阅月，自浔溪辗转至大唐兜，幸得生还。然孟康经此摧折，罹心悸之疾，年四十七而卒。

邈园公于孟康去世百日时作《祭长女庄文》，痛悔备极："汝

---

① 罗庄生为难产，祖母范太夫人因名之曰庄，字寤生，见《初日楼主人罗庄年谱》，罗静编撰、周世光增补《初日楼稿》，上海辞书出版社2013年版。

之所遭，固不肯尽言，以增两亲之忧，然一回相见一回憔悴，终至形神俱失。嗟乎！以吾婉娈膝前，丰神如画之娇女，乃令其憔悴至于斯耶！""汝之肖予者至矣！坚定似予，兀傲似予，狭隘似予，重德义而轻金钱亦似予。甚至好花草、书画、明窗、净几亦无不似予。""我于今世为怪物，为不祥之人，汝不以为怪，不以为不祥而步趋维谨，好者好之，恶者恶之……嗟乎！人之相知贵相知心。予阅世数十年，除二三友朋外，辄不为人所谅，不图管、鲍之交，牙、期之契，乃得之于吾女。则今之一朝永诀，予之心痛为何如也！"至文末已几不成语："太史公曰：'尚何言哉！尚何言哉！'此后吾之于汝，亦即缄口不言矣。"令人一掬心酸之泪。父女相知如此，恐不是因罗庄"为淑女为贤妇，无可訾议"，而是因为其继承了振常"坚定""兀傲""狭隘"种种不合时宜的心性品格。振常寒士，毕生周旋枯蟫故纸中，仅免于冻馁；值"大盗移国，宇内骚然"①之世，颇以文化遗民自任。生存于清、民之间解构与重建时代浪潮中的遯园公，对某些规则颇致不屑，对某些传统却坚持固守。冲突之下，对女儿有一种矛盾的期许：课以诗文却不许有损女德；教导其"文字宽和"、颐养福泽的同时又须"严于律己""内省不疚"。这样的"养生之术""却病之方"并未疗救孟康"膏兰烧煎"的病体，振常亦以哀故，次年下世。

孟康涉吟咏甚早，为遯园公评价为"摹《花间》即《花间》"的两首小词《菩萨蛮》与《更漏子》②不过中规中矩的闺中习作，

① 罗振常《浮海词序》，《清词序跋汇编》（第四册），冯乾编校，凤凰出版社2013年版，第1989页。

② 《菩萨蛮》云："丛兰泣露垂垂湿。美人堂上停瑶瑟。强起步中庭。玉阶残月明。　流年知暗换。未忍捐秋扇。弄影爱团圞，佳名记合欢。"《更漏子》云："柳烟浓，花雨细。寒逼绣帏人起。临晓镜，洗残妆。黛眉添画长。　春过了，愁多少。满地落红谁扫？垂玉押，倚金铺。望沉双鲤鱼。"

除了醺醺古味外也无多可圈点处。那些突出闺闼、不那么"运笔空灵，含思温婉"①的作品似更佳：

> 爽气揭天宇，佳日正重阳。幽人置酒招我，胜境赏秋光。直上琼楼高处，俯察满前景物，纤芥未容藏。只惜东篱下，才放一枝黄。　　　历千古，垂百代，几沧桑。流转故事，今日犹自不能忘。见说登高儿女，一例佩萸簪菊，相率兴如狂。何似名园内，雅集醉瑶觞。
>
> ——水调歌头·海藏楼登高视文渊

海藏楼为郑孝胥书斋，孟康以家世得瞻其概，"便移山挥日，只余太息""流转故事，今日犹自不能忘"，感喟深沉、笔力重大而别有心曲存焉。如果说海藏楼在民国初年是前朝文化符号式的存在，那么光绪崇陵就相当于遗民文人们的精神支柱。故孟康《金缕曲·题刘翰怡②少府〈崇陵补树图〉》一首情绪最浓足、声调最高亢：

> 鸿爪留缣素。忆当年、风埃颒洞，衣冠尘土。独有孤臣怀劲节，痛念故宫禾黍。叹陵寝、松楸谁补？梁格庄前披夕照，把锄犁、植满冬青树。葱郁气，散还聚。　　　果然丽日

---

① 周延年：《初日楼遗稿序》，载《初日楼稿》（徐德明、吴琦幸整理），上海辞书出版社，2013年版，第107页。

② 刘翰怡是清、民之间藏书家，著名的"嘉业堂"主人，王国维称其"崛起衰乱之际，旁搜远绍，蔚为大家"。鲁迅致杨霁云信中云："刘翰怡之刻古书，养遗老，是近于吕不韦式的。"翰怡能词，尝为况周颐评曰："笔道而意彻，非功力甚深不办。""藻思绮合，芊绵温丽，读之齿颊俱香。"据徐中《嘉业堂藏书游记》、王国维《传书堂记》、况周颐《蕙风词话》。

光重吐。启中兴、旧京丰镐，金瓯初固。收复神州宜指顾，
未卜天心可许。奈几辈、城狐社鼠。争似先生成大隐，这丹
忱赤胆超今古。图画里，自容与。

　　刘翰怡名承干，工部郎中、内阁侍读学士刘锦藻长子，溥仪
赏三品卿衔、候补内务府卿，时人咸以刘京卿尊称之。刘氏父子因
著书进呈，颇邀异宠，逊清后，翰怡甘为遗少终身。光绪崇陵工程
民国间方竣，梁鼎芬匍匐集赀，为种树数万；十年后，翰怡叩谒帝
陵，见陵木无多，为其疏补种，又作《崇陵补树图》，夏敬观、
杨度、夏寿田等先后题咏之，孟康亦为父执慨然赋词。"孤臣劲
节""故宫禾黍"已相当刺眼，"收复神州""城狐社鼠"云云尤
为诛心，整首《金缕曲》毋宁直接目为一篇遗民陈情状。孟康一介
弱女，站在以郑海藏、沈寐叟、梁节庵为代表的名家耆宿中的身影
显得模糊而黯淡，但其守志之坚笃、发语之激厉绝不逊色于任何一
位清遗民。生于遗老之家，长于乱世之际，未接受一日新式教育，
未承担一日社会事务，孟康实无多少自由选择与判断的能力。她本
能地抗拒着成为新女性的自觉，又不可避免地自困于旧才女的识
见，对于她的这些精神内涵落后、错位于时代的作品的评骘，需付
予"足够的温情、理解和宽谅"[1]。

二、"被男人们宽容出来的才女"[2]

　　因"名父""名伯"之荫泽，又久居沪上"轴心"，罗庄深受

① 马大勇师《晚晴民国词史稿》，华中师范大学出版社2014年版，第85页。
② 陆蓓容《罗庄：被男人宽容出来的才女》，新京报网书评，2013年9月7日。

诸大家如况周颐、王国维、郑孝胥等之褒宠。况周颐就推其"立意新颖，语多未经人道"，欲罗致门下，振常以"恐盛名损福"之门面语婉谢之，实则不惬意于蕙风作派也。另一边，王国维亦颇致欣赏，愿为其词集作序，振常喜甚，欲命拜师，后未及成而观堂已先逝矣。罗氏父女即着手编印《观堂诗词汇编》，特别是观堂生前未遑校勘的《人间校词札记十三种》均由罗庄一一录出、详校，得以刊发问世。罗庄虽没有正式拜入观堂门庭，却可称得上事实层面的私淑弟子①。

　　卸下"大佬"们因种种原因为之加持的光环，来看一看罗庄实际的创作情况：

　　木叶声干凉意满。墙头屋角秋零乱。落月穿篱光照眼。清露泫。牵牛花袅青丝蔓。　　便觉越罗寒不暖。袷衣欲试吴绫软。早晚凭高迎候雁。穷睇眄。疏林指点霜枫岸。

——渔家傲

　　最是东风忙不住。迎得春来，又送春归去。几日夭桃秾艳吐。如何一霎飞红雨？　　踏遍绿杨芳草路。十二金铃，犹系花开处。数尺游丝萦落絮。黄鹂百啭深深树。

——蝶恋花

---

　　① 罗振常论词主"和雅"，故不甚满意朱、况为主的"非秦者去，为客者逐"的"某派"；在《历代词人考略》删订条例中，振常更批评况氏该书"贪多务得""遗讯大雅""任情拉扯""辱没衣冠""最无意味"等，皆可见反感。王氏欲序而未成，盖因长子之丧心情委顿、不久复自沉之故。详可参见彭玉平《夏承焘与二十世纪词学生态——以〈天风阁学词日记〉所记况周颐二事为例》（《词学》第三十五辑，华东师大出版社2016年版）、《罗庄论》（第八届中国韵文学国际学术研讨会论文）、陈鸿祥《王国维与近代东西方学人》（天津古籍出版社1990年版）、严晓博《罗庄与王国维之词学关系》（《开封教育学院学报》2016年第2期）。

四宇荆榛，十年荏苒，故园重到堪惊。渐荒三径，略认旧门庭。却访茅檐故老，歌薤露、尽已凋零。登高望，晴风吹野，乱草没郊坰。　　愁生。当此际，伤今怀古，幽愤难平。叹兴亡如梦，蛮触犹争。恨少凌云才思，追全盛、感赋芜城。沉吟处，夕阳西下，晚寺动钟声。

——满庭芳·季妹养疴淮上，尝登南城晚眺，归为述其景物寥落之状，恨未能诗以写之，因代填此阕

虽然"清露泫，牵牛花袅青丝蔓""十二金铃，犹系花开处"称得上描摹入微、"静细绝伦"①，《满庭芳》上下两结处也略能得沉厚之旨，但整卷词摹习痕迹颇重，艺术水准绝不能称高。孟康谓寻常"闺中名士"②尚可，"气韵纵不凌驾古人，亦分庭抗礼，无挠屈也"③则委实难副。今人陆蓓容说得好："取罗庄一首词，再取若干清代女性词作放在一起，不说彼此间难分高下，就连各人的文风面目也都一样模糊""其最佳者明白如话而语意活泛，或者偶能肖似古人。次等则有句无篇，能令人眼前一亮，却终究稍欠流转。再次一等，便与自古以来满坑满谷的闺秀诗毫无区别了"，"才华与性别无关"更是相当有眼光的持平之论。盯住前人的"宽容"，其实是无助于清晰认知罗庄、也无助于给出准确的词史判断的。在传统性别视角所产生的巨大立场、话语偏差

---

① 罗振常评语，徐德明、吴琦年整理《初日楼稿》，上海辞书出版社2013年版，第46页。

② 罗庄词《临江仙·是晚座客皆醉，惟王季淑姊洒然独醒，但亦渴甚，终夜》中语。

③ 任罗继祖评语，徐德明、吴琦年整理《初日楼稿》，上海辞书出版社2013年版，第90页。

下，诗词史中"被男人们宽容出来的才女"又何止罗庄一人？孙犁有言："中国女作家少，历史观之，死于压迫者寡，败于吹捧者多。初有好土壤而后无佳气候，花草是不容易成活壮大的。"①此语足为评论者戒。

"如果说清代果然存在'才女文化'，那么同样受到才女的训练，但却刚好身处于清末民初转折期的闺秀，如何调适自己，并看待女性文学的过去、现在与未来？在现代女作家正式登上文坛之前，传统才女如何参与文化活动？这个过程是否与同时期旧式文人的命运平行？我们以为，探索清代女性与文学的问题，不应受限于进步的革命史观，而忽视了王朝末期最后的风华。"②罗庄——这个在清末民初巨大社会变革中转型得并不成功的闺秀，恰为我们提供了一个性别文学的典型观察样本。

三、李慎溶

最后可略谈早逝的才媛李慎溶（1878—1903），字槦清，闽词人李宗祎女，李宣龚③妹，孙鸿谟室。槦清承庭训，"髫龄绝慧"，

---

① 孙犁《读萧红作品记》，《耕堂劫后十种·尺泽集》，山东画报出版社1999年版，第175页。

② 傅璇琮、蒋寅主编，曹虹等撰稿《中国古代文学通论·清代卷》，辽宁人民出版社2005年版，第395页。

③ 李宗祎（1857—1895），原名向荣，字次玉，号佛客，别署双辛夷主人，福建闽县人，沈葆桢外孙，与南社女词人徐蕴华之夫林寒碧为中表兄弟。年未四十，抑郁而终，樊增祥谓"疏俊似六朝人"。李宣龚（1876—1952），字拔可，号墨巢，有《硕果亭诗》、《墨巢词》。民国间居上海，曾参与创办商务印书馆。

"吐秀诣微，深契音中"①，遗《花影吹笙词》二卷。榑清以闺秀
负词名，当世名家林纾、王允晳、樊增祥、周树谟、郭则沄、金兆
藩、许承尧、叶恭绰皆称赏之，朱祖谋更径集其句为题咏②。首先看
《蝶恋花》：

> 一夕凉飚辞旧暑。飒飒墙蕉，恐是秋来路。转眼熏风时
> 节去。不知燕子归何处。　　抽纸吟商无意绪。短槛疏窗，
> 难写黄昏句。今夜夜深知更苦。阶前叶叶枝枝雨。

笔意颇轻灵流转，上片尤警秀动人。芭蕉飒飒作声，原是秋之脚
步所撩动，凉意遂可触可感；语、境之新异，虽老宿名家亦难措
手。黄浚评曰："此词非凤慧妙诣不能道……以适用内典身如芭蕉
为双关语也。"③榑清因得名"李墙蕉"④。诸家题辞如"秋在心
头人不觉，错疑来路是蕉林"⑤"滴滴芭蕉心上雨，秋声长在曲阑
干"⑥"墙阴却补丛蕉绿，写得秋来路也无"⑦皆檃栝于此。《一落

---

① 王允晳题词。

② 朱祖谋《烛影摇红·题花影吹笙室填词图即集其词句成一解》："几日诗
魂，不知燕子归何处。只多飞絮与飞花，换了门前路。曾采幽芳题句，况湖山、顿伤
心素。娉婷一篴，解诉清愁，沉吟渐苦。"

③ 《花随人圣庵摭忆》，转引自《二十世纪中华词选》，黄山书社2008年版，
第1646页。

④ 夏敬观《忍古楼词话》："拔可妹榑清女士著有《花影吹笙室词》……其
《蝶恋花》有云：'一夕凉飚辞旧暑。飒飒墙蕉，恐是秋来路。'为榑清女士词中名
句，当时传诵，称之为'李墙蕉'云。"转引自孙克强、杨传庆、裴喆编著《清人词
话》（下），南开大学出版社2012年版，第2133页。

⑤ 周树谟题诗。

⑥ 郭则沄题诗。

⑦ 金兆藩题诗。

索·春雨缠绵偶以遣闷》新意稍有不及，清隽则不逊上篇：

> 晓雾溟蒙庭树。弄晴无据。深垂帘幕护清寒，却约得、炉香住。　　燕燕莺莺无语。恼将春去。只多落絮与飞花，还未到、听秋雨。

词上下两结俱摇曳流美。"深垂帘幕护清寒，却约得、炉香住"似得自放翁"重帘不卷留香久"句；"只多落絮与飞花，还未到、听秋雨"，是春犹未尽，已动秋思，宕开一笔，慧心自现。榭清存世词不多，除"飒飒墙蕉""听到秋雨"外，尚有多处描写到声音："何处听清商。竹院虚廊。夜阑却讶雨敲窗""影如潮满，明月江山。曾入梦、却被箫声吹断""绕砌鸣蛩旧识，凉宵厌寂寞，来伴低语""更凄迷、夕阳尽处，数声过雁"……雨滴、箫声、虫鸣、雁啼……这多重声响汇集成一片秋籁，并入词人心底。此即"自然之眼""自然之舌"一路，非性情敏感逾常者不能办。

与小令相比，榭清中长调中往往那种"好景难留、岁月不居的浓重忧伤"①似更为明显：

> 恨轻被、红尘缠着。往岁湖山，似曾留约。梦里沧波，去帆摇曳，向何托。竹窗灯火，欢笑地、浑如昨。畅好故园春，却孤我、听莺阑角。　　萧索。凭苏堤柳色，犹倚翠腰新削。湔裙又近，有多少、画桡芳酌。奈别后、恻恻寒轻，怕征袂、和人飘泊。漫细数归期，容易江莲香落。
>
> ——长亭怨慢·戊戌二月寄拔可长兄杭州

---

① 邓红梅《女性词史》，山东教育出版社2000年版，第569页。

越山清绝，泛湖光、中夜翛然孤引。一片玲珑，惊骤
冷、月底杨花吹鬓。渔屋风生，篷窗人悄，谁解听高韵。细
波轻桨，睡鸥沙际难稳。　　长叹系梦西泠，夷犹片棹，欲
去频无准。闻说交芦庵外树，犹怨当年先隐。半霎沈埋，水
孤天阔，渺渺游人恨。传来新句，旧愁平地盈寸。

——百字令·和林畏庐诗丈泛湖之作

　　"翠腰新削""江莲香落""月底杨花吹鬓""旧愁平地盈
寸"，刻意雕琢的字句背后托寓了无边无际的人天怅惘之感。或许
如樊樊山所言，"好女莫填词，呕尽冰茧丝"，椶清"恨轻被、红
尘缠着"的无心之叹竟成词谶。这位属于秋天的少女以二十六龄遽
然仙去，如流星一般，甫一闪现出光芒即迅疾陨落，不能不让人想
起三百年前的午梦堂故事①。椶清仅仅步入二十世纪三个年头，但已
从清末飘荡着脂粉味的重重帷帏之中颖拔而出，难得地逗漏出几分
清新和性灵——或许这正是"天将间气付闺房"的小小昭示。在她
身后，女性词的元气和生气正在历史的烟波深处悄然孕变。

---

① 吴用威题词："绝代词华殿一军。峨峨兰秀醉超群。返生香是卷中人。"

第二章　以南社诸子为中心的民国新女性词人群

南社领袖柳亚子云："从晚清末年到现在，四五十年间的旧诗坛，是比较保守的同光体诗人和比较进步的南社派诗人争霸的时代。但有一种怪现象，在同光体诗人中间，没有一个出名的女诗人。大概他们主张中国固有文化，认为内言不出于阃，是女子的本色，奉章学诚的迂腐议论为天经地义吧。在南社派中间，举得出名字的，却有旌德吕碧城，湘乡张默君和崇德徐自华、徐蕴华姐妹，足以担当女诗人之名而无愧。从这点上来看，南社派是比桐城派高明得多了。"[1]是的，南社的伟绩之一，就在于它扭转了主流社会已经运转千年、早已习焉不察的性别政治"旧乾坤"，将麾下的女性看作与男性完全平等的文学创作个体。破除了刻板化、边缘化后的文学场域，让"平睨须眉"第一次有了真正的可能。

六十八名南社女社员中有词传世者除柳氏点出的四位外，尚有张默君、陈家庆、顾保瑢、张光蕙[2]。本章即以上述女词人为核心，以词旨、词风相近的其他作者作为增补，以期立体呈现此期女性创作的面貌——在民国"黄金一代"崛起之前，这就是中国女性词的"最强阵容"。

---

[1] 柳亚子《介绍一位现代的女诗人——为双五诗人节作》，《磨剑室文录》（下），上海人民出版社1993年版，第1414页。

[2] 据汪梦川《南社词人研究》，上海古籍出版社2015年版，第49页。

第一节　"谁识隐娘微旨"[①]：论吕碧城词

（附吕惠如、薛绍徽、陈芸、康同璧）

吕碧城（1883—1943），谱名贤锡，字圣因，一字兰清，法号宝莲，安徽旌德庙首乡人。吕氏一族为徽州诗书望族，父吕凤岐[②]时任山西学政，母严士瑜为清代著名女诗人、词人，批评家沈善宝外孙女[③]，亦通诗文。凤岐四女[④]中除季女坤秀早逝外，惠如、美荪、碧城俱以诗名著称当世，章士钊盛赞为"淮南三吕，天下知名"，其中碧城与长姊惠如雅擅词章。碧城一生飞扬跌宕，诸如十二岁驰

---

① 语出碧城十二岁所填词《法曲献仙音》。

② 吕凤岐（1837—1895），号石柱山人，光绪丁丑科进士，选翰林院庶吉士，历任国史馆协修、玉牒馆纂修、山西学政。学政任上时尝与张之洞共同开办令德书院，"其后通省人才多出于此"。据云其家中藏书三万卷，著有《静然斋杂谈》、《石柱山农行年录》等。吕氏一族仅清代即有"父子翰林"吕贤基、吕锦文，著有《说文笺》、《五代史补注》的吴培公，有《写韵轩诗稿》存世的女诗人王安人，与凤岐并称"奕世翰林""旌德二吕"、胡适夫人江冬秀外祖、首倡修建皖赣铁路的吕佩芬。据方光华博客文章《方看徽州之六：吕碧城家族》。

③ 吕美荪曾云："先母严淑人克俭克柔，年二十七嫔于我先君。幼怜于亲，得其诗学，亦上承其外大母沈湘佩夫人之余绪也。"

④ 二女吕美荪（1879—？），行名贤鈖，后改名眉孙、眉生，又易为美荪，字清扬，号仲素，别署齐州女布衣。历任天津北洋女子公学监督、奉天女子师范学堂总教习、安徽第二女子师范校长，尝东游日本，晚年居青岛。美荪诗名甚大，与赵尔巽、叶恭绰、梁启超、严复、林纾、陈三立、张謇、朱孝臧、樊增祥等皆有唱和，章太炎称"五古气味已尊"。有《葂丽园诗》、《阳春白雪词》。美荪词存仅九首，功力远逊姊妹，兹从略。四女吕坤秀（1888—1914），行名贤满，以字行。先后任教于吉林、厦门女子师范学校，为奉母终身未嫁，二十七岁病逝。有《灵华阁诗稿》、《撷珥集》，今不存，名声不及诸姊显。

书父亲同年樊增祥求援[①]；如娜拉一般于封建家庭中愤然出走；未及而立即先后任《大公报》主笔、北洋女学总教习、袁世凯机要秘书；与秋瑾惺惺相惜、同榻而眠；"角逐贸易"竟成巨富大贾，"只身重洋，自亚而美而欧，计时周岁，绕地球一匝"[②]，游尽十洲山水；晚年皈依佛海，宣扬护生，死后将骨灰"结缘水族"；包括其终身未嫁的原因，与英敛之、袁寒云等名流间扑朔迷离的"绯闻"……皆令人称异不置，诧为传奇。十数年来，好事者冠之以"民国第一奇女子""民国四大才女之首"等头衔，敷衍成"美文"之属，流传坊间，其中"颇有俗伧揣以凡情，妄拘谣诼，爰为诠释"[③]。也正是因此，吕碧城在民国词普遍冷寂的二十世纪能较早进入学界视野，跻身于端坐着众多男性词人的研究前排。"如何以平静的、科学的眼光打量这位传奇女性，摒弃一切猎奇的、盲目抬高或贬低的评价方式"[④]，深入关注其三百余首传世作品，是研究吕氏词的必要前提。

　　前人论碧城词，多着眼于内容上的"辟新理想""破旧锢弊"[⑤]及技艺上的"积中驭西"[⑥]、熔新入旧两个层面的开拓之功。为避

---

① 实际驰书求援者为长姊惠如。

② 吕碧城《欧美漫游录》，李保民校笺《吕碧城集》，上海古籍出版社2015年版，第317页。

③ 吕碧城《晓珠词跋》，李保民校笺《吕碧城集》，上海古籍出版社2015年版，第646页。

④ 傅瑛《吕碧城及其研究》，《淮北煤炭师范学院学报》（哲学社会科学版）2004年第2期。该文于碧城生平持论最明慎。

⑤ 英敛之《吕氏三姊妹集序》，转引自刘梦芙编选《二十世纪中华词选》，黄山书社2008年版，第1661页。

⑥ 沈轶刘《繁霜榭词札》，转引自刘梦芙编选《二十世纪中华词选》，黄山书社2008年版，第1663页。

冗赘，这里仅对其词的艺术特质、其人的词史位置做一点体认与辨说：

一、狂慧与奇哀：吕碧城词的艺术特质

碧城有《鹊踏枝·杨云史赠某上人诗云：词人风调美人骨，澈底聪明便大哀。绮障尽头菩萨道，水流云乱一僧来。兹檃栝之，兼广其义而成此调》："冰雪聪明珠朗耀。慧是奇哀，哀慧原同调。绮障尽头菩萨道。才人终曳缁衣老。　　极目阴霾昏八表。寸寸泥犁，都画心头稿。忍说乘风归去好。繁红划地凭谁扫。"词序中"某上人"即弘一法师李叔同，李、吕生前是否有过交接至今说法不一，而彼此间"悠然神会"则应是肯定的。碧城仙去后，佛学杂志《觉有情》刊发《纪念吕碧城女士专号》，有《编者按》云："揆其志行之坚卓，身世之特异，方诸释门硕德弘一大师，颇有类似处。"诚是。是故"哀"与"慧"——这里扩充为"狂慧"与"奇哀"——亦可作为理解碧城一生创作的关键词。

"狂慧"为佛家语汇，意指散乱不定、背离正道的浅慧[1]；自龚定庵"经济文章磨白昼，幽光狂慧复中宵"一语出而反贬为褒，带有了才情纵横、奔泻无极而思致渊深、熔铸禅理的丰富引申义[2]。前

---

[1] 隋智顗《观音经玄义记》（卷上）："若定而无慧者，此定名痴定，譬如盲儿骑瞎马，必堕坑落堑而无疑也；若慧而无定者，此慧名狂慧，譬如风中然灯，摇扬摇扬，照物不了。"

[2] 后世诗文中颇有接续发扬此义者。如熊盛元《台城览古》："古恨今愁自悠悠，幽光狂慧殊耿耿。"潘乐乐《深宵》："只有诗人与明月，幽光狂慧破深宵。"

贤评论如"笔扫千军而不自矜"①"飘逸似欲仙举"②"英姿奇抱超轶不羁"③"陆离炫幻,具炳天烛地之观"④"思虑更为深广博大,即所谓对宇宙万物之终极关怀也……尤富现代思想,其深邃之哲理内蕴,有待探求"⑤皆靠近此内涵。读早期几首《浣溪沙》:

色相凭谁悟大千。瑶峰无尽浸壶天。此中真个断尘缘。　淡掠烟波描梦影,净调冰雪练仙颜。一生常枕水精眠。_{建尼瓦湖雪山四照,末句用韦斋赠诗。}

蕙带荷衣惜旧香。梦回禁得水云凉。鱼书迢递诉愁肠。　已是槎浮通碧汉,更闻人语隔红墙。星源犹自见欃枪。

小劫仙都认梦痕。凄迷泪雨送芳辰。长空何处不消魂。　天际葬花腾艳霭,人间疑纬说祥云。人天谁忏可怜春。

① 樊增祥致吕碧城书,转引自刘梦芙编选《二十世纪中华词选》,黄山书社2008年版,第1661页。

② 郑逸梅《味灯漫笔》,转引自刘梦芙编选《二十世纪中华词选》,黄山书社2008年版,第1662页。

③ 孤云评《吕碧城女士〈信芳集〉》,转引自《二十世纪中华词选》,黄山书社2008年版,第1663页。

④ 沈轶刘《繁霜榭词札》,转引自《二十世纪中华词选》,黄山书社2008年版,第1663页。

⑤ 刘梦芙《冷翠轩词话》,转引自《二十世纪中华词选》,黄山书社2008年版,第1664页。

词作于旅居瑞士期间，"瑶峰无尽浸壶天""已是槎浮通碧汉""小劫仙都认梦痕"盖实写，而"天际葬花""人间疑纬"，已微见不凡气度。如果说以上还只是限于"临流赋诗"，那么中、后期词则每近乎狂想：

> 腥海横流犴狴锁。为护群伦，欲作慈云鼟。但愿哀鸿栖尽妥。不辞玉陨昆冈火。 历劫谁修罗汉果。佛顶香光，直照幽霾破。信誓他年傥证我。九渊应现青莲朵。
>
> ——鹊踏枝

> 影事花城闻冕邪。海水生寒，一夕霓裳罢。罗袜凌波归去也。遗钿坠珥皆无价。 浥透鲛绡谁与话。泪铸黄金，不为闲情洒。弹彻神弦啼玉姹。四天雷雨冥冥下。
>
> ——前调

> 凤德何曾衰末世。半壁丹山，十树红桐死。哀郢孤累空引睇。微波未许微辞递。 夜有珠光能继晷。见说仙都，不作晨昏计。石破天惊成底事。闲供玉女投壶戏。
>
> ——前调

> 梦想诸天联席会。为问烦冤，飞下皇华使。冰雪谁瞻姑射子。阎浮一见消疵疠。 石烂南山心不死。世变无穷，终待蛮腥洗。否则圆舆成粉碎。予将与汝甘偕逝。
>
> ——前调

即使剥除其中的佛、道语汇及理趣，仍可随手捕撷到其中的异想与灵机。由"腥海横流犴狴锁"中"罗袜凌波归去也",亲见"半壁丹山,十树红桐死",甚至"梦想诸天联席会",亦真亦幻,高蹈绝俗;又以"信誓他年倘证我""予将与汝甘偕逝"于靡密的游仙味外更添一种死生成坏感,令人于目不暇给间如闻梵唱,心目为一震悚。

至于那些包蕴着女权、民主、平等甚至环保等等现代性特强之语汇、思想的作品,亦从这种高昂的"狂慧"包容广大、牵连万有特质中得来。看《金缕曲·纽约港口自由女神铜像》、《摸鱼儿》:

> 值得黄金范。指沧溟、神光离合,大千瞻恋。一簇华灯高擎处,十岳九渊同灿。是我佛、慈航舣岸。縶凤羁龙缘何事,任天空、海阔随舒卷。苍霞渺,碧波远。　　衔砂精卫空存愿。叹人间、绿愁红悴,东风难管。筚路艰辛须求己,莫待五丁挥断。浑未许、春光偷赚。花满西洲开天府,是当年、种播佳莳遍。翻史册,此殷鉴。_{美为自由苦战,见予所译《美利坚建国史纲》。}

> 绕孤丘、苦芦寒濑,土花凄护贞蜕。义声不让田横岛,此夕迁就能继。词苑事。有翠墨、甄奇宫羽流哀丽。陇书休寄。早唤断银云,影沉沙屿,霜月吊汾水。　　凭谁解,依样雀螳相伺。强秦盲视公理。我悲貂锦胡尘丧,奸弱亦吾长技。穹宙里,问齐物、同仁宁有偏畸意?尘孽应弃。愿手挽天河,圆舆净涤,终古雪斯耻。

碧城尝自言"年来十洲浪迹,瑰奇山水,涉览略遍,故于词境渐厌横拓，而耽直陡"①。"横拓"与"直陡"说法新异，他处未见，似可作为理解其词的切入点："横拓"应针对具体技艺而言，而"直陡"即指代词的精神气质。碧城入手填词甚早，二十三岁时所刊《吕氏三姊妹集》中词作虽题材甚窄而手段老练，出入两宋而无难色，得到樊樊山"南唐二主之遗"②"松于梅溪，细于龙洲"③的褒扬。然碧城英风超迈，直是传统词艺中缚不住者，又怎会安于"漱玉犹当避席，断肠集勿论矣"④的评价？特异的人生际遇与勇烈的禀赋性情必酿变出迥超流辈的艺术追求，不但为同时代人所难仰及，亦非流派群体所能拘囿。碧城词固以炼字新警、体物精微而被目为胎息梦窗⑤，但更以洞邃人天、联结灵俗的"狂慧"从其中蝉蜕而出，拔升了梦窗的品格。如一定要将她拢入清、民际风行一时的梦窗派中，她也是其中自张一军、卓尔独行的异数。

　　再说"奇哀"。贯穿碧城词终始的情感，远不是寻常闺帏浮萍断梗般的幽怨，亦非那种道貌高远、故弄玄虚的文士闲愁，乃是一种旷绝今古的奇情大哀。那么她在"哀"什么？先看早期两首有明确情绪指向的词：

　　　　绿蚁浮春，玉龙回雪，谁识隐娘微旨。夜雨谈兵，春风

---

　　① 吕碧城《晓珠词跋》，李保民校笺《吕碧城集》，上海古籍出版社2015年版，第646页。

　　② 李保民校笺《吕碧城集》，上海古籍出版社2015年版，第4页。

　　③ 李保民校笺《吕碧城集》，上海古籍出版社2015年版，第26页。

　　④ 樊樊山语，李保民校笺《吕碧城集》，上海古籍出版社2015年版，第11页。

　　⑤ 吕氏《祝英台近》一首有樊樊山眉批："世间无数钝汉，自命梦窗，纵使呕心十二万年，不能道其只字。"后世所谓吕氏胎息梦窗之论多据此生发。如刘纳《风华与遗憾》，《中国文学研究》1998年第2期、王慧敏博士论文《民国女性词研究》相关章节等。

说剑，梦绕专诸旧里。把无限忧时恨，都消酒樽里。　　君认取，试披图、英姿凛凛，正铁花、冷射脸霞生腻。漫把木兰花，错认作、等闲红紫。辽海功名，恨不到、青闺儿女。剩一腔豪兴，聊写丹青闲寄。①

——法曲献仙音·题虚白女士看剑引杯图

百二莽秦关。丽堞回旋。夕阳红处尽堪怜。素手先鞭何处着，如此江山。　　花月自娟娟。帘底灯边。春痕如梦梦如烟。往返人天何所住，如此华年。

——浪淘沙②

少年、青年时代的"哀"表现为喷薄欲出的"忧时恨"，表现为对碎裂江山、晦暗华年的伤悼。而中年去国后人生况味渐丰厚，"哀"的构成则愈来愈复杂。哀去国离乡，漂泊无依："天涯远，只孤星怨晓，病叶啼霜"（《沁园春》）、"十年迁客沧波外，孤云心事谁省"（《霜叶飞》）；哀兵燹连年，生民倒悬："鼎尚沸然，残膏未尽，腐鼠犹瞋"（《丑奴儿慢》）、"啼鸟惊魂，飞花溅泪，山河愁锁春深"（《高阳台》）；哀人生露电，好景不居："今试数。只一霎韶华，幻尽闲朝暮"（《摸鱼儿》）、"镜逝颜

---

① 此词据云为十二岁所作，版本较复杂，又有常见一版云："绿蚁浮春，玉龙回雪，谁识隐娘微旨？夜雨谈兵，春风说剑，冲天美人虹起。甚无限忧时恨，都消酒樽里。　　君知未？是天生粉荆脂聂，试凌波微步寒生易水。漫把木兰花，错认作等闲红紫。辽海功名，恨不到青闺儿女。剩一腔豪兴，写入丹青闲寄。"李保民校笺《吕碧城集》，上海古籍出版社2015年版，第224页。

② 据李保民考，词作于1915年袁世凯政府承认"二十一条"而举国震恐之际。江山、华年殆有所指。李保民校笺《吕碧城集》，上海古籍出版社2015年版，第11页。

丹，梳零鬓翠，暗转年华烛"（《百字令》）；还有那些无所指向、莫可名状又无法度脱的哀："瀛洲何必生芳草。当时误判东风早。花信几番催。泪和红雨霏"（《菩萨蛮》）、"入世早知身是患，长生多事饵丹砂。五千言外意无涯"（《浣溪沙》）。

"哀"既深而广，就不能反观铸造这一切的"人间"。碧城传世词凡三百余，"人间"一词以近三十次的频率醒目出现。与行辈稍早、同样不能忘怀"人间"的王国维相比①，碧城"厌世"意较淡而"出世"欲颇浓。同一个"人间"，观堂深耽于斯，缠斗于斯，而终不能自解于斯；碧城则出走异域皈依佛禅，复以悯恻姿态俯瞰之。尽管结局不同，"人间"还是成了末世中男女两大词人共同的情感引信。

成功的出世者其实也很难太上忘情。略一体会碧城词中充溢着的"前不见古人，后不见来者"的孤独与悲怆，即知她并不能做到隔绝淡漠。以下两首词虽名声不及诸代表作，却正为她"苏世独立"的一生作一传神写照：

闻鸡起舞吾庐。读奇书。记得年时拔剑斩珊瑚。乡雁断。岛云暗。锁荒居。听尽海潮凄厉壮心孤。

——相见欢

① 就这一点，严迪昌评说云："……充分集中地表现出王国维词贯串始终的……厌世消沉的心绪，其名为《人间词》之意似也可探知及了。言为心声，这满纸'最是人间留不住'的绝望之吟，几乎已为他最终自沉于昆明湖预为留言。"《清词史》，江苏古籍出版社2001年版，第588页；马大勇师云："'人间'构成了静安词言说的一个核心语汇，自然也构成了其思想构成的重要落脚点之一。我们看到了王氏笔下'人间'的悲苦，'人间'的庸凡，'人间'的逼仄，'人间'的无常，也应体会到这份'人间'情怀塑造了王国维的独特艺术个性与风神，并成为我们观照其词心词境的最关键入口。"马大勇师《晚清民国词史稿》，华中师范大学出版社2006年版，第186页。

何人袖手，对横流沧海。一样无情似湘水。任山留云住，浪挟天旋，争忍说、身世两忘如此。　　千秋悲屈贾，数到婵娟，我亦年来尽堪拟。遗恨满仙源，无尽阑干，更无尽，瀛光岚翠。又变徵遥闻动苍凉，倚画里新声，万松清吹。

　　——洞仙歌·白葭居士绘松林，一人面海而立，题曰"湘水无情吊岂知"。南海康更生君见而哀之，题诗自比屈贾。而予现居之境，恰同此景，复以自哀焉，爰题此阕以应居士之嘱。戊辰冬识于日内瓦湖畔

碧城于词业极看重："深慨夫浮生有限，学道未成，移情夺境，以词为最……至若感怀身世，发为心声，微辞写忠爱之忱，小雅抒怨诽之旨，弦歌变徵，振作士气，词虽末艺，亦未尝无补焉。"[1]是故这位多艺多能的才人选择在词业中自栖其志、自圆其命。碧城强烈而敏感的自我注定难以安放于时代，又必然无法见容于俗世，在与深渊的互相凝视中[2]，最终进跃出大于甚至倍于自身的艺术人格——她的异彩斑斓的人生、"迅羽托浮生，老苍烟泉石"[3]的选择乃至"才人老去例逃禅"[4]的归宿，皆源于此。至此，以为略识"隐娘微旨"，不致堕入碧城所谓"自作郑笺"的"俗伧"之流。

---

① 吕碧城《晓珠词跋》，李保民校笺《吕碧城集》，上海古籍出版社2015年版，第648页。

② 尼采名言："与恶龙缠斗过久，自身亦成为恶龙。凝视深渊过久，深渊将回以凝视。"

③ 吕碧城《石州慢·自题晓珠词》句。

④ 龚自珍《鹊桥仙》词句。

二、"近三百年词家之殿军"辨

龙榆生《近三百年名家词选》选吕词五首置于卷末,其后颇有以"近三百年词家之殿军"指称碧城者,传布弥广,迄无异辞。然这一称号的合理性似可略作辨认:

龙氏《词选》后记云:"……词学中兴之业,实肇端于明季陈子龙、王夫之、屈大均诸氏,而极其致于晚清诸老,余波至于今日,犹未全绝……物穷则变,来者难诬,因革损益,期诸后起。继此有作,其或别创新声,以鸣此旷古未有之变迁乎?"①在《晚近词风之转变》中更表达了乐观的前瞻:"苟能因势利导,藉以继往开来,未尝不可发扬国光,陶冶民性,进而翊赞中兴大业"②。足见龙氏是主"变"而非"存"的,其选撷三百年间词的目的也是"纪其变"而非"断其代"的。龙沐勋一生力肃梦窗流弊而标举苏辛逸响,"欲与浙常二派之外别建一宗"③,其"风物长宜放眼量"的文学观念是相当明确的。这样看来,于词别有创辟之功的吕碧城在他眼中何尝不是"来者""后起"与"新声"呢?故碧城应是以三百年时间线上的最后一位名家身份膺选,而"结穴"意义则较弱。这样看来,后人"词家殿军"的说法恐怕是过度阐释甚或误读了。刘纳《风华与遗憾——吕碧城的词》认为:"编《近三百年名家词选》的龙榆生将吕碧城作为是三百年词家的殿军,那么,也可以说

---

① 《龙榆生全集》第八卷,上海古籍出版社2015年版,第453页。

② 《龙榆生全集》第三卷,上海古籍出版社2015年版,第474页。

③ 龙榆生《今日作词应取之途径》,《龙榆生全集》第三卷,上海古籍出版社2015年版,第300页。

她是千年词史的殿军之一。"①并据此做出这样的评述与判断：

> 处于中国词发展长链尾部的吕碧城不得不在传统模式的缝隙间寻找回避因袭性的途径，她对普泛性经验作了有限度的反抗，在词才荟萃的清末民初显示出独特的词家风采……假如在1919年前后没有"五四"那一场变革，中国文学沿着古典之路继续走下去，会怎样？还能再显古典文学极盛期的灿烂辉煌吗？吕碧城在内的末代词人的出色表现，证明文言确实已被使用得老旧熟烂，它的词语与所传达的精神情感之间的联系已经紧密得定型了，因此，虽然产生于过去年代的优秀作品并未失去并且永远不会失去其价值，但是，处于古典文学长链尾部的诗人词人即使拥有超越古人的才情也不可能再实现古人曾经实现的成就。

"在传统模式的缝隙间寻找途径""对普泛性经验作了反抗"确乎是吕氏一生创作的精准总结，然碧城之于传统，并不是被动地接纳、"回避"，而是主动地改造、开拓，尝有言："文之为用亦大矣哉！所谓'大之为河海，高之为山岳，明之为日月，幽之为鬼神，纤之为珠玑华实，变之为雷霆风雨'，随缘应用，獭祭于文人腕底，建其不世之功，跂予望之。"②襟度眼光，何其博广！在词中，碧城亦有"喜词坛、吾道传先例"③的自许；具体到创作论上，她作《浣溪沙》一首表明立场态度：

---

① 刘纳《风华与遗憾——吕碧城的词》，《中国文学研究》1998年第2期。
② 吕碧城《文学史纲自序》，李保民校笺《吕碧城集》，上海古籍出版社2015年版，第682页。
③ 吕碧城词《贺新凉》中句。

　　　　斯道尊如最上峰。楼台七宝未完工。故疆休被宋贤
封。　　　音洗琵琶存正始，律调宫羽变穷通。万流甄采汇词
宗。叶君退庵弘扬词学，恒持通变，予深题之。

　　圣因受梦窗一脉濡染不可谓不深，却也能明确地指出其"未完工"（即并不圆满无阙）之弊。秉持着"存正始""变穷通"的通豁理念，她确是越轶了"宋贤故疆"的。吕碧城的努力，恐怕并不是将旧文学的制式砸实至"紧密得定型"，而是在看似固若金汤的词体中尝试撬动，发掘出更多的路径可能。她是形式上的"旧中之新"，而非时间上的"新中之旧"。如果一定要其比拟成古典文学长链中的一环，吕碧城应是嵌合新旧、联结今古的关节性人物，而不是为"气数已尽""后继为难"[1]的旧体诗词奏响所谓"终曲"的乐手。

　　马大勇师在《"二十世纪诗词史"之构想》中曾说："古典诗歌乃是一座停止了喷发的火山，一条干涸了的旧河道，在火山内部仍涌动着炽热的岩浆，河道下面仍潜藏着澎湃的暗流。它默默地蓄积着极其汹涌的气派和能量，一旦处于某些特殊的历史节点，或与某些特殊的人物灵犀暗通，就会破茧而出，洄漩激荡，奏出或昂扬慷慨、或凄婉悱恻的异样音调和旋律。"[2]这里，"特殊的历史节点"即新旧交叠的清末民初之世，"特殊的人物"即"人中龙凤女苏黄"[3]的吕碧城。碧城是一个完完全全的新女性，却毕生坚持旧文

---

① 邓红梅《女性词史》："吕碧城词固然遗世独立，但女性词气数已尽、后继为难的消息，也因这一过于生僻的文字风格而泄露了出来。"山东教育出版社，第575页。

② 《文学评论》2007年第5期。

③ 沈祖棻《金缕曲》句。

学写作①，又特擅将新题材、新情感引入传统词体，重重矛盾，引人寻味；就在这样的纠葛缠绕中，她以旷世之才破茧而出，蝶化成了百年词史中耀眼的"这一个"。比之"三百年词家之殿军"，"飞将词坛冠群英，天生宿慧启文明"②的吕碧城更应该被列在"近百年词家开山一代"的候选名单中。

三、圣因长姊吕惠如

接续碧城当谈其胞姊吕惠如。吕惠如（1875—1925），原名湘，行名贤钟，以字行，圣因长姊。惠如"工书画，善诗词……为人婉嬺淑慎"③"邃于国学，淹贯百家，有巾帼宿儒之概"④，任南京女子师范学校校长有年。据载惠如有《清映轩诗词稿》四卷，身后俱散佚，龙榆生广征海内，辑成《惠如长短句》二十四首，刊于《词学季刊》第三卷第二号。

英敛之《吕氏三姊妹集》序云："惠如则典赡风华，匠心独运；碧城则清新俊逸，生面别开。"⑤蔡嵩云称"长调雅近玉田，小

---

① 吕碧城对白话文风潮颇致微词，其《国立机关应禁用英文》云："……国文为立国之精神，决不可废以白话代之……文辞之妙，在以简代繁，以精代粗，意义确定，界限严明，字句皆锻炼而成，词藻由雕琢而美，此岂乡村市井之土语所能代乎？"李保民校笺《吕碧城集》，上海古籍出版社2015年版，第682页。

② 缪素筠诗。

③ 蔡嵩云《惠如长短句附识》，刘梦芙编选《二十世纪中华词选》，黄山书社2008年版，第1641页。

④ 吕碧城《惠如长短句跋》，《二十世纪中华词选》，黄山书社2008年版，第1641页。

⑤ 转引自刘梦芙编选《二十世纪中华词选》，黄山书社2008年版，第1661页。

令颇得易安神味，造境绝高"，碧城亦题其词云"片羽人间，零落犹存漱玉篇"①，实则其词风味特具，有未限于易安、玉田者。试读其小令：

　　残雪寄崖阴，浅碧已生纤草。三两幽花谁见，有诗人能道。　　春寒犹锁玉楼人，寻芳喜侬早。偏有小黄蝴蝶，更比侬先到。

——好事近

　　满袖落梅风，吹笛石头城下。杨柳小于娇女，倚赤栏低亚。　　六朝金粉尽飘零，燕子伤心话。剩有齐梁夕照，蘸青山如画。

——前调

前首"三两幽花""小黄蝴蝶"，随手点染，若不经意，全词通体俱活；后首笔致颇奇，如镜头缓缓摇动摄入巨幅场景，又于杨柳低亚、齐梁夕照处特致停顿，景观历历，巨细靡遗。以短调篇幅注入家国沧桑感而举重若轻，兼具骨力巧思，是迦陵手法，允称上品。再读其中、长调：

　　记襟分辽月，鬓染吴云，十载犹赊。老向江南住，把莫愁故里，当作侬家。青山待人情重，留与共烟霞。看转烛人情，抟沙世事，且伴梅花。　　独立水云侧，似信天翁鸟，饥守苍葭。没个消凝处，倚东风一笛，自遣生涯。平生不愿

---

　　① 吕碧城《减字木兰花·题先长姊惠如词集》。

枯寂，冷处亦清华。正怕作愁吟，郊寒岛瘦谁效他。

——忆旧游·羁泊江南，匆匆十五年矣。桑海迁易，百忧填膺，行将卜居冶城山麓。以秣陵之烟树，作故山之猿鹤，胜地有缘，信天自慧，时藉倚声，聊摅襟抱

步苍崖，扶藓磴，一径入幽窈。绝壑云深，翠色带风筱。可能呼起冬心，倩他古笔，写出这、寺门残照。　世缘少，待将结伴诛茅，乾坤一亭小。人哭人歌，甘向此中老。似闻鹤语空山，忍寒餐雪，总不向、红尘飞到。

——祝英台近·冬月六日，偕戚畹薄游清凉山，于扫叶楼清凉山之间，别得古刹，境极邃僻。搴萝攀崖，藉草成兴，惜无画手写此冬山共话图也

蘩金碎玉，看几枝疏瘦。昨夜新霜又重九。正古帘月悄，罗荐香寒，是词客、薄醉微吟时候。　南山真意在，孤绝幽芳，千载襟期继陶叟。端不负初心，寂寞东篱，总未向、春风低首。愿岁岁、秋光似花浓，这夕照、闲门有人同守。

——洞仙歌·菊

谋篇遣字，固然有玉田的影子，而"独立水云侧，似信天翁乌，饥守苍葭""平生不愿枯寂，冷处亦清华""似闻鹤语空山，忍寒餐雪，总不向、红尘飞到""端不负初心，寂寞东篱，总未向、春风低首"合高华格调与蕴藉情思于一手，便玉田亦难为。惠如生平行

迹较模糊，仅知其长江宁女校时期"人多仰其行谊"①，"旧家名门慕其风，争遣子女来学，一时称盛"②。从词中，我们可以大致窥见一位民国早期颇有士人之风的女性知识分子形象。惠如集中有别调数首，恢奇脱略，绝似圣因神味。如《踏莎行》："廊闪晶灯，鹦栖珊架。半庭竹影流云泻。紫箫吹澈洞天空，浩然风露飞蟾下。 碧海烟澄，霓裳曲罢。夜阑谁共琼楼话。冰壶休浣九秋心，天寒珍重姮娥寡。"《鹊桥仙》："钟声远寺，鸡声近陌，曙色渐分林罅。秋云何处陇头飞，正木叶、亭皋初下。 瑶阶凉露，瑶窗明月，一片融成澹雅。晓来无处觅吟魂，想神与、西风俱化。"惠如词技艺之精、格调之高，可从二十余首词中窥得一斑，如能观其全帙，信可自足一家，而不仅为碧城所掩矣。

四、薛绍徽、陈芸

福建女词人薛绍徽声名远较圣因寂寞，近十数年来研究自海外回潮③，始得学界注目。吕、薛二人同为"中华文明数千年未见之大转型时期"知识女性中"姣姣者"④，生平思想、诗词创作等方面亦有相近处，姑视为"北吕南薛"，顺序胪列于吕氏姊妹之下：薛绍

---

① 吕碧城《惠如长短句跋》，刘梦芙编选《二十世纪中华词选》，黄山书社2008年版，第1641页。：

② 蔡嵩云：《惠如长短句附识》，刘梦芙编选《二十世纪中华词选》，黄山书社2008年版，第1641页。

③ 美国莱斯大学教授钱南秀于薛绍徽研究最深，此外《薛绍徽集》2003年由福州大学林怡点校出版，杨万里等人有相关论文问世。

④ 杨万里《薛绍徽吕碧城异同论》，张宏生、钱南秀编《中国文学传统与现代的对话》，上海古籍出版社，2007年版，第378页。

徽（1866—1911），字秀玉，号男姒，出身福建侯官士绅家庭，适同乡陈寿彭[1]。寿彭与兄季同[2]毕业于福州船政学堂，留学欧洲，获系统西方教育，绍徽由此颇得西学浸润。戊戌变法中，绍徽积极参与上海女学运动，创办女学会、女子刊物、女学堂，编纂《外国列女传》，并提出"中国女教"的主张[3]。变法败，退与寿彭合作编译包括儒勒·凡尔纳《八十天环游地球》在内的西方文史、科技、小说等著作并编辑报刊[4]。故虽旧家才妇，庶可当"第一代知识女性"[5]之谓。绍徽毕生随夫乞食南北，以中寿终，有《黛韵楼词集》二卷，存词一百五十余首。

绍徽于词学见解颇独到，谓："……世之填词喜以清真白石为宗，以其多合乐之作，然苏辛秦柳何尝无合乐者？若歌者能体会宫商，乐者能调匀节奏，则无一词不可入乐"[6]，"于是大言小言，无不宛转入拍"[7]。秉持着这种较开放的词学观，《黛韵楼词集》中必多新异之作。寿彭游学，尝以海外珍玩寄妻，绍徽遂以着意拣选词

---

① 陈寿彭（约1857—约1928），字绎如，光绪间举人，工词章、法文，有译著多部。

② 陈季同（1851—1907），曾任清廷驻法外交官，娶法国女子赖妈懿（Maria—Adele Lardanchet）为妻，以中法互译出版译著数十部，被称为"中法文化使者"。

③ 薛氏的主张较康、梁、秋、吕等保守，提出新"女四德"，自言"坚守中国女教本位，对西方女学思想不敢苟同也"。钱南秀称之为"借西洋之镜烛以中华之文明"。

④ 钱南秀《薛绍徽及其戊戌诗史》，[加] 方秀洁、[美] 魏爱莲《跨越闺门：明清女性作家论》，北京大学出版社2014年版，第287页。

⑤ 郭延礼《20世纪初中国女性文学四大作家群体考论》，《文史哲》2009年第4期。

⑥ 陈寿彭《亡妻薛恭人传略》，《黛韵楼遗集》，宣统三年（1911年）刻本。

⑦ 薛裕昆《黛韵楼词集序》，《黛韵楼遗集》，宣统三年（1911年）刻本。

调^①，填词回赠。词中寓西方文化、政治、宗教种种异事奇闻，故薛
氏虽未有吕碧城式的壮游，却也有"海外新词"的尝试。读《八宝
妆·绎如寄珍饰数事》、《十二时·金表一，大如钱，配以珠链数
十粒，大于豆蔻，背字谓系瑞士国手工特制也》：

> 玉匣连环，珠匣如意，斫粟配成金钏。百炼金刚原不
> 坏，况有荧煌光炫。遥思腰细阕氏，饰臂轻盈，行宫祖帐开
> 欢宴。麾指诸军行阵，钗声交颤。　无奈敌势披猖，民心
> 散溃，倒戈安事鏖战。唱麦儿、悲歌四起，避劫火、青纱蒙
> 面。只空手逃亡，乞援翠翘，零落随花钿。剩绕腕一双，令
> 人感叹沧桑变。

> 看团圞、循环旋绕，宛若元时宫漏。但脉脉、闻声轻
> 扣。瞬息能分时候。机轴中含，金精外溢，况有铭文籀。饶
> 古雅、万里同心，语简意深，感入肝肠雕镂。　今始知，
> 分阴可惜，辗转已殊昏昼。刺绣五纹，摊书午夜，出入皆
> 怀袖。奈爱而、不见三秋，一日迟逗。　最恼他，金针作
> 怪，只管纷纷驰骤。催送年华，教人清瘦，添着眉痕皱。恐
> 韶光易逝，不复青丝依旧。

前首词序为一长文，详叙普法战争中法国拿破仑三世王后欧色尼
事，以一臂饰串联起宏阔战事，融通中西典^②，感喟深沉，足见

---

① 网络时代以所咏之物拣选词牌者又有女词人添雪斋。

② "玉匣连环"用《战国策·齐策四》中齐襄王后破玉环典；"麦儿悲歌"指
法国大革命歌曲《马赛曲》，用《史记·宋微子世家》中箕子《麦秀歌》典，据钱南
秀《薛绍徽及其戊戌诗史》；"零落遥花钿"用《长恨歌》诗典。

功力。后首体物入微，气脉井然。通篇词意与后世刘惜闇《齐天乐·和蒙庵咏手表》①灵犀相通，是才人异代同心也。

绍徽诗以纪史著名。钱南秀称"（她的作品）几乎就是维新变法及其后新政时期的一部编年诗史"②；钱仲联《近百年诗坛点将录》点许绍徽为"地阴星母大虫顾大嫂"，谓其《老妓行》、《丰台老媪歌》等歌行体长诗"可以接武梅村"③。绍徽词中亦有数首秉笔大书、慷慨肮脏的纪史之作：

> 莽莽江天，忆当日、鳄鱼深入。风雨里、星飞雷吼，鬼神号泣。猿鹤虫沙淘浪去，贩盐屠豕如蚁集。踏夜潮、击楫出中流，思突袭。　咿哑响，烟雾湿。匋匋起，鱼龙蛰。笑天骄种子，仅余呼吸。纵逐波涛流水逝，曾翻霹雳雄师战。惜沉沦草泽，国殇魂，谁搜辑。
>
> ——满江红

> 碧天莽莽浮云，云烟变灭沧桑里。鲲身睡稳，鸡笼唱罢，竟无坚垒。莫问成功可怜，靖海原来如此。算槐柯邦国，黄粱梦寐，只赢得，豪谈美。　说甚蓬莱蜃市，忽跳梁、长蛇封豕。鲸吞蚕食，戚俞难再，藩篱倾圮。泅泅波

---

① 刘氏词云："长依玉腕殷勤护。曾教钗钏生妒。引耳倾听，凝眸更觑，分秒萦回疑误。针锋指处。怪点点流光，暗偷将去。亘岁无休，一腔抟缕意难抒。　徐催美人迟暮。惧芳春逝也，无计留驻。凹馆联诗，回廊待月，还又频频相顾。微音似诉。念阅世良多，独伊如故。且半余年，一声声细数。"
② [美]孙康宜著，张建等译《孙康宜自选集：古典文学的现代观》，上海译文出版社2013年版，第301页。
③ 《近百年诗坛点将录》，钱仲联《当代学者自选文库·钱仲联卷》，安徽教育出版社1999年版，第684页。

涛，岿岿金厦，相关唇齿。对春潮夜涨，深惭漆室，为天
忧杞。

——海天阔处·闻绎如话台湾事

《满江红》写1884年马尾海战事。此役福建水师几乎灭顶，寿彭船
政学堂同窗多有战死者。词前有长序记本事，洵为一奇文：当日我
水师既已战败，有当地乡野闲民埋伏芦荡间，于次日清晨展开突
袭，重伤法军主将孤拔，而勇士亦随船化为齑粉。此节多为正史所
不载，赖绍徽词以记之，英雄魂灵遂不致永世淹没于碧海狂涛中。
《海天阔处》写《马关条约》签订后"台湾民主国"事。时季同任
布政使，力图救国，竟遭排抵，台湾终陷于敌手。词直写日寇之贪
婪、清廷之绥靖，毫无避忌，无一字不悲愤，无一字不沉痛。这是
倚声家之"大言"，是"词史"应有之义，与李鹤田《哀台湾》、
丘逢甲《春愁》、陈季同《吊台湾》诸作共同勾画出了清末台岛军
民抵御外侮的壮烈图景。

　　寿彭回忆绍徽平生所成，赞曰"虽巾帼不啻儒生也"①；其实，
寻常儒生尚且未必有她的襟怀、见识与造就。有论者谓绍徽之创作
"既果敢热烈，又深沉多思；既脚踏实地，又富于想象；既恪守传
统，又眼光开阔"②，诚然如是。凭着这些新意迭见、元气充溢的词
作，薛绍徽是足以在世纪初的女性词坛分占一席的。

　　绍徽女陈芸、陈荭亦才女。陈芸（1886—1911）字芝仙，号
淑宜，以孝闻，母殁后四十日以哀毁。《陈孝女遗集》存词三十二
首，《迈陂塘·听唱桃花扇传奇》史心克绍其母：

① 陈寿彭《亡妻薛恭人传略》，《黛韵楼遗集》，宣统三年(1911)刻本。
② 钱南秀《晚清女诗人薛绍徽与戊戌变法》，陈平原、王德威、商伟编《晚明
与晚清：历史传承与文化创新》，湖北教育出版社2001年版，第370页。

笑桃花、一枝歌扇，南朝遗事如许。衣冠傀儡兴亡恨，都付舞台儿女。谁部署，算只有、东风姊妹花眉妩。秦淮暮雨。竟楼启迷香，人来复社，戟指却奁语。　　　江南路。瞬息繁华易主。春灯燕子何苦。梅花岭上虫沙阵，奚似美人仙侣。卿忆否，空剩得、玉京黄绦秋月去。移宫换羽。纵撇笛魁官，琵琶顿老，亦复感今古。

又，黛韵楼藏闺秀诗词文集六百余，据云今日合京师之存量尚不逮其半[①]。绍徽藉此编成《国朝闺秀词综》十卷，陈芸更有《小黛轩论诗诗》二百余首传世，其中论及女性词者卓识尤多[②]。陈氏母女于妇女文学研究实具垂成之功。

五、"西游女士"康同璧

本节最末当附为吕碧城赋诗赞为"英气飞腾荡绮思，亦仙亦侠费猜疑""而今蕙带荷衣客，谁识天花散后身"的康同璧。康同璧（1889—1969），字文佩，号华鬘，康有为次女。戊戌事败后，康南海流亡海外，病卧印度槟榔屿。同璧"以十九岁之妙龄弱质，凌数千里之莽涛瘴雾"[③]，孑身寻父，亲侍起居，自作诗云："若论女士西游者，我是支那第一人。"同璧随父历游十余国，于乃父思想宣传最力、维护最坚，数十年为妇女解放事业奔波驱驰，康有为赞

---

① 杜珣《中国历代妇女文学作品精选》，中国国和平出版社2000年版，第335页。

② 见王伟勇《清代论词绝句初编》，里仁书局2010年版。

③ 舒芜校点《饮冰室诗话》，人民文学出版社，1959年版，第3页。

曰"欧美几万里，幼女独长征""女权新发轫，大事汝经营"。后任万国妇女会副会长、中国全国妇女大会会长、山东道德会会长。新中国成立前夕于傅作义召开之华北七省参议会上被推为代表，与人民解放军商议和平解放北平事宜。后于数次政治运动中被逐渐边缘化至"失声"状态，终因感冒死于医院观察室。

同璧有《华鬘诗》、《华鬘词》，今全本已佚，仅存诗词三十余篇。其海外纪游诗词固不及吕碧城"空际散花，缤纷光怪"①之奇丽，亦颇有可观者。如诗写挪威之"山川锦砌成金碧，夜半波明涌日轮"；苏格兰之"白罗踏地舞回风，浅草平茵向晚中"，埃及之"白沙黄草路纵横，败垒颓垣埋石隙"，皆设色鲜明、动感洋溢如风光画卷。求诸词中，有游印度大吉岭、士多噉岛之作：

> 马跃天风上，崖横雪岭前。风峦层叠翠环偏。金碧山川灿晓，艳阳天。　宿雾收云脚，朝云浴涧边。望迷一片绿芊绵。须趁秋深茶熟，踏花田。
> ——南歌子·大吉岭秋晚试马，大吉岭沿山皆为茶田，当晓日方升，极目葱茏，香风送爽，驰骋其间，令人神怡

> 海气凉生夏亦秋，汐烟吹绿水悠悠。万山灯灿繁星列，千岛桥衔接水流。　停画舸，驻琼楼。如云士女载歌游。欢呼漫舞嬉潮月，夜夜随人上钓舟。
> ——鹧鸪天·咏士多噉岛景物

骑马踏花之从容，欢呼载歌之热闹，信笔写来，情致宛然，引人遐

---

① 沈轶刘、富寿荪：《清词菁华》，安徽文艺出版社，1986年版，第400页。

思。同璧亦有副其女杰身份之词作，与吕碧城的备极精工相比，略输于文而胜在质，声调激越，英气耿耿：

> 斐尼汗漫，看琼楼、不是寻常宫阙。别有天风吹缥缈，寐泽星坡莹澈。上见飞龙，纷衔电闪，照眼惊明灭。珠光凝处，碧空香雾如织。　　遥听凤啸鸾吟，悠扬疑是、曲按霓裳拍。回首人间知甚世，锦样山河分裂。金粉凋残，神州长望，妖氛漫漫结。谁挽银河，可能为浣腥血。
>
> ——念奴娇·题步月写怀图

同璧尝作《题天女散花图》述志云："亿万芳魂未醒时，沉沉依旧困泥犁。惜花还问花知否，故现华鬘作女儿。"人物襟抱，一时无两。"龙遭水逆悲难诉，雁遇风搏不忍闻"[①]则不啻为其晚年谶语，或云察见渊鱼者必不祥也。康同璧与《华鬘词》不应被历史遗忘。

第二节　"湖湘双璧"：张默君与陈家庆

（附汤国梨、潘静淑、顾保璈）

南社女社员词名著者除吕碧城外，"第二梯队"中的张默君、陈家庆也颇引人瞩目。二人同为楚材，作品收入《南社湘集》，故可以"湖湘双璧"合论之。默君、家庆继承了悱恻芬芳的楚骚余

---

① 同璧诗《渡太平洋有感》句。

绪，词风一高蹈，一俊逸，水平在伯仲间而面目各异。请先谈张默君。

一、"天予此生潇洒，不负雄奇骚雅"：论张默君词

（一）"平生哀感雄奇"

> 光不定。飞来飞去云影。空翠湿衣灵雨冷。烟波千万顷。　欲脱宝刀谁赠，除却词仙诗圣。举首放歌凌碧溟。鱼龙潜出听。
>
> ——谒金门·自美渡大西洋之欧舟中对雨

卅年民国，奇侠女子多矣！张默君生平行止之特异，有类吕碧城；对政治时局、世道人心之影响，则无逊于圣因。张默君（1883—1965），初名昭汉，号涵秋，别署墨君、穆素、大雄、西莎菲亚，湖南湘乡人，张通典①女。默君"龚承家学，早饫慧名"②，弱岁已颇可观。后游学上海，龚炼百、黄克强奇之，挽入同盟会。秋瑾兴革命，制炸弹于沪上，默君密为筹措计划，又尝阴

---

① 张通典（1861—1915），字伯纯，号天放楼主，晚号志学斋老人。少入庠，研经世之学，由诸生授分部郎中。先后入曾国荃、陈宝箴幕，任江南水师学堂提调、湖南矿务总局提调，倡办南学会、湖南时务学堂等。1905年加入同盟会，1911年参与黄花岗起义，南京临时政府成立后任内务司司长及临时大总统府秘书。通典毕生致力培育人才，创立养正学堂、养正女塾、湖南旅宁公学等，为近代教育名家。有《天放楼文集》、《袖海堂文集》、《志学斋笔记》等，皆未刊。通典三女：长女默君；二女侠魂，适竺可桢；三女淑嘉，适蒋作宾。

② 邵瑞彭《红树白云山馆词草序》。

护其党人，所全非一。孙毓筠起事，默君亦遥相协助。事败，两江总督端方遣巡警围伺其寓所，幸得脱险。1908年秋，端方忽延其任督署内模范小学教务，默君意有所图，慨然应之而不受修金，数挟炸弹出入端方内宅，以军界大局未稳，竟不能成事。辛亥之役，通典举事苏州，默君制长幡盈二丈，擘窠书"复汉安民"，树北寺浮图顶，数里皆见之。又敦促江苏巡抚程德全脱离清廷，宣告独立。临时政府成立后，发起神州女界共和协助社，上书孙中山，疾呼"女界参政"。又主《大汉报》，鼓吹民治，进导女权。后游学于欧美，闻巴黎和会将不利，与留学士子奔走呼号，吁恳我代表退席。民国中，默君历官杭州教育局长、立法院立法委员、考选委员，持文衡最久，树人最多，又以为人率直伉爽，光风霁月，海内识与不识，皆呼先生。默君生平学识淹贯，诗、文、词无所不通，"精博典丽，于谢灵运、颜延年为近"[①]，冒鹤亭谓"珠光剑气，英耀逼人"、邵瑞彭谓"惊采壮志，辚轹千古"。有《白华草堂诗》、《玉尺楼诗》、《西陲吟痕》、《黄海频伽弄》、《正气呼天集》、《扬灵集》、《瀛峤元音》、《红树白云山馆词》诸集。默君之任侠负气，如古之谢小娥、聂隐娘之属；词作之风华绝丽，则似近世易哭庵、樊樊山之流，非"剑胆琴心"不足称之。这一组高朗俊迈、脱出尘樊的《如梦令》堪为默君一生写照：

　　水榭月明人静，花露满身香冷。试抚玉琴清，流入阆风尤劲。谁听。谁听。瘦尽碧梧秋影。

　　红豆刚随春展，便是海遥天远。璧月媚清波，莫问荡愁

深浅。凄怨。凄怨。依旧鹤依梅恋。

弄玉倒骑青凤，月姊笑回琼輧。花雨遍华鬟，补得天衣无缝。浈洞。浈洞。一片海云入梦。

跋浪巨鲸争怒，潜鹤瘦蛟齐舞。一舸拍天浮，那管御风何所。仙去。仙去。手抱冷蟾飞渡。

依旧山容水态，只是朱颜都改。俯仰卷风云，才信年光无赖。天外。天外。遥指乱愁如海。

天予此生潇洒，不负雄奇骚雅。七尺碎珊瑚，中有泪珠盈把。行也。行也。浊世恩仇无价。

（二）"闲来高奏湘灵瑟，余音凄楚寒珉裂"

默君身兼同盟会、国民党、南社元老，名垂民国史，又以诗歌成就为世瞩目，故与易顺鼎情况相似，词应匹配的艺术评价被政声与诗名"双重遮蔽"[1]久矣[2]。其实凭借七十余首《红树白云山馆词》，默君是足堪在民国乃至二十世纪女性词坛别张一军，领起风骚的。近世名家邵瑞彭于默君词最多赞肯，称"拾屈宋之香草，则青要乘弋拱其指伪；听湘灵之瑶瑟，则海水天风答其幽响。按拍而玄鹤罢飞，擘笺则明月在手"，直指其美学渊源。先看其接续楚骚

---

[1] 马大勇师论清末民初词人，谓易顺鼎为"被双重遮蔽的大家"。马大勇《二十世纪诗词史论》，时代文艺出版社2014年版，第235页。

[2] 除汪梦川《南社词人研究》有关章节外，张默君《红树白云山馆词》并无专文论及。

遗意的《玉簟凉》、《黄金缕》、《青玉案》、《翠楼吟》：

　　晶箔飘灯。正梦瘦梅花，月浸空庭。霜钟摇古怨，况雪意沉冥。红墙银汉缥缈，旧闻苑、仿佛曾经。云路冷，甚玉鸾啼处，哀断长更。　　平生。当筵说剑，浮海赋诗，游侠肯误功名。鱼龙看变幻，指弱水朣胧。青城幽话未已，忽化鹤，足乱繁星。花雨外，响九天，横展修翎。

——玉簟凉

　　之子肝肠皎如雪。碧血凝香，染就秋罗结。闲来高奏湘灵瑟，余音凄楚寒珉裂。　　遥怜蕉萃损黄发。镜里横波，含情愁欲绝。时有清芬书底发，素心共证幽兰洁。

——黄金缕

　　不辞清瘦寒梅样。犹托微波，强报侬无恙。苦雨酸风天弗谅。幽忧都为离人酿。　　长空缥缈横青嶂。意是匡庐，不见神仙状。云水苍茫遮远望。徜徉一舸何由访。

——前调

　　浮槎何处神仙侣。直欲御风归去。群玉山头怜再遇，月波回雪，花灵飞素，幽绝携游处。　　云酥吹澈愁千缕，珍重休将别离赋。一笑问天天不语。玉鸾缥缈，碧峰无数。人在清步。

——青玉案

　　岚影浮空，江枫照梦，娟娟美人天际。临风何处笛，

恁哀入、凄清秋气。西山遥睇。奈碧海悬愁，青萍弹泪。吟
难寄。馥云深护，独怜憔悴。　　却记。春满钱塘，共访幽
呼艇，射潮驰骑。景光还互惜，适乡国、疮痍同理。生逢今
世。漫刊落豪情，消磨英气。砧声碎。月华初好，倦游归
未。

————翠楼吟·白门秋夜闻笛怀翼如西山香云旅社用瞿安韵

珠光剑影，异香扑面，那种破空而来的旷古情仇感、高蹈遗世的姿
态，在女性词史中不说绝无仅有，亦是古今罕见的。默君供职政界
数十年，"奇伟魁杰之士也。观其所用心，岂不欲至国家于殷周之
盛哉？"①《红树白云山馆词》中，也有少量"甚枭雄、彭城戏马，
汉皋竿揭。堪笑触蛮蜗角上，一例尘沙倏灭。只赢得、四方枯骨"
一类咏叹家国兴亡的作品，而其"高蹈乎八荒之表，抗心乎千秋之
间"、刻意地出离现实，恐怕也是"刊落豪情，消磨英气"之后的
一种选择罢。

　　默君与同盟会、国民党政要邵元冲②的婚恋故事素被传为美谈。
元冲幼于默君七岁，属意佳人十余年，"虽屡次输诚，不无堂高帘
远难以接近之感"③；默君四十岁时二人始成婚，才志相偕，鹣鲽情

———————————

①　彭醇士《张默君先生传略》，《张默君先生文集》，台北国民党党史委员会
1983年版，第3页。

②　邵元冲（1890—1936），初名骥，字翼如，浙江绍兴人。元冲一生颇传奇：
十三岁中秀才，与邵飘萍、陈布雷并称"浙高三笔"；与蒋介石义结金兰，又因政见
分驰而渐行渐远；为孙中山毕生亲密战友，与之朝夕相处，共谋事业，孙中山逝世
时，元冲与汪精卫、戴季陶等同为总理遗嘱见证人。曾任立法院代院长、杭州（首
任）市长等职，列名国民党中央常委。西安事变时为流弹击中身亡。著有《各国革命
史略》、《孙文主义总论》、《西北览胜》等，又为《中华民国国歌》作词者之一。

③　《邵元冲与张默君》，曹聚仁《天一阁人物谭》，三联书店2007年版，第85
页。

深，旖旎不输少年夫妻。元冲称默君为"金闺良友"，又自号"守默"，以志终身不渝之意。默君集中"另付笔墨"之言情篇什也颇多，亦有可称道处。读《菩萨蛮·甲子秣陵冬暮怀翼如宛平》之二、三、五、六：

　　名园记赏双鸳浴。藕花潋滟明红玉。晓露湿银塘。暖香回梦长。月光同皎洁，　底事生圆缺。岭海忽燕云，云端时忆君。

　　月窥琼树霜横地。无言绿萼馨相记。疏影媚残妆。静宵分外长。　洞仙歌独调。心字香轻袅。香尽惜余烟。低徊不卷帘。

　　溶溶梅月红墙角。香波掩映双栖鹤。梅自淡芬芳。微怜鹤梦凉。　襟期原玉雪。冰雪为卿热。素抱契灵襟。悠然天际心。

　　十三年已轻离别。者番何事愁如结。会少总离多。有涯生奈何。　江南春讯早。绿到长干草。红豆夺燕支。相思知未知。

"洞仙歌独调。心字香轻袅""梅自淡芬芳。微怜鹤梦凉"的细致摹写深具静志居风味，而"溶溶梅月红墙角。香波掩映双栖鹤"的绮丽又近乎蕙风。其纤秾合度、馨逸自然者，在于参入了"岭海忽燕云。云端时忆君""素抱契灵襟。悠然天际心"的侠侣情怀。这是建立在"劲节孤风相互怜"[①]基础上的平等、自由的现代式爱情观，情语能此，格遂转高。其时民国二十三四年间，河朔无事，夫妇同官金陵，筑巢玄武湖畔，有园林之胜。室内则多聚图书金石，日与鸿儒名士商兑旧学，饮酒赋诗，极一时之乐。自元冲殉国，抗战烽烟起，默君流离于滇黔间，所蓄文物多毁。内战后，默君赴台湾，仍任职教育界，八十二岁以胃癌病逝。默君有《解佩令·孤山吊曼殊上人》，是咏曼殊而承载自家心事者："冷香微度，阆风清吹，把斯人、哀艳都韬闷。画癖诗魔，算试足、尘寰游戏。最伤心，缁衣红泪。　　三分贞谊，二分痴骨，且还多、一天灵气。断雁零鸿，早凄透、离忧肝肺。响名山，独参空慧。""三分贞谊，二分痴骨，且还多、一天灵气"堪为曼殊上人定评；而"算试足、尘寰游戏"更像是词人"凄透离忧肝肺"后的自叹。最后看《水龙吟·偶成》：

> 平生哀感雄奇，惊人何必文章露。太玄在抱，灵光照宇，潜蛟欲舞。未老兰成，无边生意，漫伤枯树。悯人天沉醉，独醒自惜，待打叠，清明路。　　汉殿秦宫何许，甚衣冠、沐猴来去。高歌易水，吹箫吴市，酸辛无数。几见屠沽，偶倾肝胆，死生留取。试登临、放眼神州莽荡，总销魂处。

默君毕生未专意为词，然才气卓绝，终难羁束，以"鸾龙高唱姿态"卓立于词坛，令人不能无"石光火中惊此瞥"[②]之感。这种

---

① 元冲赠默君诗句，引自曹聚仁《天一阁人物谭》，三联书店2007年版，第88页。

② 默君诗《北湖含桃正熟次月庵韵》。

合剑侠与骚客为一手、风发踔厉的美学风貌，是屈子、青莲、长吉的，也是龚定庵、易哭庵的。张默君及《红树白云山馆词》是必足以跻身南社、民国乃至二十世纪词苑名家之林。

（三）"非依傍老先生"的汤国梨词

默君之后当续谈其好友汤国梨。汤国梨（1883—1980），字志莹，笔名影观①，又名国黎，祖籍浙江乌镇，尝作《卜算子》回忆故乡云："有客说青溪，来自青溪渚。我是青溪旧主人，记得青溪路。　窈窕梦青溪，花隔青溪雾。若使青溪似旧时，还愿青溪住。"1905年受革命感召，入上海务本女校，与张默君、张敬庄②同窗。民国建立后，同张默君、吴芝瑛等上书孙中山，筹创"神州女界共和协济社"、神州女学③；同年秋，任《神州女报》编辑，舆论称"发现于东亚大陆，开女界之先河"。国梨性高洁，反对包办婚姻，自作词云："独怜格调太孤高，致岁岁春心总负。"三十岁始由张默君之父、孙中山秘书长张通典作伐，与章太炎结缡④。婚礼由蔡元培为证婚人，孙中山、黄兴、陈其美到场祝贺，宾客逾

----

① 为乳名"引官"所改。见章念驰《国事心常在，梨花手自栽——先祖母汤国梨传》，《文史资料选辑》第12辑，中华书局1960年版。

② 张謇之女。

③ 协济社成立于1912年3月16日，选举宋庆龄为名誉社长，张默君、杨季威为正副社长，汤国梨、唐群英为编辑部长；神州女学由张默君任校长，汤国梨任教员。

④ 1903年，《顺天时报》登载太炎征婚广告，一时传为奇谈。国梨尝云："关于择配章太炎，对一个女青年来说，有几点是不合要求的。一是其貌不扬，二是年龄太大，三是很穷。可他为了革命，在清王朝统治时即剪辫示绝，以后为革命坐牢，办《民报》宣传革命，其精神骨气和渊博的学问却非庸庸碌碌者可企及。我想婚后可以在学问上随时向他讨教，便同意了婚事。"章念驰《国事心常在，梨花手自栽——先祖母汤国梨传》。

二千，为民国肇兴时新婚史美谈①。太炎即席口占诗云："吾生虽稊米，亦知天地宽。振衣涉高冈，招君云之端。"国梨亦出旧作《隐居》云："生来淡泊习蓬门，书剑携将隐小邨。留有形骸随遇适，更无怀抱向人喧。消磨壮志余肝胆，谢绝尘缘慰梦魂。回首旧游烦恼地，可怜几辈尚生存。"夫妇风华可想。

章、汤新婚甫一月，太炎即"冒危入京师"讨袁，立遭袁羁禁。三年中曾四迁囚所，屡次绝食，以"内念夫人零丁之苦，外思蛰公劝戒之言"②，保存元气，竟不能死。国梨为图营救，四方求告，悲愤难抑，《菩萨蛮》、《误佳期》作于此时：

蓬窗悄倚愁如织。绿杨万树无情碧。只解舞东风，何曾系玉骢。　夜深还独坐。辗转愁无奈。别绪满河梁，月圆人断肠。

雨过苔痕如扫。风定茶烟低袅。日长人静奈无聊。总比黄昏好。　独自倚朱栏，对影怜残照。峭寒又到新罗衣，却恨秋来早。

太炎陷缧绁，举国皆惊，国梨尝致电、致信于袁世凯及国务

———————

① 证婚词为太炎自撰，词采华赡，节录如下："盖闻梁鸿搭配，惟有孟贤；韩姞相攸，莫为韩乐。泰山之竹，结撰在乎山阿；南国之桃，赞实美其家室……媒妁既具，伉俪以成，惟诗礼之无愆，乃德容之并茂。元培忝执牛耳，亲莅鸳盟，畛以齐言，申之信誓。佳偶立名故曰配，邦媛取义是曰媛。所愿文章黼黻，尽尔经纶；玉佩琼琚，振其辞采。卷耳易得，官人不二乎周行，松柏后凋，贞干无移于寒岁。"

② 章太炎1914年10月17日家书。

卿徐世昌请求释放，语颇恳切①，时人据此编时事剧《救夫记传奇》②，可见影响。故这两首小词不应以寻常闺怨视之，"无情碧""峭寒"云云，实是深重得多的家国情怀。太炎弟子黄朴谓国梨词"直己以陈，不屑师古"③；夏夫子客上海，与国梨论词，国梨谓太炎尝笑词人为词，颠倒往还不出二三百字，故其体视为卑。国梨云："二三百字颠倒往还，而无不达之情，岂非即其圣处？"太炎无以难④。据此二家评说，可证其词清丽平易而善抒情之渊源。国梨每于平淡语中发凄苦之音必醒目，是以好句多于佳篇："木叶飘摇风不息，残阳影里啼乌集""座上客来真不速，水边灯火尽楼台。一杯聊以写深哀""零脂剩粉劳相忆，奈残红、抵死无香。漫说花灵憔悴，终怜月魄荒唐""一梦十年惊太骤。月似当时，花似当年否。补恨填愁消遣够，人生毕竟成孤负"……人天飘零、怅

---

① 致袁世凯电报云："顷接外子电称，汇款适足偿债，我仍忍饥，六日二粥而已，君来好收吾骨……外子生性孤傲，久蒙总统海涵，留乞保全盛意……伏乞曲赐慰谕，量予自由，俾勉加餐，幸保生命。黎结缡一年，信誓百岁，衔环结草，图报有日……"章太炎《訄书》，内蒙古大学出版社2006年版，第210—211页。

② 《救夫记传奇》初见于1914年8月7日《时报》之《余兴》副刊，作者署名焦心，故事完全符合汤国梨上书事。杜桂萍《文献与文心：元明清文学论考》，中华书局出版社2009年版，第245—247页。

③ 黄朴《影观词序》。按，黄朴即黄绍兰（1891—1947），原名学梅，字梅生，北京女师肄业后于上海开办博文女校，为近代开风气之先女杰。太炎大弟子黄侃（1886—1935）曾任其塾师，后苦求之。黄侃为避重婚罪名，以假名与之办理结婚证书，并育一女；回北京女师教书后，黄侃又与他人同居，致绍兰欲哭无泪，告诉无门。后虽为章门唯一女弟子，从事学术工作而有名于时，终于难脱心灵阴影，疯癫自缢身亡。汤国梨极不齿黄侃作为，疾言厉色称其为"无耻之尤的衣冠禽兽""小有才适足其奸"。

④ 夏承焘《章夫人词集题辞》，汤国梨著，章念祖、章念驰、章念翔初订《影观词》，《文教资料》2000年第4期。

惘迷茫感，触目皆是。而"铸词工苦"①的特点体现得最明显者则是《苏幕遮·残阳既暮，夜色凄沉，时太炎逝世数月矣，爰成此句》：

> 暮云低，楼影直。楼外山光，山外斜阳色。嘹唳孤鸿怜影只。缺月疏林，何处还寻得。 画堂深，凉夜寂。幽思迢遥，绕遍天南北。冷砌吟蛩啼永夕。扶起残魂，独对孤灯侧。

> 月华凉，虫语哽。倚枕和愁听，泪洗残妆慵自整。万转千回，幽恨无人省。 烛花摇，光不定。九死残魂，扶起灯前影。冰衾无温衫袖冷。扪遍雕栏，雨隔空楼迥。

太炎一代朴学大师，以狷狂特立冠绝民国，去世时以时局危乱，只能借厝旧宅，未克迁葬。国梨为此事频年奔走，"我有烦冤无处诉，登高实欲叩天"的愤激宣之于词，则表现为"嘹唳孤鸿"之凄紧、"九死残魂"之惨咽，个中乃有大悲痛、大感慨。时国难方殷，国梨以先夫遗志未竟，接过维持"章氏国学讲习会"之重担，自此词风亦转沉而健，殆夏承焘所谓"几更丧乱，不以忧患纷其用志，取境且屡变而益上"②者。读以下几首：

> 不解参禅不学仙。闲门长闭似林泉。浮生非雾非烟里，却为梅花一展颜。 花正好，月仍圆。月圆花好似当年。

---

① 黄朴《影观词序》。
② 夏承焘《章夫人词集题辞》，汤国梨著，章念祖、章念翔初订《影观词》，《文教资料》2000年第4期。

与谁更话当年事，话到当年亦惘然。

　　　　　　　　　　　　　——鹧鸪天

　　天半一轮月，分照有悲欢。佳人调冰雪藕，壮士铁衣寒。我是词家倦客，怎得宵来虚幌，照我泪痕干。去住总无端，常记旧湖山。　　柳千树，花十丈，藕如船。轻帆小桨，一舸容与水云间。更倚高楼长笛，唤起忘机鸥鹭，荡破荷圆。经尘轻换劫，沧海欲成田。

　　　　　　　——水调歌头·读瞿禅游夜湖词后作

　　画阁商量茗碗。身世轻舟推转。掬手临流悲逝水，俯仰顿成凄婉。为问倚楼人，知否朱颜已换。　　闻道采樵归晚。一局棋枰未散。偷得闲情刚半晌，不道斧柯已烂。哀乐笑无端，三生恨长梦短。

　　　　　——离亭燕·尝梦身为五岁幼女，俯船舷弄流水，仰见水阁有少年，丰度雍雍，转瞬已成五十许人，感衰暮之易，悲泣而醒

　　遣词造语，比之早期的一味哀苦要浑成得多，是"赋到沧桑"之故。《鹧鸪天》"花正好，月仍圆。月圆花好似当年。与谁更话当年事，话到当年亦惘然"，复沓回旋间锤炼入化；《水调歌头》"去住总无端，常记旧湖山""经尘轻换劫，沧海欲成田"，词笔流转间沉慨顿出；《离亭燕》序已感喟之至，词中"身世轻舟推转""俯仰顿成凄婉"句尤拨人心弦，全篇情绪浓足，自然浑成，允为国梨笔下第一杰作。国梨曾自言："老先生声名盖世，虽擅诗

文而不屑于词曲，我之习倚声，亦有意以示非倚傍老先生者！"①至此，为夫婿盛名牢笼半生的国梨在千帆过尽后，终于形成了"词家倦客"的自家面目：

> 抚缶一高歌。毕竟豪情比怨多。咤叱风云弹指事，婆娑。百岁韶光似掷梭。　　何为叹蹉跎。若不蹉跎又奈何。文采风流今在否，经过。冷冢荒烟暗薛萝。
>
> ——南乡子·太炎殁世十七年，遗椟未归，浅厝寓园。今每行吟其间，既念逝者，复自念也。旧日风流，而今安在哉。

> 春老钱塘，人归歌浦，阵阵梦影前尘。油碧青骢，相将湖上嬉春。十年迁客曾经地，喜河山、荡尽尘氛。尽多情、怀古苍凉，展拜忠魂。　　英雄一例归黄土，痛萧条遗椟，来与为邻。杯酒倾怀，兴亡把臂重论，每年祭扫苍水公墓，必为外子安一席云。丰碑五字亲题句，太炎自题墓碑仅"章太炎之墓"五字，于幽禁北京时手写，杜天一先生为之保存，并未加以生卒年月。为人间、鸿雪留痕。倘他年，野老村童，闲话遗闻。
>
> ——高阳台·往者章太炎反袁，被禁燕都三载。袁殁后，乡人迎之南归，偕余至湖上南屏山谒苍水公墓，太炎撰文悼之，此四十年前事也。太炎殁于苏州，会稽堵申父先生为觅茔地于南屏山荔子峰下，苍水公墓为邻。章君苍水，易代萧条，而今共此湖山风月，岂偶然哉。爰拈此调

---

① 徐复《影观词前言》，转引自刘梦芙编选《二十世纪中华词选》，黄山书社2008年版，第1678页。

国梨以望百高龄辞世，与章太炎合葬西子湖畔南屏山荔子峰下。在三百余首《影观词》划出的纵横交错的雪泥鸿印间，是章太炎"悲歌叱咤风云气""泣麟悲风伴狂客"①的留影，是汤国梨"堂前小立见风骨，犹说先生革命时"②的音容，是雨打不去、风吹不走的民国风流。

二、"总芳馨怀抱意难禁"：论陈家庆词

（附潘静淑、顾保瑢）

南社地负海涵，冠绝民国坛坫，社员往往合家入毂，郑逸梅《南社丛谈》载师生、父子、兄弟、姊妹、夫妇、同学同隶社籍者竟多至二百余③。其中偕夫人社而能词者有陈家庆、潘静淑、顾保瑢三家，可并谈。

（一）"太息高楼灯火夜，有人凝睇蹙双蛾"

陈家庆（1904—1970），字秀元，号碧湘，别署丽湘，湖南宁乡人。陈氏世代耕读，家庆父陈瑞麟④，一门昆季家鼎、家鼐、家

---

① 柳亚子诗《有怀章太炎、邹威丹梁先生狱中》。

② 章氏国学讲习堂学生汤炳正诗《挽汤国梨》。

③ 其中多有身兼多项者，兹不计。郑逸梅《南社丛谈》，上海人民出版社1981年版，第694—695页。

④ 瑞麟号悔庵，雅好诗书，支持革命。黄兴尝手书联语"有子才如不拘马，知公原是凋后松"赠之。

英、家杰，皆以诗文、革命有名于当时①。家庆未及笄年即颖慧，1923年入北平师范大学，师从李审言、刘毓盘②。1928年入东南大学吴梅门下，与卢前、唐圭璋同窗。毕业后执教于上海松江女中、安徽大学、重庆大学、中央政治大学、上海中医学院。1958年在"肃反"中被划为"历史反革命"，开除公职；次年赴新疆石河子医专改造。1961年政策"忽显宽松"，得以因病南归沪上。以生计无着上书陈毅，安置入上海文史馆为馆员。"文革"中为里弄"管制"，1970年8月，扫弄堂"请罪"时血压骤升而昏倒，旋不治。

家庆能诗，《碧湘阁集》中存近体诗二百一十余首。其中佳者绝句如《金陵送春》云："月子弯弯未肯圆，江南坐忆李龟年。幽窗夜冷无人会，自写新诗署谪仙。"《银塘看白荷花》云："风摇环佩月裁裙，修到今生住水云。水上三千花姊妹，宜人都道不如君。"律诗中联语如"晓雨帘纤寒薄袷，晚凉风细动流苏""诗事闲寻驴背客，蚕时自赛马头娘""曲水应觞无量佛，蕙风能被不祥魔"，皆性灵摇曳，风情独绝，大有随园风味。可顺带提的是，家庆于诗特擅集句创作，凡集义山、集梅村，俱能驾轻就熟，出奇

---

① 皆为同盟会、南社成员。

② 家庆有《水龙吟·题刘子庚师毓盘噙椒室填词图》云："月明笙鹤遥天，素琴弹出幽兰谱。玉台魂断，银屏梦冷，哀蝉重赋。秋雨闻声，春波弄影，碧城何许。怎瀍陵桥畔，西风残照，多半是、悲来处。　　莫说龙飞凤翥。好江山、可怜笳鼓。凭栏试望，莼鲈故国，杜鹃心苦。白社联吟，黄垆载酒，鬓丝无数。愿苍天留得，巍然一老，作词坛主。"是能契子庚之心者，亦有乃师"情哀辞捷"风神。

翻新。最出色者如《集定庵句赠夫婿徐澄宇》①云"亦狂亦侠亦温文，朴学奇才张一军。难向史家搜比例，胸中灵气欲成云""天将何福予娥眉，六义亲闻鲤对时。从此不挥闲翰墨，一灯慧名续如丝""三绝门风海内传，莫将文字换狂禅。一家倘许圆鸥梦，料理看山五十年"，非胸中才气纵横、于定庵诗悠然神会者不能办②。

家庆诗中最动人心旌者，为《戊辰感事》之末联"太息高楼灯火夜，有人凝睇蹙双蛾"，洵为黄仲则《癸巳除夕偶成》"千家笑语漏迟迟，忧患潜从物外知。悄立市桥人不识，一星如月看多时"之异代"女性版"。这样的卓荦才气非仅体现于诗，更贯穿了《碧湘阁词》之始终。

---

① 徐澄宇（1901—1980），原名英，以字行，湖北汉川人。早慧，为文"风发泉涌"，二十二岁入北平中国大学哲学系，从章太炎、黄季刚、林公铎问学；诗与古文为章士钊推重。大学毕业后历主上海交通大学、暨南大学、复旦大学讲席。1957年划为"右派"，次年下放新疆石河子医专，1961年因病回沪，为文史馆馆员。1964年以言论入狱，至1979年方从农场获释。著有《诗经学纂要》、《甲骨文理惑》、《黄山揽胜集》、《楚辞札记》、《徐澄宇学术论著集》等，"文革"中悉遭焚毁。钱仲联谓"汉川徐澄宇英，变风社社友，狂士也，于当世名流，无一不詈"。据刘梦芙《澄碧草堂集·前言》，黄山书社2012年版。

② 参见马大勇师《朱彝尊〈蕃锦集〉平议——兼谈"集句"之价值》，《南京师范大学文学院学报》2003年第3期；《南社诗人的"集粹"现象》，《中华活页文选》2004年第11期。又，家庆亦有集句词，如《满江红·李涵初君索题出峡图，集宋人句》："指引归舟，空怅望、江南天阔。回首处、故都禾黍，汉家陵阙。指点六朝形胜地，悲凉万古繁华歇。记一声、鼙鼓揭天来，金瓯缺。　　铜驼恨，应难说。铜仙泪，几时竭。但沧波画里，晓风残月。归梦已随秋风远，故园莫遣音尘绝。待从头、收拾旧山河，肠先热。"《台城路》集白石句："阑干表立苍龙背，未负沧溟烟雨。呼我盟鸥，与君游戏，湖山尽入樽俎。玲珑深处。似湘皋闻瑟，佩环无数。惊起鱼龙，化作西山云一缕。　　彩霞飞过何许。天外玉笙杳，数峰清苦。虚阁笼寒，檐牙滴翠，不受人间禅暑。新诗漫与。仗酒祓清愁，林下真趣。第四桥边，拟共天随住。"

（二）"乾坤多少清气，笔底已全收"

　　刘梦芙在《澄碧草堂集：前言》中追溯陈家庆与刘毓盘、吴梅两位业师创作、研究的关联，又以"兼容两宋与豪婉""声律在宽严之间""词风有似鹿潭"①概括其词之艺术风格；杨启宇则归纳为"初学梦窗，更博采众家，融稼轩、白石、碧山、竹垞、迦陵、容若、皋文于一炉"②。这样看，刘、杨二先生多是从渊源与家法着眼论定，似离词心较远而削减了《碧湘阁词》的艺术独异性。实家庆绝非一味拟古、尊师者，其词风以"遒俊""清畅"二语当之，最为允洽。遒俊者，谓骨力挺健、含而不狂；清畅者，谓辞气通疏、不滞不滑。先谈"遒俊"，看其《玉楼春》二首：

　　　清明过了仍风雨。着意愁春天不许。楚兰描出最销魂，半折芳馨谁寄与。　　寸心千里浑无绪。醉拍阑干谁共语。江湖寂寞有鱼龙，莫向沧波叹倦旅。

　　　　　　　　　　　　——玉楼春·寄澄宇陪都

　　　垂杨颭地愁难折。今日青山非故国。浮云西北有神州，万里雁飞关月黑。　　流霞若可驻颜色。梦里休疑身是客。醉中莫放酒杯宽，斗大乾坤容不得。

　　　　　　　　　　　　——玉楼春·寄怀玉姊

词为怀人、寄远之常见题材，然"江湖寂寞有鱼龙""浮云西北有神州""斗大乾坤容不得"诸句皆笔力振拔，耿耿心事跃然纸面，

---

① 刘梦芙编校《澄碧草堂集》，黄山书社2012年版，第79页
② 刘梦芙编校《澄碧草堂集》，黄山书社2012年版，第291页。

分明是不甘于、也不安于闺闱凡俗语后的选择。这样的襟抱与情志每遇重大题旨则迸发出更大力道：

> 澄波十顷开妆镜，琼林又逢花事。王母辰游，东皇御宴，歌舞年年欢会。迷金醉纸，看仙殿嵯峨，佛香分泌。千折明廊，最怜宫眷驾亲侍。　　繁华应叹一梦，鼎湖龙去后，都换人世。阿监啼饥，遗民蹈海，几度共人歔涕。湖山耸翠。任蜡屐重寻，画船闲舣。莫放春归，杜鹃犹带泪。
>
> ——台城路·颐和园

词写慈禧幸颐和园事，距词人生活年代相去未远。"王母辰游，东皇御宴"的歌舞声犹在耳，而人间已换尽海桑，只留下"湖山耸翠"了。如果说"几度共人歔涕""杜鹃犹带泪"尚有限于吊古之题而意绪低徊的成分，那么当词人身处家国危亡之际，则毫无掩抑，投袂而起，慨然高歌：

> 西风容易惊秋老，愁怀那堪如许！胡马嘶风，岛夷入犯，断送关河无数。辽阳片土。正豕突蛇奔，哀音难诉。月黑天高，夜阑应有鬼私语。　　中宵但闻歌舞。叹隔江自昔，尽多商女。帐下美人，刀头壮士，别有幽怀欢绪。英雄甚处。看塞北烽烟，江南笳鼓。不信终军，请缨空有路。
>
> ——如此江山·辽吉失守和澄宇

> 残照关河，听几处、暮笳声切。更休唱、大江东去，水流呜咽。越石料应中夜舞，豫州肯擘横流楫。怕胡儿、铁骑正纵横，愁千叠。　　长城陷，金瓯缺。黄浦路，吴淞月。

照当年战垒，霜浓马滑。三户图强惟有楚，廿年辛苦终存越。问中原、又见几人豪，肠空热。

——满江红·闻日人陈兵南翔感赋

海上繁华，江南佳丽，东风一夜愁生。看劫灰到处，尽化作芜城。忆当日、春光满眼，红酣翠软，歌舞承平。但而今、枯井颓垣，何限伤情。　　河山大好，又无端、弃掷堪惊。叹血饮匈奴，肉餐胡虏，一篑功成。百万雄师何在？君休笑、留待蜗争。想神京千里，不闻画角哀鸣。

——扬州慢

寄声悲慨，骨力端翔，便厕列以卢前、刘永济为代表的抗战词大作手中，亦能相周旋而毫无愧色。而以《如此江山》、《满江红》、《扬州慢》抒写悲怀，显然是有意为之，虽有宋贤同调之作珠玉在前，仍以张弛有度、神完气足不遑多让。抗战词史诸女将中，家庆应是"打前阵"之先锋。

再说"清畅"。反复品读《碧湘阁集》中一百六十余首词，最显著之体会即其对语言节奏的把控。家庆功力深处，体现在用力恰如其分、锤炼浑化无痕。着意描绘特定物象而导致辞句粘滞不振、气息纤弱是闺中作手常见窠臼，家庆能自脱于此，是效梦窗之绵密较浅而学苏辛之畅达为多故。"鹤警戒霜晨""鸣禽渐抽绮绪"一类涩感较重的语言在集中是很难觅得的，杨启宇所谓"学梦窗"者，殊难索解。家庆有《论苏辛词》一文，于东坡、稼轩之风度襟怀再三致敬，并指出二者"不经意""粗率"而流于滑易的弊端，认为"当有东坡、稼轩之心胸，而加以人工之研求，庶使无往不佳，无懈可击"①。不溺于密涩、力避于滑俗，即可达到"篇无累句，句无累字，言如贯珠，犹其余事"②的高格。读以下几首：

何处雪飞来，惊起满天风急。极目两三鸦点，向寒林飞入。　　小窗无语独徘徊，却讶树头白。料得梅花有讯，报故国消息。

心似野鹤闲，梦里海天深碧。何处苍波人语，怕楼船风急。　　夕阳如水下孤城，鸦阵带秋色。几度凭栏负手，听关山风笛。

沉水袅炉烟，风动篆纹浮碧。又是一帘纤雨，报黄昏消息。　　湿云天远燕惊寒，愁对小楼立。明日百花归去，怕子规啼急。

吹笛柳阴船，悄共如飞双楫。梦得六朝风物，笑山河历历。　　浮云踪迹一身轻，莫漫伤行色。何日寒潭秋水，与渔娃共席。

《好事近》本就以轻倩流利为长技，家庆功力深者，在于不使其一气直下，两句一转，疏宕自然，有移步换景之妙；"故国消息""关山风急""山河历历"诸语又如铜坠脚般"压住"笔意，别添一种沉厚味。1936年夏，家庆、澄宇同游黄山，其时夫妇值韶

① 刘梦芙编校《澄碧草堂集》，黄山书社2012年版，第225页。
② 同前注。

年，"风流胜赏，如天外刘樊"①。家庆云："天都紫府，东南奥区，宜纪游踪，为山灵寿。"②遂于旅中成词二十五首，高朗俊逸，为生平冠冕：

> 我本大罗仙旧侣。籍列蓬壶，犹记钓鳌去。曾入广寒攀桂府。几番窃听霓裳谱。　　今日行经灵诰处。蕊榜高悬，姓字犹留否。回首高寒怜玉宇。翠微小立浑无语。
>
> ——蝶恋花·仙人榜

> 山半幽居留胜境。俊侣相依来问讯。小楼灯火手同携，风乍定。人渐静。绝壑娇龙初睡醒。　　阑外烟鬟兼雾鬓。伫立靓妆花掩映。诛茅有约甚时偿，宜高咏。堪偕隐。说与山灵劳记省。
>
> ——天仙子

> 桃花溪畔银涛冷。看洛水、惊鸿留影。千岩万壑雪飞来，正潭上、珠流玉迸。　　铅华净洗余娇晕。只约略、远山难认。横波无奈使人愁，却飐下、一天风韵。
>
> ——步蟾宫·观夷女裸泳

神思飞飏，清气拂拂，即山灵能言，亦当口诵此仙句矣！昔杨夔生《续词品·疏俊》云："卓卓野鹤，超超出群""短笛快弄，长啸入云。轩轩霞举，须眉胜人"。此之谓乎？与张默君的恃才放旷、

---

① 陈声聪语，转引自刘梦芙编校《澄碧草堂集》，黄山书社2012年版，第82页。

② 刘梦芙编校《澄碧草堂集》，黄山书社2012年版，第235页。

不主故常相比，陈家庆是较讲求"控制"与"守正"的，然因性情、才力俱臻高境，故能"从心所欲而不逾矩"，形成了合"遒劲"与"清畅"为一手的神貌。

（三）潘静淑、顾保瑢

　　默君、家庆之下可接谈南社社友吴湖帆[①]夫人潘静淑。静淑（1892—1939）名树春，江苏吴县人。静淑出身簪缨世家[②]，然"既无金玉纨绮之好，也不喜应酬"[③]，唯以诗画自娱。与吴湖帆的家族联姻颇多艺术色彩[④]，伉俪倡随，极为相得，有质钗典书、鉴宝钤印[⑤]之韵事，时人比之梁孟、赵管。静淑三十初度，父潘祖年赠南宋景定年间刻本《梅花喜神谱》以当生日之贺，湖帆即以"梅影书屋"榜其斋，并作《梅影书屋图》分咏之；静淑亦制《烛影摇红》纪之，是应为填词之始。先读其最负盛名的《千秋岁·清明》：

---

　　① 吴湖帆（1884—1968），原名燕翼，又名万、倩，字遹骏、东庄，别署丑簃，作画则署湖帆。民国间以国画、收藏、鉴赏蜚声艺坛。余事作词，有《佞宋词痕》。

　　② 苏州"贵潘"六七代中科甲鼎盛，因出版《潘氏科名草》，其中仅获得功名者之胪陈即有一函四册之多。静淑曾祖潘世恩为乾隆五十八年状元，道光时任武英殿大学士，充上书房总师傅，进太子太傅，有四朝元老之称，又与堂兄潘世璜、孙潘祖荫合称"苏州三杰"；祖潘曾莹官至工部左侍郎，精于书画；伯父潘祖荫为咸丰二年探花，官至工部尚书、军机大臣，曾与吴湖帆嗣祖吴大澂同朝为官。

　　③ 黄恽《蠹痕散辑》，上海远东出版社2008年版，第107页。

　　④ 潘氏"攀古楼"所藏文物富甲东南，静淑成婚以欧阳询宋拓本《化度寺故僧邕禅师舍利塔铭》、《九成宫醴泉铭》、《皇甫诞碑》等珍罕藏品充嫁奁。此三件拓本与吴氏家传《虞恭公碑》合而为四，即名其室曰"四欧堂"，二人子女亦以"欧"名：长子名孟欧、次子名述欧、长女名思欧、次女名惠欧。

　　⑤ 静淑于鉴定字画见解独到，为湖帆倚重，夫妇有"吴湖帆潘静淑鉴定"章一枚，凡遇重要字画必钤此印。

梦魂惊觉，一片纱窗晓。春风暖，芳菲早。梁间双燕
语，栏角群蜂闹。酬佳节，及时莫负韶光老。　　正好舒怀
抱。休惹闲愁恼。红杏艳，夭桃笑。清明新雨后，绿遍池塘
草。拚醉也，酡颜任教花前倒。

词作于1934年春偕夫归里际，为闲步公园后所得。其中"绿遍池塘
草"盖脱化自谢灵运诗"池塘生春草"，设色鲜丽，自然可喜，得
吴瞿安盛赞曰"清籁也"①，惜乎全词意境清浅，未衬佳句。其后静
淑"顾自珍惜，亦不多作（词）了"②。今《绿草词》仅存十九首，
为词人爱惜羽毛故。

静淑善画，论者谓其花卉图"神韵超逸，窥宋元藩篱"③"运笔
敷色无不神合"④，造诣之深不亚乃夫。其实一旦透以藏家之目、发
以艺人之舌，作词更胜：

树影依稀，鹃声呜咽，绿杨摇怨花如血。南朝旧事且休
论。仁寿宫中不尽惜余熏。　　洛水惊鸿，韩陵断碣，奇文
小字称双绝。玉钩斜畔溯前因。试看月华眉妩恰三分。

——踏莎美人·董美人墓志⑤

---

① 《梅景书屋人安在》，郑重《海上收藏世家》，上海书店2003年版，第161
页。

② 同前注。

③ 转引自谭延桐《民国大艺术》，中央广播电视大学出版社2014年版，第215页

④ 吴湖帆题静淑《华鬘倩影图》语。

⑤ 《董美人墓志》拓本亦为静淑嫁资，湖帆爱不释手，常拥之入衾，自谓"与
美人同睡"。又因自藏《常丑奴墓志》拓本，遂请陈巨来镌一闲章"既丑且美"。

　　　　故垒长安，夕阳芳草谁为主。断碑如许。赢得消魂
　　语。　　　不道江城，历劫无从诉。明珠露。<small>沈文忠题吾家唐崔敦礼</small>
<small>碑，引孙退谷语：真如颗颗明珠也。</small>墨华凄楚。月吊离宫古。

——点绛唇

二词深婉蕴藉，两结尤锤炼。不管是"奇文小字"，还是"凄楚
墨华"，俱多沧桑亦即定庵所谓"文物感"①存焉，这是文化世
家中濡染出的艺术法眼、闺秀态度、"诗外功夫"。1924年湖
帆于沪上染疾，静淑即负稚挈婴前往照料；1939年静淑突患急
性阑尾炎，三日而殁，湖帆哀甚，蘸血泪书《故妻吴夫人墓状》
云："从此绿草新词，反成肠断之句；梅花旧影，空照梦离之
魂。金缕长埋，佳城永闭，我心碎矣，君灵知否？"自斯更名曰
倩，取奉倩伤神意，又以遗作"绿遍池塘草"词意征诗、画于艺
林间，三数月间得诗词书画作品计百五六十件，一时名家如冒广
生、刘海粟、溥心畬、张大千、叶恭绰、沈尹默、周炼霞、冼玉
清等皆有题咏，湖帆遂辑为一册，题《金缕曲》于其上："绿边
池塘草。过清明、妒春风雨，春残人渺。无可奈何花落去，肠断
离情难道。忍检点、零星遗稿。一念相思更番读，惹伤心、更把
心萦绕。千万语，总嫌少。　　　危楼半角斜阳照，问从今、怨怀
孤愤，何时能了？双眼泪痕干不透，去去寻思凄吊。料地下、应
知余抱。指望虹桥桥边路，叹青青一例年年扫。非痛哭，即狂
笑。"以《金缕》赋悼亡为纳兰首制，此篇风义或不及而痛悔过
之，"非痛哭，即狂笑"确乎为"颓唐之态，几不欲生"②的写

---

　　① 龚自珍《南乡子》："三百年来文物感，苍茫。身到亭亭九友旁。"
　　② 陈巨来语。转引自谭延桐《民国大艺术》，中央广播电视大学出版社2014年
版，第213页。

照，情深至此，又何计语之工拙？其实湖帆、静淑词皆不甚佳，作为"画人词"之代表，尚可传世。

高燮夫人顾保璐为南社女词人中较弱一家。顾保璐（1879—1966），字幼芙，号婉娟，又号怀鹃，江苏松江人，父顾莲曾任四川梁山知县。保璐有《怀鹃词》一卷，附于《高燮集》后，词多浅易轻快，如《虞美人·谒月下老人祠》云："天下有情成眷属。愿已平生足。今朝未免似含羞。私与檀郎同拜祝温柔。　　相传此老钟情特。好合凭神力。痴心儿女古来多。更愿同携共浴爱河波。"《临江仙》云："篷底别饶清课韵，人间无此安便。输君斯意剧缠绵。双双人唤出，疑是小神仙。　　令我生生生羡煞，展图一笑嫣然。湖山与尔倘前缘。将诗来献佛，参透有情禅。"皆无大可观处，唯略带民国间白话初兴之气味，觉新鲜耳。

第三节　"秋风秋雨"词人群：秋瑾、徐自华、徐蕴华

（附刘韵琴、郭坚忍）

鉴湖殉难，海内震悼，其时南社尚未成立，而核心成员陈去病、柳亚子、吕碧城、徐自华、徐蕴华、庞檗子、庞树柏、宁太一等皆参与悼念活动；又以南社与光复、同盟两革命团体关系密切，故其成立伊始即为"秋风秋雨"所笼盖。兹以秋侠为"刎颈之交"的徐氏姊妹领起本节，以虽属社外而深受秋瑾影响的刘韵琴、郭坚忍殿后，以期大致展现民国前期女杰型词人的创作风貌。需说明的是，本节所述词人多有致力时务而余事作词，往往以词为口号、为武器发抒一己革命心志，难免粗率俚直、辞不措意之病。本"以词

证史""因词传人"之原则，对这类作品应当着眼于其"觉世"而非"传世"的一面纳入词史研究。

一、"后易安时代"的启幕者秋瑾

据黄文吉主编《词学研究书目》[①]，在二十世纪八十年间（1912—1992）的词学研究论著共12702项中[②]，清词研究论著计1446项，以1万词人计，人均仅拥有0.14项。此种"大数据"下，拥有23项成果的秋瑾（1877—1907）[③]得与词坛宗匠陈维崧、陈廷焯并袂列第十名。但不难想见这些研究中，非文学因素的超量注入以致同质化与低效重复的状况。

对秋瑾文学成就的体认，"从文本到文本"的固习尚易避免，仅将文学创作视为她暂短而耀眼的革命生涯注脚式的存在、过度"以意逆志"的套式则难于摆脱。故此，首先有必要在文学本位予以明确认识与估价：一千年女性词史始终投射着李清照长长的影子，她的范型意义未在任何一个角度得到超轶。而在"风住尘香花已尽"之时，是秋瑾一骑当先，将"后易安时代"的大幕飒然拉开。

与封建年代中无数天资颖慧却"纷纷开自落"的才女一样，秋瑾早期的作词用心只在"咏絮何辞敏，清才扫俗氛"（《谢道韫》），不外"闺中酬韵事"（《金缕曲·送季芝女兄赴约》）、"一曲清歌动绮筵"（《罗敷媚·春》）的惬适、"因书抛却金

---

① 台北文津出版社1993年版。

② 论文与著作、论文集、校注、选本等均作一项统计。

③ 秋瑾生年异说颇多，此从郭延礼《秋瑾年谱简编》考证。

针。笑相评"(《相见欢》)的欢愉、"聊将心上事,托付浣花纸"(《菩萨蛮·寄女伴二阕》)的寂寥……情感或可称真挚,辞、境则陈旧浮浅,且几乎全无创作者的自觉意识。

俟移家春明,接受革命思想、交接进步人士后心眼为之一新的秋瑾,在婚姻宣告破裂离家出走的当日写下了石破天惊的《满江红》。它不仅标志着秋瑾词自斯迎来崭新气息,也可直目为女性词史的转捩点:

> 小住京华,早又是、中秋佳节。为篱下、黄花开遍,秋容如拭。四面歌残终破楚,八年风味徒思浙。苦将侬、强派作蛾眉,殊未屑! 身不得,男儿列。心却比,男儿烈。算平生肝胆,因人常热。俗子胸襟谁识我?英雄末路当磨折。莽红尘、何处觅知音?青衫湿!

让我们执《满江红》这枚善抒激烈壮怀的符节,折回女性词史寻踪觅迹:

> 一晌清凉,西风起、吹来帘幕。恰又是、蛩鸣四壁,虚澄小阁。怪底秋声偏着耳,窗前淡月还同昨。叹年来、何处寄愁心,腰如削。 乡梦远,浑难托。琴书案,全抛却。但销磨羁旅,壮怀牢落。百年韶华弹指过,鸿来燕去岂漂泊。问襟期、原不让男儿,天生错!

> 滚滚银涛,写不尽、心头热血。问当年、金山战鼓,红颜勋业。肘后难悬苏季印,囊中剩有江淹笔。算古来、巾帼几英雄,愁难说。 望北固,秋烟碧。指浮玉,秋阳出。

把蓬窗倚遍，唾壶敲缺。游子征衫揾泪雨，高堂短鬓飞霜
雪。问苍苍、生我欲何为，生磨折。

　　作者吴尚憙①、沈善宝②，俱有从父随夫广阔宦游的经历。虽识
见才力不凡，但也只能屈心抑志，发不平鸣辄止。词格如无人格作
底，"红闺苏辛"③究为何用？秋瑾彻底以"觉醒的呐喊和宣言代替
了妇女诗歌自从'三百篇'以来的忧伤调子"④，着意以新语汇、新
意蕴、新境界全面替换女词人归顺性的弱质：

　　祖国沉沦感不禁。闲来海外觅知音。金瓯已缺总须补，
为国牺牲敢惜身。　　嗟险阻，叹飘零。关山万里作雄行。
休言女子非英物，夜夜龙泉壁上鸣！

　　　　　　　　　　　　　　　　　　　　　　——鹧鸪天

　　肮脏尘寰，问几个、男儿英哲！算只有、蛾眉队里，时
闻豪杰。良玉勋名襟上泪，云英事业心头血。醉摩挲、长剑
作龙吟，声悲咽。　　自由香，常思爇。家国恨，何时雪。

<hr />

① 吴尚憙（1808—？），字禄卿，一字小荷，广东南海人，荷屋中丞吴荣光女，适同邑叶应祺，有《写韵楼词》。《佛山忠义乡志·才媛》称其"善画工诗，荷屋宦游所至，挈之以行……其自署小印曰：'从父随夫宦游十万里'……豪宕之气，足以凌铄一切，巾帼中豪杰也"。

② 沈善宝（1808—1862），字湘佩，晚号西湖散人，浙江钱塘人，江西义宁州判沈雪琳女，咸丰朝吏部郎中武凌云继室。兼工诗、词、画，有《鸿雪楼集》一卷。

③ 潘飞声《论岭南词绝句·吴尚憙》："毕竟岭南钟间气，红闺词句似苏辛"。转引自孙克强、裴喆编著《论词绝句二千首》，南开大学出版社2014年版，第659页。

④ 康正果《风骚与艳情》，上海文艺出版社2001年版，第398页。

劝吾侪今日，各宜努力。振拔须思安种类，繁华莫但夸衣
袂。算弓鞋、三寸太无为，宜改革。

——满江红

秋瑾在文学创作上的"别有取法"①，正在兼握"纤毫"与
"宝刀"（《日本铃木文学士宝刀歌》），以"侠"补"才"——
更准确些说是以"侠"救"才"。糅合了"家国恨"与"自由香"
（《满江红》）——即黍离之悲杂以剑气箫心的整体文学风调，求
诸此前仅一定庵，在女性更属首次。

需要以此为例重申"觉世文学"的价值。关于"传世"与"觉
世"，梁启超曾有明确区分："传世之文，或务渊懿古茂，或务沉
博绝丽，或务瑰奇奥诡，无之不可；觉世之文，则辞达而已矣，当
以条理细备、词笔锐达为上，不必求工也。"②秋瑾是不欲以文传
的。在传世与觉世间，她和鲁迅一样毫不迟疑地选择了后者，不管
这是否会相应地耽搁文学天分，折损诗性表达。对文学功用性的追
求历来承受颇多讥诮，论者每钻入"兴观群怨"的老话头中，为它
找寻缥缈的理论支点。其实只需通过以秋瑾为代表的一代女杰词
人，看到"觉世之文"为女性作者赋权这一层上，就可认识到它无
可替代的意义。

"这是一条奇妙的历史的轨迹：词在其初兴时起，就表现为男
性词人以女性柔婉轻软口吻来抒情达意的形态，而且这形态在近千
年的历程中始终是处于主导地位，非如此不得称为'正宗'，每被

---

① 夏晓虹《晚清文人妇女观》（增订本），北京大学出版社2016年版，第235
页。

② 《湖南时务学堂学约》，梁启超著，吴松等点校《饮冰室文集点校》，云南
教育出版社2001年版，第198页。

贬为'变调'之体。有谁能想到，一部词史到了临终结点时，却站起了一位真正的巾帼英雄，奏弹起远较苏、辛激烈的铁板铜琶……历史老人推转的这条轨迹，难道不奇妙，不令人惊诧和会心一笑么？"①一部《清词史》，结在如是一段饱含情感的表述上。我想，将秋瑾这位人格健全、英姿勃发的词人推举为新世代的启幕者，严迪昌先生也应含笑首肯。挥剑斩落了施于女性面前千年的青绫步障②，鉴湖女侠身后的词场上俨然在望的，是"觉天炯炯英雌齐下白云乡"③！

二、"秋山秋水带余哀"：忏慧词人徐自华

（一）寄尘与秋瑾

徐自华（1873—1935），据徐蕴华《记忏慧词人徐寄尘》云，原名受华，后改授汝，书名自华，寄尘为丧偶后别署，忏慧系诗词笔名；又有别号秋心楼、听竹楼、尘寰寄客、语溪女士等，浙江石门（今桐乡）人。祖迓陶为光绪庚辰科进士，官至安徽庐州知府④；父杏伯⑤亦有文名。自华五岁从舅、父读书，"生而明慧，长娴文

---

① 严迪昌《清词史》，江苏古籍出版社2001年版，第615页。

② 《晋书·王凝之妻谢氏传》："凝之弟献之尝与宾客谈议，词理将屈，道韫遣婢白献之曰：'欲为小郎解围。'乃施青绫步障自蔽，申献之前议，客不能屈。"

③ 秋瑾所作弹词《精卫石》第一回回目。

④ 徐珂《清稗类钞·文学》："石门徐迓陶太守宝谦工诗文辞，一门风雅，论语溪门望者，当首推之。太守尝与其妇蔡氏唱和于月到楼，女孙畹贞、蕙贞、自华、蕴华咸侍侧，分韵赋诗，里巷传为盛事。"

⑤ 徐杏伯名多锷，擅笛萧昆曲，有名士风，有《醉经阁集》诗稿。

翰"①。迓陶公《示孙女自华》诗云："果然一介比书生，修到梅花骨格清。我已三更幽梦醒，楼头犹听读书声。"二十二岁适南浔梅韶笙，因夫婿"性庸懦，不劳而食，无所用心，文学无基础，工作又怠忽"②而感情不洽。甫七载，韶笙病逝，遗子女各一，寡妇孤雏，勉力为生。1906年受聘入浔溪女学主校务，结识秋瑾，同事两月，雅相欣赏，遂成莫逆③。自华有《赠秋璇卿女士》云："萍踪吹聚忽逢君，所见遽然胜所闻。崇娵奇才原易服，木兰壮志可从军。光明女界开生面，但织平权好合群。笑我强颜思附骥，国民义务与平分。"后秋瑾因传播革命为校董金子羽所驱，自华亦愤而去职，归宁石门，潜与秋瑾往来。其时有《金缕曲·送秋璇卿妹之沪时将赴扬州》：

> 送子春申去。好无聊、做愁天气，风风雨雨。萍梗江湖成浪迹，十事九同意杵。谁解得、用心良苦。仆仆尘劳嗟不已，问今宵、别后何时聚？君去也，留难住。　　临歧记取叮咛语。慎风霜、客中珍重，勤传鱼素。闻说扬州烟景好，

①　柳亚子《忏慧词人墓表》，周永珍编《徐蕴华、林寒碧诗文合集》，社会科学文献出版社1999年版，第143页。

②　徐蕴华《记忏慧词人徐寄尘》，郭长海、郭君兮编校《徐自华集》，浙江古籍出版社2014年版，第264页。又，秋瑾亦有诗戏赠自华云："如何谢道韫，不配鲍参军？"

③　小淑总结二人异同云："皆擅长旧文学——诗词；祖父同为清皇朝三品知府，同抱爱种族，爱祖国的热忱。所以两雄相遇，一拍即合，心心相印。秋侠领前，寄尘追随于后，有着旧时代智识妇女的坚贞立场，一道努力于民族革命的不朽事业。她俩结合，实具备了自然条件，并非偶然巧合。但秋侠的魄力与见解，比寄尘胜过一筹，这与秋侠家庭环境，更恶劣于寄尘，而在认识上，寄尘只囿于国内。秋侠则远涉重洋。盖成就高下与各人的环境是分不开的。"《记忏慧词人徐寄尘》，郭长海、郭君兮编校《徐自华集》，浙江古籍出版社2014年版，第261页。

载酒虹桥秋暮。有几许、豪游佳句。劳我蒹葭秋水感，望伊
人、不见知何处。空目断，江南路。

　　1907年春，自华与秋瑾同游西湖，密侦地形，以待起事。至
岳王坟，璇卿"徘徊瞻眺，至日竟夕不能去"①，"歌《满江红》
词，泪随声下"，遂于自华订立"埋骨西泠"之约。六月，秋瑾访
自华于石门，商筹军饷。自华姊妹以黄金三十两倾箧相助，秋瑾脱
腕上翠钏一双回赠②，此即"好散千金交侠客，相与燕市买吴钩"所
指。临行前，秋瑾以宿诺叮嘱者再。七月，秋瑾殉难，草葬于山阴
卧龙山；是年冬，自华风雪渡江③，迁柩至杭，会同吴芝瑛④埋侠骨
于西泠桥，并赋《满江红·感怀用岳鄂王韵，作于秋瑾就义后》：
"岁月如流，秋又去、壮心未歇。难收拾、这般危局，风潮猛烈。
把酒痛谈身后事，举杯试问当头月。奈吴侬、身世太悲凉，伤心
切。　　亡国恨，终当雪。奴隶性，行看灭。叹江山已是，金瓯残
缺。蒿目苍生挥热泪，感怀时事喷心血。愿吾侪、炼石效娲皇，补
天阙。"秋墓既成，清廷为触怒，令损毁之。至民国肇造，自华敦

_____

①　陈去病《徐自华传》，郭长海、郭君兮编校《徐自华集》，浙江古籍出版社
2014年版，第231页。

②　自华有《返钏记》详记情形。

③　自华《十一月廿七日为璇卿葬事风雪渡江，感而有作》云："四合彤云起暮
愁，满江风雪一孤舟。可堪今日山阴道，访戴无人为葬秋。"

④　芝瑛（1868—1933），字紫英，自署小万柳堂，清季大儒吴汝纶女孙，户部
郎中廉泉室。芝瑛通文史，能诗书，随宦京师时与秋瑾比邻，二人义结金兰。时王照
自首入狱，吴芝瑛密劝廉泉营救，令得脱，又助秋瑾东渡日本，旋移居上海。秋瑾被
难后与自华奔走营葬，亲书墓表；又贿两江总督端方，阴护徐氏姊妹。1915年，营救
反袁女志士傅文郁逃脱天津警察缉捕。芝瑛卒后，秋社奉其果主祔祀鉴湖女侠祠，其
悼怀秋瑾诗文为世所称，有《吴芝瑛夫人遗著》。

促孙中山，力排众议，秋柩得以还葬西泠①。自华后出任竞雄女学②校长，继续革命工作。

1908年第一次葬秋后，自华邀集光复、同盟两会同志陈去病、褚辅成、姚勇忱等结秋社，自任社长，组织祭秋活动，作《满江红·民国元年正月二十七日，为璇卿开追悼会于越中大善寺，谱此为迎神之曲》：

> 巾帼英雄，屈指算、君应魁首。好任侠、买珠换剑，拔钗沽酒。慷慨喜谈天下事，权奇掩尽闺中秀。痛无端、党祸忽飞来，伤吾友。　　志未遂，刑先受。身虽丧，名垂久。又何妨流血、古轩亭口。五载凄凉风雨恨，一朝光复神州旧。慕芳徽、裙屐喜重来，君知否。

秋瑾仰慕武穆为人，一生作词亦有意继武，自华选择《满江红》词调原因殆此。即便剔除了其中"革命同志"的成分，这份生死以之的友情也是足以烛地洞天、警顽立懦的了。昔成容若读顾贞观《金缕曲·寄吴汉槎宁古塔以词代书》毕，为泣下数行，曰："河梁生别之诗，山阳死友之传，得此而三。"不妨将自华此篇列名其下，为"友情诗词"这一品类添上煌然一页。

---

① 两次葬秋始末，见徐蕴华《记忏慧词人徐寄尘》、秋宗章《记徐寄尘女士》及《秋瑾研究资料·文献集》（郭长海、秋经武主编，宁夏人民出版社2007年版）。

② 竞雄女学由秋瑾同志王季高等为纪念秋瑾，捐资创办于1912年。自华因葬秋开罪于浙江都督朱介人，孙中山力劝其远离新军阀，接掌竞雄。女学所聘教师还有胡朴安、陈去病、庞檗子、陈匪石、潘更生、徐小淑等。

（二）"慧业忏除焚稿矣，黄鹄顿成凄绝"的《忏慧词》

自华与"南社首功"陈去病善，故入社甚早[①]，借文学交接同仁，尤以词章显名。巢南尝为《忏慧词》作序，又于《病倩词话》中颇多表彰：

> 石门有媛曰徐氏自华……顾独好文字，往往抽笺染翰，斐然有作，缠绵凄楚，如闻羌笛而听哀笳；呜呜然，其离鸾别鹄之音也。

> 语溪徐寄尘夫人自华，记诵渊博，颖悟绝伦，为诗文词，操管立就，有似凤构。尤工倚声，以白石、玉田为宗，含情绵邈，藻思琳玢。所著《忏慧词》旖旎风流，自成逸响。虽未必娣视淑贞，姒蓄清照，要为吾家湘蘋以来，闺房之秀，一人而已，可无疑也。余甚爱其《秋宵忆韵清·调意难忘》……又《渡江云》……空灵澹荡，即置于《漱玉集》中，恐亦未易辨也。

今存《忏慧词》、《秋心楼词》六十八首，面貌基本是巢南所谓"缠绵凄楚""含情绵邈"的，与秋瑾相关的若干首及《菩萨蛮·巢湖舟中守风》、《满江红·雪夜业课感从中来爰赋长调》等"兀臬排宕，直摹苏辛之垒"[②]的作品实在算是集中别调。这种人生形态与

① 自华与妹蕴华、妹婿林寒碧于1909年11月加入南社，介绍人陈去病，入社号为11，12，13。

② 郭长海、郭君分编校《徐自华集》，浙江古籍出版社2014年版，第254页。

文学创作的"错位"①在女词人中并不鲜见,反差之大者则以自华为最。自华平生杰构多出于与南社友人赠答之作中,每能幽细深婉,自饶雅韵:

> 甚萧条、几株垂柳,丝丝凄碧如许。画堂午梦频番冷,赢得风风雨雨。凭认取。道媚绝三姝、此是吟秋处。灵纵一去。叹月黯疏香,花残芳雪,都付断魂句。　琼楼杳,谁蓺返生香炷。空闻凉雁私语。湖烟湖水年年绿,不见一家词赋。君莫苦。幸未把,瑶钗玉佩埋黄土。苍茫平楚。问何日梨花、载将春酿,来拜小仙墓。
>
> ——摸鱼儿·为楚伧居士②题《分堤吊梦图》

楚伧早年于冷摊获一端砚,辨为明末叶小鸾遗物,遂考之族谱,始知与午梦堂叶氏同出一支,为小鸾九世从孙。因赴分湖凭吊,捐银三百五十余两,修葺香冢,又请苏曼殊作《分堤吊梦图》为小鸾张目,友人多有题咏。自华此篇即字字句句贴合午梦堂故事,"琼楼杳,谁蓺返生香炷。空闻凉雁私语"以下数句哀丽深折,能得竹垞《高阳台》(桥影流虹)之神髓。自华中岁后词艺精进,是与南社诸友切磋往还之故。《鬖云松·今春余君十眉曾约佩

---

① 汪梦川以张默君为例阐释此种"错位"情况:"张昭汉则是纯粹的革命家,为人行事都颇具男子气概……一洗女子纤弱习气,但是她的词作反而不以豪壮见称"。实则默君词去传统闺阁较远,颇多豪壮语。汪梦川《南社词人研究》,上海古籍出版社2015年版,第51—52页。

② 叶楚伧(1887—1946),原名宗源,字卓书,以父字凤巢而别字小凤,以"楚伧"笔名行世,又常别署叶叶。江苏吴江人,午梦堂叶氏后裔,擅诗文。南社成员,参与发起新南社。南京国民政府建立后历任江苏省政府主席、国民党中央党部宣传部长、国民政府立法院副院长等职。

子与余探梅邓尉，并梦余填词得红冰句，驰书见告。旋因他事，未果往。顷索题〈鸳湖双桨图〉，为赋此解，即用其语于末，以志梦灵也》允为寄尘生平佳作，哀艳感更胜上篇：

> 鬓拖鸦，钗堕凤。薄薄罗衣，可耐凉风送。双桨轻划休太重。湖有鸳鸯，恐破鸳鸯梦。　　暗销魂，余旧痛。影事前游，绘入清图供。隔岸芙蓉曾与共。顷刻花开，泪结红冰冻。

词境迷离浑融，上结连缀两"鸳鸯"、下结以"顷刻花开"接十眉所梦"泪结红冰冻"句，俱能摇曳生姿，风情盎然，不在纳兰、蕙风之下。这样看来，自华实际是以感伤凄婉一类词擅场的，吴梅《绕佛阁·题徐寄尘〈忏慧词〉》"鬓华翠敛，琴思冷涩，珠露抛碎""梦魂蘸水。题遍恨稿，空剩霜蕊。人殢残醉。苦吟诉雨嘶风溅鹤泪"、柳亚子《百字令·题寄尘女士〈忏慧词〉用定庵赠佩珊夫人韵》"翠羽萧条，梅花零落，迸入哀弦去"也是着眼于这一点而生发。

自华诗亦佳，《听竹楼诗》、《秋心楼诗》四编中多性灵摇曳、清新可喜之作，可附此一说。《延秋阁夜坐》云："桐阴翠润雨初止，风动湘帘夜气清。一二声钟邻寺出，两三星火隔湖明。怀人怕见月初满，顾影从知凉渐生。独坐延秋秋思远，玉筲缄寄雁无情。"《赠湘君并调佩忍云》："初日芙蕖解语花，断红双颊晕朝霞。临春结绮今何许，此是当年张丽华。""雾縠冰绡一捻腰，秋波微盼欲魂消。为卿甘入胭脂井，金屋焉能贮此娇。"又紧随南社时尚，有《题〈子美集〉集定庵句》云："年来花草冷苏州，风泊鸾漂别有愁。绝似琵琶天宝后，文人珠玉女儿喉。""窈窕秋星恐似君，亦狂亦侠亦温文。梅魂菊影商量遍，可肯花间领右军。"陆子美为民国间著名戏剧家，以饰演悲旦见长，故诗略作调笑云云。其实"文人珠玉女儿喉""亦狂亦侠亦温文"转誉自华，毋宁恰切更胜。在这一点上，侠骨柔肠的忏慧词人是比死友秋瑾向前多行进了一步的——非仅"觉世"，亦可"传世"。

三、南社"格律派"女将徐蕴华

　　漱玉清音歇。可颉颃、女儿溪畔，犹留词笔。慧业忏除焚稿矣，黄鹄歌成凄绝。更又是、掌珠坠失。身世茫茫多感慨，抱愁怀、天地为之窄。谁解得，词人郁。　　残山剩水悲家国，最伤心、秋风秋雨，西泠埋骨。风雪山阴劳往返，今日只留残碣。叹一载、空喷热血。造物忌才艰际遇，剩裁云缝月金荃集。恐谱入，哀弦烈。

——金缕曲·题寄尘《忏慧词》

词为自华胞妹徐蕴华所作。蕴华（1884—1962），谱名受润，后更单名润，书名蕴华，字小淑，抗战爆发后以轩名双韵为别字，别署月华、曾立雪人①，杏伯公季女。小淑小于自华十一岁，幼从姊课诗词，及长师事秋瑾。秋瑾有《赠女弟子徐小淑和韵》云："丽句天成谢道韫，史才人目汉班姬""我欲期君为女杰，黄龙饮罢共吟诗。"厚望寄焉。尝与自华同助秋瑾起事并两度义埋秋骨。入南社后，拜陈去病为师。1916年创办崇德女学、女子师范讲习所，抗战

---

① "秋"门立雪之意。因小淑为秋瑾学生。

中为却伪职，流寓浙、沪。新中国成立后受陈毅市长聘，任上海文史研究馆馆员，1962年病逝。小淑夫婿林寒碧[①]去世甚早，遗一女北丽，适南社"诗狂"林庚白[②]为继妻。

小淑与乃姊并称于当时，柳亚子有"浙江二徐""玉台两妙"[③]之谓。存世词不多，很容易将其创作附着在"革命女杰"身份之下一笔带过，实则其词风与寄尘、秋瑾大异其趣。马大勇师撰《近百年词史》，将南社词人分为"情志""格律""情格兼重"三派，小淑词走梦窗、白石一路，应作为唯一的女将被划归为"格律派"阵营。首先看其《花犯·樱花步调》与《声声慢·岁暮哀感，忽得陈、柳诸贤先后手札，或约西碛之探寻，或征胜溪之题咏，缅想世外游侪，独能无怀为乐也。倚歌此曲，奉题亚庐先生〈分湖旧隐图〉》：

隔蓬莱，飘云一片，胭脂洗芳雾。虎飔微动，恁斗取
铅华，鼓点催暮。北州血溅移根苦。凄清鸿鹄诉。奈转首，

① 寒碧（1886—1916），原名昶，一名景行，字亮奇，福建闽侯人，黄花岗烈士林觉民之侄，少美风姿，姚鹓雏谓其"骨重神清，朗彻如玉山照映"。曾游学日本，参与反清革命活动。1908年由陈去病介绍与徐蕴华结缡，民国成立后任农林部秘书、众议院秘书。1916年任上海《时事新报》总编辑，撰写反袁评论多篇。同年8月7日晚赴好友梁启超之约，为英人克明汽车辗伤横死；南社仝人多有悼怀之作，陈去病为作哀辞，柳亚子为书墓表。李宣龚辑遗作为《寒碧诗》。

② 林庚白（1897—1941），原名学衡，字浚南，又字众难，自号摩登和尚，福建闽侯人，与同乡林寒碧"两世相交"。十三岁肄业于北京师范大学堂，辛亥革命后历任众议院议员、非常国会秘书、众议院秘书长。后引退蛰居沪上从事文学研究，创办《长风杂志》。1932年重入政界任立法委员，1941年携家迁居九龙，某日夜归，遭日军射杀。庚白毕生眼高于顶，有狂言曰："十年前郑孝胥今人第一，余居第二。若近数年，则尚论今古之诗，当推余第一，杜甫第二，孝胥不足道也。"

③ 柳亚子于1936年拟《文坛点将录》，其中天罡皆为南社、新南社成员，点寄尘、小淑为天暴星两头蛇解珍、天哭星双尾蝎解宝。余作《近百年女性词坛点将录》亦将二徐置此位，见附录一。

东邻一笑，窥人终肯顾。　　仙娥岂屑作浓妆，箜篌咽、翠帷依稀回护。遭碧水，潜勾引、妖春应妒。休羞看、并肩绰约，只会向、层台承玉露。怎料得、莲前梅后，南天花作絮。

　　鸱夷泛舸，鹤市吹箫，羁心早晚秋潮。且向临邛琴台，酤肆堪消。休标向年高意，对疏香、芳雪凝消。伤神事，况松森永久，野圹萧条。　　一角西山可住，甚赋矜孙绰，资薄都超。藏海藏山，人间无地归桡。独临画图深，惘顾淮南，小隐能招。殢情地，想帆过、别署正遥。

前首《花犯》赋樱花为春音词社首倡，后陈匪石有同题之作。此首词题云"步调"，致敬与"投诚"之意是相当明显的；谋篇遣词也确乎是南宋笔意，上下片起、结尤其有追摹白石《疏影》、《暗香》的痕迹；后首婉折幽咽，欲说还休，吞吐间大有彊邨风味。如果说这两篇尚疏密相间，那么下面两首则到了无字不锤炼、无句僻涩的程度：

　　看山旧客，正冬荒冷落，群花都息。眼涩斜阳摇水外，塔梢登临奇绝。小侣停诗，奚怒载瓮，一笑闲游历。层层林磴，幽寻穿尽寒叶。　　归爱转棹烟流，疏窗冷语，悄应溪声寂。掠鬓野风浑不醒，苦被垂杨承睫。折苇挼青，浮凫弄绿，吹待千秋月。一船休去，蘋洲无限渔笛。

　　　　　　　　　　　　　　　——百字令·游虎丘

　　递眼高轩。正冷枫摇落，雁思初繁。惊秋无限意，抚

鬓已微髭。遵北辙，折南辕。泫是未归魂。苦眼中，纷驰长
路，马殆车烦。　　伤情幂外霜痕。有凉灯吐暝，市吹流
暄。林阴分域界，铃语破朝昏。思往事，略温存。剩日定难
言。渐付凭、谁家管领，水陌花墩。

　　——意难忘·薄暮视鉴湖旧舍归，沿河往浦滩，靽窗写
感，有寄慧僧

拗折之句法、繁密之意象，满眼皆是。学梦窗用力之深有如此，破
碎堆砌之诮必不免。"掠鬓野风浑不醒，苦被垂杨承睫""凉灯吐
暝，市吹流暄"造语尚觉新警，"马殆车烦"则俚俗无味，至"归
爱转棹烟流""泫是未归魂""伤情幂①外霜痕"，正堕入业师陈
去病所谓"隶事僻奥，摛词窒塞，有类射覆，无当宏旨，虽使阅者
终篇毕览，亦瞢然莫名其妙"之魔道。小淑学词，受秋瑾影响不可
谓不大，向陈巢南执弟子礼不可谓不恭，而有意选择梦窗一体，向
"格律派"靠拢，其实也正说明南社内部"格律"与"情志"并不
是那么壁垒森严、截然对立的。

　　小淑之女林北丽幼承家风，长为才子妇②，亦能诗词。录其《鹧
鸪天·寄怀沙坪坝亚子兄》以为结末：

昨夜星辰昨夜风。鬟云衣雾两朦胧。吟笺入手伤心绿，
骰子相思刻骨红。　　愁万重，意难通。忍随流水各西东。
寥天目送惊鸿影，魂断归来似梦中。

----

① 原作"幂"字下注云"指车帘"，周永珍编《徐蕴华、林寒碧诗文合集》，
社会科学文献出版社1999年版，第109页。

② 见林北丽《我与庚白》，《子曰丛刊》1948年第2辑。

四、刘韵琴、郭坚忍

时报端有诗《吊秋瑾》云："剑芒三尺逼人寒，莫作寻常粉黛看。肝胆烛天尘世暗，头颅掷地梦魂安。女权未许庸奴占，种界空嗟异类团。怅然东瀛初返棹，秋风秋雨送罗兰。"作者刘韵琴亦是一位"非凡粉黛"。刘韵琴（1884—1945），名羽诜，以字行，江苏兴化人，晚清著名文学家刘熙载女孙，父、兄皆有诗名。韵琴九岁能诗，及笄文名藉甚①。十六岁适同邑李宜璋，因感情不睦，两年后即分居。十九岁只身赴沪上，任神州女校教师②。二十四岁旅居马来西亚，任马六甲培德女校校长③。民国成立，毅然回国，作诗述志曰："闲锄明月种梅花，破浪乘风愿已差。休笑者番无远志，也曾仗剑走天涯。"次年为寻求救国真理赴日本留学，归国后为上海《中华新报》聘为新闻记者，专事撰文反袁，作小说《烛奸》、《皇祸》、《痴人梦》、《奇臭》抨击袁世凯，《大公子》讽刺袁克定，自述心志云："那独夫一天不死或一天不退位，笔者这支笔也是一天不能放下。必要把他种种奸谋揭露出来，在报纸上宣布，以尽我笔诛的天职。"④为护国运动中笔伐最力者之一。同事陈荣广

① 转引自任厚康语、李西亭《近代女作家刘韵琴传略》，刘韵琴著、李西亭注《韵琴诗词》，武汉工业大学出版社1996年版，第2页。

② 秋瑾于1906年到访神州女校，极有可能曾与韵琴会面。

③ 马六甲培德女校创办于1913年，与培风男校同为华侨子弟学校，初期学生稀少，几难为继，俟韵琴长之，始脱逆境。事见梁绍文《南洋旅行漫记·短小精悍的刘韵琴》，中华书局1926年版，第152—153页。

④ 韵琴小说《烛奸》中语。转引自刘韵琴著、李西亭注《韵琴诗词》，武汉工业大学出版社1996年版，第6页。

曰："吾国女界能以文字托业于新闻，影响政局，启迪人群者，当推刘女士韵琴始矣。"①

　　韵琴为敦促各省将军讨袁，尝作诗《老将》："凛凛虬须虎帐中，老来未减少年风。剑锋尚带秋霜白，袍血曾染昔日红。谁道黄忠无敢匹，欲同廉颇共争雄。休言老迈难禁敌，一战犹能立大功。"笔势粗豪，可惭男子。诗人周退密手题《韵琴诗词》云："自是文坛不栟才，丰城剑气肯长埋。大家若使生今日，定有雄篇动地来。"拈出"雄"字，堪为定评。与诗相较，词较深曲而雄风不减，读《满江红·癸丑乱后过金陵有感》：

　　　　大好江南，三年内、两经战事。触目处、颓垣断井，劫灰而已。钟阜龙蟠消王气，石头虎踞空营垒。只矶头、燕子不曾飞，今犹是。　　访故旧，存无几。桃叶渡，秦淮水。剩丝丝杨柳，冷清清地。无限沧桑怀古意，凄然一掬兴亡泪。况今人、愁较古人深，难言矣。

　　"癸丑乱"系1913年"二次革命"中江苏讨袁失败事。"况今人、愁较古人深"正话反说，是"今愁"较深之故吗？如此残山剩水，已是幽思尽销、不必吊古了！仅仅在两三年前，韵琴尚有"侬誓不为亡国奴""自由不得毋宁死"的呐喊，与时局一道急转直下的，还有词人以教育业报国的热望。其后乃以报纸为阵地、以笔为刀枪，走上了著文章、担道义的道路。韵琴主《中华新报》撰席期间，有假其名者投稿于某报，韵琴因作词质之：

---

① 刘韵琴著、李西亭注《韵琴诗词》，武汉工业大学出版社1996年版，第4页。

心地明如雪。转嗤他、须眉巾帼，供人愉悦。女界闻名参特识，谁谓人皆贤哲。独词藻、妍媸能别。尽尔妖魔鸣得意，比寒蛩、徒自吟呜咽。蝉饮露，惟高洁。　寻章摘句拚心血。费无限、揣摩简炼，低回曲折。男子才华须磊落，下笔力同屈铁。何屑效、香闺一辙。大雅骚坛供鉴赏，信品评、月旦非虚设。问叶否，音和节。

词效杂文体，锋棱不稍敛，极冷嘲热讽之能事；而谑骂背后实是对自己笔墨、名节的珍视与捍卫。虽然韵琴也偶有"卖赋无金，摊书有恨，赚得愁千缕""只恐天高听不到，还道'此何须汝'！"①的幽怨和激愤，但这毕竟是推翻了纲常观念、走出家门后的第一代职业妇女所能走到的最远、做出的最可宝贵的觉醒和抗争。

韵琴晚年退居乡里，以兴化县中专事务员退休终。曾经"仗剑走天涯"的奇女子或许已安隐于市，然词心耿耿，终难消歇，晚年尝以《鹧鸪天》投新履省民政厅厅长王公玙，词云："锦绣江河异昔年。孤蓬听雨下江船。长堤草长迷蝴蝶，故国春深泣杜鹃。　凝望处，总凄然。颓垣断井两三椽。天涯何必逢寒食，不到清明已禁烟。"②其时已至抗战前夜，故"孤蓬听雨下江船""故国春深泣杜鹃"悲颓一如此。

为秋瑾影响更巨者为郭坚忍。坚忍亦清民际女杰，生平卓异，爰不惮烦，简录如次：郭坚忍（1869—1940），原名宝珠，字筠

---

① 《百字令》词句。

② 王公玙和作曰："望断天涯又一年。几回误认林兰船。聊凭解语调鹦鹉，枉事催归怨杜鹃。　思往事，泪涓然。写愁只合笔如椽。夜来谁省凄凉苦，几点寒星一炷烟。"

笙，扬州人。父钟灵①、兄宝珩②皆以诗文声闻乡里，先后入湖广总督张之洞幕。宝珠幼承家教，克娴诗礼，有"不栉进士"之誉；十八岁适亳州知州陈晋次子芷渔，以识见为阿翁倚重。清末维新，坚忍率先放足，为国内第一人。又筹立不缠足会，不施脂粉，不御簪珥，着革履，戴阔边草帽，奔走于士绅之家，直叩主妇，宣传天足。有识之士赏其才干，助其创办幼女学堂，教师悉延闺秀充之，是为苏北女学之始。秋瑾闻其名，与之通函，勉励备至。璇卿成仁后，宝珠毅然更名坚忍，字延秋，以继承遗志自任。时有"徐老虎"之谓的徐宝山督淮扬，坚忍以二夫人孙阆仙③义姊身份充为座上宾，力促其反清救国。其后凡二次革命、护法运动、曹锟贿选诸重大政治事件，坚忍皆投身其中，奔走呼号。民十六年（1927年），军阀孙传芳退居扬州，以私仇大索之，坚忍数履险境，几罹不测。抗战军兴，坚忍避地乡下，以贫病卒于破庙之中。

坚忍毕生积极入世，政治态度在《游丝词》中多有流露：戊戌政

---

① 钟灵字绣君，诸生，诗外工书画；弟钟岳，字叔高，号外峰，别署天倪子、讷道人，官浙江同知，有《和天倪斋词》五卷。

② 宝珩（？—1928），字楚生，又字叔迟，号藉厂，光绪辛卯（1891）举人，以大挑教谕改知县，充河北抚院文案，后任粤汉铁路总局詹天佑秘书、粤汉铁路管理局总务处长。诗文与梁公约齐名，称"梁郭"，有《五十弦锦瑟楼词》五卷及《藉厂诗》。

③ 孙阆仙（1883—1947），又名朗仙，晚称阆潜、铠隐庐主人，法名朗潜，扬州第二军军长徐宝山侧室。阆仙以梁红玉自况，倾向革命，扬州光复后曾组织女子北伐队、女界募饷会等。阆仙工诗善画，尤擅古琴，与冶春后社名流多有交接。其诗词由郭坚忍教习，亦颇可观，唯不留底稿，今只存《鹧鸪天》二阕，为李定夷《辽西梦》小说作，可称情怀悲壮："一自欧西战衅开。河山破碎劫余灰。生灵亿兆皆荼炭，听简军中字字哀。　金蛇电，玉虎雷。血流成海骨成堆。子孤妻寡知多少，莫对兵家说五材。""待女兰心一点红。望夫石化最高峰。青闺浣恨三更雨，黑海吹愁万里风。　飘零梗，散漫蓬。战场到处泣沙虫。可怜无定河间水，雁杳鱼沉路不通"。

变，作《苏幕遮》云："不测天心一变竟如此。"对权臣误国，又作《苏幕遮》讥刺："惊秋回溯贾平章。宋室偏安，半送半闲堂。"坚忍为兴办扬州女子公学毁家纾难，亘数十年弗衰。尝云："夫者夫也，妻者齐也，女子只须有钟仪郝范之精神，无不可与男子平等，以强民族。中华号称四万万同胞，今将二万万女子关于家庭之内，不得与闻政治，等于废人，则中华人民力量，不啻已减去一半。"①俟女儿至上海学习手工，坚忍作《水调歌头》勉之："紧切记，奋志去，莫回头。苟能自立，何用守制嫁公侯。""只过扬子江耳，毋用动离愁。莫怨孤身作客，千里古人负笈，不惮远寻求。"这是平等、自由的女权主义思想在中华大地上自秋瑾以来发出的最强音。而其思想光芒最为腾跃、面貌最肖"秋闺瑾"者，应为《满江红·自题停琴拔剑小影》：

　　一表英风，只应是、绘图麟阁。却缘何、钗环巾帼，潜藏绣幕。抱负未能伸志向，遭逢大半多轻薄。激昂时，罢调弃参商，磨干莫。　　长啸处，天惊愕。生铁铸，今生错。恨无知执法，欺人太恶。说甚德从唯顺守，更多仪礼加拘缚。偏登坛、演说我同侪，齐腾踔②。

坚忍擅口才，每登坛演说从不携讲稿，历数小时不倦，滔滔不绝，

---

① 杜召棠《再记郭坚忍》，陈保定编《郭坚忍纪念文集》，自印本，第29页。

② 秋瑾《敬告姊妹们》一文几乎可同坚忍词文白互译："唉，二万万男子，是进入了文明新世界，我的二万万女同胞……一生只晓得依傍男子，穿的、持的全靠着男子。身儿是柔柔顺顺地媚着，气虚儿是闷闷地受着，泪珠是常常的滴着，生活是巴巴结结的作着：一世的囚徒，半生的牛马……但凡一个人，只怕自己没志气；如有志气，何尝不可求一个自立的基础、自活的艺业呢？如今女学堂也多了，女工艺也兴了，但学得科学工艺，做教习，开工厂，何尝不可自己养活自己吗？"

扣人心弦，听者无不心折。此篇之激切耿介如见其勃勃英姿，闻其朗朗雄辩，不由倾倒。前文所述词"觉世"之大义，至此可谓极矣。

坚忍晚境颇恶，"天寒岁暮，困于兰若之中，上遮败絮，下垫穰草"①，一代巾帼奇才②，蹭蹬竟如此。"我自欲歌歌不得""清泪堕，谁念凄凉我"，几近谶语，令人发一浩叹。四十年后，《游丝词》重付剞劂，坚忍幼子陈沣序之云："余深幸坚忍之将以诗歌文字传，余固尤愿坚忍之不仅以诗歌文字传也！"③诚哉斯言。文学与历史的英雄碑上，都应镌刻郭坚忍袭新式女装，"庄严凝重""一表英风"④的丰仪。引快意飚飞的《金缕曲·檃栝李谪仙将进酒诗意》为郭坚忍，也为本章作结：

> 天上黄河水。恁滔滔、奔流到海，直过淮泗。明镜高堂君不见，朝暮头颅改矣。但得意、千金休吝。莫使金樽空对月，尽吾欢、酒后昏昏睡。歌一曲，愿长醉。　　牛羊烹宰供飧馈。又何须、钟鼓馔玉，侯尊王贵。自古圣贤皆寂寞，饮者名留后世。平乐宴、十千方已。莫叹囊中钱竟少，试呼儿、将去貂和骑。同二子，逐愁退。

---

① 杜召棠《再记郭坚忍》，陈保定编《郭坚忍纪念文集》，自印本，第30页。

② 康有为语。

③ 《先母郭坚忍传略》，陈保定编《郭坚忍纪念文集》，自印本，第1页。《纪念文集》及《游丝词》为坚忍孙女陈保定女士、孙婿祝益生先生、扬州诗友刘存南先生寄赠，特致谢忱。

④ 同前注。

第三章　民国中后期女性词坛（上）

二十世纪女性词史的第一个"波峰"出现在三四十年代也即民国中后期绝非偶然：一方面，南社女词人们已先行踏平了女性创作道路上的砾石与荆棘，并沿途留下足资继承、取法和借鉴的思想艺术资源；另一方面，外忧内患的大环境使包括女性在内的全体创作者扬高、拓宽、探深了笔路，"国家不幸诗家幸"的效应再一次得到彰验。这是诞生了陈小翠、沈祖棻、丁宁、周炼霞等一流高手的"黄金年代"；这是在百年女性词史长篇中高潮澎湃的最强章回。以此期词人词作体量、成就的重大驳杂，分为上下两章，以沈祖棻、陈小翠、周炼霞及她们分别领起的学人、艺人创作群体为主干，辅以分散在此段时间线上的女词人如尉素秋、冯沅君等；僻处福建的寿香社群体虽相对封闭与独立，成员社会身份亦不能完全归属上述两类，然以时间重叠故，仍置于本章。

第一节 千秋谁似李夫人：论沈祖棻词

沈祖棻（1909—1977）是整个二十世纪最闪亮的词苑明星之一。不消说其生前身后名与"晚清四大家"、夏承焘、詹安泰、龙榆生等耆宿名家相比无多逊色，即使纵目整个女性词史，亦以仅弱于李清照、朱淑真、顾太清①的关注度进入研究成果榜单前列。二十年间，沈氏别集、论著一再重版②，年谱、传记不断问世③，甚至有研究者自发成立沈祖棻诗词研究学会④、出版专题会刊……女词家中享此殊荣者，易安之后，也确是千古一人了。

对五百余首⑤《涉江词》的诸多论说，主要集中在两个问题上。请略作梳理：

---

① 在"中国知网"检索1980年至2016年中相关学术文章，篇名包含"李清照"者计3043篇、朱淑真252篇、顾太清106篇、沈祖棻80篇。秋瑾、吕碧城研究成果亦伙，但以较难剔除文学以外成分，未划进比较范围。

② 沈祖棻《涉江诗》、《涉江词》、《唐宋词赏析》、《唐人七绝诗浅释》、《古诗今选》及小说、新诗等杂著先后出版24种，其中包括河北教育出版社2000年版《沈祖棻全集》四本。

③ 沈氏年谱有马兴荣《沈祖棻年谱》（《词学》2006年第十七辑，华东师范大学出版社2006年版）、徐有富《程千帆沈祖棻年谱长编》（南京大学出版社，2013年版）；传记有巩本栋编《程千帆沈祖棻学记》（贵州人民出版社1997年版）、章子仲《易安而后见斯人：沈祖棻的文学生涯》（当代中国出版社2014年版）。

④ 协会于二十世纪九十年代由江苏海盐县王留芳等建立，现已发展会员千余人，出版会刊二十期。

⑤ 河北教育出版社《沈祖棻全集》收《涉江词》甲乙丙丁戊稿共403首、集外词108首。

1.辨认门径家数。业师汪旭初将沈氏创作历程总结为"三
变",向无异议①。这样对《涉江词》的读解就聚焦在其词艺师法
上。其中较简略而感性者除汪东散见于集中的评语外,又有章行严
之"词流又见步清真"②、施蛰存之"标格甚高,小令不作欧、晏
以后语,近慢探骊清真,秦七、黄九且非所师"③、姚鹓雏之"黄
花咏,异代更谁偕。十载巴渝望京眼,西风帘卷在天涯。成就易安
才"④;条分缕析之长文中,识、理俱足者当推徐晋如、周啸天、施
议对三篇。徐文认为《涉江词》"早岁出入玉田、碧山,而终以小
山为归依"⑤;周文谓"她在婉约词创作领域,走的又是周邦彦、南
宋格律词派及清代常州词派的路线,而非柳永、李清照及辛弃疾的
路线……令词更近温、韦、南唐,而不是小山"⑥;施文则以"……
读'涉江',只是到幼安、到易安,仍未知子苾也;必须到小山,
才能领悟其词心"的"知心语"获程千帆"真能抉其征旨渊源"之

---

① 汪东《〈涉江词〉序》:"余惟祖棻所为,十余年来,亦有三变。方其肄业
上庠,覃思多暇,摹绘景物,才情妍妙,故其辞窈然以舒。迨遭世板荡,奔窜殊域,
骨肉凋谢之痛,思妇离别之感,国忧家恤,萃此一身。言之则恐触忌讳,茹之则有未
甘,憔悴呻吟,唯取自喻,故其辞沉咽以风。寇难旋夷,杼轴益匮。政治日坏,民生
日艰。向所冀望于恢复之后者,悉为泡幻。加以弱质善病,意气不扬,灵襟绮思,都
成灰槁,故其辞澹而弥衰。"《涉江词》,第2页。

② 章士钊《题〈涉江词〉》,沈祖棻《涉江词》,湖南人民出版社1982年版,
第179页。

③ 施蛰存《北山楼钞本〈涉江词钞〉后记》,巩本栋编《程千帆沈祖棻学
记》,贵州人民出版社1997年版,第451页。

④ 姚鹓雏《望江南·分咏近代词家》,沈祖棻《涉江词》,湖南人民出版社
1982年版,第181页。

⑤ 徐晋如《易安而后见斯人——对〈涉江词〉在20世纪词史中地位的一种认
识》,《甘肃联合大学学报》(社会科学版)2010年第4期。

⑥ 周啸天《论沈祖棻现象》,《绵阳师范学院学报》2013年第12期。

首肯①。

2. 从《涉江词》中擢拔出"词史"意义。自周退密"杜陵诗史千秋业，肯与清真作后尘"②之后，此论渐为研究者所重视③，"十年家国感兴亡，一编珠玉存文献"④的《涉江词》由此与《水云楼词》、《庚子秋词》、《春冰词》、《和庚子秋词》、《晓月词》一道，被编入"词史"序列中。

以上盘点意在说明《涉江词》规模虽巨，为后学留下研究余地实已不多。如第一点即无从下手，若再逐篇逐句地指出此句胎息清真、彼句专拟小山，既不可能突过前贤，且难免凌空蹈虚、似是而非之病；第二点"词史"问题则尚可商榷。

一、"藏钩射覆总难猜"："词史"还是"心史"？

青雀西飞第几回。不同心处枉劳媒。障羞无复遮纨扇，占梦何曾到锦鞋。　　春酒暖，绮筵开。藏钩射覆总难猜。

---

① 施议对《江山·斜阳·飞燕——沈祖棻〈涉江词〉忧生忧世意识试解》，《中国诗歌研究》2007年第四辑。

② 周退密《鹧鸪天·读〈涉江词〉，喜题小词，以志钦挹》，沈祖棻《涉江词》，湖南人民出版社1982年版，第184页。

③ 如叶嘉莹《从李清照到沈祖棻——谈女性词作美感特质的演进》，《文学遗产》，2004年第5期；王慧敏《论沈祖棻联章组词的词史意义》，载《长春师范学院学报》（人文社会科学版）2011年第2期；黄阿莎《"一编珠玉存文献"——沈祖棻的"词史"创作与词学传统》，《中国韵文学刊》2015年第2期。

④ 施蛰存《踏莎行·奉题子苾夫人〈涉江词〉》，沈祖棻《涉江词》，湖南人民出版社1982年版，第183页。

年年牛女空相望，终负星槎海上来。

　　妙舞初传向画堂。香车又见赛明妆。高楼佳会伤离恨，别馆新愁误报章。　　阑斗鸭，悦鸣龙。近来踪迹太疏狂。春衣蓝似江南水，故损朱颜赚阮郎。

　　移得垂杨槛外栽。钿车竟日走轻雷。妆成对镜青鸾舞，睡起开帘社燕来。　　歌宛转，酒追陪。鸳帷各梦漏声催。却怜神女难为雨，只解行云上楚台。

　　芳会金钱约日来。香笺递处雀屏开。旧盟枉费三生誓，新制空夸八斗才。　　金作屋，锦成堆。故应着意向妆台。佳人苦自描眉样，捧得瑶函上玉阶。

　　夕照萦情怯倚楼。相思何计付书邮。十年辛苦终成梦，两字平安却惹愁。　　鹦鹉粒，鹡鸰裘。传呼女伴作清游。蛾眉还怕能招妒，闭入长门不自由。

　　凤纸题名易断肠。茫茫消息隔红墙。风侵锦帐春无梦，寒透并刀夜有霜。　　休叹息，怕思量。闲门寂寞度昏黄。敢将心事传鹦鹉，只许相逢道胜常。

　　幽恨新来渐不支。红妆日日减胭脂。花前已厌蜂衙闹，海上还传蜃市奇。　　珠论斛，桂成枝。天寒翠袖苦禁持。怕看明日春潮涨，化泪流愁又一时。

久病长愁晼晚春。蓬山争信绝音尘。眉颦难效惭西子，
国色相窥恼宋邻。　　　捐玉佩，送金尊。情深一往忆王孙。
东风已失韶光半，觌面红楼最断魂。

以上八首《鹧鸪天》笔致深婉而极题旨隐约之至，索解难度不在义
山《无题》、《锦瑟》之下。若无闲堂为作郑笺，恐怕很难理解其
中的微言大义。看第一首笺注：

> 鹧鸪天八首皆咏抗日战争胜利以后解放以前时局。此第
> 一首，叹国共和谈久而不成也。自一九四五年十二月美国总
> 统杜鲁门派马歇尔元帅来华调处内战，一九四六年二月国共
> 双方及美国在北平成立军师调处执行部，迄八月马歇尔及美
> 国总统杜鲁门派马歇尔及美国驻华大使司徒雷登发表联合声
> 明，宣布调处失败；一九四七年一月，美国国务院宣布停止
> 国共调处，退出调处执行部，为时一年有余。虽多次达成协
> 议，旋即撕毁，形成停停打打、打打停停之局面，终于爆发
> 全面内战。青雀，神话中西王母之使者，喻美国政府代表马
> 歇尔。马歇尔当时曾七上庐山谒蒋，故曰西飞第几回。障羞
> 二句，古代妇女每以扇障面，用藏羞容，而鞋谐同音，故以
> 梦鞋为吉兆。无须纨扇，不梦锦鞋，则断然决裂，不欲和好
> 矣。以谓蒋介石有心黩武无心言和也。下阕春酒三句喻虽多
> 方接触，会议频仍，而商谈内情，终难了解。年年二句则喻
> 国共双方有如牛郎织女，但能隔河相望，而马歇尔则如偶然
> 乘槎以穷河源之张骞，不能效乌鹊之架桥，未免负其调处之

初衷也。①

这一篇字数几乎四倍于原词的短文读罢，才算初步理清了词之本事；再结合以"青鸟""占梦""牛女"等意象的古典文学、文化意涵，终于了解了沈氏掩藏在清辞丽句后的曲折深心。一首词信息量之大，到了令人瞠目结舌、望而生畏的程度，更不消说组词之整体内涵。若想深刻理解这一组作品恐不是朝夕之功，殆汪寄庵所谓"其间微意，有非时人所能领会者，易世之后，谁复解音？此所以有愈来愈少之叹也"②。那么，子苾这种顾此言彼、辞约意丰的风格是如何形成的，又透见了怎样的创作理念呢？

在同样以联章形式、春秋笔法创作的十首《鹧鸪天》前，她写下这样的序文：

> 司马长卿有言：赋家之心，包括宇宙。然观所施设，放之则积微尘为大千，卷之则纳须弥于芥子。盖大言小言，亦各有攸当焉。余疴居拂郁，托意雕虫。每爱昔人游仙之诗，旨隐辞微，若显若晦。因效其体制，次近时闻见为令词十章。见智见仁，固将以俟高赏。③

虽作令词，却全以赋心出之。"放之则大千，卷之则芥子""旨隐辞微，若显若晦"既是词人的审美偏向，又是相当严格

---

① 沈祖棻著，程千帆笺，张春晓编《涉江诗词集》，河北教育出版社2001年版，第112—113页。

② 汪东《寄庵随笔·涉江词》，巩本栋编《程千帆沈祖棻学记》，贵州人民出版社1997年版，第439页。

③ 《沈祖棻全集·涉江词稿》，河北教育出版社2000年版，第41页。

的自我要求。但仅看到方法论这一外围层面似意未能尽惬，应再深按一层，探究其价值观与内驱力。

子苾词学名家，为"知行交通"中佼佼者，故论词之语可看作直接目为创作心旨。看其"比兴"一席谈：

> 用比兴方法赏析古代作品，在词论家中间，有人赞同，也有人反对。至于就作者方面说，则运用这种方法从事创作，只见有人提倡，不闻有人菲薄。推究起来，大概有几层理由：一是这种方法的主要用意是在提高词的地位，增加词的价值，这自然是作词的人所乐于接受的；其次，这种"言近而指远，词浅而义深"的表现方法，如用得适当，的确能够使词的本身更加充实丰富，也没有招人反对的理由；三则温柔敦厚的《诗》教，一向被前人认为是文学的最高标准，而比兴却是达到这个标准的一种方便的手段，词人也不愿意反对它。①

比兴者譬喻也，亦即前文所谓"顾此言彼、辞约意丰"特质之理论来源。这一段话中提到的前两种理由与此处主题关联较弱，而最末一层恰好直捣问题窍要："温柔敦厚"之帜高悬，乃文学创作者之终极追求，比兴原是通往目的的路径而已。正是秉持这样的观念，沈词才以托喻比拟为能事，显出含而不露、委而不讽的面貌，然而也正中"意深则词踬"②之弊穴。其实子苾其人其词也正具有着高度

---

① 沈祖棻《清代词论家的比兴说》，沈祖棻《宋词赏析》，中华书局2008年版，第291—292页。

② 钟嵘《诗品序》。

同一性。在那一代人的回忆中，她"风神淡远""韵态清癯"①，"为标准的苏州小姐，文弱清癯，善愁多病，颇像林黛玉，却心地宽大而慈悲"②，俨然一"珍重芳姿昼掩门"之传统闺秀。创作则"温柔敦厚"，为人则淑慎矜庄，也印证了诗如其人的老话头。

马大勇师《在近百年词史研究中》甫一开篇，即着手解决了词学研究中一重大问题——《庚子秋词》"词史"说辨。在理清确认了"词史"内涵③之后，他颇具胆识与创见地指出：

> 对于时事，《庚子秋词》有"陈"的一面，但似乎说不上"直陈"，更说不上"善陈"……举凡现实、忧患、褒贬、感喟，并非没有，且也不少，但大多是隐藏在那些深曲的字句意象后的。作者很花了一些心思将其包装出具有一种逼真的"古意"，苦心辨认，自然也能影影绰绰读出些潜台词。但一来不够劲直犀利，二来也更有大量无关乎时世人心的作品羼杂其间……很显然，也很遗憾，《庚子秋词》走的并不是真正的"词史"之路……总体而言，仍坚持的是相对保守的"意内言外""比兴寄托"之家法。④

这段话移谓沈词，甚觉平允贴洽；或者简截地说，《涉江词》即

---

① 顾学颉诗《吊珞珈山上的幽灵——记女词人沈祖棻》，巩本栋编《程千帆沈祖棻学记》，贵州人民出版社1997年版，第411页。

② 徐仲年《旋磨蚁》，正中书局1948年版，第369页。

③ 马大勇师谓"诗史"之基本要点应涵盖"①善陈时事，补史之阙。②寄寓褒贬，抒述忧患。③风格刚健，情调悲壮"，而"词史"应近之。马大勇师《晚清民国词史稿》，华中师范大学出版社2016年版，第66—67页。

④ 马大勇师《晚清民国词史稿》，华中师范大学出版社2016年版，第68—70页。

《庚子秋词》的重新搬演。试看"乱峰度归梦，征路似愁长。便载酒听歌，吟杯赋笔消旧狂"（《忆旧游》）不就是"愁向酒边新，拙是年来旧"的发挥？"芳序换，故欢稀。等闲开过小桃枝。凭阑多少回肠处，语燕流莺未得知"不就是"花事已阑珊，燕子凭来去"的铺陈？这里绝不是为了贬抑《涉江词》与《秋词》的艺术价值（实际它们都能达到较高程度的圆融自足），乱世危局中每个个体的选择都值得理解和尊重；但动辄将其抬到"词史"的高度则既不准确、亦不公平：如果沈词可以被称为"词史"，那么与之同时期大多数词人的创作都可以划入"词史"之列；但这样又将专意大笔书写抗战词的卢前、刘永济等置于何地？即不提男性词人，女词人中陈家庆、冯沅君、吕小薇，甚至不那么知名的尉素秋、梁璆①都比沈祖棻更靠近"词史"之内涵，这样划低标准显然为文学研究所不足取。

　　沈词中固然有一批直陈时事、质直刚健的作品②，但在五百余首的宏富体量中约仅占到10%弱的篇幅，效用被极大地稀释了。总体来看，《涉江词》那掩藏在柳色花光、烟霞幂云之后若显若晦的分明是一段个人化的"心史"，而远非承载重大的"词史"。但沈词的价值也正在此，它是时代风云映在心灵上的投影，是"大历史"中私人化的"小书写"，又何必强为拔高？"如果将'国家前途'、'人民利益'一并荷肩，倒真的苦了那一叶'小小舴艋舟'。其实闺情自有闺情的'气象'和'境界'，何苦将之强入'载道'之列。"③扬之水先生此语允为通人之论。如此，则"到易安"未必"不知子苾"也。

---

① 冯沅君、吕小薇、尉素秋、梁璆皆见后文。

② 如《鹧鸪天·惊见戈矛逼讲筵》、《梦横塘·过江胡马》等篇。

③ 《"选析"一家言》，扬之水《脂麻通鉴》，辽宁教育出版社1995年版，第166页。

二、"难从故纸觅桃源":《涉江词》的"奄有众妙" 与自我局碍——兼谈词体拟古之得失

前文引诸名家评语、题辞虽各执其词,但却不约而同地指向沈词善于拟古的特点,并将此视为优长所在。《涉江词》予人第一印象必是古意盎然、文雅典赡,子苾为拟古是很花了一番心思的:"大凡诗歌中所用的词和字,常常有基于艺术的要求而加以夸饰的地方,为的是增加声音、颜色之美,这,也就是《文心雕龙》所谓'因情敷采'。"[①]如以"骄骢"指代寇马(《临江仙》),以"轻雷"指代敌机轰炸(《霜叶飞》),以"并刀"指代手术刀(《宴清都》);邂逅必"玉骢画毂"(《琐窗寒》),欢爱必"密誓鸾钗"(《拜月星慢》);住处必"药阑花榭"(《虞美人》),用餐必"金盘脍鲤"(《琐窗寒》)……看两首拟古到信手拈来、熟极而流的作品:

> 社日才过,新烟初试,拂柳乍见双双。无多春色,领略杏花香。早是雕梁尘满,空费尽、软语商量。休回首,吴宫浩劫,往事断人肠。　　移巢何处稳,风帘不定,故垒都荒。叹旧时王谢,难觅画堂。惆怅乌衣零落,更销得、几度斜阳。东风里,呢喃不住,空自话兴亡。
>
> ——满庭芳·燕

---

① 沈祖棻《唐人七绝诗浅释》,中华书局2008年版,第15页。

帘影摇波，屏山隔梦，孤衾闲数更筹。残月空庭，断肠人在南楼。相思应是无凭准，问何由、说与新愁？枉朝朝，独立雕阑，几度凝眸。　　东风不解年时恨，纵心情如旧，漫溯前游。细字银笺，幽怀欲语还休。莺花过眼成陈迹，怕匆匆、春色难留。更谁知，天上人间，此意悠悠。

——高阳台

两首从词到意俱称圆熟精美、逼肖古人。然前首《满庭芳》正如汪东"用意须避重复"的评语一样，较之史达祖、奚囊①同题之作乃至数以百千计的咏物怀古词，实未翻出多少新意；后首《高阳台》更如连缀两宋名家成锦章，仿拟到了跬步不失、惟妙惟肖的极致。可以这样说：五百余首《涉江词》是唐宋词在二十世纪最大规模的接受之一，是南唐两宋名家的集体还魂。举凡飞卿、端己、小山、清真、易安、玉田、碧山、梦窗、梅溪、稼轩，都能找到对应的"隔代后身"。此即今诗人军持所谓"从文本到文本"的经典范例，而另一位网坛名家嘘堂②则更能打中要害：

---

① 奚囊，生卒年不详，字生白，一字申伯，江苏南汇人，南社社员。有《玳梁余墨》、《香雪词》等。郑逸梅《味灯漫笔》云："曩时所谓'国魂九才子'，奚燕子其一也……有咏燕词，调寄《一斛珠》云云，人以'奚燕子'呼之，以比贺方回之'贺梅子'也。"《一斛珠·咏燕》词云："玳梁未去。旧时王谢今何处。乌衣巷口斜阳驻。春色年年，怜煞差池羽。　　绿水人家须记取，双双玉剪抛红雨。芹泥觅得商量补。隔断珠帘，花底喁喁语。"引自刘梦芙编选《二十世纪中华词选》，黄山书社2008年版，第1594页。

② 嘘堂（1970—　），本名段晓松，安徽合肥人，弱冠年感时事而出家，历任开元镇国禅寺监院、岭东佛学院教务长。十年后还俗，从事传媒业，又倡为衡门书院，自任山长。嘘堂平生致力诗词写作，倡导文言实验，创新气质浓郁，为当代罕有作手，著有《须弥座》等。

像古人。太像古人。从辞色到意思到精神……都像。到了一处古迹，然后有凭吊之兴生焉，想到去古已远，不值相见。然后眼前有杨柳竹篁梅花瓦檐小桥山楼游女行客雨灯云岫邻笛远箫种种描摹，于其间提起客路迢迢知己零落世风日薄江山不改种种念头，予以或深或浅的浩叹太息。最后，一个或坚决或曲线的pose结煞……

这么写，自然合法性是没问题的。写得高明了，也就是像了，还有掌声。但俺纠结的是，古人似乎复活了，但作者自己藏到哪里去了呢？

或者，作者没藏起来。只是根本没有进入过他的文本。从一开始，他就只是在模仿一种久远而经典的腔调，一套动作套路，他的所能见能思能指都从开始就被这些规范性的东西压制住了，不能通过文本的建构而相伴着自由生长。在这种状态下，语言和精神始终是被复制的，而没有发明和增长。作者的六根六识并没有被真正调动起来，对读者来说，也是这样。

讲得有点重。不过每见漂亮的拟古，俺真的总忍不住想问:为什么要这么像呢？①

为什么要这么像呢？一意求"像"，是不是同时也对文学标准进行了消极固化？在这样的标准之下，聪明的学词者或能"一学就学得非常像，一学就学得非常好，一学就学到青出于蓝"②，但同时是否也在相当程度上束缚了自我意识和创作才能？再究诘得深刻些，这种形式主义的摹拟，到底是不是对丰厚的古典遗产最好的继承方

---

① 微信公众平台"衡门之下"文章。

② 周啸天《论沈祖棻现象》，《绵阳师范学院学报》2013年第12期。

式？比之诗文"复古——反复古——复古"的跌宕激烈①的清晰曲
线，词的内在发展周期既缓慢，论争亦不激烈，实属小焉者。创作
理论的相对单纯，使拟古至今仍然被视作学词正途，学古学得像不
像，至今是评鉴词艺高低的一个维度。然传统并不必意味着不容置
疑的合理，将拟古奉作圭臬、视为不二法门者必自我局碍、所得有
限；论者将这类词推上高位也属眼界褊狭、泥古不察了。

　　这样说并不是要将拟古之功一笔抹倒，只要不将它作为填词
第一要义，驭用得宜，慧心自运，就能将涵泳故纸后仿制出的"人
巧"转化为发乎性灵的"天工"。看与沈祖棻年辈相若的周炼霞一
首咏公交车的令词：

　　　　排就雁行阶畔立。玉毂驰来，阵阵鸣仙笛。两两朱扉相
　　次辟。纷纷上下联珠疾。　　后拥香肩前触展。玳瑁梁高，
　　素手举难得。路转回环多曲折。人如嫩柳常敧侧。

拟古在周炼霞这里，是勾连新事物与旧词汇的手段，是妙趣，是性
灵。其实子苾也偶有类似尝试②，只是因拟古而"一味矜严"③、
束缚手脚，未能跃出"故纸"中的"桃源"，竟成株守。捧杀沈氏
的背后，分明是对拟古一途的过度尊崇。"古"是超尘拔俗的象牙
塔，也是日暮途穷的牛角尖，调谐古今、承古思变，是传统文学样

---

　　① 如明代前后七子、竟陵派、公安派等此消彼长、循环往复的衍变过程，就是
复古与创新的相互反拨。

　　② 沈氏《浣溪沙》中写到电扇、播音、摩天大楼等，汪东评云："善以新名入
词，自然熨帖。"略过誉。《沈祖棻全集·涉江诗词集》，河北教育出版社2000年
版，第52页。

　　③ 沈祖棻《声声慢》词句。

式——或许不是唯一——也是最宽广的出路。这应是日趋饱和、陈陈相因的沈祖棻研究中，我们更应该关注的理论问题。

三、写情圣手盛静霞

　　谢尽名园百种芳。客中春事太寻常。漫凭鹦鹉说离肠。　　碧篆有心香蕴结，青山无恙梦微茫。泪丝离绪不堪量。

　　不去寻思怕断肠。绿杨烟里是家乡。满湖醇碧醉韶光。　　四壁风声人入梦，一灯棋子指生凉。此时往事怎生忘。

——浣溪沙·和祖棻①

二首词作者盛静霞是与沈祖棻"萧条异代"②而齐名于当时的才

---

　　① 祖棻原作云："满目青芜岁不芳。啼鹃听惯也寻常。而今难得是回肠。　　燕子帘栊春晼晚，梨花院落月微茫。人间何处着思量。""忍道江南易断肠，月天花海当愁乡。别来无泪湿流光。　　红烛楼心春压酒，碧梧庭角雨飘凉。不成相忆但相忘。"蒋礼鸿又再和韵二首云："小院春归散剩芳。屐痕苔掩已寻常。此中驻得九回肠。　　料得欢期犹间阻，只应星汉怨微茫。漫同孤影做商量。""未忍诗篇号断肠。终期归占水云乡。采菱声里泄奁光。　　侬是鸳鸯湖畔客，须君同领芰荷香。鸥夷盟好莫相忘。"

　　② 陆蓓容有文《萧条异代使人愁——沈祖棻与盛静霞》，收录于散文集《更与何人说》，中华书局2011年版。

女^①。盛静霞（1917—2006），字弢青，扬州人，1936年入中央大学，师从汪辟疆、吴梅、汪东、唐圭璋、卢前，参与雍社^②活动。弢青诗特佳，尤擅歌行体，自云"谨以寸管写天下之恨事，庶几共抒天下人之愤懑"^③，尝作新乐府四十首充为毕业论文^④，今止存十七篇，已足见其嵚奇肮脏的奇女怀抱。其中大笔直书抗战时事之《大刀吟》、《警钟行》、《哀渝州》、《天都烈士歌》、《飞缆子》、《张总司令歌》^⑤等得近时文友谓："就诗艺而言，盛先生此

---

① 汪东有言："中央大学出了两位女才子，前有沈祖棻，后有盛静霞。"蒋礼鸿、盛静霞《怀任斋诗词·频伽室语业合集》，香港天马图书有限公司2004年版，前言页。

② 雍社为汪辟疆创办，与吴梅"潜社"同时，二社社员多有交集。静霞诗《重阳登栖霞山分韵得开字》有序记录盛况："彭泽汪辟疆师创雍社，重九偕诸子游栖霞山，山多红叶，经霜弥艳。"

③ 《盛静霞〈抗战组诗〉序》，转引自豆瓣网"林小鱼"日记文章。

④ 静霞之子蒋遂《粉蝶飞迷千里路，落花飘下一声钟：盛静霞的诗意人生》："转眼间，盛静霞就要毕业了，她一向怕写论文，于是向汪辟疆先生征求意见说：'可否以四十首《新乐府》代替论文？'汪先生说：'别人不可以，你可以'。"杭州市政协文史委员会编《之江大学的神仙眷侣——蒋礼鸿与盛静霞》，杭州出版社2012年版，第17页。

⑤ 录《警钟行》一首参看："长空杲杲白日静，钟声呜呜传作警。狂飙蔽日走石沙，壮呼老啼汤沸鼎。穴中尽作蛙鼍蛰，六街飒飒阴风冷。天崩地裂起奔雷，当头岩石訇然陨。父母妻子颤相抱，生离死别在俄顷。震荡昏眩得不死，耳聋睛突犹为幸。一弹中穴门，百口同灰陨。十里之外肢体飞，须发粘臂血肉紧。一弹中居室，四邻火光迸。焦梁灼栋落纷纷，滚地抱头无处遁。一弹复一弹，百弹千弹意未己。毒雾下堕随风狂，轧轧机枪急雨猛。雕栏画栋焰冲天，红尘顷刻群鬼骋。鲜血模糊不忍观，游丝一息声悲哽。唤儿呼女如痴狂，遍街奔走双睛迸。龙钟老妪抱头颅，头颅半缺连儿颈。树头挂骸血淋漓，破腹流肠枝穿挺。衰翁拾得锦衾归，衾中热血包双胫。百里楼台化劫灰，万家骨肉忽异境。怒焰齐随弹火高，警钟震处痹聋醒。为谢东夷运无多，人寰惨绝天安忍？黄昏山色照群骸，野犬无声细舐吮。"

新乐府远非白居易可比，自是直追杜工部。"①

　　彀青词较诗成就略弱，然亦能自足成家。《频伽室语业》存词八十余首，能在子苾之下自成一体。黄征云："……两两对比，异同颇见……沈集以词为主，盛集以诗为主。沈词写愁最多，亦最妙。一句'有斜阳处有春愁'便获'沈斜阳'之称。盛词写梦最多，亦最有意境，如'粉蝶飞迷千里路，落花飘下一声钟'句，便引人无限遐想……要之，词人骚客之抒情言事，于体裁往往各有偏爱，故颇难遽定高下、强分优劣。"②总体观之，沈、盛二人均走婉约隽雅一路，审美风格则各擅胜场：沈词浓挚，盛词温淡；沈词"深"且"怨"，盛词"清"而"慧"。如处理同样的寄外题材，子苾每善造"药盏经年愁渐惯，吟笺遣病骨同销""刻意伤春花费泪，薄游扶醉夜听歌"③的"有我之境"，彀青则将相思书写得空灵摇曳，烟水迷蒙：

　　　　款款清宵款款风。山楼沉入月明中。星河浪静接天东。　　粉蝶飞迷千里路，落花飘下一声钟。眼波犹漾小帘栊。

　　　　　　　　　　　　　　　　　　　　——浣溪沙④

①　《粉蝶飞迷千里路，落花飘下一声钟：盛静霞的诗意人生》，杭州市政协文史委员会编《之江大学的神仙眷侣——蒋礼鸿与盛静霞》，杭州出版社2012年版，第16—17页。

②　《怀任斋诗词·频伽室语业合集》，香港天马图书有限公司2004年版，前言第2页。

③　沈祖棻《浣溪沙》十首之三、五。

④　蒋礼鸿同韵作云："卧后清宵细细风。徘徊明月静房栊。梦魂飞逐一声钟。　　何处许加离别字？只今犹是未相逢。春蚕秋蝶思无穷。"

全词铸语自然馨逸，造境开阔得宜，为叕青笔下压卷之作。过片二句直可与少游"夜月一帘幽梦，春风十里柔情"相抗手，可准"沈斜阳"之例，呼为"盛落花"。同样流宕自然的秀辞丽句还有"月易朦胧天易妒，人间别有烟与雾""忽如有会微凝伫，万籁无声听杜鹃""一片佩声和露堕，满身花影似纱笼""几杵疏钟未散，一带谢桥斜"……一卷《语业》，灵光闪缀，落英缤纷，其中与夫婿蒋礼鸿唱和之情词数量最丰，亦是叕青一生创作精萃所在。

蒋礼鸿（1916—1995），字云从，语言文字学家、敦煌学家[①]，之江大学就读时受业于夏承焘。在与这位"长似垂头鹤"[②]的"末座少年"[③]半个多世纪的爱史中，有"佯泥人扶，教看影并，寒光同暖"的甜蜜，有"从道拗莲作寸，千丝只要相连"的盟誓，有"知否相思无小别，便一分一刻都难展"的别离；有"迷离翻被绮怀纷，含笑一相视。纵有天孙机杼，怕心情不似"的待嫁情怀，有"纷纷催说，说早早、好入花乡。郁芬芳、有流苏一地，烛影千行"的新婚燕尔，有"和雨和烟坐夕曛，垂虹几度绕衣巾"的相对忘机。云从曾有《菩萨蛮》八首和大鹤山人郑文焯，得龙榆生"缠绵悱恻，自振雅音"[④]之赞评，叕青亦有和作，婉曲窈丽不仅直驾乃夫而上之，即与大鹤原作相较也逊色无多。看第一、四、六首：

[①] 蒋礼鸿博学洽闻，二十一岁即以《说克》在学界崭露头角，有《敦煌变文字义通释》、《义府续貂》、《商君书锥指》、《辞书三议》等著作，杭州大学有"夏、任、蒋三先生同在一室，则有关中国文化之疑问无不能解"之说法。

[②] 吴鹭山赠诗中语。

[③] 钱子厚来信为叕青作伐，寄集体照一张，云"末座少年即蒋云从也"。杭州市政协文史委员会编《之江大学的神仙眷侣——蒋礼鸿与盛静霞》，杭州出版社2012年版，第18页。

[④] 转引自施议对《当代词综》，海峡文艺出版社2002年版，1634页，施记为《玉楼春》，误。

　　东风不管人憔悴。珍珠万斛蔫成泪。深院背晴晖。游丝绾恨飞。　小屏山色冷。梦断江南影。燕子未归时。庭花缓缓开。

　　恒沙流尽天难老。烧痕暗发原头草。油壁认香车。梦中犹有家。　瑶华辞玉树。准拟频伽驻。莫更种夫容。添君愁怨浓。

　　瑶台不许惊禽驻。低徊又向分携路。双鬟湿凄烟。萧萧风满船。　水深波浪急。无数愁鱼泣。恩怨等难填。明珠何处衔。

词有自注云："大鹤词八首，系'托志房帏，缅怀君国'之作。云从爱其婉媚，逐首和之，余亦奉和，但与大鹤的寄托不同。时我已往白沙先修班任教。两人词中均有患得患失、忧谗畏讥等情绪，盖关系未完全肯定也"。组词意象重叠明灭，如人面花光交映，沉艳处竟能上摹花间。在"房帏"上升到"君国"，再由"君国"转回到"房帏"的过程中，词人完成了情感的高度提纯和技艺的取法乎上。祋青情词之"慧"，也有不那么"雅"而明畅诙谐的一格，如《定风波·雨中与云从共伞过白堤》：

　　急雨斜风堤上秋。一枝莲叶覆鸳俦。风骨如君原可爱。无奈。在侬伞下要低头。　湿透裌衣都不管。指点。烟中西子令人愁。泼墨谁能摹国色。奇极。却从黯黯见风流。

相比沈祖棻托寄至微的怨苦之辞，盛静霞笔下"在侬伞下要低头”"湿透袷衣都不管"的温馨场景似乎更接近爱情的常态，更能使平凡儿女会心解颐。三十余年后，昔日的伞下少年蒋云从在游览易安故居时写下一篇《水龙吟》①，词云："两家词卷长留，异才秀出雄齐鲁。云谁豪放，云谁婉约，纷纷称数。罗帐灯昏，星河帆舞，谁男谁女。向博山道上，心追口拟，何曾见，分张处。　　同是江南飘梗，未须怜、鬒风鬟雾。栖迟零落，天应赚汝，腾声飞句。打马图开，美芹书献，怎般心素。倩何人巨笔，横施勒帛，扫浮萍去。""异才秀出"的弢青，不正有着"豪放"和"婉约"两副笔墨？云从命笔之时，想来必有"词女之夫"的一份自豪与自矜在。

四、王兰馨

本节末可谈与沈祖棻词风相近的另一学界才女王兰馨。

王兰馨（1907—1992），号景逸，广东番禺人，父官至广东巡抚。北京师范大学毕业后终身从事教育工作，曾任教于西南联大、南开大学、清华大学、云南大学，有《景逸词论》等著作。兰馨为新文学家李广田室，抗战中尝孤身将雏自沦陷区奔赴大后方千里寻夫②。兰馨涉词较早，大学毕业集民十八至二十二年间诗词为一册，名之《将离》，取将离花与"将离京华"二义③，系主任钱玄同为题

---

① 词前有序云："自来论词者，率以稼轩为豪放，易安为婉约，余每非之。惟我乡沈寐叟论易安词云：坠情者醉其清芬，飞想者赏其神骏。易安有知，当以后者为知己，斯为先得我心。辛酉秋到济南，殷孟非兄、朱广祁君导游两家纪念堂，因为是解，以驽骀赞飞黄，只见笑于其辞之蹇耳。"

② 李广田长篇小说《引力》即本此事。

③ 集中《浣溪沙》有句"花到飘零惜已迟""谁人和泪唱将离"可作如斯解。

签，业师俞平伯为作序（今佚）。《将离》存词近百五十篇，小令大抵如刘梦芙所言"缠绵凄恻，清丽幽窈"[①]："昨宵魂梦堪惆怅，月明正在梨花上。窗下烛摇红。玉人隔画栊。""雨过月华清。小院人初静。一桁疏帘宛地垂，飞过杨花影。"颇有南唐、北宋倚声初萌之时的清新浑雅。中长调亦佳作叠见：

> 城头碎柝已三敲。夜迢迢。雨潇潇。又是跳珠乱点滴芭蕉。寂寞绿窗人一个，怀往事，谱新词、似那宵。　　那宵那宵太无聊。灯半挑。香半消。睡也睡不稳，听彻琼箫。只有隔帏明灭一灯摇。一夜落红知多少，春去也。在江南、第几桥。
>
> ——江城梅花引

> 西风纵吹老，吹不断、此时情。任秋浅秋深，秋寒秋暖，秋雨秋情。凄清。弦弦掩抑，是谁家低按小银筝。远谪诗人老去，冰弦莫诉平生。　　天涯涕泪一身行。极目望归程。奈尊酒芳华，良宵明月，瘦损兰成。飘零。数行归雁，倩何人寄语过前汀。但剩荒烟幽翠，西风吹作秋声。
>
> ——木兰花慢

前首情思流动，有民歌风味；后首六秋字连用则纯然易安口角。将寻常题材处理得新意自见，是兰馨身手不凡处。

《将离集》的中另有造语奇丽、感喟深沉的别调一种，格在蕙风、观堂间。读《浣溪沙·瑶亭唯兰过余，清谈竟至夜，其情可

---

① 刘梦芙《冷翠轩词话》，转引自刘梦芙编选《二十世纪中华词选》，黄山书社2008年版，第1744页。

感，为歌八阕》第一、六、八首：

　　　　为感繁霜一曲歌。拟挟锦瑟泛银河。斜风细雨五湖
　　波。　　曲尽环声沉碧水，隔江隐隐现青螺。拔山力尽奈虞
　　何。

　　　　事到难言只泪零。城南旧路怕经行。垂杨应不向人
　　青。　　岂是拈花难解脱，为怜明月太凄清。人生自是患多
　　情。

　　　　抱得押衙今古怀。泥人宛转话蓬莱。多情无计为安
　　排。　　千劫华严心化石，愁如可忏愿长埋。花枝惆怅近人
　　开。

若沿着这样的高起点走下去，兰馨是有望成为由民国入共和国的一代名家的。但极左环境下的贫瘠土壤[①]中又怎能开得出将离花？晚年的《晚晴集》内容上的颂圣"歌德"、技艺上的生涩失准俱大不复先前的诗思灵气，如刘梦芙所称"尽扫前情，紧随形势，突破格律，语言质直，与早期词相较，判若两人，可见历经运动，令知识分子丧失个性，悲夫！"[②]两位同样富于"涉江"情怀的优秀词

---

　　① 李广田"文革"中任云南大学校长，饱受批斗、凌辱。1968年11月3日于莲花池中溺水身亡，遗体直立水中，身上有殴打痕迹。兰馨长诗《哀悼广田同志》有"任人唤作鬼夫妻""不死敌手死鬼械"语。见李岫《岁月、命运、人——李广田传》，人民文学出版社2006年版。

　　② 刘梦芙编选《二十世纪中华词选》，黄山书社2008年版，第1744页。

人[①]，子苾在新中国成立后绝笔不作词，兰馨令人不免“此花开后更无花”之叹，这也是时代悲剧下的“万马齐喑”“千红一哭”了。

第二节 乱世萍踪：尉素秋与冯沅君

民国黄金一代的“含金量”不仅在于子苾、翠楼这样的“超重量级”高手，即如长久不为世所关注的尉素秋、冯沅君两家，亦能成就斐然、各当一面。尉、冯词才相埒，抗战中俱飘零大后方，可并谈。

一、“自古逢秋悲寂寥”：论尉素秋词

（一）词林旧侣，海上秋声

病骨支离久。剩招魂、天涯尚有，几人师友。药盏飘零烽火外，更许苦吟消瘦。不及问、年来僝僽。破碎山河生死别，但关心、千里平安否。家国恨，忍重剖。　　尘扬东海当丁丑。叹长安、露盘承泪，暮鸦啼柳。一缕心魂经百劫，还仗新词护守。恐负汝、金尊相寿。谱就商声肠易断，况空名、未必传身后。多少事，休回首。

---

① 兰馨《卜算子》云：昨夜梦伊人，涉江采兰芷。若问深情几许深，有若春江水。　　击楫发悲歌，冷冷江风起。芳草斜阳可奈何，泪落连珠子。

寂寞人间世。论交游、死生患难，如君能几。辛苦分金
怜管叔，知我平生鲍子。更莫说、文章信美。不见相如亲卖
酒，算从来、词赋工何味。心血尽，几人会。　　重逢待诉
凄凉意。且休教、等闲飘尽，天涯涕泪。我亦万金轻掷者，
今日难谋斗米。空料理、年年归计。一样关山多病日，未能
忘、尚有中原事。堪共语，兄和姊。

　　1939年，病中的沈祖棻写下两首《金缕曲》，寄与时寓渝州
的尉素秋。前首特用顾梁汾寄吴汉槎韵，有又序云："秋固泪书，
余亦泣诵。盖万人如海，诚鲜能共哀乐如秋与余者也。"沈、尉醇
交如此。素秋（1914—2003），字江月[1]，江苏徐州人。民二十年
入中央大学中文系，先后从吴梅、汪东学词。瞿安勉之曰："徐州
一带，自徐树铮死后，词学已成绝响。现在素秋起来，又可以接续
风雅了。"[2]次年秋，与王嘉懿、曾昭燏、龙芷芬、沈祖棻结"梅
社"[3]，后又纳入杭淑娟、徐品玉、张丕环、胡元度、章伯璠、游寿
等，"点绛唇"子苾、"西江月"素秋为社中最负词名者。诸女朝
夕过从，裙屐飞扬，为民国词坛清丽一页[4]。今存《秋声集》中标明
社集作品者，有《国香慢·与社中诸友分韵咏水仙，有所指也》，
读来不难想见当日才女毕集的风流盛况：

---

　　① 素秋本无字，后裁在梅社时浑号"西江月"为字。尉素秋《词林旧侣》，
《程千帆沈祖棻学记》，巩本栋编，贵州人民出版社1997年版，第403页。

　　② 尉素秋《〈秋声词〉校后记》，台湾帕米尔书店1967年版，第112页。

　　③ 梅社首次社集定于梅庵六朝松下，又以首倡五人如梅花五出，因得名（一说
以发起者均为吴梅弟子）。见《词林旧侣》，巩本栋编《程千帆沈祖棻学记》，贵州
人民出版社1991年版，第401页。

　　④ 梅社事详尉素秋《秋声词校后记》、《词林旧侣》、尹奇岭《梅社考》
（《新文学评论》2012年第4期）。

　　倦眼微开。乍梅花梦醒，已谪瑶台。凌波漫摇清影，冉
冉春来。偶向东风浅笑，住尘寰、不染尘埃。亭亭洛川畔，
杜牧三生，恼乱情怀。　　国香天不管，袅芳心一寸，无处
安排。问春何许，惆怅春已天涯。绿叶成阴结子，更诗魂、
黄土长埋。凄凉感迟暮，弱水盈盈，净洗苍苔。

　　素秋毕业后旅食沪上，至"八一三"沪战起沦飘赣、蜀、宁
间。1950年底由香港辗转赴台，先后任教于成功大学、东海大学、
"中国文化学院"，授台籍子弟以填词之学，树人特多[①]，以九旬高
龄终。抗战中，汪东尝殷殷寄语云："我看重女子教育，认为是改
造社会国家的一个根本问题。现在我老病侵寻，要做的事太多。你
一直服务教育界，希望胜利复员之后，实践你的诺言，为我所计划
的教育事业尽力。"[②]病中托命之言，令人感佩。此后半个多世纪
中，素秋于海峡对岸落地生根，为"梅社"中唯一未中断教研、未
荒废词业者。比之同学少年的种种遭际[③]，尉素秋是幸运的；然毕竟
对故国须臾不能忘怀，"怅望关河，天涯人自老""几番吞泪望神
州，西北阻高楼"[④]之情绪几乎充溢后期创作全部篇幅，又诚可哀
可叹。人天遥隔，消息梗阻，秋声自海上传来，分外寂寥悲怆：

　　一江南北烽烟满，惊心范阳笳鼓。六代豪华，金陵王

---

　　① 《秋声集》中选学生词作若干首，俱功力初具。

　　② 《〈秋声词〉校后记》，台湾帕米尔书店1967年版，第111页。

　　③ 梅社中，曾昭燏1964年自坠灵谷寺塔身亡，杭淑娟瘐死于"文革"中，沈祖
棻殒于车祸，游寿流亡塞北。

　　④ 素秋词《关河令》、《荷叶杯·壬辰春暮游阿里山，月冷霜浓，酷似深秋。
凭高远眺，凄然动莼鲈之思》句。

气，都入庾郎哀赋。荒园废圃。剩绕树鸦啼，留春鹃语。院
落凄凉，伴人惟有窗前树。　　垂垂枝上嫩子，渐微酸退
减，红晕如许。夏昼初长，秋阴未动，谁信芳菲凋疽。天涯
倦旅。又泪堕岩荒，梦萦中土。昔日园林，杏泉今在否？
　　——齐天乐·南京故居有老杏一株，疏枝着花如梅。
己丑春，南京沦陷，余避乱出走。比归，杏已黄熟，摘取之
后，杏树突然枯死。乃就其托根之处凿一井，名之曰杏泉。
来台之后曾发表《杏泉之歌》、《忆杏泉》以纪其事

（二）"者番归去已无家"[1]：托寄遥深的《秋声词》

　　素秋自言："（词）牵引着我个人的生命内容。虽然鸿爪雪
泥，尽属陈迹，而往事关情，并刀难剪。"《秋声集》更将七十五
首词作置于诗、曲前，足见珍重。素秋向汪东执弟子礼甚恭，以面
聆謦颏为毕生幸事。沈、尉同出汪门，为"学生中有成就者"[2]，实
则尉较沈受乃师影响更深。旭初尝言祖棻小令特佳，长调嫌弱；而
素秋长调较胜，小令也能作。[3]"长调较胜"固与吴梅启蒙有关[4]，
更得力于汪东"服膺清真数十年如一日"[5]之宗法路数。素秋寄汪东
以词代书之作最能见承传关系：

---

① 素秋《浣溪沙·将返南京,留别无锡国专高材生张华铮女士》句。

② 尉素秋《梦秋词跋》，汪东《汪旭初先生遗集》，台湾文海出版社1974年
版，第137页。

③ 同前注。

④ 素秋《秋声词校后记》："瞿安师教我们填词，总选些难题、险韵、僻调，
把我们逼得叫苦连天……瞿安师解释先难后易的道理说：'射人先射马，擒贼先擒
王，偏作词只会浣溪沙，作诗只会五七言绝句，那是没用处的。'"台湾帕尔米书店
1967年版，第108页。

⑤ 程千帆《梦秋词跋》引汪氏对沈祖棻语，齐鲁书社1985年版，第495页。

蕉窗风送雨，晚秋节候，孤馆暮愁宽。杜陵嗟病损，白
发千茎，犹自理残编。文章信美，漫赢得、刻骨辛酸。回首
处，茫茫天地，几度海成田。　　怆然。巴山小驻，绛帐重
过，诉心期何限。悬后约，鸿飞不到，咫尺云山。池塘渐次
生春草，待追随，藜杖翩翩。能几日，看花又是明年。

　　——尉迟杯·吾师汪旭初先生患骨结核症，卧病歌乐
山数年。壬午秋，余自赣返巴蜀，谒先生于静石弯寄寓，相
违仅四年耳，先生须发已皤然白矣。越数日，先生以《尉迟
杯》词见寄，余乃赋是阕以呈

词笔深沉蕴藉，有一唱三叹声。结合词序及汪东原作①，可知师弟两
代"宗周"乃"清真体"波卷层出、回旋跌宕之章法特点情感容量
较大之故。此类典型例证又如：

几年离索。叹重来人似，辽东归鹤。漫搔首、欲问苍
苍，又月冷蜀山，雾迷京洛。玉骨尘埃，忍问讯、旧游池
阁。纵朱门未改，孤负松筠，那时盟约。　　江城数声画
角。伴蛩吟入梦，往事如昨。甚断魂、九辩难招，想披荔牵
萝，独行林壑。败叶荒疏，苦忆汝，衣轻衫薄。夜迢遥，一
帘月影，照人泪落。

　　——解连环·辛巳夏，日机连续轰炸重庆。余自赣归
来，访南岸山中故居，惟见一片瓦砾，临三十余人同日殉

---

① 汪东原作《尉迟杯》云："废登临。下木叶、叹息秋渐深。残螺点染遥岑。
如笑我老难任。摊书未成睡，倦枕欹、寂历少知心。嗟此意，欲说还休，数行低雁
沉沉。　　昨暮步屧相寻。乍轻飞温语，已散烦襟。仿佛精庐开白下，宴阑同赏药
抽簪。如今待、收聚毫端，画那时、笠屐北湖阴。更几人，白首扶携，但消沉醉狂
吟。"

焉。访蕊仙①，已迁居锦城，并传闻最近吾故，乃为以词哭
之。后知此乃讹传。蕊姊读余是作，击节叹赏，谓"范巨卿
之素车白马，张元伯犹及以身见之，何其幸也"

素秋长调手段精娴，小令则更有驾轻就熟之功力。1941年夏，
素秋由江西泰和返巴蜀，经衡阳、桂林、柳州诸地，历时一月，成
《浣溪沙》数首。词写离乱行色，深抉内心飘零寂寥，颇有"国破
山河在""役役尘壤间"感，融沉咽疏快于一体，为其毕生高境。
倘能拓展篇幅至几十首，必可与老杜入蜀纪游诸作观互参。其一、
二、四、五云：

曲槛灯窗细雨天。伶俜翠袖渐生寒。夜长睡起理征
衫。　漠漠车尘侵短鬓，迢迢驿路走丛山。任他离恨自
年年。

——浣溪沙·发泰和

向晚江风吹面凉。烟波一棹渡潇湘。行人今夜宿衡
阳。　为吊骚魂怜碧水，漫寻香草倚修篁。留连浑忘路途
长。

——浣溪沙·渡湘江

一代文章百世诗。流风韵余柳侯祠。烟波潋荡草萋
萋。　满目江山身似寄，一川愁绪雨如丝。渐行玉骨渐支
离。

——浣溪沙·过柳州，谒柳侯祠。侯即柳宗元也

_____

① 蕊仙名李久芸，详见附录一《近百年女性词坛点将录》。

瘴雾冥迷白昼昏。羊肠石径阻轮奔。乱山深处隐苗村。　风景宛然摩诘画，衣冠仿佛葛天民。优游我亦武陵人。

——浣溪沙·贵定旅次。贵定在贵州境，城外为花苗集居地，余因行车故障，留三宿始去

　　素秋寓蜀时任教于四川省立教育学院国文系，生活稍定。1947年夏，将归金陵，与诸生夜泛嘉陵叙别，叩弦作歌。其时素秋初阅沧桑，心境复杂，却在这一刻以矫亢姿态发出了一生鲜有的高迈之音。词有大苏遗意，襟怀朗彻，气骨毕见：

　　嘉陵江上，问几人似我，扁舟如叶。天际愁云风卷尽，皎皎一轮孤洁。断岸回旋，中流容与，万象俱澄澈。叩弦歌罢，浪痕摇荡空阔。　谁信画里山河，望中云水，过眼成轻别。回首弦歌酬唱地，一一从头难说。漫折垂杨，但倾樽酒，羞赋销魂阕。杜鹃声里，遽怜归去时节。

——大江东去

　　越三年，素秋与故国"轻别"，那"画里江山"也永远地变成了"梦中江山"。二十世纪六十年代大陆黑云压城之际，远在台岛的素秋尚可漫卷诗书、从容优游，但这一时期的词必然会"敛雄心，抗高调。变温婉，成悲凉"。1965年，素秋与成功大学中文系学生游彰化[①]，于山坳间重逢中央大学同窗。"问姓惊初见，称名忆旧容"，昔日少年皤然老矣，那"卅年电飞蓬转"中的一片曲折深

_____

　　① 事详《成功岭夏日雅集词序》，尉素秋《秋声集》，台湾帕尔米米书店1967年版，第53页。

心也就随着"京华旧梦"融化在山光、歌声与醉眼中了：

> 记轻车辇路，纨扇熏风，初到溪湖。邂逅成宾主，乍称
> 名问姓，相对惊呼。卅年电飞蓬转，两鬓各萧疏。数雪案萤
> 窗，京华旧梦，半已模糊。　　雁书岭云外，唤细柳群英，
> 雅聚斯庐。珍果筠篮荐，纵高歌痛饮，声动临间。只今渐成
> 追忆，回顾几踟蹰。倩谁买生绡，殷勤绘入消夏图。
>
> 　　　　　　　　　　　——忆旧游·成功岭夏日雅集

二、知行兼擅的词学名家冯沅君

（一）二十世纪第一位女性词学家

冯沅君（1900—1974），原名恭兰，改名淑兰，字德馥，河南
唐河县人。冯氏为唐河书香望族，四代衣冠雍穆①。沅君自幼承家
学濡染，及长又熏沐"五四"风潮，旧学根柢与时代精神俱足。沅

---

① 冯沅君祖父冯玉文（1826—1892），字征圣，号梅村，有《梅村诗稿》；父
冯台异（1866—1908），字树侯，号复斋，又号后乐生，光绪戊戌科进士，官湖北崇
阳知县，为张之洞洋务帮办。有《复斋遗集》、《复斋诗集》；母吴清芝（1862—
1944）曾任县办女子端本小学堂监学；姑母冯士均"尤长于诗，清辞丽句，颇得晚唐
风致"，有《梅花窗诗草》，年十八而卒；长兄冯友兰为当代著名哲学家；仲兄冯景
兰为著名地质学家、中国科学院院士；友兰女冯宗璞为著名作家、中科院研究员；景
兰女冯钟云为北京大学教授、古代文学学者；钟云丈夫张岱年、沅君堂妹冯镇云丈夫
任继愈均为著名哲学家。据赵金钟《倚树听流泉：唐河冯氏家族文化评传》（郑州
大学出版社2013年版）、《唐河文史资料第1辑》（唐河县政协文史资料研究委员会
1985年编）、吕友仁、查洪德《中州文献总录》（中州古籍出版社2002年版）、姜丽
静《历史的背影——一代女知识分子的教育记忆》（教育科学出版社2012年版）、曾
大兴《词学的星空——20世纪名家传》（河北人民出版社2009年版）等。

君初涉文坛即投身新文学创作，以小说《卷葹》、《劫灰》、《春痕》"名满京华"，由是受到鲁迅奖掖。1922年自北京女子高等师范学校毕业后，考入北京大学研究所国学门，成为该所首位女研究生，导师即"二十世纪中国文化的重要路标"之胡适。沅君历主金陵女子大学、中法大学、暨南大学、北京大学教席，1932年与丈夫陆侃如同时考入法国巴黎大学文学院攻读文学博士，1935年毕业回国。抗战中，夫妇流寓西南，新中国成立后任教于山东大学，并先后膺副校长职。

在去国离乡、漂流江海的十年中，年轻的学人伉俪完成了《中国诗史》的写作，其中"近代诗史"即词曲部分由沅君执笔[1]。《诗史》以"传信自勉"[2]，在导言中，陆侃如将所"传"之"信"作如下一番阐释：

> 我国诗歌历三千余年之久，所产生的作品实在不止恒河沙数，若要在诗史里一一叙述，不但势有所不能，抑且理之所不必。因此，不能不替它们分个轻重先后……例如汉以后的"骚"，无论是庄忌还是王逸，大都是无病呻吟，不值一读。又如近数百年的诗词，无论是李东阳或是陈维崧，也都不值得占我们宝贵的篇幅，为什么？因为它们是"劣作"。

这实在是对两位作者的业师王国维"文学代际观"及胡适"文学进

---

[1] 陆侃如在《诗史·序例》中作说明云："此书是我和沅君合写的。起初我打算一个人写……便写成"导论"及《古代诗史》……并续写《中代诗史》。时沅君在上海讲曲，故以《近代诗史》托付她。我自己又写一篇附论，全书就此完成了。"转引自张可礼《陆侃如、冯沅君先生〈中国诗史〉的主要贡献》，《文史哲》2002年第2期。

[2]《陆侃如冯沅君合集》第一卷，安徽教育出版社2011年版，第3页。

化论"的直接承继和倡扬①！站在今天"通变"与"全景"的理论立场上看，不能不说是文学观念的重大疏失②。然而这又何尝不是具有鲜明学术个性、完成了理论上的自洽与自足③的"一家之言"？何况具体到词史的写作中，冯沅君不徒对王、胡某些过于"粗线条""情绪化"的观点予以纠偏矫枉，其中一些论断如"苏柳相关""辛词雅洁"等尤具片言折狱之功。曾大兴直言冯氏之词史"比刘毓盘的《词史》和王易的《词曲史》要'新'，比胡云翼的《中国词史大纲》和薛砺若的《宋词通论》要'细'。它是20世纪前半叶问世的一部最好的词史。"④"最好"与否或可见仁见智，它确乎与《南宋词人小记》、《张玉田年谱》等著作一道，造就了冯氏在现代词学史上"第二代拓荒者"的地位。从时序上看，二十世纪首位女性词学名家的称号，除冯沅君外不应作第二人想。

（二）合稼轩、白石为一手的《四余词》

较之新文学创作与古典文学研究领域，冯氏词的声名显得低调许多。今《四余词稿》、《四余续稿》存词101首，始于1939年前

---

① 《诗史》体例设计曾征求胡适意见，胡适对此不持异议。见曾大兴《词学的星空——20世纪名家传》，河北人民出版社2009年版，第97页。

② 可参见马大勇师《行走在古典与现代之间——关于近百年词史的若干问题》"千年词史与百年词史"部分，马大勇师《二十世纪诗词史论》，时代文艺出版社2014年版。

③ 可参见陆侃如、冯沅君《中国文学史的分期》，《文史哲》编辑部编《中国古代文学：作家·作品·文学现象》，商务印书馆2012年版。

④ 曾大兴《词学的星空——20世纪词学名家传》，河北人民出版社，2009年版，第97页。

后，终于1944年①，可直目为词人抗战时期流徙生涯中的心灵简史。总体看，冯词无观堂之理趣，更不类胡适之创体；在"守正"阵营中，是此期女词人中较少见的"南宋派"。沅君平生不作长篇，小令中特精《点绛唇》一调：

> 小阁支离，擎杯兀坐惊风雨。奔流千尺，情雪霏眉宇。　　落落离堆，午夜听涛处。忘归去。澄江如练，依约蛟龙语。
>
> ——点绛唇·黄果树观因忆嘉州滩声

> 磊落群山，高人跌宕临流语。披襟散发，朝暮忘归去。　　修竹便娟，竹外重重树。迷前浦。阴晴飘忽，咫尺愁风雨。

> 风定云开，远林推上明明月。扁舟如叶，稳泛蛟龙窟。　　隐隐前村，渔火明还灭。沧江阔。人天悲郁，一啸千岩烈。
>
> ——点绛唇·阳朔道中

> 拔地孤峰，濡毫须用如天纸。长天如纸，不尽沧桑意。　　冻雨飘风，袖底重云起。群山外。晴空无际，偷得哥窑翠。
>
> ——点绛唇·卓笔峰遇雨

---

① 由早期存词《点绛唇·翠湖》、《点绛唇·曲靖待车却寄》等可知应作于词人1939年应武汉大学聘由昆明往嘉定途中；《续稿》倒数第二首《蝶恋花·甲申元日》可知作于1940年。参见袁世硕、严蓉仙《冯沅君先生传略》，《冯沅君创作译文集》，山东人民出版社1983年版。

词之劲拔郁慨大有稼轩风味，"擎杯兀坐""披襟散发"云云分明是辛老子沦隐的英雄形象。更近稼轩者还有《生查子》之"酒味几曾知，牢落常如醉。宿莽狂摧心，羞逐娇红死"、《临江仙》之"大芋高荷鸣夜雨，听风听雨无眠。书空斫地只徒然。流飘行万里，丧乱过三年"、《霜天晓角》之"浮生还尔尔。眼看人尽醉。南朔千年行遍，知肝胆、向谁是"。在"不存好恶于心"[1]的词史中，沅君对稼轩却有"他不独貌如青兕，精神尤健于猛虎"[2]"（辛词）不独为晏、秦诸人所未梦到，苏轼当之也有愧色"[3]的逾常褒举。此类致敬之篇还有《蝶恋花》、《踏莎行·感时》：

中酒情怀何狡狯。作弄畸人，午夜难成寐。惊月栖乌声四起。清辉一抹明窗纸。　　墙角秋虫尤好事。啼到鸡鸣，直凭凄清地。驰骤回旋屏障底。鼠饥却解闲游戏。

契阔肠回，沦飘心捣。廿年电抹真潦草。料量往事惜余生，余生久分风尘老。　　虏骑纷拿，烽烟夭矫。四方瞻顾伤怀抱。几番西笑向长安，茫茫只见云山绕。

如果说稼轩风是烽烟年代中普泛、必然的创作倾向[4]，那么对某一词家的摹拟则是关乎审美的纯个体化选择。在词史"姜夔"一

---

[1] 曾大兴《词学的星空——20世纪词学名家传》，河北人民出版社2009年版，第98页。

[2] 陆侃如、冯沅君《中国诗史》，百花文艺出版社2008年版，第386页。

[3] 陆侃如、冯沅君《中国诗史》，百花文艺出版社2008年版，第389页。

[4] 马大勇师《"将我手，写余心"：论卢前词》："当山河破碎之际，直抒胸臆、大张辛刘雄风是我们最佳的，甚至唯一的选择！"马大勇师《晚清民国词史稿》，华中师范大学出版社2016年版，第403页。

节中，沅君尝作如下评述："他的性格是偏于高雅萧闲方面的……他不汲汲于功名，仅只是'来稗奉常议，识箝鼓羽葆'而已；他不沉湎于声色，仅只是'自作新词韵最娇，小红低唱我吹箫'而已。他喜欢静观，他喜欢细细地玩味，他爱好的是清旷，他贪恋的是寂静……但同时他又是个富于感情的人，对于家国都有很深浓的感情。"结合以沅君"欢场惯作寂寥人"（《浣溪沙》）、"年来意趣喜萧闲"（《踏莎行·岭上秋居》）志趣行止，这毋宁视作词人的自我剖白；又谓白石"清超绝伦"①的特殊作风"大约以高雅而多情的性格为根柢，沉郁的气魄为主干，工巧的辞句为枝叶，另辅以和谐的音律"②。对此种作风的心摹手追贯穿沅君创作始终，故不肯作一字秾艳语、熟软语，写节序则云"乍喜桃笙云母滑，一凉恩到骨"；写景则云"洞里读书人去，烟鬟隔水飞来""隔山冷冷钟磬，没苍烟丛里"；写情则云"知谁误。心随云去。独立江天暮"。除去自注"用姜韵"的若干首，"精工而清挺"③、神肖白石者还有：

> 水佩风裳，辰稀月皎横塘路。流萤无数。烟柳迷前浦。　　一袖天香，夜气清尘虑。花深处。喁喁私语。鸥鹭惊飞去。
> ——点绛唇·横塘　塘在澄江南门外，纵横数亩，芰荷弥望

> 江上数峰苦，红日半规初落。拄杖都忘归去，爱朱霞灼

---

① 陆侃如、冯沅君《中国诗史》，百花文艺出版社2008年版，第402页。

② 同前注。

③ 同前注。

灼。　　窥人老鹳坐林枝，吠沼蛙声恶。草气雨余清美，更
流萤轻掠。

——好事近

沅君晚期词由南宋而窥清人堂奥，大有后出转精之势。两首
《谒金门》俱能险丽警炼，深而不涩，有大鹤神味：

斜阳没。鱼尾明窗霞赤。烦悗轮囷不可说。无言三叹
息。　　别泪沾襟犹湿。一一都成尘迹。夏雪冬雷江水竭。
飞龙甘骨出。

——谒金门·书《上邪》后

销魂极。果而相逢今夕。阿緆轻衫玉雪色。双眸岩电
发。　　夜寂星繁月黑。艳艳烛花红坼。执手闲阶成小立。
人间同恍惚。

——谒金门·癸未生朝思往事

沅君1942年偕夫入川，受聘东北大学（时设于三台），生活
稍定。此后填词渐少，抗战后更将全副才力投入教研，百首《四余
词》遂成绝响。冯词辞清、形瘦、味冷的特质承继了稼轩、白石余
绪，在民国学人词坛可称名气未彰而风神独异的一家，同时也将她
那牢落不群、踽踽独行的背影留在了女性词史长卷上。

三、梁璆的《菩萨蛮·五都词》

本节末可略谈中央大学词界后进、潜社成员梁璆。梁璆（1913—
2005），字颂笙，又字庸生，福建闽侯人。大学时受业于吴梅，与

同期盛静霞、陶希华称"三才女"。适同窗徐益藩①，举家辗转宁沪间。益藩去世后，颂筜赴连云港，任海州师范学校教师；"反右"中革去教职，划为"右派"，下放至图书馆任管理员。今存《颂筜诗词集》为平反后有关部门退还剩纸所辑。

颂筜才不及子苾、戏青，可关注者似只有与吴梅所倡潜社之关联，尝自述云："'潜社'系南京中央大学②，数届同学追随霜厓师习作词、曲之组织。每于春秋佳日集社于金陵。自1926年起共历时十一年。1937年春外子徐益藩汇而付印，题为《潜社汇刊》。《潜社词续刊》始于1936年春，共六集。时余初入校，始学倚声。集中所作，大都经过先师定稿正韵。五十年中屡遭劫难，旧作不存，独《潜社汇刊》尚留一册于箧中。"③此应与王季思《忆潜社》、徐益藩《师门杂忆——纪念吴瞿安先生》等同看作潜社研究的一手材料。

颂筜词《声声令·拜孝陵》④系潜社后期社课，锋颖初露，尚嫌意气质率；《菩萨蛮·五都词》则重大精悍，合哀愤峻健于一手，堪浓墨书入抗战词史，故不吝篇幅，全引如下：

---

① 徐益藩（1915—1955），字一骝，又字南屏，号璞斋，浙江崇德人，潜社社员，曾编印《潜社汇刊》。益藩为徐自华、蕴华堂侄，小淑有诗贺益藩、梁瑮新婚："一角红楼避俗氛，双栖道韫与参军。光阴蜜样休轻度，打叠温存细慰君。"转引自朱成安《梁瑮年谱》。又夏承焘贺诗云："同声歌和九张机，夫妇才华眼见稀。祝汝明年归便得，语儿亭畔棣棠双飞。"

② 中央大学前身即东南大学。

③ 梁瑮《颂筜诗词集》，自印本，第2页。

④ 词云："连朝风雨，一夕山陵。国戚无处诉幽冥。英雄气概，到今日，已无灵。听塞边、胡马又鸣。　　三百年间黄土路，恨难平。想他犹记旧宫廷。繁华去也，两朝更。再称兵。问后生，谁更请缨？"吴梅1936年5月3日日记云："下午往夫子庙老万全举潜社第三集，课题为《声声令·拜孝陵》。诸子陆续交卷，余亦成一卷。"转引自徐有富《吴梅与潜社》，《古典文学知识》2011年第5期。

千年史事彤毫秃。伤心一片连昌竹。谁与话昭阳。卷帘飞燕忙。　　霓裳迷旧曲。天宝繁华速。无地避干戈。北邙残骨多。（西都）

宫前荆棘纷如织。铜驼应向金阶泣。落照映寒邱。绿珠何处楼。　　中原空逐路。铁马金戈促。谁记旧伽蓝。与君挥尘谈。（东都）

虫沙海内纷如织。黄袍竟见陈桥驿。莫国几何时。议和三四回。　　凄然遥望北。一片胡尘墨。卧榻容人眠。天津听杜鹃。（汴都）

凄凉一片烽烟逼。皋亭山下胡兵入。半臂纵偏安。行都守亦难。　　百年重寂寞。秋水钱塘落。莫过半闲堂。秋原蟋蟀荒。（临安）

南朝金粉成尘迹。蒋山飞翠秦淮碧。古渡噪昏鸦。莫愁犹有家。　　黍离伤故国。燕子应能忆。胜地又中兴。新都即旧京。（建业）

第三节　寿香社女词人合论

一、寿香社词群简论

八闽有"海滨邹鲁"夙名，中晚清以还，渐成词乡。前有"重振闽人治词风气"①的叶申芗，再有聚红榭领袖、张扬"词史"之说的谢章铤，至清民际，陈宝琛、王允晳、李宣龚、郭则沄、何振岱、林纾等结"闽派"，领一时风会。闽中闺襜作者则"代有名家"②，清前期文士黄任《十砚斋随笔》云："吾闽闺秀多能诗，近更有结社联吟者……每宴集，各拈韵刻烛，或遣小婢送诗筒，无不立酬者。女士立坛坫，亦一时韵事也。"③才女传统，其来有自。除前述李慎溶、薛绍徽、陈芸、梁璩、陈懋恒等，南华老人何振岱所倡"寿香社"更为民国女性词坛醒目一页。

何振岱④一代文坛职志，诗称闽派殿军，"词亦足殿谢枚如之

---

① 严迪昌《清词史》，江苏古籍出版社2001年版，第550页。

② 《闽词谈屑》，陈声聪《填词要略及词评四篇》，广东人民出版社1986年版，第159页。

③ 据黄任生卒年，则福建女诗（词）人群体活动最晚可上溯到18世纪中晚期，约及随园女弟子同时。陈名实、黄曦点校《黄任集》，方志出版社2011年版，第235页。

④ 振岱（1867—1952），字心与，号梅生，晚岁改称梅叟，又号南华老人，光绪二十三年（1897）举人。从陈曾寿、陈宝琛、陈衍游，陈衍有"吾州后起能诗，无出何之右者"之誉。今人汇《觉庐诗存》七卷、《我春室集》四卷成《何振岱集》（福建人民出版社2009年版），另有《诗经偶论》、《鸳鸯斋偶记》等毁于"文革"。

门庭"①，设绛帐于乡里，"为人父母皆以子女得附门墙为幸"②，一时桃李峥嵘，尤以女弟子为众，至有"八才女""十姊妹"③之名。"寿香者，同人祀陶所由也"，盖黄花永馨之意④。寿香社诗词兼课，月集一次，临场拈题，题多"对月""咏花"之属，以"雅兴深情"为要旨⑤。梅叟清规甚严，令男徒不得参与寿香社集，诸女嚼蕊吹香，剪红刻翠，有类大观园韵事。弟子叶可羲回忆云："负墙红梅两株，花时吹香满庭。诸弟子恒聚杯盘于花前，唱白石道人《暗香》、《疏影》为先生寿。"⑥雅丽如此。

今存《寿香社词钞》刊"八才女"词作八卷，依年齿为王德愔《琴寄室词》、刘蘅《蕙愔阁词》、何曦《晴赏楼词》、薛念娟《小懒真室词》、张苏铮《浣桐书室词》、施秉庄《延晖楼词》、叶可羲《竹韵轩词》、王真《道真室词》，共三百六十二首⑦。抉其可论者简述如次：

（一）从女性词史大背景着眼，《词钞》可说是清代闺词在后世的一次大规模接受。然 "八才女""十姊妹"中并未出现格外颖异、自树一家者。

---

① 《清民之际词坛的地域观照（下）》，马大勇师《晚清民国词史稿》，华东师范大学出版社2016年版，第239页。

② 东南网2013年3月22日文《福州，才女何在？》。

③ 寿香社有女弟子十一人，其中"八才女"为王德愔、刘蘅、何曦、薛念娟、张苏铮、施秉庄、叶可羲、王真，"十姊妹"增洪守贞、王真，刘明水为王真介绍入社。

④ 转引自何琇编《王闲诗词书画集》，福建美术出版社2012年版，序言页。

⑤ 何振岱《竹韵轩序》，《何振岱集》，福建人民出版社2009年版，第31页。

⑥ 叶可羲《忆怀先师何振岱先生》，福建省政协文史资料委员会《文史资料选编》，福建人民出版社2001年版。

⑦ 何振岱编《寿香社词钞》，福州林心恪朱印本。

（二）具体到渊源家法上，寿香社虽同为谢章铤—何振岱一脉传人，受女性乡贤李慎溶影响亦颇显明。槬清名句"一夕凉飚辞昼暑。飒飒墙蕉，恐是秋来路"竟有"照见秋魂来往路。香边帘幕重重护"（刘蘅《蝶恋花》）、"梧桐早报秋消息。细追寻，又无迹"（叶可羲《昼夜乐·海滨秋夕》）、"绕院觅秋声，听不断、西风梧叶"（叶可羲《长亭怨慢·酒醒见月作，社集》）、"云际雁声迢递，是新愁来路"（王闲《风入松·夏夜坐月追忆道真七姊》）、"秋声莫更下芭蕉"（梅叟夫人郑元昭《赤枣子》）的次第回音。这是对同乡"旧头领"的追慕，亦是囿于女性身份而取径未广的集体自限之举。

（三）诸女词风同中有异，陈声聪"虽取径不同，灵襟亦有上下，要皆婉丽明蒨"是切中肯綮语。兼与以"意致清迥，音节谐婉，功力可相伯仲"合论何、薛、施，似失之率易。此将寿香社词人以词风取向之别粗略撮为两"派"，前者偏清刚一路，去薛而增王真、王德愔，余者刘蘅、叶可羲、张苏铮、薛念娟、王闲划入婉约阵营。振岱夫人郑元昭亦能词，列于最末。

二、王真、何曦、王德愔、施秉庄

王真（1904—1971），字道真，一字道之，号耐轩，王寿昌[①]次女，少从郑无辩、何振岱、陈衍习诗文经史。戊子年闽地大水，

---

① 王寿昌（1864—1926），字子仁，号晓斋，闽县人。福建船政学堂肄业后留学法国，归国后任船政学堂教习。尝为林纾口译《巴黎茶花女遗事》，成就琴南翻译事业。清廷修京汉铁路借款法国，寿昌任总翻译；铁路建成，调任汉阳兵工厂厂长，为张之洞器重，充经理各国事务衙门章京。民元年任福建交涉司司长。有《晓斋残稿》。

何家墙倾壁冗，振岱老人盘坐柴盆中顺流而下，幸为道真所救①。
振岱序道真诗谓之"有独得之趣，钩深探邃，有渊源陶、韦又有逼
肖韩、孟者"②。似此勇异才性为词必多劲语，可从《金缕曲·寄念
娟》中见志节怀抱：

> 身世君知否。恁高楼、蠹琴虫册，我能穷守。卅载辛酸
> 尝已遍，略把幽闲造就。与元化、虚寥为友。斩虎争龙休相
> 问，任謥痴、惯弄雌黄口。言易尽，心难剖。　　寻思独自
> 沉吟久。念名山、着书信世，古人长寿。啮着蔬根安布褐，
> 漫怅年华非旧。只莫把、今生孤负。好景当前须同领，那轻
> 教、无事双眉皱。歌一阕，酌杯酒。

《风入松·初阳》为社题。词上片平平，下片忽翻作雄奇飞腾
之势，确有"为渊龙之潜，不为沼鳞之跃"③的精神气息：

> 初阳好景上层檐。呼婢卷重帘。锦屏护处熏炉暖，爱天
> 容、无限堆蓝。初晓鸡声犹倦，快晴衾语堪占。　　腾光出
> 海揭金奁。寒气欲无纤。鱼龙岛屿都惊醒，看仙舟、安稳张
> 帆。重海阴霾都息，古松千尺垂髯。

何曦（1899—1980），一名敦良，字健怡，何振岱独女。振岱

---

① 何振岱《洪水行》序："……大水骤至，涨至丈余，合家聚一廊隙，予则盘
坐柴盆中，饿两日不粒食，被救乃出，至王耐轩家。"《何振岱集》，福建人民出版
社2009年版，第350页。

② 何振岱《道真诗序》，《何振岱集》，福建人民出版社2009年版，第32页。

③ 何振岱《道真诗序》，《何振岱集》，福建人民出版社2009年版，第32页。

视女如男①，敦良果能"健"而"怡"，词风刚爽："谁箝寸塔，隐隐片云来去。问甃成、丘壑无多，教人结想神仙府。待招呼、上界星辰，手扪天尺五。""翦翎笑我雕龙里，仰望云霄辽绝。思归楫，知甚曰，阶苔再印词人屧。胜密镂深存，自珍悴影，共照离边月。"《临江仙·剑意》是集中第一劲笔，社中同人似难措手。陈声聪谓"道心侠骨，足为天下女子一洗绮罗香泽之气"：

> 愿铲妖氛消众魅，至刚原属多情。人间悍怯苦相凌。好凭三尺，万恨为君平。　　记昔秋霜飞夜月，寒锋照胆晶莹。剑光人影两分明。云山千叠，来往一身轻。

王德愔（1893—1977），字珊芷，王允皙②小女，从何梅生、林琴南学诗词画，梅生谓其"有渊源，有根柢""词心清妙"③。德愔词豪婉相兼，《卜算子·帆影》、《瑶华·帘》是清人咏物笔路，不徒"学漱玉，得其神似"④也。《忆旧游·先严碧栖公与陈太傅共

---

① 振岱不许女儿缠足，里巷传为异闻。

② 王允皙（1858？—1930），字又点，号碧栖，长乐人。光绪十一年（1885）举人，先后入奉天将军、北洋海军幕府，后任安徽婺源知县，隐居以终。从陈宝琛学，遗《碧栖诗》、《碧栖词》各一卷。碧栖诗为同光体闽派代表作品之一，词有"真词人"之誉。碧栖生年从马大勇师所考。

③ 何振岱《与王生德愔书》，《何振岱集》，福建人民出版社2009年版，第58—59页。

④ 陈声聪《闽词谈屑》，《填词要略及词评四篇》，广东人民出版社1986年版，第161页。《卜算子》词云："掠苇带微阴，随月生初暝。岛屿烟云写不成，一幅秋江景。　　几转失前踪，又逐潮归去。带着轻烟没白鸥，遮暗芦花路。"《瑶华》词云："重门掩树，朱阑凭花，带垂檐浓绿。凉云一片，低窣处、曾听玉奴歌曲。摇曳湘魂，算解慰、词人幽独。最可怜、入夜尖风，护得纱窗红烛。　　几番燕子归迟，只枯坐无言，衣单寒缛。银钩漫上，有微月、初挂小楼西角。欲眠未忍，怅愁思、如波难掬。怕梦见、千里来寻，隔断怎生重续。"

宿听水斋，有"山秋割半床"之句，今日登临，慨然感赋，亦聊寄风木之思耳》有白石、玉田风神，煞拍尤深挚动人：

> 入抉云深径，隐日危峰，石峭藤悬。半塔斜阳影，照沾衣竹粉，滑步苔钱。欲寻擘窠岩字，攀葛上灵源。看听水斋存，诗人尽去，月冷床闲。　　怎堪。凭栏处，更鼓籁无休，风木凄酸。记得垂髫事，正铜街灯好，良夜随肩。转眼雾消冰散，空剩旧词篇。任丝泪千行，魂兮唤不回九原。

施秉庄（1901—1980），字浣秋，名儒施景琛[①]次女。国立艺术学院毕业后任中学教员，"生徒千数"[②]。浣秋诗妙趣天然，咏风云"水纹皆风纹，风姿随之妍"，咏雾云"是烟还是云，触之微于雨"[③]。词中《满庭芳·延津客夜，霜月交辉，孤坐至明有作》是孤光自照、标格不凡之作：

> 叶落庭宽，秋高月大，绕屋霜气棱棱。直疑苍宰，移昼作深更。道睡如何睡着，回栏上、百遍间凭。凝眸处，千江尽白，星火闪渔灯。　　伶俜。天际影，飞过双雁，略不留声。早金釭焰灭，檀鼎香轻。身在琼瑶世界，看上下、一片

---

① 施景琛（1873—1955），字涵宇，长乐人，光绪间秀才，师从陈衍。光绪二十九年（1903年）创立泉山学校（民元后改女子职校，由其姊毓敏任校长），先后任职于福建高等学堂、公立苍霞学堂、商业学堂等。民初入同盟会，黎元洪尝召之赴京任国务院秘书、参议。晚年致力于闽地古迹保护工作，后逝世于台北。有《鹭江集》、《石鼓集》、《鲲瀛集》、《泉山全集》等。

② 何振岱《延晖楼诗草序》，《何振岱集》，福建人民出版社2009年版，第31页。

③ 同前注。

空明。忘怀也，孤游已惯，谁道是萧清。

三、刘蘅、叶可羲、张苏铮、薛念娟、王闲、郑元昭

刘蘅（1895—1998），字蕙愔，原号秀明，后改修明，闽侯人，黄花岗烈士刘元栋胞妹。少从陈衍、何振岱习诗文，新中国成立后历任福州业余大学教师、福建省文史馆馆员。蕙愔曼寿至百四龄，为史载女诗人之最，《蕙愔阁诗词》亦百年中享誉高者。李宣龚谓其诗"淹博丽密，令人不敢逼视，大江南北名人皆诵之矣"[1]；陈曾寿谓其词"气息深静，无近世纤薄晦涩之病，即境别有会心，常语转为妙谛"，激赏如此。振岱老人寄书中屡有"君以为何如？""弟谓然乎？"甚或"抗颜为师，不敢妄言，幸明察之"的逾常语，足见爱重。蕙愔固为寿香社首席，然以未全脱出闺词窠臼，置于百年词史中不可称一流作手，声名之盛盖乃师"逢人说项"故。梅生尝劝导之："词……长调再添数阕，以沉郁悲壮为主。盖词家于苏辛派亦不可少也，弟意如何？"亦即委婉点出其气骨不坚、境界未大之弊。

蕙愔词小令较长调略胜：

> 华屋悬珠不夜，朱楼散绮如烟。贫家积雨长苔钱。买断盈阶花片。　　好鸟娇春啼涩，暮钟抱佛声圆。重山分绿到窗前。润遍黄昏庭院。
>
> ——西江月

---

① 何振岱《与刘生蕙愔书》，《何振岱集》，福建人民出版社2009年版，第60页。

以短调尺幅之地容纳巧思慧心，上结、下起尤工丽而自然。集中又多长调，遣词造语固"清华雅洁"[1]，然腕力较纤弱，致清雅气未能通篇贯注，陈声聪谓"长调亦多以小令之法为之"[2]，甚确。典型作品如《长亭怨慢·酒醒见月》：

> 甚吹湿、香边云鬟。一枕寒光，月明如水。院静杯空，为谁前夕尽情醉。试扶残梦，人犹在、惺忪里。镜影压阑干，恨不照、罗衣双倚。　　独自。听啼鸦隔树，也被寺钟催起。凄清风露，都忘却、翠樽花底。问褪了、两颊轻红，剩多少、春醒情味。料此际天涯，端合凝愁无寐。

《齐天乐·鸠声》题面新异，"万里培风，千寻择木，未解昂头宵汉""却比流莺，更无情万万"数句富感慨，似较前首有味耐读：

> 抢榆那识鹏程远。瞳瞳只余朱眼。万里培风，千寻择木，未解昂头宵汉。营巢自懒。听传语阴晴，舌端多谩。绣羽华冠，一般文采最堪叹。　　纱窗午阴思倦。画帘开又掩。人在天半。驿柳沉烟，园花病雨，谁暖谁寒怎判。屏边枕畔。正好梦来时，数声惊断。却比流莺，更无情万万。

蕙憕词的白话运用还应一提。如果说"如月窗儿着俊人"

---

① 刘梦芙《二十世纪名家词述评·女词人二十二家》，安徽文艺出版社2006年版，第269页。

② 陈声聪《闽词谈屑》，《填词要略及词评四篇》，广东人民出版社1986年版，第161页。

（《减兰·宿竹韵新轩题赠》）、"问梦儿、还肯来否"（《渡江云》）只是清通近乎曲，那么"这般的朝暮"（《瑞鹤仙·秋感》）、"我的心头，这是何滋味"（《苏幕遮·新寒》）、"月儿只在心儿里"（《虞美人·月夕寄健怡城中》）直是家常口角，必是词人有意识的融通尝试。这些游跃于百余首词作间的尚不成熟的白话，比那些连篇累牍的拟古苦吟更能令读者眼亮，或也因此而更真切可贵——易安当年，不正如此吗？

叶可義（1902—1985？）[①]，字超农，叶伯鋆[②]女侄，北平国立艺术学院毕业，新中国成立后任福建省文史馆馆员。"八才女"中，超农最早拜入我春室门庭，梅生收为谊女；然其词"学北宋而去其嚣，近南宋而濯其腻。益以深刻之思、幽窅之趣，远追济南，近驾长洲、无多让也"[③]之评价，似嫌过誉。《鹧鸪天·梅叟师以大觉寺杏花及梨花各三四朵缄寄，命题小句》（其二）能于流丽中饶感慨：

> 不见墙头晓露开。东风移向日边栽。人间色相留余恨，萧寺钟鱼化劫灰。　　春渐远，露侵苔。几番花信误天涯。帘垂一阵清明雨，生怕衔泥燕子来。

张苏铮（1901—1982），字浣桐，侯官人，张恭彝[④]女，尝任

---

① 叶可義卒年有两说，据王闲《哭超农》诗推断，约在1985年。

② 叶伯鋆，生卒年不详，字鹤舫，侯官人。船政水师学堂毕业，留学于英国皇家海军学院。历任登瀛洲兵舰舰长、南瑞铁舰舰长，官至总兵。有《自治斋刍言》。妻施毓敏，字晴雪，擅诗文史，有《浣花诗集》、《属楼人影》。

③ 何振岱《竹韵轩词序》，《何振岱集》，福建人民出版社2009年版，第32页。

④ 张恭彝，生卒年不详，光绪间进士，曾任江苏沭阳令，有政声。

福建省立女子家事职业学校教师。浣桐词空灵有韵致者如《虞美人·萤火》：

> 冷光未肯因人热。隐约偏难灭。凉宵为底入疏棍。却被银灯掩得不分明。　　流辉破暝归何处，珍重秋芜路。有人携扇下空庭，莫向月篱烟砌弄星星。

梅叟门人中，薛念娟、王闲以词意纤薄寡味，为较弱两家。薛念娟（1901—1972），字见真，号小懒真室主人，晚号松姑，外祖父为晚清名儒薛裕昆，外祖姑即薛绍徽。见真词今存十二首，殆顾影伤怀一类闺阁老调，《虞美人·秋夕》较浑融无阙：

> 流萤几点疏篱外。总觉秋无赖。不如闭户剔银灯。一穗凉红照梦却分明。　　何因悄立风檐下。对此凄清夜。只怜孤赏有寒香。花发庭墀和露着轻黄。

王闲（1906—1999），字翼之，号坚庐，王寿昌小女，王真妹，适振岱次子敦敏，晚年聘入福建省文史研究馆。翼之词才不及姊，盖气格屡弱、造语空泛。陈曾寿"其长短句无纤巧轻倩之语，亦无近人堆砌晦涩之习，有白石之清雅，易安之本色，词中可贵之品也"[1]云云恐也是对何氏儿妇的过情推许。翼之词《祝英台近》能清畅略近易安：

> 梦初回，帘半卷，月影湿苍翠。几阵清风，悄悄引花

---

① 转引自刘梦芙编选《二十世纪中华词选》，黄山书社2008年版，第1739页。

睡。却忆剪烛西窗，琴边絮语，静中领、深秋滋味。　　旧
天气。添了旧夕青灯，便有新愁思。甚日重来，共醉游前
地。都将千里离情，几年幽恨，分付与、一炉烟细。

梅生室郑元昭（1870—1943），字岚屏，林则徐小女林金鸾
女孙[1]，有《天香室诗》、《天香室词》各一卷，附《何振岱集》
后[2]。岚屏词中隽句如"看花心事上眉端"（《浪淘沙》）、"记
否凭肩。记否碧窗前。记否灯青人睡后，昔昔教调弦"（《喝火
令·秋夜寄外》）、"尤念新来病后，苦沉吟、谁与拥诗肩。谢双
鱼为道，道新寒早晚宜棉"等大有饮水风致，与乃夫相偕。《清平
乐·生辰，心与寄词，奉答》小笔颇含雅趣：

朱笺秀笔。远道觞佳日。未恨天涯人小隔。依样双星今
夕。　　儿曹欢舞咿哑。梳头新结丫叉。为道阿爷今日，也
应醉拥荷花。

---

① 据杨国桢《林则徐论考》，福建人民出版社1989年版。又，林则徐次女林普
晴女孙沈鹊应（1877—1900）亦工词，有《崦楼词》存世。适"戊戌六君子"之林
旭，夫殁后服毒自尽。

② 何振岱生于腊月，故自号梅生、梅叟。何家天井旧有梅墩，植红白梅各一
株。传岚屏殁后红梅枯死，振岱殁后白梅亦枯。

第四章　民国中后期女性词坛（下）

第一节 百年冠冕陈小翠词

陈小翠（1902—1976），原名璂，字翠娜[①]，别署翠侯、翠吟楼主、空翠居士[②]等，浙江杭州人。父陈栩[③]、兄小蝶[④]两代实业家皆

[①] 诸文献多以"翠娜"字为小翠别名，从小翠自撰《半生之回顾》改，小翠生平亦多参考此文。见《宇宙风》1938年第62期。

[②] "空翠居士"之号为诸书所不载，仅见于周炼霞《满江红·题小翠终南夜猎手卷》词序。

[③] 陈栩（1879—1940），近代爱国实业家、发明家、诗人、小说家、翻译家、画家、报人。原名寿嵩，字昆叔，后改名栩，字蝶仙，号天虚我生，别署超然、惜红生、太常仙蝶、樱川三郎、大桥式羽等。钱塘儒医陈福元第三子，表兄顾紫笙为胡雪岩第四婿。清优附贡生，曾作幕平阳、绍兴、靖江、淮安等地。民七年创立"家庭工业社"，研制成"无敌牌"牙粉，风行全国，自此渐专实业，先后开办化妆品厂、汽水厂、造纸厂等，建立"家庭工业社"日用品生产体系，遂成一代国货巨子。蝶仙著述宏富，传世者达二百四十余种；又尝主《申报》副刊《自由谈》，亲撰研究科学内容。抗战时转移工厂至西南，未及胜利，含恨而逝。陆澹安挽之曰："公真无敌；天不虚生。"朱大可挽之曰："文物逍遥，一夕仙踪圆蝶梦；儒林贵殖，千秋史笔属龙门"。

[④] 陈小蝶（1897—1989），原名祖光、琪，又名蓬，字小蝶，四十岁后改名定山，别署蝶野、萧斋、醉灵、醉灵生、醉灵轩主、定公、定山居士、永和老人等。早年由圣约翰大学退学，随父从事实业，创办"家庭工业社"，抗战初期任上海市商会执行委员会兼敌后援会副主任。后与陈栩将企业内迁，又因父病由滇返沪。陈栩病逝后为日伪宪兵逮捕，至日本投降后始获自由。1948年赴台湾，历任中兴大学、淡江文理学院、静宜女子文理学院教授，逝世于台北。小蝶擅诗、文、词、曲、小说，兼能作画，著有《醉灵轩诗存》、《醉灵轩文存》、《春申旧闻》、《蝶野画谈》等。

以诗词名于当时，又以译、著小说有"大小仲马"之誉；母朱恕①、弟次蝶②并擅文学，一门风雅，有类眉山苏氏③。小翠通人，举凡诗、词、曲、文、书、画、小说，俱一空依傍，造诣超卓，生前身后颇享声名：名山老人钱振锽有诗云"老子目光高一世""连朝击节翠楼吟"④，与订忘年交；郑逸梅平生阅人最多，独有"手屈一指""最为杰出"⑤之称赏；即今之研究者，亦可称实繁有徒⑥。然总体看关注度仍远逊子苾、圣因、怀枫诸辈，且局限于学术小圈子内部，翠楼一代女词宗，大抵仅以书画为世所知，惜哉！余比岁沉耽《翠楼吟草》⑦，数度废书而叹：此诚"一千年来见斯人"也！以为彰其姓字，还其魂魄，正在吾曹。

---

① 朱恕（1878—1944），字澹香，一字素仙，号懒云，笔名云女士，浙江仁和人，朱祥甫次女。懒云工诗词、擅书史，小翠作诗即由母启蒙。有《懒云楼诗钞》、《懒云楼词钞》及散曲若干。

② 陈次蝶（1905—1948），原名祖翚，字叔宝，卒业于震旦大学理科，后任职家庭工业社。有《贮云楼诗》。

③ 小翠《半生之回顾》："暇则斗酒相劳，家君搬笛，予侍声和之，阿兄月琴，小弟琵琶，阿母手红牙拍，欢歌之声，喧腾一室。"

④ 引自钱悦诗《诗人陈小翠》，《世纪》2003年第4期。

⑤ 郑逸梅《才媛陈小翠》，《郑逸梅选集》（第四卷），黑龙江人民出版社2001年版，第758页。

⑥ 较有分量论著如刘梦芙《二十世纪传统文学的玉树琪花——陈小翠作品综论》、颜运梅硕士论文《陈小翠诗词曲研究》（华南师范大学2005）、黄晶硕士论文《陈小翠旧体诗词创作流变论》（华中师范大学2015）、王慧敏博士论文相关章节等。

⑦ 《翠楼吟草》版本余所能及者有上海著易堂1927年《栩园娇女集》版（此即婚前陈栩为刻印充嫁奁者，附于《栩园丛稿二编》后）、台湾三友图书有限公司2001年"全集"版、黄山书社2010年版。其中黄山书社版以《栩园娇女集》为底本，编校最为精审，又有刘梦芙先生序于前，惜二十世纪五十年代后作品未收录；台湾版虽错讹处颇多，然以全故，足补黄山版之阙。

一、"算能传天壤惟文字"：陈小翠的填词生涯

（一）"隔帘倩女亭亭，是诗灵画灵"①

小翠天赋颖异，四岁入塾，八龄能诗，《银筝集》中十三岁作品已具相当功力，殆今所谓"天才少女"也。小翠填词由陈栩启蒙，其时蝶仙于栩园设帐授徒，据云弟子数百，小翠为个中佼佼者。左家娇女，才情艳发，词虽克绍乃翁，已隐然作出蓝势②。又"家庭工业社"成立以来家境渐优裕③，出嫁前的小翠过的是"孕月为怀、刈花为舌"④的世外生活：

> 荷蕖十万，拥孤亭如岛。寸寸莲房绿心小。对红阑枕水，翠槛围山，却偏被，凉月一弯寻到。　　卷帘人悄悄。吹罢瑶笙，一缕秋魂月中裊。仙骨不知寒，倚冷琼楼，只觉得，衣裳缥缈。待手挽银河洗干戈，傍十二颓栏，星危风峭。

> —— 洞仙歌

---

① 小翠词《醉太平》句。

② 刘梦芙《翠楼吟草前言》："《绿梦词》的早期作品……除生活面较狭，情境尚未臻沉郁浑厚之外，艺术风格已高度成熟，能融化贯通，成为自我。"陈小翠著、刘梦芙编校《翠楼吟草》，黄山书社2010年版，第53页。

③ 郑逸梅《才媛陈小翠》："小翠早年，在乃翁余荫之下，生活条件是很优越的。这时卜居在杭州西子湖头，有着别墅，如蝶庄、香雪楼等，山色水光，清扑几席，吟啸挥洒其间，真是得天独厚。"《郑逸梅选集》（第四卷），黑龙江人民出版社2001年版，第761页。

④ 顾佛影评小翠诗语。见《篚衍丛钞》，《佛影丛刊》，浦东旬报社民国十三年（1924年）版。

《绿梦词》中，有"睡起梦魂缥缈，抱膝偶然微笑"的娇憨，有"记络索秋千海棠阴，问采伴鹦哥，盼侬来否"的狡黠，有"骑蝶花天春梦小，系灯屏角晚烟昏"的绮靡，有"小碗调羹，小扇题名，闲听凉蛙作水声"的闲淡。小翠毕竟非寻常闺襜作手，"宠柳娇花"远不是其词笺底色。看《寒夜曲》、《蝶恋花·病中作》：

> 屏山断梦恓然碧，湿烟飘堕兰钉歇。帘外更无人，但半庭残雪。　凝寒漠漠珠帏隙，落花飞上衣裳灭。永夜抱冰清，向云中闲立。

> 花影当窗人未寐。无赖银蟾，偷窥文鸳被。小梦载愁飞不起。和烟堕入蛮荒里。　如豆灯花红欲死。坐起还眠，睡也无滋味。漾皱罗帷风影细。模糊幻作蚕眠字。

词固雅韵欲流，然一种奇崛拗折气扑面而来。"屏山断梦""小梦载愁""灯花红欲死"颇新警，出自少女笔下即令人陡然心惊，"永夜抱孤清"云云似乎正昭示着词人才命相妨的后半生。

（二）"收拾狂名中岁近"[1]

小翠二十六岁始归萧山汤彦耆[2]，名门大贾，足称联璧，然夫妇不睦，生女后即隔室而居，不久后离婚。其实二人属"和平

[1] 小翠词《醉江月·题礼蓉招桂图》句。

[2] 汤彦耆（生卒年不详），字长孺，民国首任交通总长、浙江督军汤寿潜长孙，浙江省议会议员汤孝佶长子，诗人、学者马一浮内侄。

分手"①，小翠彼时尚有多首赠夫婿诗，虽有寥落感而心态大致不恶②。此后将心力投入"中国女子书画会"③建设，同声呼应的友情使词人笔端蘸润着"鲜花着锦、烈火烹油"般的明快色调④。未几抗战烽烟起，上海陷落，父、兄相继赴西南，小翠困居"孤岛"，自云"年来诗境伤离乱，不是艰辛学盛唐"⑤：

> 呜咽边笳，把战地、菊花吹醒。危乱里，中原豪杰，一时都尽。香稻秋荒鹦鹉泣，江潮夜急鱼龙信。更骊山、烽火逼人来，时时近。　　风雨里，菰蒲病。霜雪里，苍松劲。念伏波横海，长城千仞。草尽平原驰铁骑，秋高大漠盘鹰隼。想黄沙、一片断人行，旌旗影。
>
> ——满江红

① 见郑逸梅有关叙述。周炼霞亦有词调此事，见后文。又，世多有以之讥议陈栩嫌贫爱富者，均不足征。小翠友人陈懋恒子妇许宛云转述邻人语："小翠先生还告诉我，以后偶然和汤先生见面在馆子吃饭，两人反而客客气气地总是抢着会钞。"许宛云《我所认识的陈小翠先生》，《东方早报》2011年2月27日。

② 1931—1934年间小翠多次出游莫干山、太湖等胜地，曾以诗代家书。刘梦芙谓此期居娘家，失考。

③ "中国女子书画会"为我国历史上第一个女子书画团体。1934年由冯文凤、李秋君、陈小翠、顾青瑶、杨雪玖、顾默飞、周炼霞、吴青霞、庞左玉、唐冠玉等发起成立于上海，后由江浙发展至全国，鼎盛时会员数百。书画会十五年间举办展览数次，影响波及海内外，新中国成立后宣告解散。

④ 小翠《画展小句》诗序云："甲戌春四月创女子书画展览会于海上，一时巾帼隽才不期而集者凡一百二十一人，可谓盛矣。为诗纪之，以留鸿爪。"录前三首以见盛况："月殿云廊逦迤开，佩环簇簇尽仙才。此间真与蟾宫似，中画山河万里来。""楚山吴水写性灵，满堂荒绿起秋声。登坛笔阵千人敌，小队蛾眉子弟兵。""玉尺更番费我持，昭容楼上是吾师。夜珠明月难分别，各有千秋笔一枝。"

⑤ 《题山水卷》诗句。

天倾西北，蓦东南海市，晚霞俱赤。废井颓垣浑不似，换了旧时宫阙。玉骨成灰，干戈影里，艳魄挽云立。故都何处，铜仙夜夜偷泣。　　忍饥三月围城，青鸾咫尺，无计传消息。蜀道艰难悲望帝，难怪杜鹃啼血。唐韵书空，秦箫咽泪，何暇伤离别。人生到此，问天天竟何说。

——大江东去·十一月十二日上海失守

1940年，陈栩辞世。此为小翠生平重大激变点，词风亦如锦瑟弄然裂弦。那种隽雅的底子仍在，而由清唱渐悲鸣，由悲鸣渐幽咽，境遂转深，即刘梦芙所谓"气骨坚苍，蔚然深秀"[1]者：

山外斜阳仍故国，可怜名士新亭。飘零切莫悔多情。诗心词梦外，何计遣今生。　　风雨摧花情更苦，不晴不雨冥冥。将身愿化护花铃。有祠皆祀鬼，无海可扬舲。

雨滴幽篁琴韵绿，春流绕砌争鸣。偶然相顾若为情。雍门存旧曲，凄绝不堪听。　　凭损罗衣楼上望，碧天几点疏星。姮娥心事剧孤清。玉阶凉似水，无处着流萤。

往事长江流不尽，废苔几处朱门。人天何地寄情根。春波千万曲，曲曲是啼痕。　　拥髻樊姬怜瘦影，银屏灯语宵分。断肠心事莫重论。连云新甲第，卧雪故将军。

——临江仙·甲申旧作，时在沦陷区

---

[1] 陈小翠著、刘梦芙编校《翠楼吟草》，黄山书社2010年版，第58页。

庚寅年（1950），已移居台岛的陈定山作《大妹将发疆中，渡海峤久滞不至，喜惧有怀，用谢康乐四首寄惠连韵》诗，据此推测小翠是年或有渡海之志，惜不果行。今存1954—1966年间词虽在严苛的政治环境下筛存无多①，亦足可勾画出"万恨千愁"②"忧贫垂老"③的晚年。

（三）"被尘缰、缚煞横空马"④

小翠1948年始任无锡国专诗词曲教授，新中国成立后首批聘入上海中国画院，故虽受生计牵役，"乾坤大错"⑤铸成前尚可自足；又性情简傲，远离政治漩涡，然风暴前夕亦感知到"乾坤失序"⑥、黑云压城态势。1954年，杭州市政府垦荒征地，龙驹岭陈氏祖坟奉令迁移，桃源岭陈栩墓道将充为公路。小翠归乡请愿，不许；后作诗"人为不达方言命，产到全无转放心"聊以自嘲自慰，实为狂极转狷的大悲怆语。1959年清明，小翠寄陈定山信云："海上一别，忽逾十年，梦魂时见，鱼雁鲜传。良以欲言者多，可言者少耳。兹以桃源岭先茔必须迁让，湖上一带坟墓皆已迁尽，无可求免，限期四月迁去南山或石虎公墓。人事难知，沧桑倏忽，妹亦老矣。诚恐

---

① 据台湾三友图书有限公司《翠楼吟草全集》统计，此期《翠楼吟草》第四编存词三十八首，黄山书社版《翠楼吟草》未予收录。又，据所遗自撰年谱云，六十五岁后作诗甚多，编为《翠楼吟草》五编，今已不存，应为临终前自毁。许宛云《我所认识的陈小翠先生》，《东方早报》2011年2月27日。

② 小翠词《蝶恋花》、《金缕曲·对雪》句。

③ 小翠诗《送克言任远行》，见陈定山《萧斋诗存》。陈克言为定山独子，小翠甚怜之，为取字"学诗"。

④ 小翠词《金缕曲·夜读迦陵集》句。

⑤ 小翠诗《秋兴》句。

⑥ 小翠诗《甲午夏日杂书》有"乾坤失其序"句。

阿兄他日归来，妹已先化朝露，故特函告，俾吾兄吾侄知先茔所在耳。"[1]数语波澜不惊，竟将两代死生大事交代干净，直令人仰天发一浩叹。在高歌猛进、狂飙席卷的年代里，小翠无一"歌德"、表态语[2]，反而振笔直书云："猿啼鹤唳满吟坛，文化从来渡劫难。我劝诸公去陈见，暂留元气镇中原"[3]。清醒着是痛苦的。重压之下积聚起的凄寥撞击心头、也注入笔头：

　　燕子归来春已暮。对我呢喃，忽地高飞去。皱水粼粼桃叶渡。诗魂一瞥无寻处。　　玉弹金笼何所慕。珍重香泥，莫作惊人语。绿是侬心红是汝。千花百草同辛苦。

——蝶恋花

　　猛忆少年游。语不惊人死不休。犹有回肠看断否，悠悠。雪压霜欺四十秋。　　逝水莫回头。到海奔波岂自由。闻道蝶庄门外路。啾啾。新鬼悲啼旧鬼愁。

——浪淘沙

　　九九消寒节。漫低帏、红炉扑尽，梦痕冰结。一夜朔风

---

① 陈定山寄诗云："魂梦牵萦十九年，桃源陵谷几移迁。他年化鹤归来日，何处南山有墓田。""白发天涯忆老兄，阿兄颀健尚能胜。独怜有妹悲穷谷，手葬双亲泪似蒸。""未必频年两祭扫，何妨胜日一登临（先君自题墓联）。当年达语偏成谶，风木难防六贼侵。""望祭招魂泪涌泉，声闻犹可达于天。一恸并作生民泪，社稷丘墟未必然。""清明岁岁荐黄花，麦饭天涯不到家。已信深山无杜宇，此间还有杜鹃花。"见陈定山《十年诗卷定山词合刊》，台北正中书局1968年版。

② 仅《墨牡丹》诗颈联"收拾玉台封建体，扫除芍药女郎诗"微见"表态"意而语含怨诽。

③ 小翠诗《文坛》句。

飞瑞雪，香透梅花心骨。凭寄予、故园消息。不是残年多杰
作，要填平、万古乾坤缺。山尽白，水尤黑。　　幽兰声价
孤高绝。总输他、巴人下里，弦歌满邑。匹马南山看射虎，
一代英雄豪杰。浑不数、袁安清逸。长笑凌云归去也，掷新
诗、都化珠玑屑。天自冷，地逾热。

——金缕曲·雪夜漫书

尽管以"珍重香泥，莫作惊人语"惕厉自儆，然其光辉羽翼
岂是"雪压霜欺"所能掩蔽、"玉弹金笼"所能羁縻？"不是残年
多杰作，要填平、万古乾坤缺。"小翠生命最后时段所作《莲陂
塘·题女评弹家朱雪琴自传》题人自题，华屋山丘、天涯沦落之同
感存焉；为旧友施蛰存①所作《湘月·甲辰正月施君来访感占》则可
目为词体自传：

是何人、琵琶一曲，凄凄切切如此。天回地转山河改，
不是寻常兴废。君信未。只歌扇斑斑，犹渍前朝泪。教卿回
比，问荼苦荠甜，梅酸桂辣，今昔竟何味。　　当年事，生
长蓬门贫里。敢辞弦管生计。低鬟掩袂登场日，多少攫人魑

---

① 1922年1月，《半月》杂志24号刊发施蛰存、陈小翠作《半月儿女词》二十四
首。组词后有周瘦鹃按："松江施青萍君惠题《半月》封面画，成《半月儿女词》
十五阕，深用感佩。今《半月》已出至二十四号，而施君迄未续惠，因倩陈翠娜女士
足成之，清词丽句，并足光我《半月》也。"施氏表叔、家庭工业社职员沈晓孙遂生
文字因缘之想，旋代施蛰存提案，陈栩提出须得施登门拜访。晓孙携小翠照片赴松江
施家，施父随即赴之江大学与施蛰存商议此事，施蛰存以"自愧寒素，何敢仰托高
门"为由坚拒之。1964年2月，施蛰存自郑逸梅处得知陈小翠住址，同月20日即登门
拜访。施《闲寂日记》云："访陈小翠于其上海新村寓所……坐谈片刻而出，陈以
《吟草》一册为赠。"23日成十二绝句，寄小翠。此词中"半月""青萍""翠柳"
俱有所指。

魅。风雨霁。算挨到、天明也自非容易。而今老矣。尽怨怨
恩恩，生生死死，逼吐不平气。

　　盈盈半月，纪鬐龄、联珠缀玉，小名曾识。嚼蕊吹香
三五卷，费我半生心血。湖上青萍，楼头翠柳，聚散皆陈
迹。花天旧句，至今啼宇能说。　　忽然岁晚寻来，崎岖门
巷，可有当年雪。四十三年真一刹，谢女双鬟俱白。落落尘
寰，寥寥知己，回首堪于邑。万尘奔马，蜉蝣生死朝夕。[①]

　　其实"天回地转"即在眼前，"攫人魑魅"又何止旧日方有？
"蜉蝣生死朝夕"竟成词谶：是年"文革"起。小翠遭里弄组织频
肆凌辱，不得已与庞左玉换宅而居。两次逃往外埠，均被捉回画院
禁闭，因私藏粮票遭"革命小将"毒打。避居友人陈懋恒处，亦被
迫遣返。1968年7月1日晨，小翠甫及画院之门，即望见画师罗列成
行接受批斗，旋返身逃回寓所，未料已被红卫兵发觉，追踵而至。
小翠坚闭其门不纳，一时叩门如擂鼓，势将破门而入，遂引煤气自
尽身亡，绝命诗遭撕毁。古今才人之劫，未有惨乎此者！

二、"湖海胸襟，珠玑咳唾"[②]：陈小翠"词人之词"论

　　刘梦芙在《翠楼吟草序》中辟专节论小翠词，谓其"不受
词坛风气的影响""含英咀华，自成馨逸，属于纯粹的'词人之

---

① 此词首句与词谱有出入，应为作者记忆之误。
② 小翠词《高阳台》句。全词见下文。

词'"①，洵为卓识。"词人之词"说法由来甚久，持论者大致分两
类：或着眼外部，辨析"词人之词"与"诗人之词"②"学人之词"
之分轸；或强调创作者精神气质，特重"词心"云③，鲜少立于词体
本位阐发者，而论小翠词则不得不从此处参入。故不揣谬妄，请提
出"词人之词"一家言，即："本色"与"自觉"。

陈家老友周之盛④《栩园词集跋》论蝶仙词佳处，谓："……绝
不沾沾焉模仿，一家人谓先生诗似元白，词似秦黄，曲似东篱，文
似史迁，说固近之，然予以为终未可以概论也……明白晓畅，情文
相生，每能举眼前物、心中事，一一描写而出，使人读之，绝似麻
姑指爪，搔着痒处，则又非古人所曾有者。以视矫揉造作、堆砌典
章、期期格格、辞不达意者，殆不可同日语矣。""明白晓畅，情
文相生""绝似麻姑指爪，搔着痒处"即陈栩自道之"立时捉住，
方是本色"⑤。郑逸梅云："陈小蝶诗文，胜于乃翁蝶仙。陈小翠诗
文，胜于乃兄小蝶。"⑥实则蝶仙固艳才，文略胜质；小蝶"'端

---

① 陈小翠著、刘梦芙编校《翠楼吟草》，黄山书社2010年版，第50页。

② 如王士祯《倚声初集序》、李佳《左庵词话》、夏敬观《蕙庵乐府续集序》
相关论述。

③ 如况周颐《蕙风词话》等。

④ 周之盛，生卒年不详，字拜花，室名秋影楼、倚红仙馆，余杭人。民国鸳蝴
小说家，栩园两代好友，小翠谓"晏如一家人"，蝶仙、小蝶、小翠诗词多赖其蒐集
整理。拜花殁后，小翠作《金缕曲》挽之，词云："卅载家庭泪。经几许、生离死
别，只君能记。少小相看今白发，小吊忘年知己。总至情、奇才相许。万首新诗犹待
录，讵匆匆、一别成长逝。垂死日，为惊起。　　九原倘见兄和弟。好问他、频年肥
瘦，与谁同倚。我似归来辽海鹤，独立苍茫而已。待欲哭、已经无涕。白马素车空相
待，负山阳、死友临危急。尘世倦，竟归矣"。

⑤ 陈栩《〈泪珠缘全集〉自跋》，天虚我生《泪珠缘》，百花洲文艺出版社
2011年版，第337页。

⑥ 郑逸梅《艺林散叶荟编》，中华书局1995年版，第168页。

庄'味浓，性灵稍淡"①，质过于文；小翠则文质相当，冠绝三家，拜花于乃翁妙论移谓其词毋乃更洽。

"本色"主要就词的技术水平而言，要求思精研巧，写什么便像什么。最能见"本色"者当属咏物词。读几首：

　　籁篱渔舍星星火，乘潮乍来秋浦。多病文君，秣陵秋到，常是为君停箸。横行何苦。算率海之滨，莫非王土。解甲归休，万家鼎镬待烹煮。　　珠玑怒吹香雪，算奇才缚煞，来伴樽俎。东海尘沙，诸天妙想，心上些些留住。平生都误。只酒畔红衣，芙蓉休妒。骨出飞龙，断肠终为汝。

——齐天乐·咏蟹②

　　色染金鹅，缭乱情丝，低遮黛蛾。爱胜他丰韵，回盘堕马；传伊心事，宛转旋螺。花缬笼春，银箍炙晓，熨帖春云覆粉涡。花阴午，见水晶帘底，窣地纤波。　　丽华丰态如何。算我见犹怜况老奴。正及笄年纪，春愁较少，倾城时节，诗意偏多。织就蛛丝，喷来鲗墨，小字朽将爱唤他。^{新式鬈名爱斯。}亭亭处，有下风香送，小扇轻罗。

——沁园春·新美人发

　　开近高楼底。认盈盈、蕊宫红袖，掌书仙侍。诗梦满楼

---

① 马大勇师语。见《近百年词史》，未刊稿。

② 小翠又有《高阳台·家君咏蟹命和，谓当细腻，不得作横行语》虽"正犯"前题，亦妙趣横生："湖海胸襟，珠玑咳唾，一樽同醉重阳。左手携来，怜伊乌爪逾长。文园病后心禅定，剩伊人、深嵌桃瓢。唤渔娘，络索蓬窗，篝火菱塘。　　汉宫艳虎轻点额，记银灯轻剔，为汝题王。螃子来时，茶铛初沸山姜。酒边夜话鱼龙气，笑沉沙、怒戟犹张。漫评量。司马文章，叔宝肝肠。"

春旖旎，为问江郎醒未。却刚共、垂杨及第。摘粉熏香惊蛱
蝶，蘸蔚蓝、不动天如纸。修花国，起居注。　　画图井汲
胭脂水。记樱唇、银毫小吮，一般红腻。临出银钩花欲笑，
宜称卫娘纤指。有绝艳、惊才如此。撑住天南灵秀气，共吟
风醉竹娇相倚。歌一阕，为君写。

——金缕曲·木笔花

何止"细腻"帖妥，何止"刻画工细，形神俱肖"[①]，确乎"绝艳
惊才如此"。翠楼集中咏物隽句又如"一勺水钗嫩""错认作、荷
叶生时，小鱼长一寸"（《绮罗香·咏莼》）、"睡余揉眼，灯花
生缬；憨时折纸，人物如弓"（《沁园春·新美人手》）、"细处
疑蜂，飘来似蝶，一折春波一寸情"（《沁园春·新美人裙》），
即以《庆春泽》同一调分咏白梅、红梅，竟能使人从"粉蛾冷抱春
前泪，误癯仙、毕竟天真"与"空山昨夜群仙醉，点苍苔、蜡泪汍
澜"辨认出历历不同，手段高妙乃尔。

　　体物而无深心，情感未浓足，不可称"本色"上品。看《金缕
曲·对雪》、《绿意·秋柳》：

　　　昨夜楼前竹。有凌风、万千胡蝶，翩然飞落。霁雪帘栊
疑映月，镜里朱颜如玉。况正是、酒香茶熟。眼底湖山无俗
念。尽尘谈、消却尘千斛。君莫唱，傺侬曲。　　仙人未必
皆孤独。只空明、襟怀朗彻，有情无欲。骑虎入山心愿足，
挥手云烟万幅。堕地便逢衰乱世，算天才、只合添沟谷。君
不见，狗生角。

---

① 刘梦芙《翠楼吟草序》，陈小翠著、刘梦芙编校《翠楼吟草》，黄山书社
2010年版，第57页。

画园垂柳，渐萧条溅水，雨斜风短。倚遍危栏，蛙鼓池塘，又是夕阳人散。芦花赚得霜寒至，浑不管、吟蝉声变。且叮咛，休剪荒烟，留取一丝秋恋。　　旧日江南堪念。绿云楼外路，麴尘波软。系马湖堤，打桨画桥，长是毵毵拂面。天花散尽心禅定，负几许、风尘青眼。甚无端流涕江潭，一树婆娑攀遍。

前首如雪片回旋，由高昂而渐低徊，正为托出"堕地便逢衰乱世"之下数句，奇情怨怒破纸而出；后首则蕴藉深沉胜之，词作于"眼前国事类蒲枭"[1]之际，那种"树犹如此，人何以堪"的感喟便可清晰闻得。从小翠袭古、不蹈俗的艺术个性看，她不是宗常派"寄托"之旨辈，只是言必由衷、情见乎辞的词家本色而已。

再说"自觉"，此亦"词人之词"重要指标。因循程序、自囿气格者，于词业无推动贡献，似不可称真词人、好词人。小翠特钟爱《洞仙歌》一调，常一叠数阕，集中存二十五首之多。选三首：

银屏折梦，逗纤纤鹅月。满院湘桃坠晴雪。恰花梢过雨、帘幕同寒，轻轻替，掩过罗衾一页。　　掌珠擘雪玉，雏凤娇莺，画枕银床罢调舌。小梦忒蘦蘦，飞入花间，定宛转、化为蝴蝶。待临去低徊又沉吟，替熄了银釭，更番怜惜。

载春船小，恰春人双个。坐近湘裙并肩可。把罗襟兜月、玉笛吹烟，风催放、鬓角素馨一朵。　　四围山睡尽，

---

① 小翠诗《大风雨之夕》句。

瞒却鸳鸯，满载闲云过南浦。树影暗成村，如水罗衣，有几点、流萤飘堕。听落叶萧萧下长堤，恰浅笑回眸，问人寒么。

斜阳满地，滤一重帘影。茉莉钗头向人靓。正飞泉喷雪、镜槛敲冰，悄悄地。深院日长人静。　　天鹅银扇小，摇动春葱，唤起秋风白云冷。鸿雁渺长空，不信相忘，难道是、归期渐近。念水国连朝杂阴晴，莫孤艇寻愁，单衣催病。

《洞仙歌》自苏轼首制①后佳篇寥寥，清初朱彝尊《静志居琴趣》以此调抒风怀，开出范式。民国间有程十发、王蕴章、沈宗畸十数首赓续之，规模亦不甚大。至陈蝶仙及小蝶、小翠的"栩园时代"，始妙手点化，使其生发出风情摇曳的专属魅力。其中小翠又以清雅隽逸超轶父兄②，不仅与上述名家相抗手而无愧色，更为这一较冷僻词调别增一种异馥，多其推进之功。

---

① 此调原为唐教坊曲，后作词牌。敦煌曲、柳永《乐章集》中《洞仙歌》体式芜杂，今以《东坡乐府》"冰肌玉骨"一首为准。

② 录陈栩《洞仙歌》二首、陈小蝶《洞仙歌》一首略窥衣钵承传："洛妃罗袜，怎者般轻健，携手登山小如燕。采山花几点，缀上衣襟，说比似、西地罗兰娇艳。　　春衫刚称体，抱月飘烟，一尺腰围九分欠。婉转解侬衣，仔细思量，伊与我、有何情恋。惟感顾取，惺惺惜惺惺，料不是烟缘，毋须哄骗。""画船一舸，载春人两个。百叶窗中比肩坐。喜慈容入画，吹气如兰，没情的、欸乃一声柔橹。　　回头杨柳岸，含笑春山，帘隙窥人把人妒。古迹证模糊，苏小冯娘，比作那、贞娘坟墓。只可惜、桃花已飘寒，剩流水斜阳，此番来错。""恨烟愁雨，又匆匆春暮。偏长堤断杨树。便桃花开尽，柳絮飞完，只把个、眼底愁痕留住。　　堕欢无觅处。燕懒莺啼，草草芳樽总辜负。低首细寻，浅印香泥，记前度、踏青微步。只埋怨花间杜鹃声，却何苦殷勤，劝他归去。"

　　读《翠楼吟草》，往往诧其堂庑阔大，不知其师承，亦难概括其风貌。取诸宋以下大家与之参照，似取径多端而未见痕迹，无所因袭而不显生造。其实小翠绝非钻研故纸堆中、墨守兔园册者，她以"从知绝技即千秋，何必邯郸尽趋俗"①自勉，净洗陈言，辞必己出，不赖托庇，自成造化。她向不作、也不屑作一字密晦语，在梦窗风正炽时能够保存这样一颗明净沁透的词心，岂止性灵，尤须胆略。总体而言，翠楼词糅合了高超、名隽、灵活②等多个审美向度上的成就，形成了"色香味俱全"③的独特品格；从女性词大背景着眼，她树立起超越前代、亦迥异于同辈的风貌，是从被动的接纳者向主动的缔造者转变的关键人物，在百年、千年词史中"先策蛾眉第一勋"④：

　　　　小玉钩帘银蒜亚。菡萏开时，逼得明湖窄。一桁秋河天际泻。石阑人影清于画。　　双髻词仙娇不嫁。嚼蕊吹香，日日红楼下。向晚沙堤风渐大。柳丝扶上桃花马。

　　　　　　　　　　　　　　　　　　——蝶恋花

　　　　美人来未。正江南日暮，碧云千里。情太芳菲心太冷，

_____

　　① 小翠诗《观印度画展》句。

　　② 郭麐《词品·高超》云："行云在空，明月在中。潇潇秋雨，泠泠好风。即之愈远，寻之无踪。孤鹤独唳，其声清雄。众首俯视，莫穷其通。回首薮泽，翩哉翚鸿。""名隽"云："名士挥尘，羽人礼坛。微闻一语，气如幽兰。荷雨夜歌，松风夏寒。之子何处，秋山盘盘。万籁俱寂，惟鸣幽湍。千漱百咽，奉君一丸。"杨夔生《续词品》"灵活"云："天孙弄梭，腕无暂停。麻姑掷米，走珠跳星。荷露入握，菊香到瓶。如泉过山，如屋建瓴。虚籁集响，流云幻形。四无人语，佛阁风铃。"

　　③ 小翠诗《黑桥桃 谢顾飞》句："论诗我贵色香味，缺一不足称诗王。"

　　④ 小翠诗《画展小纪·赠冯文凤》句。

谁是梅花知己。老干风雷，仙姿冰雪，别有伤时意。胭脂几
点，泪痕吹下天际。　　别来杨柳依依，树犹如此，顾影添
憔悴。梦醒空山人一世，换了冷红生翠。洗马愁多，避秦地
窄，并作三姝媚。春魂如水。无端风又吹起。

　　——湘月·题何香凝女士画梅、余静之女士桃花、张丰
光补柳合图

　　露叶擎珠，萤灯照梦，秋在藕花深处。小倚红栏，凉气袭
人如雾。渐吹残、水阁箫声，刚睡静、玉阶鹦鹉。剩纤纤新月
如眉，含颦相对两无语。　　罗云千里似絮，待借轻舟，泛遍
绿涛红树。立足昆仑，高唱大江东去。只怜伊、人似秋花，怕
旋被、罡风吹堕。趁余醺拔剑闻鸡，夜深和影舞。

　　——绮罗香

三、"三百年来女布衣"①："中性视角"与高士情怀

　　除前文重点表彰之《洞仙歌》外，小翠令词还擅作《浣溪
沙》。此调轻灵谐畅，宜写风怀，以下两组词虽为先后创作，而同
题"拟饮水"：

　　夹岸桃花落不禁。红楼听雨又春深。水风凉上美人
心。　　山里沧桑云起灭，乱中消息雁浮沉。绿阴深处万愁
侵。

---

　　① 转引自周采泉《女布衣陈小翠》，浙江省文史研究馆编《孤山拾零》，上海
书店1993年版，第40页。

　　小扇单衫瘦不支。一春幽梦逐游丝。恹恹睡过日长时。　　低髻围花蔫白奈，银纨揾粉写新词。等闲何敢说相思。

　　窄袖天寒耐薄寒。自缄锦字劝加餐。山桃微涩小梅酸。　　斗草年华悲喜易，养花天气雨晴难。纵无情思也相关。

　　小院春寒花放迟。碧纱窗外雨丝丝。日长何事耐寻思。　　香近语低疑薄醉，离多会少却宜诗。当年未到可怜时。

　　丽泽流动如珠走盘，"水风凉上美人心""山桃微涩小梅酸"使置《饮水词》中，也是一等好句子。拟饮水则饮水自不必说，需要指出的是"酷肖纳兰"不是小翠的终极目的，她并未仅限于技术上的学步，竟由"拟"而"入戏"，以旁观者手眼来摹写女性情思容态。小翠固也以词抒写一己幽怀，但更多的时候选择了持中性视角：看"系领芙蓉缬，堆鬟茉莉珠。绿阴深处闭门居。记得个侬生小，窈窕十三余"（《喝火令》）、"风曳绣襟斜，花径春寒峭。是谁唐突唤芳名，羞还恼。欲作娇嗔佯不理，禁不住，眉先笑。　　故理鬓边丝，软破樱唇小。美人心似未眠蚕，难猜料。花底鸣蝉无意识，偏说是，他知了"（《一捻花》），写到了这样生动和深细的程度，是无论如何也不能草率归类为"自许""自画"的：这是女性词人第一次由摹画自身的"画地牢"中跳脱出来，站到镜头之后，暂时摒弃了传统女性身份——同时也疗愈了"工愁善病"的先天不足，还原成"中性"（或曰"无性"）的词人身份来进行彻底"无我"①的无差别创作。这或许与小翠艺人善咏的经历②有关，但更应归结到"名士气"的性格特点上。

　　小翠及笄年有诗云："自笑孤高成底事，天涯潦倒女陈登。"③活画出狷介高逸的士人风神。其实自幼时兵乱中读《史记》、使诸兄姊强呼"翠哥哥"④等轶事即可看出不喜拘忌、自视如男的秉性；蝶仙亦特钟爱，胜于二子⑤。除"女陈登"外，她又尝自比为"女东坡"（《桐江夜游，逢二女道士，相指谓曰：此必陈小翠也，戏占》、《大风雨之夕》）、"女相如"（《戊寅感怀》）、"香山女居士"（《门前》），以"女要离"为"易钗而弁，从军江西"的弟子周丽岚铭剑（《剑铭》）。这里"女"仅作修饰词用，并不为与"陈登""东坡"等对立起来。尽管她也不满于"庄以仁义为桎梏，孔以女子为小人"（《率笔》）、自叹"心雄力弱终何用"（《戊寅感怀》），但也写出了气格昂扬的"漫云巾帼无奇士，君不见道蕴缇萦皆女子"（《桐阴曲题汪夫人〈桐阴集〉》）、"美人出处似英雄"（《元日牡丹》），几乎未有女性诗人习见的自怜、自卑情绪，而是"大踏步"地径入男性古贤中寻找精神相通的知音。小翠论诗云："我爱雄奇胜娟媚"（《山游杂记》）、"诗忌纤秾落小家"（《偶过孤山路过曼殊上人墓》），故下笔每峻健如唐人，"安得长弓射夕阳，携书重返水

---

　　① 此处"无我"为字面意，未借鉴观堂理论。

　　② 小翠尝为周瘦鹃主编之《半月》杂志作小词九首题其封面美人画。

　　③ 小翠诗《午夜书怀》句。此诗作于庚申年小蝶成婚前后，时年未满二十。

　　④ 事皆见陈小翠《半生之回顾》，《宇宙风》1937年第62期。

　　⑤ 陈栩《翠楼吟草序》："予生平寡交游，不喜酬酢……可与言诗者，则惟吾女一人。予素健忘，视吾女为立地书橱。今将离我而去，正不知来日光阴如何排遣，予心中有万千感想，而不能措一辞。以视河梁握手、朋友分襟，其情状何如耶？"陈克言、汤雏编《翠楼吟草全集》，台北三友图书有限公司2001年版，序言页。

云乡"（《题山水卷》）、"不祥士气能鸣雁，垂毙民生入肆鱼"
（《戊寅感怀》）、"黑白他年凭史笔，玄黄我马感虺隤"（《除
夜又书》）、"太息中原豪杰尽，雨中立马望黄河"（《偶书二
首》），又尝临席赋《将进酒》、为抗战死难烈士作《招魂》，豪
情壮采，胜于男子。小翠诗最负重名者当为《双照楼诗》：

> 双照楼头老去身，一生分作两回人。
> 河山半壁犹存宋，松桧千年耻姓秦。
> 翰苑才华怜俊主，英雄肝胆惜昆仑。
> 引刀未遂平生志，惭愧头颅白发新。

世人言汪之功过，持论中正、笔力深浑似无出此右者①。其实翠楼词
士气绝不逊诗，《大江东去·题东游草》、《洞仙歌·题谢月眉画
稻雀》是兴亡满眼、幽忧满腹之作：

> 高楼一笛，被离情吹得，柳丝无力。夹道樱花容马过，
> 踏碎满街红雪。广袖唐装，轻纱宫扇，人似扶桑蝶。赋才减
> 尽，可怜恩怨难说。　　君看故国河山，边关铁骑，几度金
> 瓯缺。无复新亭能下泪，名士过江如鲫。燕市悲歌，黄龙痛
> 饮，此意空今夕。长吟当苦，一杯还酹江月。

> 平酬侵晓，望黄云如雪。禾黍离离旧宫阙，甚青苗古
> 怨，玉食新忧，除非是、野雀啾唧能说。　　凤凰饥欲死，
> 贻笑侏儒，击缶休为妇人泣。破产到农村，恒舞酣歌，早

---

① 此诗解读可参照叶嘉莹《汪精卫诗词中的"精卫"情结》，《凤凰副刊》
2014年7月2日。

废了、万家耕织。对四月南风易思乡，忆茅屋斜阳，荷锄提饁。

小翠士气又不止体现于此。《解珮令》、《金缕曲·题迦陵集，夜读其年词，慷慨激昂，为击碎唾壶，占题即仿其体》堪称壮心激越，高蹈尘表：

黄河立马，青山射虎。论平生、肯被残书误。旧日豪华，销磨到、十分之五。尽悲歌、穷途日暮。　燕卿金弹，信陵珠履。有多少、酒人徒侣。斗大孤城，且暂把、斜阳悬住。破江山、待侬来补。

谁是知音者。猛悲歌，穷途日暮，泪珠盈把。季布千金轻一诺，不识绮罗妖冶。惭愧煞、龙门声价。十载依人厮养耳，被尘缰、缚煞横空马。吹铁笛，古城下。　秋声一派清商泻。向三更、危楼黄叶，潇潇盈瓦。太华莲花千丈雪，上有神人姑射。□不似、姮娥思嫁。碧海银涛三万里，冷江山、尚有荆关画。掷椽笔，自悲诧。

这是由书卷气质、才人心性、名士襟怀①共同熔铸而成的词篇。她发吴藻、顾贞立这类闺阁人杰所未言，完秋瑾、吕碧城及南社诸贤所未竟，扫尽了庸弱卑隘，显示出作为"人"而不仅仅是"女

---

① 陈栩临终前嘱子女云："儿当知之名士与名人有别！名士者，明心见性，以诗书自娱，苟得其道，老死岩壑而无悔；偶传令名，非其素志。古之人，如渊明是也。名人则不然，延誉公卿，驰心世路。今之人，如某某是也。吾愿儿等为名士，勿为名人是也"。陈克言、汤翠雏编《翠楼吟草全集》，台北三友图书有限公司，2001年版。

人"的宝贵的精神力量——这就为女性词别辟了千年未有之境界。

1934年，甫逾而立的陈小翠写出了旷代杰作《羽仙歌》①组词。以艺术水准论，此应为翠楼笔下第一；求诸文学史，亦"不可无一，不能有二"：

> 甲戌之岁，家君自营生圹于西湖桃源岭。每春秋佳日，挈眷登临，辄徘徊不能去，曰："吾千秋万岁后，魂魄犹乐居于此。"顾谓："翠儿，为我作歌。"予呈词三叠，藏家君箧中，将七年矣。今春编遗稿，无意得之，为悲恸不自禁。嗟乎！慈父恩深，生我知我，一人而已。今距家君之殁，又半年矣，故乡风鹤频惊，不克归葬，予既心魂丧乱，不能措一辞。爰录旧词存之，以志不忘，工拙所不计也。

> 人生何似，似飞鸿印雪。雪印鸿飞去无迹。是刘樊眷属、粉署仙官，却自来，留个诗坟三尺。　登临成一笑，谁识庄周，栩栩蘧蘧二而一。不用咒桃花，窄径春风，早开了、满山蝴蝶。_{满山蝴蝶花，色如紫云。}看一片湖光扑人来，证明月前身，逝川今日。

> 桃源岭下，愿一抔终假。借与行云作传。向山头舒啸、月下长吟，有千首，世外新词未写。　黄泉如有觉，咫尺松阴，亲戚何妨共情话。_{予三姨丈夫妇子女一家四口，皆葬此山。}旷达竟如斯，知死知生，把千古、哑谜猜着。看蝴蝶花开满山

---

① 即《洞仙歌》，名自宋潘妨始。"羽仙"者，陈栩也，蝶仙、小蝶、温倩华亦偶用此调名。

云，比坡老寒梅，一般潇洒。

吾生多病，似未冬先冷。一寸心灰九分烬。只蛮鞋蹴雨、絮帽披云，忘不了，天下崇山峻岭。　　三生如可信，愿傍吾亲，明月清风共消领。<small>吾父拟于圹侧为予营冢，故云。</small>种树小梅花，分占青山，浑不用、大书言行。遣翠羽低低说平生，倘谥作诗人，死而无恨。

小翠中年尝拟编《古今闺秀诗选》，见"巾帼词人仅一易安，淑真犹病其弱"[1]而殊有才难之叹，终未付梓，我今为替乎？又其诗有云："死后乾坤宁有我"[2]"春秋责备请从严"[3]，旻天不淑，斯人陆沉，我欲擢之为百年女性词首席，翠楼其许乎？

四、"鸳蝴词"[4]传人温倩华

蝶仙女弟温倩华为小翠闺中挚友。温倩华（1896—1921），名不具，以字行，一字佩萼，世居无锡。十八岁问业栩园，时小翠年十二，以声气通缔金兰，频相往还。倩华才兼六艺，有《黛吟楼遗稿》传世，存词二十五首。后以母丧哀毁，得龄仅二十六。陈

---

① 《画余随笔》，《大陆》1941年第2卷第2期。

② 《除夜又书》句。

③ 《论诗有谢》句。

④ 汪梦川《南社词人研究》，《"词与'鸳鸯蝴蝶'论"》一节颇详赡，故"鸳蝴词"提法之合理性此不赘述。上海古籍出版社2015年版，第345—346页。

栩合家大恸①，小翠作《祭梁溪温氏姊倩华女士文》、《黛吟楼图序》②，极尽追思。

陈栩名列鸳鸯蝴蝶派骁将③，诗词亦濡染"鸳蝴"味。"盖小说家，故其所作无论诗文词曲，无不情景兼到，具有引人入胜之魔力。虽聊聊二十八字，亦可作一部小说观，盖其间亦必有景有情，浓郁如春酿之酒，足以醉人心魄，几疑身入其间"④。倩华得天虚我生亲炙，词似较小蝶、小翠更近乎此。《鹊桥仙·为从兄企殷题并蒂莲花》直可作一则微型鸳蝴小说读：

　　玲珑心性，缠绵情绪，在地本为连理。绿波相照太分明，看花颊、也含羞意。　　莲侬蕙汝，形偎影倚。不怕蜂狂蝶忌。临风双笑傲鸳鸯，似说道、痴情胜你。

流丽、清畅实也是"鸳蝴词"特质的题中之义。看《羽仙歌·春寒》、《壶中天·胡园观荷作》：

---

　　① 陈栩《梁溪女士过温倩华小传》："予时惊骇欲眩，犹疑字句或讹，反复回环，拭目谛视，乃始泫然恸曰：倩华死矣！内子小女，闻声集询，予色惨沮，咽不成言，授书读之，则各涕下，亦无能言。"《自修文选》1939年第65期。

　　② 此文颇流美，爰录部分："自太湖逆流而上三四里，恒见小楼，矗然跱于山背，晶窗射日，煜耀作光，是曰黛吟，倩华女士读书之所也……芭蕉展绿，乞临怀素之书；秋水挹神，宜着樊川之句……芸编纤手，非有慕于玉台；锦瑟华年，辄抒情于象管。落花如雨，吹满衫中；吟魂如丝，泉来笔底。故当芳藻艳发，谢尘想于襟中；高清不滓，立丰标于物外者矣……流水之归，征莲长逝，人生似此，才如何为？刘侯答身后之书，此情无限；季子悬空垄枝剑，有恨何如。"陈小翠，刘梦芙编校《翠楼吟草》，黄山书社2010年版，第102—103页。

　　③ 1922年《红杂志》载"大胆书生"所作《小说点将录》，点陈蝶仙为"双鞭呼延灼"。转引自汪梦川《南社词人研究》，上海古籍出版社2015年版，第327页。

　　④ 周之盦《栩园词集跋》。

　　清明近了，怪莺花还睡。杨柳含颦尽憔悴。正踏青时节、斗草年光，禁得个，二月东风沉醉。　　秋千庭院悄，人倚栏杆，一缕轻寒袭罗袂。消息锁桃花，燕子来迟，浑不管、春闲如水。又社雨声中鹧鸪啼，剩草色如烟，扑帘争翠。

　　晓云笼树，笑看花来早，花还慵起。一角红亭三面水，消受四围香气。露咽蝉声，风惊鸳梦，写出凉无际。采莲儿女，雅怀偶倘如此。　　远听泉水淙淙，炎氛不到，罗袂侵秋思。十万田田花世界，留得幽人芳趾。拗藕抽丝，跳珠掬水，无限娇憨意。夕阳明处，小鬟催作归计。

　　刘梦芙谓"琢语精工，铺叙婉转，章法浑成，情境幽雅，驾驭长调之笔力，不减耆卿、淮海"[1]；其实栩园一脉作词家数还在次，苟性灵之气一贯到底，则长调必不滞不涩、流转自然。昔严迪昌先生谓郭频伽词"透明度极高的清灵气韵游转而出，疏朗净明的美感触之即得"[2]，移誉倩华亦感恰切，盖性灵才人异代相通也。

　　陈栩于词一道用力甚深，今存词集六种[3]，作品凡五百余，个人风格亦颇鲜明。又尝据编辑、出版之便，自刊《文艺丛编》杂志五册，连载《栩园酬应集》，传授填词法，于主情尚意之外又颇讲究句法、声律。《丛编》中《栩园儿女集》专录小蝶、小翠诗词，《栩园弟子集》选登门生佳作，规模俨然。至此，以陈栩为主将，

---

[1] 刘梦芙《二十世纪名家词述评》，安徽文艺出版社2006年版，第272页。

[2] 严迪昌《清词史》，江苏古籍出版社年版，第445页。

[3] 据《天虚我生诗词稿》、《栩园丛稿》，计有《海棠香梦词》、《眉山冷翠词》、《清可轩词》、《摘花记月词》、《海山仙馆词》、《香雪楼词》。

小蝶、小翠为左右翼，顾佛影[1]、温倩华、顾青瑶、汪石青、冯大舍等子弟为中坚[2]，以《文艺丛编》及其他文学报刊为阵地的"栩园词群"可告成型。佛影有成后，又步乃师后尘，教习女徒[3]，撰《填词门径》、《填词百法》等，于《酬应集》基础上发明推毂。男性词人非本文所重点关注，又蝶仙传奇，可论者实难限文艺一门，栩园词群乃至其一生行迹尚多值得挖掘处，可俟有心。

温倩华有《高阳台》一阕，是集中筋力健、境界高者：

> 虎帐功名，凤池画策，那堪往事重论。十载江湖，依然憔悴风尘。英雄事业供屠狗，夜寒时、空啸龙纹。且韬真、风月文章，任寄闲身。　漫愁琴剑飘零尽，有清才胜雪，豪气凌云。刻翠裁红，头衔还属词人。十年一觉荒唐梦，料从头、说也酸辛。梦无痕、写入丹青，证取前因。

词题今已佚，不知所咏谁氏，"虎帐功名""琴剑飘零"语与蝶仙事迹有暗合处，姑视为赠师之作。天虚我生自许"国货之隐者"，或谓栖之商界而隐于文字也，其实"刻翠裁红"对他而言实在只能算作"余事"了。倘能摒除他事，专意词业，栩园词一脉必可开枝

---

① 顾佛影（1898—1955），原名宪融，别号大漠诗人、红梵精舍主人，上海南汇人。早年任上海商务印书馆及中央书店编辑，抗战间避居四川，任教大同大学、金陵女子大学、中大附中等，著有《大漠诗人集》、《大漠呼声》、《文字学》及杂剧传奇数种。《红梵》、《红梵精舍》二集存词百首以上，具体见马大勇师《近百年词史》（未刊稿）相关章节。

② 其余具名词弟子有朱穰丞、郑炜光、汪炳麟、劳稼村、徐中杰、姚莫邦、吴仲杰、郑留隐、沈倩若、汪瞻华、宋鸿镇。

③ 佛影有《红梵精舍女弟子集》。

发叶、传继绵衍；陈栩或挟此跃上民国词坛前阵，甚至开宗立派，亦未可知也。

五、艺苑词侣顾飞、顾青瑶、陈乃文、陈懋恒

民国女界多词、艺两栖者，大多为"中华女子书画会"[1]笼络，进与小翠投契。此处接谈顾飞、顾青瑶、陈乃文、陈懋恒四人。

顾飞（1907—2008），字墨飞、默飞，别署杜撰楼主，上海南汇人，顾佛影妹、裘柱常[2]室。墨飞以画、诗分别为黄宾虹、钱名山"双料"入室弟子，朱大可爱其诗才，直呼为"女虎头"[3]；其词亦能得画艺之助，小有所成。去世后子女整理父母遗作合刊为《梅竹轩诗词集》[4]，其中墨飞《烬余集》存词五十八首，又可由民国报刊搜得若干，总数应在七十首上下。

小翠《寄顾飞》诗云："夜雨春灯对读诗，十年初见已嫌迟。近来苦忆君知否，到处逢人问顾飞。"雅相钦重。墨飞亦每多怀想：

---

① 可参见包铭新《海上闺秀》附录一《海上闺秀书画家汇传》，东华大学出版社2006年版。

② 裘柱常（1906—1990），浙江余姚人，历任中学教师、上海《新闻日报》编委，为上海中华书局编辑所"四大编审"之一。新诗创作及翻译领域亦有所建树。

③ 《女虎头》云："余交顾佛影二十年矣，知其有弟有妹，然未之奇也。前数年，佛影刊《红梵精舍女弟子诗集》，其最后一人曰'顾默飞'。佛影指以告余曰：'此舍妹也'。余始矍然异之……因笑谓佛影曰：'令妹诗笔，无愧大苏，但有屈阿兄作苏小妹，奈何？'佛影亦拊掌大噱。"转引自天风上人新浪博客。

④ 西泠印社2006年版。

清波桥下啼鹃。梦如烟。只有斜阳红处似当年。　　蕉不展，花不语，竹凄然。寂寞水禽三两，雨中眠。

——相见欢·过小翠杭州旧居

衰柳万千丝，遮断天涯路。一样斜阳两样愁，身世西风误。　　波影似年时，照影人何去。纵不凄凉也是秋，几滴黄昏雨。

——卜算子·杭州小翠旧居

与小翠、佛影纵脱俊爽的风调相比，墨飞词较温文内守，走古雅一路：

昨夜东风扫玉柯。一池春水起愁波。辗转思量无限恨，是离歌。　　几度花开先下泪，伤心人已泪无多。枝上明年如更见，莫怜他。

——山花子

秋云不语，秋花不语，秋水潺潺不住。凭高何处是天涯，只千里、迢迢江暮。　　燕来雁去，雁来燕去，来去匆匆无据。自来辛苦自相催，自谱出、人生律吕。

——鹊桥仙

二词设色澄淡，气息沉静，真挚似欧而自持似晏，是能得北宋声家三昧者。顾飞固不以词名世，而小翠付青眼者未尝不在此。

陈栩谓爱女“居恒好静，绝少朋俦，惟与顾青瑶时通笔札，余皆懒慢，往往受书不报，盖以寒暄语非由衷，不善为酬应辞也"①。青瑶（1896—1978），名申，别署灵姝②，生于吴中望族，曾祖顾椒园、祖顾若波为清代著名画家③。青瑶擅书画，尤长于篆刻，与金石家何卍庐于冷摊得汉鸳鸯印成眷属，为艺林佳话④。曾为柳亚子治"前身青兕"印、为周炼霞治"有限温存，无限酸辛"⑤印。新中国成立后移居香港，为新亚学院（香港中文大学前身）聘为艺术讲师。1972年赴加拿大，终老于北美。著有《金石题跋》、《青瑶题画诗录》、《青瑶诗稿》等，多不存。

青瑶十一岁拜蝶仙学诗词，"天分学力超诣均迥绝"⑥，小翠视同骨肉⑦，为平生第一知己⑧。青瑶《金缕曲·三月三日，修禊龙华，与小翠谈心事。小翠占〈变调钗头凤〉一阕见赠，感而赋此》最能见二人笃睦：

> 为是消愁耳。感殷勤、主人杯酒，把尊先醉。载去杜陵
> 消瘦影，眼底春烟碾碎。记曲岸、柳溪风外。一阕放翁词入

---

① 《翠楼吟草序》，陈克言、汤翠雏编《翠楼吟草全集》，台北三友图书有限公司，2001年版，第2页。

② 青瑶之"灵姝"号多有讹作"灵妹"者，从其书法作品款识改。

③ 青瑶持印"若波女孙"，为邓散木所刻。

④ 庐、青瑶以"金鸳鸯印室"榜其斋，发愿与天下有情人结金石缘，凡有以新婚贤伉俪名号刻合璧双印供钤婚书者，无论亲疏，一律赠刻，不取分文润资。《红玫瑰》1929年第5卷第1期。又，小翠有《虞美人·青瑶嫁后久不晤，往访不值，戏占题壁》调之："知卿心似小回廊。只有重重卍字嵌中央。"

⑤ 炼霞《采桑子》词句。

⑥ 《红玫瑰》1929年第5卷第2期。

⑦ 小翠有赠诗云："我视顾君同骨肉，髫年马帐共传经。"

⑧ 陆丹林《介绍几位女书画家·顾青瑶》："陈小翠是她唱和最多而且最知己的吟侣。"载《逸经》1937年第33期。

变，雪胸中、块垒都成水。千古憾，略相似。　　难言心事
如潮起。更休论、母衰子幼，一身空寄。赢得十年知已感，
肝胆文章相似。便何恨、今生都已。镇守心魂无别语，把飘
零、诗卷从头理。孤愤处，昔今异①。

词为"德也狂生耳"一首苗裔，陈、顾之盛才高谊也略如容若、
梁汾。惜背后本事未详，否则当更能解会词人的"块垒"与"孤
愤"。青瑶又有纪友情同调词，深情殆同而别致胜之：

　　别矣浑难说。恁年时、剪灯披雪，往还深密。最爱灵心
天赋厚，艺事磋磨第一。但记取、待人真切。寥落生平哀恸
感，倾青罇、解我肠千结予。奉先慈讳，丧葬文翔恒侍左右，值周忌必
来伴，邀外出终日。吾有疾，汝先急。陈乃文尝笑文翔曰：顾先生有病，她先
急然，以告小翠。　　红梨秘阁临歧擘。想低鬟、拈毫腕底，宛然
亲炙。粉划丝量刚合手，一任吹霏降屑。予案头一红木掆手，文翔
云久制一掆手未成，遂手擘为二，其一赠之。要几番、绸缪摩拭。伴去吴
云春树里，只殷勤、重叠加胶漆。长把臂，不离隔。
　　——金缕曲·文翔将举家迁，遂手擘红木秘阁贻之，遂
填此解志别。甲申仲春

全写眼前事，不着典故，"剪灯披雪""低鬟拈毫"句摹画入微，
如摄小影；"粉划丝量""重叠加胶漆"，直是艺人本色，非精此

---

　　① 小翠和词云："把酒邀诗侣。道龙山、落红三月，青春将暮。携手小桃花外
路，有阵疏疏微雨。浑不似、寻常心绪。四海飘零诗与画，纵人皆欲杀吾怜汝。身世
感，有同处。　　苍凉词句真如诉。算往来、几分才思，几分凄楚。同学少年多不
贱，惟有杜陵艰苦。总慈眼、看花如雾。一许钟声禅响寂，算人生、梦耳休回顾。
千万语，忽然住。"

门者不能道此。词勾连顾青瑶、文翔①、陈乃文、陈小翠故事，为女子书画会保留一弥足珍贵的词体文献。

青瑶据云有《归砚室词稿》，已佚。今可由存世书画、信札中觅得若干断简零篇，其间多才气勃发、性灵跃动感。如天壤间幸存全帙，则青瑶当非仅附骥以传也。

前首词中提到的陈乃文也可附此一说。陈乃文（1904—1991）又名蕙漪，号蕙风楼主。上海崇明人。二十世纪三十年代加入中国女子书画会，持志大学毕业后任教暨南大学附中，后兴办治中女学，矢志女性教育事业，晚年出任上海市文史馆馆员，与陈九思、陈声聪合称"海上三陈"。

乃文师从胡朴安②、施淑仪③，诗远胜词，《悼陈小翠》可称清哀悱恻："'小妹诗仙'小蝶诗④，西泠韵事记当时。狂飙吹散神州梦，蝶也南飞翠折枝。"《蕙风楼烬余词草》录词九十首，《浣溪沙》、《苏幕遮·怀兰姐》以少年才气出之，是流美有韵致者：

> 酒醒无端百感生。支颐忽忆少年情。碧天如水夜凉轻。　　倚槛微风闻短笛，比肩絮语话双星。一帘风露湿

---

① 遍寻文献，未发现书画会有名"文翔"者，疑为冯文凤，或青瑶为避母讳改。

② 胡朴安（1878—1946），安徽泾县人，名韫玉，字朴安、仲明，别署有忏、半边翁，同盟会、南社成员，著名诗人、学者。著有《朴学斋诗文集》、《中国文字学史》、《中国训诂学史》，编有《国学汇编》、《清文观止》、《南社丛选》等。

③ 施淑仪（1877—？），字学诗，上海崇明人，有才干，年未三十主上海尚志女学，育女弟子数百。有诗集《湘痕吟草》，辑有《清代闺阁诗人征略》十卷，为女性诗歌断代重要文献。易顺鼎序曰："造四万八千塔功德，竟见出蛾眉；荟二百数十年光气，长留于麟角。"

④ 陈小蝶有诗句："只有谢庭堪压倒，侬家小妹是诗仙。"

流萤。

　　小桃红，霞一抹。燕稚莺娇，柳外初啼鴂。芳草牵情愁
欲绝。往事思量，悔把金兰结。　　聚和离，都似月。碧海
青天，那得无圆缺。又是禁烟逢时节。花开依旧，人却长离
别。

　　乃文词大多手段平平，即处民国艺坛亦不能称佳。陈九思"无
巾帼气、无脂粉气，无虚矫气、无萧瑟气"的评价[1]已属过誉，周采
泉之"前五强榜单"[2]则更难副。论女性词常偏离文学标的，百年间
捧杀者何止乃文，被"选择性忽视"者亦代有人也。

　　小翠晚岁知交零落，可与同声歌哭者唯陈懋恒一人。懋恒
（1901—1969），又名珊，字槲常，号荔子、墨痕等，福建螺洲
人，陈宝琛女侄，合家称"十八姑"。懋恒为顾颉刚高弟，与丈夫
赵泉澄双获燕京大学历史学硕士学位，先后工作于东吴大学、圣约
翰大学、上海美术专科学校、上海历史研究所等。晚年遭里弄强制
劳动后摔伤，赍志以终[3]。懋恒"才具良史，锦心椽笔"[4]，《明代

---

　　[1] 张嘉玲《回忆母亲陈乃文》，张晖整理《陈乃文诗文集》，上海社会科学院
出版社2013年版，第1页。

　　[2] 周采泉《金缕百咏》："间气中兴矣。女词人，祖莱双蕙、怀枫一紫。"
"双蕙"为陈乃文蕙漪、刘蘅蕙惜，"一紫"为周炼霞紫宜。

　　[3] 懋恒晚年寄儿信中云："吾尝发愿广写历史读物，俾使芸芸学子无埋头故纸
之劳，而粗知中国史实，以激扬其正义爱国之心。今史籍衰，而岁云暮矣，彼苍天
者宁有知耶？如斯文之未丧，或能鉴吾之诚。来日大难，倘有必不可免者，吾宁折臂
断足以当之。假吾数年，以成吾志。"见卢美松《〈陈懋恒诗文集〉前言》，福建文
史馆编《陈懋恒诗文集》，海峡文艺出版社2011年版，前言页。

　　[4] 同前注。

倭寇考略》、《中国上古史演义》等著作为学林所宝，又长于诗、书、画、棋。懋恒与小翠订交于二十世纪四十年代，"文革"中，小翠避地无方，依懋恒所，懋恒慨然迎接，自此坚壁相守[1]。小翠赠诗云："狼狈青毡百不存，解衣推食女平原。乞天暂缓三年死，我有平生未报恩。"[2]一字一泪，令人不忍卒读。《翠楼吟草全集》之出版即由懋恒及子媳许宛云[3]履险收存，多方奔走，力促其成。

懋恒词远不逮史学成就，又多宗朱颂圣之篇，盖时代痛症。写于抗战时期的《满江红·代题精忠柏用岳忠武原韵》最能见学人手眼：

> 大好河山，恁容许、胡奴马歇。掷多少、头颅涕泪，古今义烈。竟使精忠伤缪丑，空留俎豆光星月。溯祸源、道学教狝升，精而切。　　迂儒耻，从今雪。邪说谬，终当灭。淑麟经褒贬、追弥残缺。铸鼎禹州穷魅魍，燃犀温渚呕心血。诛奸谀、定谳到幽冥，文无阙。

卒章显志，铮然有声。然天下尽有盖棺而未定之奇事，"谳到幽冥"求诸今日恐亦难得也。

――――――――――――

[1] 事详卢美松《〈陈懋恒诗文集〉前言》、许宛云《我所认识的陈小翠先生》。

[2] 懋恒有《丙午冬雪和翠姐》云："对此茫茫强自宽。北风正烈莫凭栏。愧无咏絮堪娱客，剩有晶盐可佐餐。茅屋破时谁得卧，琼楼高处若为寒。败鳞剩甲三千万，只当冰山一例看。"

[3] 宛云亦女义士也。因学棋结识林昭胞弟彭恩华，即为林昭保存遗墨，并与北大校友共同经营林昭苏州荥墓。宛云孀居多年，整理出版婆母译著后，将围棋界捐款尽数捐出，于2011年出家。

第二节　"一生爱好是天然"①：论周炼霞词

　　民国海上词坛堪与翠楼合称"双子星座"而"流光相皎洁"者，唯周炼霞可当之。周炼霞（1906—2000），原名紫宜，又名荭，字螺，号螺川，笔名炼霞、忏红、紫姑、秋棠等，江西吉安人，名士周鹤年②女。炼霞生于湖南湘潭，少年随父移居沪渎。十六岁从郑德凝学画，不数年即播名艺界，为中国女子书画会创始元老之一。1927年适徐晚蘋③，婚后育子女五人。新中国成立后首批聘入上海中国画院，"文革"中饱受凌肆。晚年赴美与家人团聚，享寿逾九轶。

　　炼霞惊才绝艳，世之诬者多矣！几十年中绝多无聊恶俗者④，据其涉情爱之诗词捕风捉影、深文周纳，又联想与吴湖帆、宋训

---

　　① 炼霞词《清平乐·政协上海市卢湾区委员会，月前举行纳凉晚会，参加者千余人，表演节目甚多。其中以九龄女儿唐莺莺的琵琶评弹最为精彩，欣赏未已，词以宠之（其二）》有"天然爱好"句。

　　② 周鹤年（？—1940），光绪间以名举人候补湖南长沙知府，遂举家寓湖湘，尝从名家尹和白学画。

　　③ 徐晚蘋（1906—？），原名公荷，号绿芙。江苏嘉定人，曾祖徐郙为同治元年（1862）状元，累官三部尚书，兼协办大学士，颇受慈禧荣宠。1946年徐氏离家去台接管当地邮政，夫妇一别三十余年。

　　④ 炼霞之"污名"多本自陈巨来《记螺川事》（《安持人物琐忆》，上海书画出版社2011年版），此即西方性别主义理论中"荡妇羞辱"也。书中事多不足为征。

伦、朱凤慰①等名流间扑朔迷离的"情事"，"炼师娘"②之艳名遂坐实。今人刘聪《无灯无月两心知：周炼霞其人其诗》出，爬梳史事，清理谣诼，始还炼霞以芳誉，其治学功力既深，而态度尤可贵。本文亦于此书得益良多，使不致陷外围琐屑事，专意谈螺川词业造诣。

炼霞当世即有词名，然多"不让李漱玉"③"诚今日之李易安"④"清照珠玑，祖棻才调"⑤一类老调重弹，反而某不具名者"碧城姿首仗严妆，子苾犹熏漱玉香。若比灵心与仙骨，都教输与炼师娘"⑥之论最能直抉螺川词特质。"灵心""仙骨"云云，实正揭出"天然"两字。

---

① 吴湖帆为周炼霞"绯闻对象"中唯一可坐实者。周、吴事最权威考证为刘聪《〈佞宋词痕〉中的一段吴湖帆、周炼霞往事》（载"上海书评"微信公众平台2017年7月18日），可参见。宋训伦（1910—2010），字馨庵，号心泠，别署玉狸。原籍吴兴，大学毕业后供职上海金融机构。后移居香港，晚年定居泰国。有《馨庵词稿》，存词29首。朱凤慰（1893—？），浙江海盐人。清末入同盟会，民初入南社，与柳亚子、陈佩忍、叶楚伧善。以政界、文坛资历，人皆称"老凤"，另有笔名凡鸟、芷香、碧湘楼主等。

② 据刘聪考证，"炼师娘"得名由来有两说：一说江南才子卢一方向周炼霞请教舞技，遂以"师娘"称之；又一说从与老画师丁慕琴谈笑中得来。刘聪著辑《无灯无月两心知：周炼霞其人其诗》，北京出版社2012年版，第19—20页。按：吴语"师娘"即"巫婆"，明凌濛初《初刻拍案传奇》第三十九回："直到如今，真有术的亚觋已失其传，无过是些乡里村夫、游嘴老妪，男称太保，女称师娘，假说降神召鬼，哄骗愚人。"元陶宗仪《南村辍耕录》卷十四："世谓稳婆曰老娘，女巫曰师娘，都下及江南谓男觋亦曰师娘。"故"师娘"还可指对能言善辩女子的揶揄与嘲讽，可备一说。

③ 冒鹤亭语，转引自刘聪著辑《无灯无月两心知：周炼霞其人其诗》，北京出版社第105页。

④ 胡先骕语。同前注。

⑤ 宋训伦语，同前注。

⑥ 柳芜《螺川韵语辑》，《诗铎》（第二辑），复旦大学出版社2012年版，第379页。

一、艳词中女作手

艳词之定义以内涵、边界模糊故，至今莫衷一是，大抵描写女性姿容体态及情词中"尺度"较大者都应划入此范围。两宋名宿鲜少不涉艳词者，多诋为游戏笔墨；有清以来，即使朱彝尊、纳兰性德、况周颐等名家打出性灵、寄托的理论旗帜为其洗刷污名、尊体张目，在主流批评话语体系中，艳词仍以格调尘下、内容空泛而遭到普遍性的贬抑挞伐。螺川词凡三百余，泰半即所谓艳词，亦一生成就最高者，所谓"一语之艳，令人魂绝；一字之工，令人色飞"①，足为绵衍千年的艳词史添上活色真香的一章。先看《醉花阴》：

> 粉面团圆如满月。越显儿血。秋水剪双瞳，纵使无言，也有情难说。　　玉纹圆领光于雪。扎个殷红结。着步总翩翩，如此丰神，软倒心肠铁。

词写女性神貌，设色明丽，刻画至微，是标准"艳科"，惟不知所咏何人，不妨视作螺川自题小影之作。炼霞又最喜以艳词题赠朋辈，以为调笑：

> 盛鬋齐眉，轻鬟贴耳。生成光滑油油地。怜她纤薄似春云，嫌他波皱如春水。　　爱好天然，懒趋时事。淡妆不借

---

① 王世贞《艺苑卮言》，唐圭璋主编《词话丛编》，中华书局1986年版，第385页。

兰膏腻。倘教侬作隔楼人，但闻香息不须猱。

　　——踏莎行·小翠不喜烫发，与其薰砧隔室而居，写此调之①

　　满阶黄叶飘凉吹。红楼犹倩斜阳媚。静极不闻声，娇眠人未醒。　　梦魂酣且乐。甜笑留嘴角。未忍动经她，轻轻掩碧纱。

　　　　　　　　　　　　——菩萨蛮·访紫英留作

前首写小翠淡妆素服，实为烘托其高洁品性，是背面傅粉法；结句又谑其小姑独居事，非极知心好友不能、不敢作此。后首叙事如缀短镜头，语极新鲜俏丽，一眠一醒两佳人皆如画图。《采桑子·调蕙珍》则大胆刻露，略无遮掩：

　　斜袒酥胸闻笑语，宛转纤腰。罗袖轻撩。不是鸳鸯意也消。　　梳罢云鬟重对镜，淡抹兰膏。双颊红潮。说为郎归特地。

"斜袒酥胸""双颊红潮"使置男性词人笔下，也足称得上淫艳僄佻、惊世骇俗的了！周炼霞的勇气来自何处？恐怕唯有胸无尘滓、一派率真，才能够无视世俗绳矩；唯有对自身才华、品貌有着高度自信和自豪，才敢于"纵笔所之，靡有纪极"。这样的艳词不是男

---

① 词载1945年5月3日之《海报》。次日《海报》又刊小翠《虞美人·戏答周炼霞》，词云："虬髯鸳帐新妆束。越显人如玉。对卿那怕画图看。可惜看时容易画时难。　　灵心慧舌工调侃。戏汝何曾敢。背时村女怕梳头。那及南唐周后擅风流。"据刘聪《无灯无月两心知：周炼霞其人其诗》，北京出版社2012年版，第171—172页。

性作者"花似伊，柳似伊"式的狎赏，也不是传统闺秀"人比黄花瘦"式的顾影自惜，是女性对自身美感与性魅力自觉的、极度的张扬。

炼霞又特擅写情。读《明月生南浦》、《潇湘夜雨》、《洞仙歌》：

> 云母天阶光似洗。仙乐铿锵，依旧临风起。道是当年酣舞地。逗他猜问谁同醉。　　携手花阴娇语细。住住行行，行近芙蓉水。唤渡无人明月媚。小舟横在银云里。

> 凉月一弯，纤云四卷，迢迢银汉无波。有人数问夜如何。听隔院竹声琐碎，看满地花影婆娑。罗衣薄，重帷早下，怕又风过。　　销魂最是，胭脂醉颊，红晕双涡。遣酒兵十万，战退愁魔。休负了千金良夜，消受者一曲清歌。堪怜处，盈盈素手，含笑指银河。

> 三生花草，惜深埋幽径。湖石涵波碧摇影。正抛残象管、瞒过鹦笼，携手处，曲曲回廊语静。　　斜阳明又隐，小憩风庭，雪乳蒙蒙荐芳茗。何必费清才，难得偷闲，应莫负、眼前佳景。倩替挽香囊暂更衣，指柳外红桥，那边相等。

柔情宛转，绮思芊眠，恐不让小翠同题材作品专美于前，而较陈作清气拂拂、纤尘不染的品貌又多几分旖旎甘秾，昔陈廷焯谓朱竹垞之"仙艳"语庶几近之。《螺川词》中更多的，是那些因注入了自身情感体验而格外纯挚动人的情词。最负盛名者即其自度曲

《庆清平·寒夜》："几度声低语软。道是寒轻夜犹浅。早些归去早些眠，梦里和君相见。　　丁宁后约毋忘。星眸滟滟生光。但使两心相照，无灯无月何妨。"实则炼霞一生情语夥矣，而此词非关风月①。明确写情者可撷得"为惜眼波亲泪枕，解怜心事护梨词""金粉扇题亲手字，银丝绒寄称身衣""溯相思春梦难留。独对千金怀一刻，纵一刻，也千秋""欲凭芳草问东风，何时吹绿心头叶""相思何苦太殷勤。有限温存，无限酸辛""分取一双红豆颗。心事应全拖。两地记相思，我不忘君，君也休忘我"等等，无不令人心荡神驰。再看如下数首：

　　玉绳斜，银箭下。又是销魂，又是销魂也。百尺层楼容易画。千尺情难，千尺情难写。　　展新诗，怀旧话。字字珍珠，字字珍珠价。一寸函堆山枕亚。梦也温馨，梦也温馨煞。

——苏幕遮

　　三尺缕金裳，六幅青绫纻。一斛明珠百斛愁，抵多少缠绵语。　　长被音书误，别恨何堪数。几度秋风几度春，空负了华年五。

　　梦断落花深，酒醒斜阳暮。眉上春山眼上波，拦不住愁来路。　　此意难分付，空把心期数。蜜有蜂房蔗有浆，解

---

① 刘聪著辑《无灯无月两心知·周炼霞其人其诗》，此词下按语多至六页，考其末二句盖暗陈日伪统治下上海灯火管制时弊，以旷达语作微讽意，而无关风月。后人有以情色香艳视之者，有以"不要光明，只求黑暗"诋毁者，皆非正解。北京出版社2012年版，第224—230页。

不得相思苦。

——卜算子·又一体

炼霞有妙语云："我尝譬其（徐晚蘋）跳舞如诗之苦吟也，其实好随便一点，自有性灵，跳舞然，治一切艺术，莫不皆然。"[1]"（我）觉得诗是现实的，词是现实的……词是有着摇曳的曲线式的韵味，仿佛是美妙的音乐，在幽静的夜晚奏出，会给人们的灵魂由飘忽而陶醉。"[2]正可视作"解码"其艺术创作的锁钥。在创作而言，就是慧心与绮语、深情与性灵的有机合融。结合螺川率直豪爽、脱略形骸的处世风格[3]，人与词就具有了高度同一性。冒鹤亭"一破陈规，务为欢娱，以难好者见好，而有时流于骀荡"的评语未免难使人悦服——这表面上是"欢娱"和"愁苦""骀荡"和"矜庄"的题材、路数选择问题，实则是真与伪、性灵与矫饰的争衡：因"真"而不为"艳"所囿，因"俗"而"不俗"。

诗人包谦六尝为炼霞辩诬云："少时颇端丽富文采，所作词语颇大胆……其实跌宕有节，有以自守，只是语业不受羁勒而已。"[4]实蕴提点规劝意，但也已是相当宽容的评价。问题是，为什么要"羁勒语业"？为什么要削足适履、矜束性情？在这样不可羁勒、逼面而来的性灵面前，这些"政治正确"的官话实在不值一哂。冒广生序《螺川韵语》云："（词）亦多姚冶不可名状，虽有法秀呵

---

[1] 刘聪著辑《无灯无月两心知：周炼霞其人其诗》，北京出版社2012年版，第103页。

[2] 陆丹林《介绍几位女书画家》。

[3] 如"水晶肚皮""宣告破产""比上不足，比下有余"等。

[4] 刘聪著辑《无灯无月两心知·周炼霞其人其诗》，北京出版社2012年版，第103—104页。

山谷绮语为当堕马腹，螺川亦笑置之，仍其本乡先辈欧阳六一之余习，而风流自赏。"①大哉螺川！其纯为艳而大书艳词，不以"空中语"一类话头为己琐琐申辩，亦不屑去寻析"艳"与"淫"之间若无若有、暧昧不清的界线②，更不为寄寓什么"重拙大"的家国情怀③，不伪饰，不作态，口说我心，光风霁月，岂不愧杀须眉也欤？

二、"峻嶒奇气不堪驯"④

周采泉《金缕曲·寄怀吾家紫宜用钱释云丈忆小翠韵》句云："倜傥风流游戏耳，孰知他、胸次波千迭。"炼霞之"倜傥风流"未必皆"游戏"，而确有满胸波涛块垒存焉。她的"绣窗情思"（《菩萨蛮》）与"女儿刚肠"（《临江仙·为郑子褒题香妃影片特刊》）实是天然才性的一体两面，不应以"豪婉相兼"的寻常论调轻轻掩过。

---

① 冒鹤亭《螺川韵语序》，转引自刘聪著辑《无灯无月两心知：周炼霞其人其诗》，北京出版集团2012年版，第424页。

② 姚昌铭《帆风词草序》："若夫巫山云雨，密约幽期，败俗伤风，本为恶道，大雅君子岂宜以腻粉残脂之缛缋作换声偷气之伎俩乎哉？"蒋重光《昭代词选序》："艳固不可以该词也，即艳矣，而绮丽芊绵，骚人本色，苟不衰狎而伤于雅，不可谓之淫也。如子之言，词皆艳，艳皆淫，则先大儒如宋之范文正、司马文正、元之徐文正，本朝之汤文正诸公，其所作词悉淫艳也？"皆引自冯乾编校《清词序跋汇编》（第二册），凤凰出版社2013年版，第511页。

③ 况周颐《蕙风词话》卷二："半塘僧鹜曰：奚翅艳而已，直是大且重。"孙克强编《唐宋人词话》，河南文艺出版社1999年版，第62页；赵尊岳《蕙风词史》："先生斯时造诣益进，故于艳词亦能悟'重'、'拙'、'大'之旨，为他人所未易。"载孙克强、杨传庆、裴喆编《清人词话》（下），南开大学2012年版，第2007页。

④ 螺川词《浣溪沙》中语。

螺川咏物、题画诸词，不唯一见艺人本色，更能纵横跌宕、翻新生奇：

> 泥金镶裹。闪烁些儿个。引得神仙心可可。也爱人间烟火。　　多情香草谁栽。骈将玉指拈来。宠受胭脂一吻，不惜化骨成灰。

> 香云不语。吐属清如许。灰到相思将尽处。终被黄金约住。　　枝枝味遍心尖。几时辛苦回甘。解得看花笼雾，莫教错认三缄。
>
> ——清平乐·金头香烟

> 十尺生绡，描摹出、龙眠家学。分明处。浓钩淡染，墨痕新渥。不是诗魂吟月冷，错疑仙梦教云托。背西风，磷火闪星星，秋坟脚。　　枭鸟泣，山魈恶。貔虎啸，神鹰跃。看挪揄身手，狰狞眉目。摄尽人间魑魅影，布成腕底文章局。猎终南、一夜剑光寒，钟馗乐。
>
> ——满江红·题小翠终南夜猎手卷

前首"挥洒随意，收发自如"[1]，深得体物"不粘不离"之旨。后首更夭矫腾跃、奇语峥嵘，过片以下数句何减陈迦陵"男儿身手和谁赌，老来猛气还轩举"之笔力！也难怪炼霞自许"数江南我亦填

---

[1] 刘聪著辑《无灯无月两心知·周炼霞其人其诗》，北京出版社2012年版，第95页。

词手"①，海内咸称"金闺国士""海角诗人原善饮，江南词客惯能文。一时低首尽称臣"②了。螺川自撰《金闺画牒》为此词解题，语谐而能隽，如见其人。姑录之：

> 空翠居士以《终南夜猎卷》索题，且嘱必题得"艳丽清新"，是诚大难。试思"钟馗捉鬼"，艳丽将何从？费二日夜脑经，竟不得一艳句，恨极，几欲就画案，将钟馗涂脂傅粉，猬毛短髯，编成小辫，群鬼亦一一化妆，庶乎"削足适履"。然一细思，若果如此，非特大好画图成一幅怪现状，而居士必责令赔偿，是又将奈何！无已，取淡胭脂钩花纹于冷金笺上，然后为写《满江红》一阕以塞责。词虽不艳，而题法亦合乎"艳丽清新"也③。

炼霞非一味戏谑谈谐者，中年后所作词每有"第一趋时能媚俗，还要夫人学婢""好光阴一局樗蒲戏"之类清醒避世语。《书落魄》则更是愤激牢骚、峰崚毕现：

> 憎命文章，喜人魑魅，古今同例。工商能富士长贫，侏儒饱煞臣饥死。笑无用书生，错怨天公忌。空领略，酸辛味。更休问起，破碎家山，乱离身世。　　放眼嚣尘，商量出处，总成追悔。砚田何似稻田丰，笔耕未抵牛耕愚。叹百

---

① 螺川词《金缕曲·立秋次夕摩诃池畔饮冰，明日宋伉俪瞒人去姑苏避寿，免酬应之劳》。

② 出处同此节标题。

③ 刘聪著辑《无灯无月两心知：周炼霞其人其诗》，北京出版社2012年版，第185页。

斛清才，不换升斗米。只赢得，穷愁累。故教子弟，但习生财，莫攻图史。

炼霞"文革"时以"毒草"画师身份遭批斗管制，后竟因"但使两心相照，无灯无月何妨"之词句见诬于"革命小将"，一目被殴打致盲；遂请友人代刻"一目了然""眇眇兮予怀"二印聊自解嘲，旷达如此。昔日俊侣中，翠楼阑干已朽[1]，左玉命同落花[2]，炼霞仍勉力求生，萧然自足，从未揭发他人，只手擎心灯挨过漫漫长夜。在"万里干戈、虫沙浩劫"[3]卷地而来时，陈、庞那样宁为玉碎的理想主义诚然是可贵的，但周炼霞这种坚忍、迂回甚至妥协的精神难道不是同样值得敬佩？螺川尝自陈心志云："脱手新词万口传。缥缈何用贮残编。从来得失存心间。　莫指江山怀旧梦，且抛哀乐过中年。松鬟一笑仰青天。"好一个"松鬟一笑仰青天"！好一位奇情逸发、奇气横胸的真才人！螺川其人其词，将与长夜中的熠熠心光一道，历劫不磨，朗照百年：

任使无灯无月。一点仙心亮于雪。十分明洁十分清，更有十分凄切。　望中多少思量。盈盈秋风难忘。合是人间真美，千秋不死光芒。

——庆清平

---

① 周采泉《金缕曲》有"闻道翠楼栏已朽，萦想同深哽咽"句。

② 庞左玉1969年跳楼自尽。周炼霞"三反""五反"中有《感时诗》云："呼声动地电流波，别样网常四壁罗。销尽繁华春似梦，坠楼人比落花多。"

③ 炼霞词《大江东去》中句。

三、爱国女俦杨令茀

　　民国女画人能词者还有以忤怒希特勒闻名于世的杨令茀。令茀（1887—1978），名清如，江苏无锡人。杨氏累代书香，令茀六世祖杨若千由博学鸿词科入翰林，祖杨延俊、父杨宗济、兄杨味云俱一时名士①。令茀五龄能画，又通西语，擅诗文，时人目为神童，上海启明女塾毕业后执教于南京女子师范学校。1911年随兄味云赴辇下，拜文画两界耆宿樊樊山、陈师曾为师，从丁闇公、林琴南、张季直、吕碧城②游，诗文画艺日进，得齐白石"开图足可乱师真，夺得安阳石室神"之誉。后入故宫陈列所、沈阳故宫博物院任画师。"九一八"事变后，日本派间谍相笼络，令茀峻拒之，慨然书"关东轻弃千钟禄，义不降日气节坚"，去国逃亡。1934年由领事之介赴德国柏林，逢联合画展开幕，其《鹌鹑翠竹图》为展览主持者希特勒看中，强请题款。令茀以中文题"致战争贩子"，飘然而去。希特勒得知真相后大怒，令文化部门驱逐之，已启程赴北美矣。令

---

　　① 杨延俊（1809—1859），字菊仙，李鸿章乡试同年，官至山东肥城知县，有勤政爱民名。墓志铭为张之洞撰、翁同龢书。子宗濂、宗瀚为李鸿章倚重。杨宗济（1842—1897），字用舟，又字作舟，禀贡萌生，同治四年补博士弟子员，光绪五年选授江苏溧阳训导，有《修吾庐诗文集》。杨味云（1868—1948），名寿枬，以字行，晚号苓泉居士。早年入宗濂幕，光绪二十七年入京任内阁中书，三十一年以参赞身份随五大臣出洋，嗣任农商部公务司主事，旋升员外郎，宣统元年任度支部丞参兼财政清理处总办。入民后历任盐政处总办、粤海关监督、总统府顾问兼财政咨议、山东财政厅长、财政部次长等职。退居后兴办实业，成纺织业巨头。有《云在山房类稿》、《云迈漫录》等。据杨世纯、杨世缄《双松百年》（中国社会出版社2006年版）、严克勤《发现无锡》（上海三联书店2010年版）、江苏省地方志编纂委员会《江苏省志·人物志》（凤凰出版社2008年版）。

　　② 吕氏《报杨令茀女士书》称"文藻写像，操手凌烟，卓迈千古"。李保民校笺《吕碧城集》，上海古籍出版社2015年版，第563页。又，张謇尝托媒求为儿妇，令茀抱独身主义，未许。

荗侨居美国四十年，终未成归计①。遗骨归乡后，刘海粟为题墓志铭云："旅美半生，爱国女俦。博搜文物，尽献神州。寿享期颐，诗风清流。天风万里，遗范千秋。"

民国诗人唐玉虬极激赏令荗文才，称可与吕碧城、陈小翠鼎足而三，"其气之盛，足以推倒一世豪杰""才气横溢，如未鞿之骥"②，又谓其诗集《塞上草》"哀筩奏月，飞石摩天，黄云断春，赤烽袭夜，力追岑参边塞诸作矣"③。《莪慕室诗余》存词仅十五首，兹引长调可观者二：

灵和殿畔年年，落花飞絮因风坠。石渠清浅，钓游旧地，系人离思。昼禁金吾，囊砂夜积，朱门深闭。问夕阳芳草，重来何日，又城外，边筎起。　　记取西宫玉砌。有多少、丹铅点缀。湘帘斐几，霎时收拾，缣零锦碎。霜叶秋红，凭谁写怨，付宫沟水。隔女墙一垛，惝惝碧树，剩啼鹃泪。

——水龙吟·用长兄咮雪杨花词韵留别武英殿

莺掖门边路。待重寻、云阶月地，零缣剩素。一径飞英红拂辇，领略茶瓯逸趣。认曲水、钓游旧处。冷落秾春羁绝塞，尽黄沙、毳幕餐风露。琼岛梦，年年负。　　双轮又碾西城雨。望前津、去留无奈，依依延伫。芳树夕阳千万里，

---

① 令荗1960年曾致信周恩来请归，并表达将珍藏文物及所作历代帝后像献给祖国的心愿，因故未能成行，有诗云："我在海外作隐伦，每见落叶思归根。"令荗事据过耀华等《画苑奇女：杨令荗》（《无锡书画》，凤凰出版社2009年版）、郑逸梅《杨令荗诗书画三绝》（《郑逸梅选集》第六卷，黑龙江人民出版社，2001年版）。

② 刘梦芙、王茂荣点校《唐玉虬诗文集》，黄山书社2014年版，第1113，1116页。

③ 刘梦芙、王茂荣点校《唐玉虬诗文集》，黄山书社2014年版，第1113页。

花谢花开谁主。描不尽、离人情绪。画里愁痕襟上泪，溯永
和、人物成前度。春去也，浑难住。

——金缕曲·辛未自哈尔滨回旧都重别武英殿

词如哀弦夜弄，极幽深绵邈之至，格在白石、碧山间。不必索引本
事，以故宫画师身份，则"夕阳芳草""永和人物"即别具深意存
焉，较之同类题材的《庚子秋词》，似更能使人扪触到那种人事销
沉、古今兴废的苍凉心音。

第三节　"不种黄葵仰面花"：论丁宁词

丁宁（1902—1980），原名瑞文、遂文，曾用名瑞贞、昙影等，
嫡母丧后更名怀枫，斋号还轩，生于镇江，长于扬州。还轩出身士
绅家庭，幼敏慧，九岁从名儒戴筑尧习古文辞，十二岁即学为小
诗；青年时先后受业于陈延韡[①]、程善之[②]，1931年由程氏专函之

---

① 陈延韡（1879—1957），字梣孙，一字含光，扬州人。十六岁县试第一，举
秀才，授拔贡，而后乡试落榜，从此绝意仕进。民国八年（1919年）聘为清史馆协
修，后还里，以诗画自娱，抗战时杜门坚卧凡八年。三十七年（1948年）随子往台
湾，终于台。以诗、书、画、骈文称"四绝"，有《含光诗》、《含光诗乙集》、
《台游诗草》、《人外庐文集》等。汪辟疆《光宣诗坛点将录》点为"地丑星石将军
石勇"。

② 程善之（1880—1942），名庆余，安徽歙县人，居扬州。同盟会、南社成
员，辛亥革命时执笔《中华民报》，"二次革命"中随孙中山参加戎幕，失败后归隐
扬州执教，并主《新江苏报》笔政，抗战中受日伪"清乡"刺激病逝。程氏以小说家
名世，执教扬州有年，有《骈枝余话》、《倦云忆语》、《沤和室文存》、《沤和室
诗存》。

介，与词坛耆宿夏承焘、龙榆生订师友交，作品遂得以刊载《词学季刊》，声名振起。其后数年漂流江浙间，曾助龙榆生编《同声月刊》，任职于南京泽存图书馆、中央图书馆、国史馆[①]。1952年入华东革命大学，结业后分配至安徽省图书馆任馆员，此后长居合肥，终老于此。还轩暮年曾仿蒋捷词意，作《虞美人》回顾平生："儿时弄笔红窗下，片语珍无价。中年觅食暂离家，不道故园从此即天涯。　　老来潦倒书城卧，蠹卷青灯伴。吟魂消尽漏将终，双鬓萧疏黄叶堕西风。""暂离家""书城卧"皆写实语。

　　还轩词名藉甚，刘梦芙《"五四"以来词坛点将录》擢为"地慧星一丈青扈三娘"，谓与沈祖棻为二十世纪女词人中"光芒熠耀之双子星座，成就尤高，超越前古"[②]；素昧平生而为才情倾倒、竟至以九秩高龄手录全词的施蛰存则谓"足以夺帜摩垒……有过于诸大家者"，举为"并世闺阁词流"之首座[③]，激赏如此。以审美论，人或各存其偏好；而丁词成就卓越，不仅是历代理论家共识，更应为词史不刊之论。

---

　　① 1947年，丁宁尝由黄稚荃引介，短期供职于南京国史馆档案室，马兴荣《丁宁年谱》不知此节，以为致夏承焘函中"国史馆"为"中央图书馆"之误。

　　② 刘梦芙《冷翠轩词话》，转引自刘梦芙编选《二十世纪中华词选》，黄山书社2008年版，第1722页。

　　③ 施蛰存《北山楼钞本跋》，转引自刘梦芙编选《二十世纪中华词选》，黄山书社2008年版，第1721页。

一、"百灵噎恨听哀弦"[①]

丁宁亦"古之伤心人"[②]。生为庶出，未满半月，母亡。十三岁父病殁，虽富庶之家而门户萧条，族人频肆欺凌。十七岁与黄氏子成婚，夫妇向不和，幸得一女文儿慰藉。文儿四龄而夭，遂再无眷念，提出离婚。以嫡母所迫，跪于亡父灵前立誓永不再嫁，从此独居终老。加之时局簸荡，萍飘蓬转，独身女子畸零无依可想。还轩集传统妇女悲惨命运于一身，毕生周旋于"未得到"与"永失去"间，人世间温暖美好竟无一垂眷，无论同世子苾、翠楼、螺川辈，即上溯漱玉、幽栖亦未尝逾此者。其自序词曰："屡遭家难，处境日蹇，每思深郁极时又学为小词，以遣愁寂。""第以一生遭遇之酷，凡平日不愿言不忍言者，均寄之于词，纸上呻吟，即当时血泪。"[③]质言之，"断肠人一生心事化为掩抑之声"[④]也。

故读还轩词往往三栀触，"悲其遇"[⑤]、哀其人，被撩动起那根最柔脆的心弦。其中最显著、也最"悲凉而独到的主题"，即"母爱的缺失与无着"[⑥]。最早期存词《临江仙·秋宵不寐忆文儿》虽特色未具，而全出以真情，工拙可不计：

> 心似三秋衰柳，情同午夜惊乌。柔肠已断泪难枯。愿教

---

①　夏承焘《题丁宁女士寄词》句。

②　冯煦《宋六十一家词选序》语。转引自王国维《人间词话》，人民文学出版社1960年版，第204页。

③　《还轩词自序》，刘梦芙编校《还轩词》，黄山书社2012年版，第1页。

④　扬之水《开卷书坊·梧柿楼杂稿》，上海辞书出版社2013年版，第118页。

⑤　施蛰存《北山楼钞本跋》，转引自刘梦芙编选《二十世纪中华词选》，黄山书社2008年版，第1721页。

⑥　周啸天语。《丁宁及其词》，《中华诗词》2012年第10期。

愁岁月，换取病工夫。　　只道相寻有梦，那堪梦也生疏。
西风凉沁一灯孤。魂牵还自解，分薄不如无。

　　"愿教愁岁月，换取病工夫""只道相寻有梦，那堪梦也生疏"，
何其平易，又何其沉重。而最能触痛人心目者为煞拍一句，词人林
贞木评曰："非慈母，非女词人有此遭际者不能道出如此沉痛之
句。昔徽钦二宗北狩时，路见杏花，填燕山亭词，极为凄婉。王静
安云此词似血书者，不知读者对还轩词读后，又当生何感觉？李后
主亡国后犹有小周后可伴朝夕，还轩自离婚后，惟文儿可与相依，
而文儿又殁，故李后主虽有词圣之誉，亦不能道出'分薄不如无'
之伤心至极的词句来。"[①]知言也。读今人月如诗《灯下，时父亲
葬礼前夜》："灯下余寒大夜围，人间无痛定无诗。来生不必仍父
女，怕到灵前热泪时。"可知决绝语大抵扑灭希望、摧烧寸心而后
成。
　　施、受母爱的双重缺失是贯穿丁宁一生创作的情感引信，也
造就了还轩词"低回百折，凄沁心脾"[②]的悲寞底色。除了"一自
瞻依痛失，不得承亲颜色。夜夜断魂空绕膝，觉来何处觅""一自
牵裾无术，不得寻亲踪迹。月暗青林云似幂，路遥儿莫识"（《谒
金门》）、"记牵衣、霜柑笑索，映柔魇、宫梅红展"（《莺啼
序》）等明言失亲、丧女之痛的句子外，"偏是愁多，偏是梦难
成。偏是梦难成也，新恨似潮生"（《喝火令·一夕西风，离怀百
转，再寄昧琴》）、"检点清愁随逝水，莫教凄断吟魂。飘零何用

　　① 《名人盛赞丁宁词》，《扬州文史资料》（第10辑），扬州市政协文史资料
委员会1991年版，第100—101页。
　　② 周子美评语。转引自刘梦芙编选《二十世纪中华词选》，黄山书社2008年
版，第1720页。

问孤根。华年枝上露，往事梦中身"（《临江仙》）、"炉香空有回文意，不到成灰死不休"（《鹧鸪天·薄命妾辞和忍寒，用遗山韵》）等皆应视作由此生发的情语。看"如午夜哀鸣，声声泣血"[1]的两首悼女词：

> 绕长堤。正东风孕絮，缥缈绿初齐。浮云世味，芳序回首凄迷。恨弹指、仙昙分短，剩此际、和泪忆牵衣。落日孤村，伶俜三尺，碧草天涯。　　多少哀蝉心事，问青山无语，只是莺啼。唤客疏钟，催程薄暝，湖上灯火船归。揽双鬓、星星碎影，甚轻魂、不共纸灰飞。一夜空阶细雨，还梦棠梨。
>
> ——一萼红·辛未清明前二日，出北门视文儿墓，归成此解

> 微凉一夜音尘远，喁喁绿窗何处。聒耳呢喃，惊魂隐约，兜转伤心无数。低迷认取。似学步阶前，揽衣娇语。强起凭栏，絮蚕催泪堕如雨。　　年来怕闻楚些，那堪温旧恨，灯下儿女。贴水犀钱，缨珠象珥，肠断优昙难驻。重逢莫误。待沤减空泯，白杨黄土。
>
> ——台城路·夜凉不寐，问隔院小儿唤母声，极似文儿。悲从中来，更不能已

往事不仅无时或忘，并且经常地反刍、温习。即使在垂暮之年，她仍然被隔院歌声"唤起伤心叶叶"：

---

① 刘梦芙《二十世纪杰出的女词人丁宁与其〈还轩词〉》，刘梦芙编校《还轩词》，黄山书社2009年版，第22页。

市远繁声歇。峭寒侵、凄凉病榻，旅怀愁绝。何处歌声春样暖，唤起伤心叶叶。想绣褓、花枝交缬。慢抚轻怜珠在掌，绕回廊、数遍花砖缺。伟大爱，无边热。　　半生栗碌乡关别。更那堪、南陔梦醒，鬓丝如雪。魂断庭闱何处是，未语柔肠先结。空梦绕，青林冷月。梗泊萍飘三十载，了枯禅、弹指轻沤灭。漫回首，倍鸣咽。

　　——金缕曲·病中闻隔院有唱催眠歌引小儿入睡者，音韵凄婉，极似余儿时所悉闻，感赋

还轩《丁酉季秋，子美为余校印还轩词成，赋此志感》诗云："落叶枯蝉井底波，一编重省泪痕多。羡他幸福新儿女，不解伤情唤奈何。"深入体察"伤情"本末，是解悟丁词的第一步，殊为关键。正如驼庵云："在苦中用力最大，所得趣也最深。"[1]在百年乃至千年词史中，还轩应是将愁苦之音抒写得最回肠荡气的词人之一，甚或瞿禅有"倘持血泪论文字，欧文坡公等游戏"的论断。周啸天谓"丁宁堪与吕、沈诸家争胜……正在于此——人无我有，人有我深也"[2]，诚是。

二、刚柔并举、骨采相兼

丁宁以遭际惨酷，其实是很容易陷入所谓"习得性无助"，沉湎于悲情、也拘囿于心囚的。其自强不自怜，能于逆境中振拔而

---

① 《顾随全集·卷五·传诗录一》，河北教育出版社2014年版，第216页。

② 《丁宁及其词》，载《中华诗词》2012年第10期。

起，原因在于：性情简默坚毅，学佛尚武[①]，百折不屈，一也；抗战至新中国成立后历次运动中仍能保持清醒，不因时风而倾移，二也；投注生命于古籍整理保护事业，因敬业而能忘我，三也。正是这些独特质素，搭建起了丁词之骨。读还轩词，不能不自优柔入，从刚健出。

还轩之豪壮气格有其发展、成熟过程。如果说"星辰三万里，故国苍茫里。长啸倚吴钩，西风吹客愁"（《菩萨蛮·听黄老谈少年游侠事》）还只是一种雄奇浪漫的想象，"沉沉兵气，恍见星如雨。往事念干城，悄西风、神鸦社鼓。莼鲈秋老，何日是归期，烽北举，江东注，一息愁千缕"（《蓦山溪·江南故里，一别且二十年。丙子秋登平山堂，望隔江山色，感事怀乡，遽成此调》）是糅合了乡思的较传统的感时伤怀，俟抗战军兴，得以进一步拓开笔路，悲凉沉郁有之，拗怒激亢有之，呈现出不同以往的面貌，所谓"抗日之战成就一还轩矣"[②]。且读《金缕曲·午桥医师以毛刻谷音词为赠》与《满江红·甲申七月》：

抚卷增凄切。甚当时、残山剩水，竟多高节。渺渺蘋花无限意，长共寒潮呜咽。算今古、伤心一辙。搔首几回将天问，问神州何日烟尘歇。天不语，乱云叠。　　未酬素抱空存舌。更那堪、苍茫离黍，斜阳似血。惟有君家壶中世，销尽泉香酒冽。再休道、沧桑坐阅。好展平生医国手，把屠夫

---

① 丁宁青年时代曾随刘声如习剑术、技击，随程善之学佛。刘声如（1898—1984），名镛，声如其字，扬州人。早年游历岭南，北伐战争时曾任叶剑英军医，北伐失败后回乡隐居。以"能书善画，能医能武"闻名。

② 施蛰存《北山楼钞本跋》，转引自刘梦芙编校《二十世纪中华词选》，黄山书社2008年版，第1721页。

旧恨从头雪。金瓯举，满于月。

　　匝地悲歌，叹此曲、有谁堪和。莫认作、雍门孤唱，楚湘凄些。白日昏昏魑魅喜，清谈娓娓家居破。问鲁戈，何日振灵威，骄阳挫。　　繁华梦，烟云过。鸥波乐，何时可。笑鹓鶵腐鼠，也言江左。鼍下金鱼难作脍，盘中紫荚偏成果。剩钟山、一逻向人青，遮风火。

其时还轩处日人沦陷区，故前首因见宋遗民词集《谷音》益增禾黍沧桑感，切盼金瓯重圆之日；后首慨叹围城度日之艰辛，恨不能如吴王之食金色鱼以驱除夷狄①，全词连缀数典，精稳沉雄近乎稼轩。《金缕曲·题醉钟馗横幅》则通篇寄托语，又是别一样气色：

　　进士君休矣。想生前、触阶不第，几多失意。死后偏教传异迹，颠倒三郎梦呓。夸妙笔、又逢道子。写向人间图画里，入端阳、绿艾红榴队。如傀儡，同魑魅。　　早知饕餮非常计。悔当年、希荣干禄，自残同类。鬼国纵横千载久，弱肉浑难剩记。到今日、独夫群弃。五鬼不来供使役，对蒲觞、未饮先成醉。掩两耳，昏昏睡。

钟馗原为民间传说中正面形象，本篇一反其意，直揭"希荣干禄，自残同类"之祸心，刺世力道甚大，极能见刚凛气节。至若向被目作丁宁笔下第一杰作的《鹧鸪天·归扬州故居作》则是遁隐乡里时"不合作"心志的直接表达，安贫克笃之坚有过于邵平、陶

---

① 二词解读参考黄稚荃《丁宁与〈还轩词〉》，黄稚荃《杜邻存稿》，四川人民出版社1990年版，第139—140页。

令者：

> 湖海归来鬓欲华，荒居草长绿交加。有谁堪语猫为伴，
> 无可消愁酒代茶。　　三径菊，半园瓜。烟锄雨笠作生涯。
> 秋来尽有闲庭院，不种黄葵仰面花。

女学者、诗人黄稚荃民国间任职于南京国史馆，曾义助丁宁，在《张溥泉先生言行小记》中记此词背后一段故事："颐和路图书馆，乃汪伪时所建，藏书四十万卷，多善本。有女职员丁宁者，曾学于柳翼谋、徐森玉两先生，谙版本目录学，喜填词。日本投降，陈群自杀，馆中之人，乘间盗窃，丁宁冒生命危险与盗窃者斗争，得将书籍保全。国民政府还都接收后，更名为中央图书馆特藏组，丁宁仍供职其间。特藏组职员，背地呼丁宁为'小汉奸'，丁不能堪，见我常去看书，向我倾诉其苦，且书其所作词见示。我欲请先生调丁来史馆，又以其曾任敌伪职员，顾虑数日，终言之，并呈其所作词。先生看到'秋来尽有闲庭院，不种黄葵仰面花'之句，曰：'此人颇有志气，一小职员耳，何汉奸之有。且保全国家书籍，于民族文化有功。'遂调丁宁来史馆。"①此前丁宁曾拒入汪伪政府工作，泽存一段应完全出于才人爱书情结，故并无损于其品格。

丁词成名在三十年代，抗战中渐入成熟期，论者多据此将丁

---

① 黄稚荃《杜邻存稿》，第173—174页。又，《天风阁学词日记·一九四六年一月二十六日》："……丁怀枫……谓三十一年二月，就泽存书库事，阁楼主人（按：即陈群）相待逾于寻常。三十四年八月，主人自裁，遗书相托，以维持一年为期，不得不与佩翁共任艰危，尚有书库十余间（主人尝言，三十年心血所积，东南文化可首屈一指），一俟启封，即作归计。"《天风阁全集》第六卷，浙江古籍出版社1992年版，第628页。此事亦可同《杜邻存稿》互证。

宁划入民国词家行列。其实自1953年始的《一厂集》不唯在艺术上臻于洗练凝厚，而且相当真实深刻地反映了晚年生存与心理状态，尤不应忽略。以"东窥西笑如宫茧，说甚庸中佼佼"（《买陂塘》）、"剩无边东流浥水，助人凄咽""也识此行犹未已，甚鼠肝虫臂争偏烈"（《金缕曲》）可知在投函郭沫若前景况是颇窘困的。小环境必大气候之缩影。约作于二十世纪五十年代末、六十年代初的组词《菩萨蛮》末章上片云："螗蝉扰扰鸡虫得，循枝执翳无休息。饥雀漫徘徊，隔林惊弹来"，据1985年安徽文艺出版社版《还轩词》整理、注释者吴万平阐说，此处用"螳螂捕蝉，黄雀在后"典，写"反右"扩大化带来的人人自危的状况[1]，甚确，还轩于新中国成立后善用曲笔如此。看同一时期[2]的《玉楼春》组词第二、三、四、六、七首：

　　小桃未放春先勒。几日轻阴寒恻恻。梦中惜别泪犹温，
醉里看花朱乱碧。　　鸣鸠檐外声偏急，云意沉沉天欲黑。
呼晴唤雨两无成，却笑痴禽空着力。

　　石尤风紧腥波恶。鳞翼迢迢谁可托。任他贝锦自成章，
岂忍隋珠轻弹雀。　　连朝急雨繁英落，过尽飞鸿春寂寞。
休言花事在西邻，回首蓬山天一角。

　　当时常恐春光老，今日春来偏觉早。杜鹃啼罢鹧鸪啼，

---

① 参照吴万平新浪博客文章《重读〈还轩词〉答疑》。

② 刘梦芙《二十世纪杰出的女词人丁宁》将组词创作时间定为二十世纪五十年代初中期，徐晋如《缀石轩论诗杂著》（海南出版社2011年版）定为1957年，似均略早。

参透灵犀成一笑。　　怜他慧舌如簧巧，诉尽春愁愁未了。绿阴冉冉遍天涯，明岁花开春更好。

雨云反复桃呼李。暮四朝三惟自熹。欣看红粟趁潮来，愁见雁行随地起。　　离群独往由今始，带砺河山从此已。几回含笑向秋风，心事悠悠东流水。

伯劳飞燕东西别。落日河梁风猎猎。纵教旧约变新仇，谁见新枝生旧叶。　　衷怀一似天边月，阅遍沧桑圆又缺。浮云枉自作阴晴，皎皎清辉常不灭。

前两首仍写"反右扩大化"中局势，"小桃未放春先勒""云意沉沉天欲黑""石尤风紧腥波恶""连朝急雨繁英落"句盖指当时政治气候；第三首以众鸟竞啼喻"鸣放"运动，"春"并非自然界的芳春，所谓"知识分子的早春"是也；末二首"雨云反复""暮四朝三""旧约新仇"形容政策变化之迅疾，"红粟趁潮来"应即农业生产"放卫星"事。试问此时的中国，有多少文艺作品深刻犀利似此一组词者？丁宁将"离群独往"的背影作为"不合作"的无声回答，却回首向无边喧腾妄相抛来冷峻一瞥。舍此期词而单论新中国成立前作品，则不能解丁宁其人、不能完丁宁之精神。

　　还轩一生畸零不遇，为百年女词家遭现实磨折最多者。不管身处风高浪险的政治漩涡中央，还是青灯黄卷的冷寂书城，她始终"温不增华，寒不改叶"①，在淋漓血泪与惨淡现世间撑持着坚朴

---

① 诸葛亮《论交》语。

志节与清醒头脑。二百首《还轩词》固然为丁宁的忧患人生作一侧记，然何尝不应视作自民国而下五十年词史中的隽永刻度？

三、"民国四大女词人"简论

词史向有词人并称之流习，至近世则有标举"四大"之例。若"晚清四大家""民国四大词人"之说①可予成立，那么站在本书秉持的性别文学立场上提出"民国四大女词人"也应获得理论上的允准。

这四位女词人是：吕碧城、沈祖棻、陈小翠、丁宁。

其中人格、际遇双奇的吕碧城以创作出了以"海外新词"为代表的惊才绝艳的词章，是百年、千年女性词史中空前——恐怕也将"绝后"——的、不可复制的"这一个"；沈祖棻之功在于全面承继了宋贤法乳，将词体之雅发扬到极致。论守正之纯粹，民国才人殆无出其右者；陈小翠为近世女词家堂庑最大者，真正地为女性词史辟未有之境；翠楼攀其高，怀枫潜其深，丁宁以一"深"字即岿然成重镇，其情楚恻，其志贞清，有余子所不及处。又一生存诗仅十首，并以"女词人丁宁"榜其墓，是四家中专力为词者。再跳出性别界限、单以词业成就而言，其中任一位都可以与这一时期中最

---

① "晚清四大家"通行版本为王鹏运、郑文焯、朱祖谋、况周颐，并称由来、基本定位与理论祈向参见马大勇师《晚清民国词史稿》"'晚清四大家'平议"一章。"民国四大词人"说法始于施议对《民国四大词人》长文，提出"施版四大"夏承焘、唐圭璋、龙榆生、詹安泰；刘梦芙《"五四"以来词坛点将录》所points前四位为夏承焘、钱仲联、饶宗颐、龙榆生，应即"刘版四大"；马大勇师则云："夏承焘以'博大'，詹安泰以'苍辣'，沈祖棻以'深秀'，顾随以'新异'，他们联袂构成了我心目中的'民国四大词人'。"（《晚清民国词史稿》，华东师范大学出版社2014年版，第453页。）对此我有不同看法：夏、詹、顾无异议，然必若点出一位女性词人进入"四大"，则应退沈祖棻、进陈小翠。

顶尖的男性词人相周旋而无难色。

民国三十年，风云万变，战乱频仍，却如"避雷针的尖端汇聚了整个大气层的电流"①般密集地喷涌出了无法数计的高质量精神成果。至此，可对此时段作一简略总结：圣因之奇、子苾之雅、翠楼之大、还轩之深，都应在文学史上留下属于自己的厚重章节。她们与其他女词人一道，铸造出了女性词史流光溢彩的黄金时代。

四、"慷慨使气"的吕小薇词

吕小薇（1915—2006），名蕴华，小薇其字②，号竹邨，江苏武进人，吕祖绶③女、吕思勉族妹④。竹邨无锡国专时从唐文治、钱

_____

① [奥]斯蒂芬·茨威格著，舒昌善译，《人类的群星闪耀时》，三联书店1986年版，第2页。

② 小薇嫡祖母王采藻工诗书、善丹青，与姊妹采蘋、采繁有"一门班左"之名，合称"太仓女三王"。有《紫薇轩手稿》，毁于张勋复辟兵乱。吕祖绶望女"有以继之"，取字小薇。

③ 吕祖绶（1873—1932），字浩生，少有排满强国志，南京陆师毕业后得公费保送日本，东京陆军士官学校肄业。归国后参加辛亥革命，为常州光复之先锋。入民后历任北京总统府咨议、参议，论功得少将衔，尝向章太炎执弟子礼。吕氏常州名族，高祖吕宫为有清第一代状元，累官至鸿文院大学士，曾祖吕诠孙官至福建巡抚，祖吕懋德以军功出任浙江归安县令。

④ 思勉女翼仁（1914—1994）与姑母年相若而情甚密，曾同校就读，亦能诗词。竹邨谓"小令之温厚缠绵，非一般习作可比"，《水龙吟·杨花》远绍东坡同题作而柔婉有过之："有情长傍花飞，风前欲坠还吹起。朱楼曲槛，雕鞍紫陌，依稀犹记。水远山遥，萍踪何处？回头千里。奈柔肠弱质，相思纵有，也难向天涯寄。几度帘帷凝伫，却相怜、烟消影碎。东风无力，与春妆点，为春憔悴。乱似闲愁，闲愁更乱，那堪细味。不解人、燕子飞来，又衔向深闺里"。见李永圻、张耕华撰《吕思勉先生年谱长编》，上海古籍出版社2012年版，第1085页。

基博、陈衍、王蘧常学。抗战中流寓江西，后从事中学、高校教学及古籍整理工作四十余年。祖绥允文允武，有幼安遗风，教女云："汝气类近词，而诗则未可。""词之为体，多哀怨窈，虽风云月露，宜可寄托，然吾期汝勿为纤弱哀靡，宜见振拔。苏辛所作，开拓心胸，沉雄气骨，汝当以此陶铸性情，涵泳神致耳。"①竹邨"奉此勿敢替也"②。又晚年特提出"女郎诗好，固不仅要宜修；时代感强，亦何妨慷慨使气"③，"苏辛气骨"即吕词宗法渊源与艺术追求，"慷慨使气"则应是创作风貌的自我总结。今存《竹邨韵语剩稿》中词占三之二，涤尽绮罗香泽气，而代以哀乐过人的情志与关切现实的士君子精神。

竹邨青年时代下笔即不凡，为同窗、恋人所作词每不为儿女态，不作温款语，有胸罗社稷、目极河山之概：

劝君莫问今何夕。潮痕早没沙滩血。残垒在西边。哀鸿绕暮烟。　霓虹灯似雾，歌媚"毛毛雨"。谁唱大刀环？长城山外山。时指认淞沪抗战遗迹，国事苍茫，共起唏嘘。

——菩萨蛮·一九三四年秋，与卢沅、周振甫、吴德明等同学五六人，游吴淞野宴。诸君各携酒肴，为余饯别也。醉成三阕，今但记其二矣

昨夜山灵语。道姑苏、天平幽胜，待小薇去。晓起驰轮三百里，惊破空山烟雾。便谢却、人间尘土。怪石嶙峋森万

① 吕小薇《先世纪闻》，转引自李永圻、张耕华《吕思勉先生年谱长编》，上海古籍出版社2016年版，第20—21页。

② 同前注。

③ 傅义《读武进吕小薇女词家词》，摘自熊盛元新浪博客。

戟，甚朝天、玉版奴媚主。看列阵，刑天舞。　　吴官废址
今何许。上荒台、渺然四顾，凉生袂举。目极沧浪悬一棹，
记取盟心尔汝。肯闲誓、明朝牛女？夭娇龙蛇影外路，共斯
人、忧乐迈千古。同下拜，松间墓。

　　——金缕曲·一九三六年七夕前，应衡九约，游姑苏天
平山。观山前所谓"万笏朝天"者。既而独上觅吴王台，遥
瞩太湖天际。衡九以病后心悸未登。下，共谒万松林范墓。
归作《金缕曲》二阕，以纪兹游相许盟心之约。稿久散失，
仅记两首之残，合为一词，以存永念。一九八七年老薇追记

前首借"故垒""哀鸿"忆血战事，"谁唱大刀环"一问力道千
钧，堪与沈祖棻《虞美人·成都秋词》[1]称姊妹篇，而较沈作更质
直刚健。后首全篇壮志奇情流动，将儿女情怀与家国忧思打叠一
处，"目极沧浪悬一棹，记取盟心尔汝。肯闲誓、明朝牛女""共
斯人、忧乐迈千古"，古今情词未有似此大气磅礴、洞见肝胆者！
作于抗战鏖酣时的《曲游春·咏燕》、《南乡子·为人题寒鸦营巢
图》虽题咏寄托，亦锋颖毕露："怎新巢挈侣将雏，忘了旧家风
物""羞再绕、垂杨争腰折"，这是讽刺汪伪政权[2]；"经营，要与
严冬作斗争""合力共扶倾，多少盘空子弟兵"，这是直喻空军将
士。竹邨抒情不耐曲折，不屑婉晦，总是这样一气贯注到底的。

---

① 其二云："地衣乍卷初涂蜡。宛转开歌匣。朱娇粉腻晚妆妍。依旧新声爵士
似当年。　　回鸾对凤相偎抱，恰爱凉秋好。玉楼香暖舞衫单，谁念玉关霜冷铁衣
寒"。

② 从熊盛元说。《师门学词散记》，谢忱、吴逸鸣、王鉴凤《述林》（第三
辑），武进南风词社2008年自印本。

"慷慨使气"还表现在能"转消沉而为坚励"①。抗战鏖酣时，满面尘灰、困顿不堪的词人犹有"小唱太销魂，写罢容华，掷笔怆然起"（《醉花阴·题所临易安居士折菊图》）的挺健腰骨、有"要坚信、河清能俟。"（《贺新凉·避寇泰和，病中两得晴梅馆自沪来书，谱此寄答》）的乐观态度。至二十世纪八九十年代亦"丝毫无老手颓唐"之态②，后劲饱足，《百字令·读〈铜弦词〉为铅山蒋士铨二百年祭》、《南乡子·为青云谱八大山人纪念馆作》能以淋漓墨笔书大题旨：

> 高秋盛集，把清樽共酹，信江词魄。遗响风雷空曲载，孤凤一生曾厄。百折黄流，千寻赤壁，怪底飘零咽。铜弦水调，此中似闻消息。　　江山异代藻思，起君应恨，生不同今日。白发青颜来万里，翔鬻鹅湖秋翮。丘壑烟云，风骚坛坫，更树千秋业。词人往矣，为君啜醨扬粕。

> 哭笑岂无端。零落王孙道路难。奕代相残民族泪，斑斑。休作朱明一姓看。　　郁勃涌霜纨。生面翎鱼澈肺肝。似不似间真得似，宗传。艺苑千秋照逝川。

《忆江南·一九九〇年十月十九夜，重读鲁迅先生〈野草〉数页，吟此记念先生逝世五十四周年》以寥寥数语橐栝《野草》诗句，举重若轻，神采顿出：

---

① 吕小薇评安易《贺新郎·登高有感》句。谢忱、吴逸鸣、王鉴风《竹邨说词》，《述林》（第三辑），武进南风词社2008年自印本。

② 熊盛元《师门学词散记》，谢忱、吴逸鸣、王鉴风《述林》（第三辑），武进南风词社2008年自印本。

诗人口，大笑复长吟。欢喜腐亡成过去，证知生命继来今。野草自芳馨。

诗人泪，曾抹小红花。灼灼于今千万朵，仰看双枣铁杈丫。风雨怎摇它！

诗人爱，记奠小青虫。赴火身投光一闪，敲窗声破户千封。鬼眼闪秋空。

熊盛元《师门学词散记》云竹邨词"小令得东山之神，慢词则直摩梅溪之垒"，并明确指出其"不赏爱梦窗"[1]。其实若不以苏辛一派的"气"或曰"骨力"统率，是无法生长出"异彩纷呈、风格多样"的"筋肉"的。她的这种真气不仅没有随时风转易而走失或消泯，反而愈臻浑厚壮健，最终形成了"陶写真率，鼓吹正声，传统如新，机杼自出"[2]的面貌，"于当代巾帼词坛，拔戟自成一队"[3]。

吕氏晚年栽植桃李，门中弟子熊盛元、段晓华、李舜华、蔡淑萍等俱名驰吟坛。竹邨殁后，《南风》词曲专刊征集各家《水龙吟》挽词数章，录青凤一首：

莫追鹤外西江，毗陵月暗悲名媛。青箱旧业，荒波挟

---

① 熊盛元《师门学词散记》，谢忱、吴逸鸣、王鉴风《述林》（第三辑），武进南风词社2008年自印本。

② 姚公骞《吕小薇先生〈竹邨韵语〉序》，转引自刘梦芙编选《二十世纪中华词选》，黄山书社2008年版，第1775页。

③ 刘梦芙：《冷翠轩词话》评语。版本同前注。

瑟，芳时离乱。霜叶风翎，小桥垂手，白莲花畔①。叹词心一缕，才情绝代，都留种，芝兰馆。　　争甚脂笺粉翰。画难成、水云相见。昏鸦寒树，瓣香持爇，吴山千点。灵石分温，银床寄意，梦深缘浅。背苍茫浊世，蝶衣鹃血，为先生唤。

---

① 化用小蘋词《清平乐·偶经吴品今家，吴夫妇相邀小饮而归》"独立小桥垂手，白莲只向风开"句。

附　录

附录一　近百年女性词坛点将录

　　自逊、抗、机、云之死，英灵不钟于世之男子，而钟于妇人[1]；钟灵毓秀之盛，莫甚于近百年。自南唐北宋倚声初创，女词家罕觏，唯易安、淑真占其名，其后檀火相递，继声如缕。有清一代，闺音复振，徐湘蘋、顾贞立导夫路，熊商珍、吴蘋香扬其波，顾太清出，集三百年之大成。洎乎近世，天机转毂，英风鼓荡，词家蔚起。星霜流易，哀丝迸入豪竹；宫徵换移，老凤发为新声。其人何如？足涉沧浪，手搦虹霓；其境何如？上穷碧落，下蹈八荒。巍巍乎，洋洋乎，遂成巨观，此前人所不能限，亦前人所不能及也。

　　选评现当代词家者，有钱萼孙《近百年词坛点将录》、刘蓉卿《“五四”以来词坛点将录》，皆称采撷宏富，辞理精峻。然为循点将录成例，仅各取女词人三名[2]，数量实未及百年之什一，每引为憾。因作《近百年女性词坛点将录》，录女词家一百八人，以充“分布词史”[3]一种，纪词国百年之运命。夫词以小道春容大雅，论者宜淹贯百家，转识成智，思及此辄汗下涔涔。定庵云：“品题天女本来难。”[4]诚哉！余虽未敢希踪前贤，然亦多方搜访，苦心安

---

① 魏同贤主编《冯梦龙全集·情史》，凤凰出版社2007年版，第191页。

② 钱氏选吕碧城、左又宜、沈祖棻，刘氏选陈家庆、陈翠娜、丁宁。

③ 王培军谓点将录体为“分布诗史”。

④ 龚自珍《己亥杂诗》第二百六十一。

置，百年女词家之概况已大各于斯。自古皆死，不朽者文[1]；风雅之存，何必石碣？青史几番春梦，红尘多少奇才。西人云：永恒之女性，引导我们上升[2]。

一、刘永翔序王培军《光宣诗坛点将录笺证》，谓汪展庵"拟之之道非一"[3]，余作亦然。有以等第拟者，如以词坛都头领并掌管机密军师天魁、天罡、天机、天闲四星拟沈祖棻、丁宁、陈小翠、吕碧城是也。其外有以诨名拟者，如双枪将之配茅于美，铁笛仙之配张充和是也；有以姓名拟者，如皇甫小菱之比皇甫端，宋清如之比宋清是也；有揣其身份者，如叶嘉莹为纳兰氏后裔，则配以柴进，吴无闻为词宗夏承焘夫人，则配以郁保四是也；有以所操之业拟者，如萧娴之比萧让，曾懿之比安道全是也；有以生平行止拟者，如神行太保之比周素子，八臂哪咤之比康同璧是也；词人有姊妹二人者，则拟之以兄弟，如以解珍、解宝之配徐自华、徐蕴华，孔明、孔亮之配王真、王闲是也。人物俱称卓绝，词才如鹤长凫短，不必以座次强为轩轾。

二、梁山英雄草莽，为彰其粗豪勇武，往往取字不祥，诸如丑、损、罪、败、催命、丧门云云。女词人兰心蕙质，或曰比之不伦。然点将录之为体，此亦月旦藻鉴之途也。观者有识，幸勿囿之。

三、云近百年者，实已延伸至二十一世纪初之网络时代。本录最年少者发初覆眉属网坛"中生代"，年甫而立，已哀然成家矣。余者"85，90后"虽代有才人，则以所得有限、定论尚早故，未予选入。

---

① 宋之问《祭杨盈川文》，《全唐文》卷二四一。

② 歌德诗剧《浮士德》末句。

③ 汪辟疆著、王培军笺《光宣诗坛点将录笺证》，中华书局出版社2008年版，第2页。

词坛旧头领一员

托塔天王晁盖 秋瑾（1877—1907）

女词国，万古夜；俟谁出，鉴湖者。胡君复氏挽秋瑾联云：
"化身为自由神，姓氏皆香，剑花飞上天去；呕心作长击语，龙鸾
一啸，诗朝还让君传。"[1]璇卿以卅龄慨然赴难，丹心碧血，不独荡
涤革命潮流，亦一洗女词界绮靡故态，振起百年新精神。"肮脏尘
寰，问几个、男儿英哲？算只有蛾眉队里，时闻杰出。良玉勋名襟
上泪，云英事业心头血。醉摩挲长剑作龙吟，声悲咽。""智欲萌
芽，权犹未复，期君力挽颓风。化痼学应隆。仗粲花莲舌，启瞆振
聋。唤起大千姊妹，一听五更钟。"女性词至此，始大声镗鞳步入
"后易安时代"，"觉天炯炯英雌齐下白云乡"[2]。鉴湖诗句"翠鬓
荷戈上将坛"[3]，堪为定评。拟旧头领，为彼招魂。

词坛都头领二员

天魁星呼保义宋江 沈祖棻（1909—1977）

---

① 郭长海、秋经武主编《秋瑾研究资料·文献集》（上），宁夏人民出版社
2007年版，第221页。

② 秋瑾弹词《精卫石》第一回回目，郭延礼、郭蓁选注《秋瑾诗文选注》，人
民文学出版社2011年版，第88页。

③ 《〈芝龛记〉题后八章》，郭延礼、郭蓁选注《秋瑾诗文选注》，人民文学
出版社2011年版，第88页。

子苾为近世女声家最负人望者。平生身涉国难，尽发为词，《涉江》六稿甫一梓行，词坛耆宿皆称赏不置，一倡百应，直目为百年翘楚、再世易安。子苾词于南唐两宋名家涵泳特深，奄有众妙，浑化无痕，以为韦冯可，以为易安可，以为清真、玉田、碧山亦可。然坚守词体之精雅本色而跬步不失，弱于新创，是为遗憾。

天罡星玉麒麟卢俊义　丁宁（1902—1980）

丁宁世家女而命宫摩羯，"种种不幸遭际……'均寄之于词'"[①]，《还轩词》诚"断肠人一生心事化为掩抑之声"[②]也。施蛰存于怀枫极推崇："并世闺阁词流……以还轩三卷当之，即以文采论，亦足以夺帜摩垒。况其赋情之芳馨悱恻，有过于诸大家者。"[③]许为当代第一。怀枫重然诺，轻财帛[④]，又尝从武术家刘声如、黄柏年习技击剑术，从事图书馆工作垂四十载，数次持剑护书，凛然有古侠之风，颇似"忠肝贯日，壮气凌云，慷慨疏财仗义，论英名播满乾坤"之玉麒麟。怀枫才华幽愤皆称不世，而自甘枕肱饮水，抱残守缺，临终前自作挽联云："无书卷气，有燕赵风；词笔谨严，可使漱玉倾心，幽栖俯首。擅技击谈，攻流略学；门庭寥落，唯有狸奴为伴，蠹简相依。"能不令人发一太息！又，余乙未之秋于图书馆古籍部翻阅民国词集，于罗庄《初日楼集》卷

---

① 徐寿凯《我所知丁宁先生的一些事》，丁宁著，刘梦芙编校《还轩词》，黄山书社2012年版，第141页。

② 扬之水《开卷书坊·梐枥楼杂稿》，上海辞书出版社2013年版，第118页。

③ 《北山楼抄本跋》，转引自丁宁著，刘梦芙编校《还轩词》，黄山书社2012年版，第138页。

④ 指丁宁义藏恩师陈含光诗稿、捐献房产事。见徐寿凯《丁宁先生与诸大家·与陈含光》、《我所知丁宁先生的一些事·不留半片瓦，护书一功臣》，丁宁著，刘梦芙编校《还轩词》，黄山书社2012年版，第127—128页、第155—158页。

端见题字"怀枫仁姊惠存。子美^①敬赠",此书曩时或供于斯人案头者。遥想岁月流迁,感慨不胜。

掌管机密军师二员

天机星智多星吴用 陈小翠（1902—1968）

小翠原名璻,字翠娜,别署翠侯、翠吟楼主、空翠居士,世居钱塘,父陈栩蝶仙、兄陈定山蝶野为两代爱国实业家,兼擅文艺。母朱恕懒云、弟陈次蝶叔宝亦以诗文有声于当时。小翠于二十世纪三十年代发起中国女子书画会,新中国成立首批进入上海画院,有文采第一之誉。小翠通人,举凡诗、词、曲、文、书、画、小说,俱造诣超卓。其为词能一空依傍,别开户牖,写少女生活则云:"双髻词仙娇不嫁。嚼蕊吹香,日日红楼下。向晚沙堤风渐大,柳丝扶上桃花马。"写情事则云:"载春船小,恰春人双个。坐近湘裙并肩可。把罗襟兜月,玉笛吹烟,风催放、鬓角素馨一朵。"咏物则云:"怕姊呵腰,恼郎题字,未觉旁人拜倒卿。华灯里,讶花开似伞,缀满明星。"云霞满纸,奇句纷披,真不知何处飞来!小翠能作壮语,《解佩令》云:"燕卿金弹,信陵珠履。有多少酒人徒旅。斗大孤城,且暂把斜阳悬住。破江山,待侬来补。"《金缕曲·题迦陵集》云:"谁是知音者?猛悲歌、穷途日暮,泪珠盈把。季布千金轻一诺,不识绮罗妖冶。惭愧煞、龙门声价。十载依人斯养耳,被尘缰、缚煞横空马。吹铁笛,古城下。"《羽仙歌》三首洵为旷代杰作:"旷达竟如斯,知死知生,把千古、哑谜猜

着。看蝴蝶花开满山云，比坡老寒梅，一般潇洒。"　"一寸心灰九分烬。只蛮鞋蹴雨、絮帽披云，忘不了、天下崇山峻岭。"　"种树小梅花，分占青山。浑不用、大书言行。遣翠羽低低说平生，倘谥作诗人，死而无恨。"遣苏辛陈见之，当许异代知己。翠楼词堂庑之大，技艺之精，以书论之，则如善琏名管，墨饱笔酣，能作正、侧、偏诸锋，有雍容、姿媚、萧疏各态。小翠性孤介，离异后终身未再醮，至"文革"起，因不堪凌辱而引煤气自绝，刚烈竟如此。小翠生辰为壬寅年中秋后九日，与后主同月同日[1]，天纵奇才，灵襟夙慧，于后主亦不多让；而生平遭际之惨酷实过于后主。今我修词史，不能不拭去尘蔽，彰其姓字而还其魂魄。昔邵祖平盛赞翠楼云"就中疑有女陈平""聪明绝世又能豪"；我谓翠楼云"撑住天南灵秀气"[2]"好句能支五百年"[3]！

天闲星入云龙公孙胜　吕碧城（1883—1943）

碧城原名贤锡，字圣因，一字兰清，法号宝莲，别署信芳词侣、晓珠等，安徽旌德人。碧城少年游津门，得英敛之赏识，委以《大公报》编辑职。又长北洋女学，旋任袁世凯秘书。中年去国，游雪山大洋间，以数十年研习佛法，宣扬护生。后逝世于香港，遗命骨灰和面为丸，投诸海中，结缘水族。碧城为人"手散万金而不措意，笔扫前人而不自矜"[4]，时有"绛帷独拥人争羡，到处咸推吕碧城"之盛景。碧城行止既奇，作词每如手采珠尘，随播寰宇，瑰

---

① 见郑逸梅《艺林散叶续编》，中华书局2005年版，第1页。

② 小翠词《金缕曲·木笔花》。

③ 小翠诗《人日大雪客至戏笔》。

④ 樊增祥致碧城书中语。转引自郑逸梅《南社丛谈》，上海人民出版社1981年版，第140页。

迈无伦。《鹊踏枝》云："影事花城闻冤邪。海水生寒，一夕霓裳罢。罗袜凌波归去也。遗钿坠珥皆无价。   浥透鲛绡谁与话。泪铸黄金，不为闲情洒。弹彻神弦啼玉姹。四天雷雨冥冥下。""凤德何曾衰末世。半壁丹山，十树红桐死。哀郢孤累空引睇。微波未许微辞递。   夜有珠光能继暑。见说仙都，不作晨昏计。石破天惊成底事，闲供玉女投壶戏。"读之恍堕梵天花雨中。夫先有奇情，次生奇才，再成奇人[1]，碧城者，云龙暂憩于清季也，洵为千年词史异数，非仅三百年之殿军[2]。

掌管钱粮头领二员

天贵星小旋风柴进 叶嘉莹（1924—   ）

嘉莹号迦陵，原姓纳兰，满族镶黄旗人。十七岁入辅仁大学，为顾随入室弟子，尝得"别有开发，能自建树，成为南岳下马祖"[3]之寄语，厚望存焉。迦陵垂教席于海外逾三十载，返大陆后以高龄奔走南北，广开讲筵，得"叶旋风"之嘉名。又著作美富，当世仅见，"取径于蟹行文字"[4]阐释中国诗词尤为观堂后首推。迦陵一生舌耕笔种，论词每重"感发"，创作亦多寓人世海桑感，《鹧鸪天》、《浣溪沙》云："明月下，夜潮迟。微波迢递送微辞。遗音

① 马大勇师词《沁园春》语。

② 龙榆生《近三百年名家词选》置碧城词于卷末。

③ 顾随1946年7月13日致叶嘉莹书。赵林涛、顾之京编《顾随与叶嘉莹》，河北教育出版社2009年版，第6页。

④ 顾随信中语。赵林涛、顾三京编《顾随与叶嘉莹》，河北教育出版社2009年版，第6页。

沧海如能会，便是千秋共此时。""莲实有心应不死，人生易老梦偏痴。千春犹待发华滋。"高致遥揖苦水。

天富星扑天雕李应 吕凤（1868—1934）

吕凤字桐花，江苏武进人，赵翼五世孙赵椿年室，世称桐花夫人。桐花有《清声阁诗余》六卷，存词逾六百首，为民国女词人之最。夫妇为聊园词社成员，花朝秋夕，觞咏不绝。《诗余》出，一时雅士，咸来题辞，至有"迭霸红妆"①之目。栖梧食竹之凤，亦垂翼敝天之雕也。

马军五虎将五员

天勇星大刀关胜 陈家庆（1903—1970）

家庆字秀元，号碧湘，别署丽湘，湖南宁乡人，与兄家鼎、家鼐、姊家英、家杰及夫徐英同隶南社。毕业于东南大学，师事刘毓盘、吴梅。后任教于安徽大学、重庆大学、上海中医学院。"文革"中受迫害致死。家庆词兼东坡稼轩之高逸，茗柯鹿潭之淹雅②，堪与张默君称民国湖湘之双璧。伉俪游黄山，佳制绝多，《步蟾宫·观夷女裸泳》云："桃花溪畔银涛冷。看洛水、惊鸿留影。千岩万壑雪飞来，正潭上、珠流玉迸。　　铅华净洗余娇晕。只约

---

① 冒广生《校清声阁诗余辄题二首》。

② 家庆之女徐永端云："母亲常曰：'于词最爱东坡于稼轩。'""母亲晚年又喜诵张皋文词。""蒋鹿潭词母亲似尤偏爱，吾见其诵水云楼有时声泪俱下，乱离时文人之没落与伤悲令她感同身受。"徐英、陈家庆著，刘梦芙编校《澄碧草堂集后记》，黄山书社2012年版，第310页。

略、远山难认。横波无奈使人愁，却飏下、一天风韵。"陈声聪
云："想见其风流胜赏，如天外刘樊矣。"①抗战军兴，家庆闻辽吉
失守，怆然作歌："西风容易惊秋老，愁怀那堪如许！胡马嘶风，
岛夷入犯，断送关河无数。辽阳片土。正豕突蛇奔，哀音难诉。月
黑天高，夜阑应有鬼私语。　　　中宵但闻歌舞。叹隔江自昔，尽多
商女。帐下美人，刀头壮士，别有幽怀欢绪。英雄甚处？看塞北烽
烟，江南笳鼓，不信终军，请缨空有路。"寄声悲慨，骨力端翔，
允为词史之作。

天雄星豹子头林冲　尉素秋（1914—2003）

素秋字江月②，江苏徐州人。就读中央大学时受吴瞿安引导填
词，与沈祖棻、王嘉懿、曾昭燏、龙芷芬结梅社，裙屐飞扬，"切
磋琢磨……极一时之胜"③。素秋由赣入蜀，途中作《浣溪沙》组
词，声响沉咽，气韵雄浑，可与少陵纪行诸作同观："漠漠车尘侵
短鬓，迢迢驿路走丛山。任他离恨自年年。""向晚江风吹面凉。
烟波一棹渡潇湘。行人今夜宿衡阳。""瘴雾冥迷白昼昏。羊肠石
道阻轮奔。乱山深处隐苗村。"《齐天乐》咏南京故居老杏树云：
"一江南北烽烟满，惊心范阳笳鼓。六代豪华，金陵王气，都入庾
郎哀赋。""谁信芳菲凋殂。天涯倦旅。又泪堕岩荒，梦萦中土。
昔日园林，杏泉今在否。"沉郁跌宕，意脉通贯，是军中内家拳
法。素秋后辗转赴台，任成功大学中文系主任。自言"（词）牵

---

①　转引自徐英、陈家庆《澄碧草堂集》，黄山出版社2012年版，第82页。

②　素秋本无字，后厕在梅社时浑号"西江月"为字。《词林旧侣》，巩本栋编
《程千帆沈祖棻学记》，贵州人民出版社1997年版，第403页。

③　《〈秋声词校〉后记》，台湾帕米尔书店1967年版，第112页。

引着我个人的生命内容"①、"一直为了延续词的命脉，奉献其余年"②。汪旭初尝将沈、尉并称，为"学生中有成就者"③，唯素秋以遁去大陆数十年，知之者寡也。

天猛星霹雳火秦明　吕小薇（1915—2006）

小薇名蕴华，号竹邨，江苏武进人，少将吕祖绶女，吕思勉族妹。曾从唐文治、钱基博、陈衍、王蘧常学。抗战中流寓江西，后从事中、高校教学及古籍整理工作四十余年。竹邨性豪宕，能饮，"凭一腔、女儿情性，多惭名士"④，集中多势大力沉、气盛胆张之篇什，纪游定情之作《金缕曲》云："昨夜山灵语。道姑苏、天平幽胜，待小薇去。晓起驰轮三百里，惊破空山烟雾。便谢却、人间尘土。怪石嶙峋森万戟，甚朝天、玉版奴媚主。看列阵，刑天舞。　吴宫废址今何许。上荒台、渺然四顾，凉生袂举。目极沧浪悬一棹，记取盟心尔汝。肯闲誓、明朝牛女。夭矫龙蛇影外路，共斯人忧乐迈千古。同下拜，松间墓"。家国忧，儿女感，打叠一处，感慨邃深，稼轩见此亦当颔首。

天威星双鞭呼延灼　段晓华（1954—　）

晓华字翘芝，号颖庐，江西萍乡人，广州大学教授，当代诗教传承重镇。2010年与王翼奇、杨启宇、熊盛元、刘梦芙、龚鹏程

---

① 《〈秋声词校〉后记》，台湾帕尔米书店1967年版，第110页。

② 《词林旧侣》，巩本栋编《程千帆沈祖棻学记》，贵州人民出版社1997年版，第405页。

③ 尉素秋《梦秋词跋》，江东《汪旭初先生遗集》，台湾文海出版社1974年版，第137页。

④ 吕小薇《贺新郎》语。

同登峨眉金顶，创立持社，当选副会长。颖庐词雍容蕴藉，学人正格，尤以对句擅场："摊书有味拈奇字，枕手无眠数阵鸿。""草甸风轻容放鹤，桃湾水浅不胜篙。""新欢未必婵娟子①，旧事难防鹦鹉哥。""蝶羽难搁新旧梦，鳞波岂送去来心"，名章俊句，层见叠出，词中好对偶尽矣。非手段高强不可擎双鞭，恐未及伤人先自伤也。《浣溪沙》云："风挽疏帘扫碧苔。沉沉云叶阁轻雷。西园消息忍重猜。　　酒后言辞偏易记，花前意绪总难回。坐听新燕语春来。"感时忧世心，居然大晏。颖庐为吕竹邨高弟子，健笔渊源有自，能掮空胭粉而不强为丈夫气，唯真名士能此。

天立星双枪将董平　茅于美（1920—1998）

于美为著名桥梁专家茅以升长女、经济学家茅于轼堂姊。师从吴宓、缪钺。曾赴美国华盛顿大学研究院攻读英国文学，为新中国第一代比较文学学者。于美中英诗歌皆有造诣，能英译汉诗，汉译英诗②，双手写篆，鸣音百啭。《夜珠》、《海贝》二集，词心莹澈，纤尘不染，情愈真，格愈古，一洗雕饰，直上花间："云浓雾薄霜风细，侬心一点分明水。水面落花轻。微波感不胜。""泪盈双睫，低眸旋向君前说。只缘今日春风别，草草秾华，个个先春活。"纯美如新荷垂露，摇动嫣然。《生查子》云："妾有夜光珠，采掬经沧海。悱恻以贻君，奇处凭君解。　　近偶失君欢，断弃平生爱。不敢怨华年，但惜珠难再。"此等言语纳兰不曾道，秦

---

① "新欢"为沈祖棻原句。见《涉江词丙稿·薄幸》，湖南人民出版社1982年版，第100页。

② 茅于美有《移植集》，以英文译李清照、韦庄、李煜词，又依五古体译英国诗人华兹华斯、拜伦短诗。《〈茅于美词集〉自序》，湖南人民出版社1985年版，第9页。

七不曾道，子夜清歌尚在人间耶？

马军八骠骑兼先锋使八员

天英星小李广花荣　李舜华（1971—　　）

舜华号复庵，江西广昌县人，华东师范大学教授。师事吕小薇，从词人颖庐、晦窗、胡马游。舜华学养深湛，为词得心应手,矩镬从容；又"自是天真""不肯垂眉"①，时作"女儿疏放态"②，《水龙吟·和颖庐香江纪念馆黄遵宪词章长卷附骥以答晦窗》云："回首万峰烟暝，但疏星、乍惊还醒。良方莫诩，当时热血，尽成新病。且把芙蓉，天涯望断，野蒿初劲。要寒涛怒起，铁弓迸雪，认鱼龙影。"余者如"回首津桥惊一羽。天风吹下星如雨""等闲浇遍芙蓉土，千树桃花漫水坟""一砚如冰，奇文销尽长夜"，皆如倚竹清啸，全无俗声，得定庵、芸阁之风概，当代学人词之射雕手也。

天佑星金枪手徐宁　景蜀慧（1956—　　）

蜀慧蜀中才女，师承缪钺、叶嘉莹，中山大学历史系教授。为词特重寄托，曲尽深心，《玉楼春》二首云："东篱休叹黄花瘦。春水未生秋水皱。寒鸦衰柳自相哀，午夜清飚来远岫。　　刘郎已去蓬山久。王母白云深户牖。华林园冷月将斜，劝汝长星一杯酒。""佳人鹤发娉婷出。舞乱银屏罗袖窄。镜中自赏旧时妆，眉

---

① 李舜华《于网上得晦窗佳作，怅然有怀，兼寄晦窗》、《秋日杂诗》语。

② 李舜华《浪淘沙·辛未中秋感怀二首》语。

上频添新黛色。　　何郎粉面堪经国。右相元功称盛德。独持杯酒向黄昏，今古茫茫风露白。"二词意象重叠明灭，难名喻指，然楚骚心事，终难掩藏，此是正中、易安未至之境①。刘梦芙谓段、景二女史"同时瑜亮，各擅灵芬，未易轩轾"，拟之妆束，段宜青衿纸扇，景宜玄衣金簪。

天暗星青面兽杨志 刘蘅（1895—1998）

刘蘅字蕙愔，号修明，黄花岗烈士刘元栋胞妹。兄殉难方十六龄，自此发奋治学，师从闽中名宿陈衍、何振岱。我春室俊彦毕集，蕙愔高才曼寿，领翘流辈，列"福州八才女"之首。蕙愔词多郁伊惆怅感，幽愁暗恨每从字间拂拂生。《苏幕遮·新寒》云："远山低，红日坠。雁背西风，冷透相思字。倚枕行吟俱不是。只是魂销，暗洒无声泪。　　绕疏林，窥浅水。秋在湖心，人在黄昏里。绝好新寒诗味美。我的心头，这是何滋味。"末句白话一字千钧，堪继武易安。

天空星急先锋索超 李蕴珠（1958—　　）

蕴珠号猗竹阁主，甘肃天水人，供职于卫生部门，学诗词于张举鹏、文怀沙、袁第锐。蕴珠词情深辞秀而能贯以法度，如《金缕曲·送别》之"情字难图画。问从来、有谁量过，相思尺码"、《木兰花慢》之"侬知。是桃花，沾惹旧相思。忍把长亭寄语，无端写上墙西"，皆妍丽新警，动人心旌。《酹江月·解读林昭遗作普罗米修斯受难的一日》突作弦歌变徵："高加索冷，有群鹰、啄

---

① 蜀慧自言"倚声偏爱冯正中、李易安"。王蛰堪等《二十世纪诗词文献汇编·词部第一辑》，巴蜀书社2009年版，第30页。

食殷殷心血。欲使人间知黑暗，窃火照红妖孽。皓月清霜，丰城剑气，万里寒光彻。铁窗孤胆，壮怀能向谁说。　　强权主宰黎元，千年一慨，抗手真豪杰。饮弹从容奇女子，冷眼不图昭雪。填海移山，补天逐日，青史彪英烈。沉吟抚卷，望空涕泪如泄。"壮音发越，声震梁尘，识才胆力，迥不犹人，凭此一阕可名垂词史矣。

天捷星没羽箭张清 张珍怀（1916—2005）

珍怀别署飞霞山民，浙江永嘉人，张之纲女。受古文学于王瑗仲、钱仲联，问词于夏敬观、龙榆生、夏瞿禅，长期从事教学及古籍整理工作。珍怀词名夙著，为诸大家推挹，以陈兼于"清真二窗之间，而时有新题新意，谱时代之新声"[1]最为的评。珍怀《减字木兰花》咏外星文明云："夜空灿灿，银汉无声球似霰。几万光年，智慧高峰在那边。　　九霄云外，一颗星辰一世界。贝阙珠宫，多少鲛人碧海中。"又《齐天乐》咏荷兰水仙云："尘生罗袜重洋渡，依稀洛滨流盼。翠羽明珰，丰肌素靥，舞态新翻胡旋。惊鸿已倦。讶淡伫禁寒，异邦幽怨。""雅洁明快，举重若轻"[2]，逸思妙想，一时齐飞。所谓飞花摘叶，皆能制敌。

天满星美髯公朱仝 李静凤（1964—　　）

静凤字羽闲，斋号散花精舍、褪红簃，网名青凤。青凤为词令慢俱擅，情格兼美，涉网十数年来，以雅厚深挚誉满词界。网间婉约词沉沉夥矣，青凤词则气质殊异，一望而知。盖婉约真境，必

① 刘梦芙、黄思维编校《飞霞山民诗词》，黄山书社2009年版，第14页。

② 马大勇师评语。《晚清民国词史稿》，华中师范大学出版社2016年版，第25页。

先吐纳重大、经营沉郁而后至，如积旬秋茧方能抽出细丝，沾衣微雨须先酿自彤云。青凤之婉约，是学思才性融通所致，固非率尔操觚、腕力纤弱者可及。青凤兼修内外，深于昆曲、古筝、书画慧业，"冰心光莹"①，或得俊助。

天微星九纹龙史进 发初覆眉（1985—　　）

发初覆眉本名许方冬子，另有"马甲"书生骨相、素手把芙蓉等，上海崇明人，现供职东航。少年甫涉网坛，即予人惊艳之感②。刘梦芙《二十世纪中华词选》选百年词人凡八百三十八家，小眉乃"题名处最少年"。《空花》、《后身》、《天涯清露》、《小淹留》数集存词凡三百余，多为抒写一己幽怀之作。发初覆眉词能熔冶文言、白话、西哲、佛家语，而以女子兰息徐徐吐之，空灵清发，罕有俦匹，在气则深秋，在花则白莲，"不似人间笔触"③；又拟为姑射仙人，风袂飘举，每一顾盼，则观者魂为之夺，如入琉璃世界。近年词作多打入身世感，味遂转厚。发初覆眉非仅筑网词园圃一隅，更以开创审美范式之功于网间众姝丽中脱颖而出，故成现象级名手。《西厢记》云："幽僻处可有人行？点苍苔白露泠泠。"余观今词界，自小眉之出，于苍苔小径目送芳尘、心摹手追者，真不知凡几也。

---

① 青凤词《玉漏迟·咏镜湖桃花水母》句。

② 刘梦芙《冷翠轩词话》，"徐君晋如云网上有少女名'发初覆眉'者，为词绝佳。余询秦君子云，亦谓彼姝之词，极有灵气……善写锦瑟华年之情思，芬馨悱恻，而炼语殊新，慧心自运……固非小有浮才，妙手空空者可及。"转引自刘梦芙编选《二十世纪名家词选》，黄山书社2008年版，第1984页。

③ 网文《发初覆眉词的艺术特色》，作者"松鼠吃松鼠鱼"，引自微信公众号"诗歌大观"。

天究星没遮拦穆弘 问余斋主人

问余斋一名贺兰雪，二十世纪七十年代生人，任"秋雁南回"论坛诗词版版主、网络诗词百花潭潭主等职。问余作诗极快，人称"人工作诗机"①，自嘲"诗能一日百首，各进六十篇"，故存词绝多，大抵峭拔历落，劲装迫人，每有湖海楼雄风。《满江红·杂咏五首》最称纵横捭阖，映带连环："收长叹，钳恨口。刚易折，柔难守。遇釜下无焰，由他燃豆。欲换清肠移傲骨，祝黄天厚青天寿。酒醒时、愁海正茫茫，羲鞭朽。""长乐老，兴亡计。王谢宅，闲歌吹。算桃根种后，易成萍柢。无用书生休击楫，消磨忧国文章事。到头来、有恨岂堪言，空中字。""春不见，天雨粟。秋不见，苍生足。只欢歌唱似，故陵名曲。北毒南船西陕水，更深恻恻鬼听哭。愿明堂、富贵迫人来，时扪腹。"问余交游最广，慷慨好饮，网人尊之曰"女孟尝"。青凤谓"大气浑涵，清刚劲峭，略无脂粉习气"，绍兴师爷谓"若怒潮欲举，铁骑将腾"②。嘘堂"以其同声同气"，许为"近代最好的女诗人""网络诗坛，离开她去谈则毫无意义"③。

马军小彪将兼远探出哨头领一十六员

地煞星镇三山黄信 蔡淑萍（1946—　）

淑萍为四川营山县人，"文革"中受家庭牵连，未准大学录

---

① 苏无名《网络诗坛点将录》。

② 摘自菊斋诗词论坛网站。

③ 嘘堂与笔者谈话中语。

取，被迫回乡务农，旋以生计远赴新疆阿尔泰地区兵团农场劳作十七年。返乡后供职于重庆民盟部门，任中华诗词学会常务理事、《中华诗词》杂志特约编审等。淑萍词善写西疆生活经历："狼食狐偷经夜守，苇棚篝火月如纱。""羊儿扒雪觅衰草，我拾枯枝烤冻馕。""斜日，晚风急。正两两三三，牛马归匣。苍茫大地思无极。待雁字重到，雪原新碧。""炎日彤云，疾风飘雪，素毡白草黄沙。看长烟落日，听怨管悲笳。怎堪异、秦关汉月，蹒跚步履，枯骨饥鸦。叹驼铃，如诉声声，魂断天涯。"苍凉悲郁，文姬嗣音。杨启宇赠诗云："已惯人间行路难，风波历尽自心宽。狼河归梦清霜冷，鸡塞栖身毳帐安。词笔信能摅愤懑，萍踪端不负吟冠。铿锵掷地开诚语，恐有男儿带愧看。"淑萍"少当劫乱"，"老际承平"[1]，坐镇巴蜀词坛。

地勇星病尉迟孙立　王筱婧（1931—　　）

筱婧别号青女，福建福州人，毕业于上海外国语学院，后供职福建师范大学。二十世纪六十年代初得夏承焘激赏，并以通讯形式受业于龙榆生，为其私淑高弟子[2]。《金缕曲·邓拓同志逝世廿周年纪念》云："忧国书生事。记东林、头颅掷尽，茫茫劫里。三百年来花开落，何意重逢天圮。星乱陨、红羊祸起。万丈罡风吹血雨，问避秦可有容身地？千载恨，倩谁记。　　家山故宅今犹是。想明朝、功成四化，策勋情味。华表归来回首处，猿鹤沙虫俱已。但左海、英灵长识。欲话燕山新消息，向夜台秉笔应无忌。还更吐，浩

---

① 蔡淑萍《浣溪沙》语。

② 转引自施议对编纂《当代词综（四）·小传》，海峡文艺出版社2002年版，2002页。

然气。"筱婧词"堪称八闽之秀"，"却不轻易出示于人"[1]，不意笔力勇锐有如此。

地杰星丑郡马宣赞 郭坚忍（1869—1940）

坚忍原名宝珠，字筠笙，扬州人，清民际女杰。光绪维新后，坚忍率先放足，首倡女子不缠足会，宣扬平权思想。尝与秋瑾通函交好，鉴湖殉难后改名坚忍，字延秋，以继承秋瑾遗志自任。坚忍一生兴办女学，"亘数十年弗衰"[2]，为中国现代教育先驱。坚忍词擅长调，《满江红·自题停琴拔剑小影》云："一表英风，只应是、绘图麟阁。却缘何、钗环巾帼，潜藏绣幕。""长啸处，天惊愕。生铁铸，今生错。"激切耿介，透发淋漓，鉴湖流脉。

地雄星井木犴郝思文 刘韵琴（1884—1945）

韵琴为刘熙载女孙，"九岁能诗，及笄文名藉甚"[3]，尝旅居马来西亚、日本。归国后聘任上海《中华新报》，为中国首位女新闻记者[4]，以冒死笔伐袁世凯、袁克定闻名。擅以杂文句法入词，《金缕曲·时有假余名投稿于某报者，作此以质之》云："心地明如雪。转嗤他、须眉巾帼，供人愉悦。女界闻名参特识，谁谓人皆贤哲。独词藻、妍媸能别。尽尔妖魔鸣得意，比寒蛩徒自吟呜咽。

---

① 黄建琛著《养心斋文存·词林遗珠拾翠》，自印本，第54页。

② 杜召棠《再记郭坚忍》，陈保定编《郭坚忍纪念文集》，扬州大学2014年自印本，第30页。

③ 兴化任厚康女士语，转引自李西亭《近代女作家刘韵琴传略》，李西亭注《韵琴诗词》，武汉工业大学出版社1996年版，第1页。

④ 《中华新报》记者陈荣广《韵琴杂著序》："吾国女界能以文字托业于新闻，影响政局，启迪人群者，当推刘女士韵琴始矣。"同前注。

蝉饮露，惟高洁。　　寻章摘句抔心血。费无限、揣摩简炼，低回曲折。男子才华须磊落，下笔力同屈铁。何屑效、香闺一辙？大雅骚坛供鉴赏，信品评、月旦非虚设。问叶否，音和节。"周退密题《韵琴诗词》云："自是文坛不栉才，丰城剑气肯长埋。大家若使生今日，定有雄篇动地来。"与平江不肖生"横扫千人军"①之评语异代同心。为越轶文学批评之性别藩篱，特擢为地雄星。

　　地威星百胜将韩韬　苏些雩（1951—　　）

　　些雩祖籍广东虎门，生于广州，早年拜朱庸斋学词。分春馆老人论词尚醇雅，些雩能亭亭独立于侪辈外，自成一格。其词隽快明朗，善融入现代语汇情感，读之如乘轻舟过重山，有寓目骋怀之乐。《忆少年·昙花》云："三分是雪，三分似月，三分如酒。青山待梦醒，捧琼卮相候。　　撷取浮云留永昼。这星空，也曾拥有。清芬任一刻，亦天长地久。"《夜游宫·往游丹霞山途中因交通阻塞，车不能前往，遂乘夜徒步廿余里。天黑路滑，时雨时晴，汗雨淋漓莫辨，作此以记》云："闻道丹霞似画。急急地、兼程连夜。我约流萤早迎迓。笑鸣虫，向林间，吹打打。　　路在天之下。人世间、行行行也。历雨经风跋涉者。有晨星，在高山，遥遥挂。"风度襟怀堪与东坡相视而笑。

　　地英星天目将彭玘　梁雪芸（1948—　　）

　　雪芸原名雪卿，广东南海人，现居美国。雪芸亦分春门人，其《浣香词草》婉丽雅正，逼肖古人，如同记风雨夜行，神貌即与些雩迥异："年年春事惊如梦，花飞又成春怨。海市迷烟，珠灯隐

---

① 向恺然《韵琴杂著》题词。同前注。

雾，枨触高城临远。芳菲漫恋。正骤雨催愁，子规声变。薄幸东皇，尽教残絮逐萍转。　　春魂今夜甚处，纵行人满陌，春去谁饯。撼树雷骄，连川草湿，凄断离巢莺燕。孤悰暂遣。任年少伤春，鬓蓬飘倦。遍拍栏杆，暮潮天外卷。"（《台城路》）梁、苏二女史一守正，一生新，春兰秋菊，各足风流，接绍分春余韵。

地奇星圣水将单廷圭 谷海鹰（1968—　　）

海鹰居津沽，受业于王蛰堪。吟咏之外，耽于习医礼佛，自云"曾疑宿世比丘身。错念堕红尘。依稀梦里，浮沉影事，渺渺溯前因"。集名《捞月》，盖取自《法苑珠林》。海鹰词得白石冷香，字字濡冰沃雪，读之凉侵膝理："冻云垂雾，流霜荐瓦，黄昏庭角。细检寒丛，枝老不禁香萼。谁怜寂寞。恨久负、孤山梅鹤。凝眸处，月华仍照，那时衣着。""漏声断续，寄古寒、蟾光细抚檐楔。春恼残冰，客伤迟暮，难消雾冷烟零。梦谁肯醒。凭醉迷、槐穴风灯。叹年涯、镇逐萍波，践霜迎雨苦兼程。"然非冷眼观世者，殷殷忧生之心多有流露："轻舒蝶翅绕须弥，千江一苇凭谁渡。""一自鸿蒙开巧睫，无端轮转滔滔辇。"有观音大士杨枝洒水之概。

地猛星神火将魏定国 周燕婷（1962—　　）

燕婷号小梅窗，广东顺德人，熊东遨室，张采庵词弟子。广东师范学院物理系毕业，从事中学教育至今。燕婷当代婉约名手，为词谨守要眇宜修之体，深具女性美。《高阳台》云："白玉阑边，碧桃花下，那年初解相思。欲赠琼瑶，惊风轻皱春池。飞鸿夜夜西窗过，隔窗纱、梦影低迷。梦醒时、檐角勾留，一撮柔丝。　　人间不是忘情地，正斜阳脉脉，垂柳依依。半掩梨门，东风几度徘

徊。倩谁问取情何物，总为伊、瘦损双眉。怎消他、花满楼头，月
满桥西。"温柔馨逸，尤为人道。燕婷伉俪以诗词为生活方式，与
王蛰堪、魏新河、苏些雩诸名家往来酬唱，极一时风雅。

地辟星摩云金翅欧鹏 飞廉（1982—   ）

飞廉本名张印瞳，江苏无锡人，生于沪上，长于纽约，故笔
下驱遣东西古今，奇采异质有过于添雪斋者。《千秋岁引·赋云并
寄非烟》云："或作雷霆长恣略，或御沧浪从冰魄。宿雾朝霞任相
托。虚空绽成光影梦，娑婆谢在光明萼。此无生，亦无着，何当
缚。"驰想无极如抟风扶摇而起，网间开新一派骁将。

地阖星火眼狻猊邓飞 灏子（1968—   ）

灏子本名汪顺宁，西方美学博士，现任上海财经大学副教授，
有《廓尔集》。灏子词得益于所学，色彩光影感如印象派画，具
"幽花静瓶"之美。方之网络仝人，则格应在添雪斋、独孤食肉兽
间。《一斛珠·明晨谷雨》之"素坛鸟骨沉簧管"、《减兰·夏日
雨后的窗前盆花》之"褐灰栀子，殓迹收香开后死"、《疏影·绿
旗袍》之"光影如禅似定，有黑猫醒坐，空里游息"，皆诡靡幽
艳，令人称异，堪与飞廉称添雪氏麾下两副帅。

地强星锦毛虎燕顺 王兰馨（1907—1992）

兰馨号景逸，广东番禺人。北平师范大学毕业后辑历年所作
词百五十首为《将离集》。兰馨词绝似南唐北宋人，如缀诸名家成
锦章："雨过月华清，小院人初静。一桁疏帘宛地垂，飞过杨花
影。"虽三影郎中不能过也。"年年此地红心草。斜阳荏苒侵幽

道。三面藕花风，阑干黯淡红。"虽山抹微云君当袖手也。唯以历经劫波，晚年之《晚晴集》已大不复先前之貌。兰馨为新文学家李广田室，与沈从文、冯至多有交往。广田不作旧诗，兰馨不涉新诗，各守乃业，俱有所成。

地明星铁笛仙马麟　张充和（1914—2015）

充和为合肥张武龄氏季女，天资颖悟，兼有郑虔三绝，尤以昆曲名噪当时。抗战时供职陪都教育部礼乐馆，《思凡》一曲，名动山城。尝私淑于沈尹默，从章孤桐、卢冀野、汪旭初、姚鹓雏诸公游。新中国成立后偕夫赴美，从事昆曲教学研究，以百二高龄谢世。其人、其词绝去凡响，风神洒落，见之出尘。平生第一咏物佳制《临江仙·桃花鱼》云："记取武陵溪畔路，东风何限根芽。人间装点自由他。愿为波底蝶，随意到天涯。"摹神取髓，非庸庸词匠辈可及。郭频伽《词品·高超》云："潇潇秋雨，泠泠好风。即之愈远，寻之无踪。""众首俯视，莫穷其通。回顾数泽，翩哉螫鸿。"此之谓也。

地周星跳涧虎陈达　杨庄（1878—1940）

杨庄字叔姬，杨度妹，杨钧姊，少以诗文闻名乡里，与兄、弟合称"湘潭三杨"。叔姬学诗于王闿运，后适其四子代懿。《湘潭杨叔姬诗词文录》录三十岁前作品，同门齐璜为署签。杨皙子为"中国近现代史上第一'变形金刚'"[①]，叔姬一生亦数度于新旧界河两岸踟蹰往还，如跳涧然。

---

① 马大勇师《二十世纪诗词史论》，时代文艺出版社2014年版，第54页。

地隐星白花蛇杨春 罗庄（1896—1941）

罗庄字瘵生，一作婺琛，又字孟康，浙江上虞人，罗振常长女，罗振玉女侄，周子美继室。孟康笄年习作诗词，积《初日楼集》二卷，朱彊村、况蕙风、王国维诸老见之，共讶笔力重大，称异者再。孟康自矜遗民，又以早逝，致声名未传后世也。

地暗星锦豹子杨林 吕惠如（1875—1925）

惠如原名湘，行名贤钟，以字行，圣因长姊①。"工书画，善诗词……为人婉嫕淑慎"②，"邃于国学，淹贯百家，有巾帼宿儒之概……长江宁国立师范女校有年，人多仰其行谊。"③身后龙榆生为遍征海内，得遗词数十篇。惠如词怀抱高华，如"似闻鹤语空山，忍寒餐雪，总不向红尘飞到""独立水云侧，似信天翁鸟，饥守蒹葭"，诸语深具风人之旨；"满袖落梅风，吹笛石头城下。杨柳小于娇女，倚赤栏低亚。   六朝金粉飘零，燕子伤心话。剩有齐梁夕照，罨青山如画"，笔法酷肖迦陵。点惠如为杨林，盖锦豹子为入云龙介绍入伙之唯一一条好汉也。

地空星小霸王周通 宋亦英（1919—2005）

亦英又名梅，皖南歙县人，毕业于苏州美专，二十世纪四十年

---

① 二姊美荪亦有诗名，与碧城不睦。碧城《惠如长短句跋》云："（长姊）殁时，家难纠纷，著作湮没，遗稿之求，列入讼案，盖与遗产同被攫夺，亦往古才人所未闻也"，即指美荪侵占遗产事；《晓珠词》中亦有"情死义绝""其豆煎催"语。转引自《二十世纪中华词选》，黄山书社2008年版，第1641页。

② 蔡嵩云《惠如长短句附识》。转引自刘梦芙编选《二十世纪中华词选》，黄山书社2008年版，第1640页。

③ 吕碧城《惠如长短句跋》。同注②。

代参加共产党地下工作，新中国成立后以画艺供职美术部门。以早年革命经历故，诗词"富于战斗气息"[①]，多作昆冈裂石之声。《满江红·读张志新烈士事迹有感》云："怒发冲冠，问此是、人间何世？有多少，一字倾家，一言弃市。真理斗争人有几，英雄末路空垂泪。恸丹心碧血委黄沙，谁之罪？　天地转，群魔溃；云雾散，风光媚。喜沉冤昭雪，石人飞泪。此事此情人共奋，何时何地无此例。乞杨枝、水洒一般匀，山河翠。"亦英自言平生秉持"诗言志"，不蹈袭古贤，不拘于格律，"情有所触，笔有所抒""我之为我"[②]，然因性情学养未臻高境，诸作多伤于质直空疏而诗意略欠。盖"真我"与"老干"仅一步之遥，诗与非诗则判若云泥矣。

步军头领一十员

天孤星花和尚鲁智深 刘柏丽（1928—2001）

柏丽原名伯利，湖南长沙人，为水利部天津勘测设计研究院英语副教授，学通中外，著作甚夥。柏丽词如巨川海波，灌注潆洄，不假拾掇，笔墨淋漓；又如新磨禅杖，精光照人，脱手而出，气力千钧，堪与苏、辛、刘、陈及清季诸家相视而笑。《贺新郎》云："我是杂家穷掫拾，不耐烦、两句三年得。"快人奇语，亦似鲁达声口。试题《水调》于其《郁葱葱室词稿》卷末："伯也何利者，一起百代颓。弹下满身蟫屑，大踏步出来。天遣掌纶铁手，昨夜河图秘授，云气漫鸾台。生男不足许，未近此间才。　陈迦陵，辛

---

① 刘梦芙《二十世纪名家词述评》，安徽文艺出版社2006年版，第304页。

② 宋亦英《宋亦英诗词选·后记》，安徽人民出版社1983年版，第223页。

老子，谁复侪。要向君词湔洗，章句古莓苔。谪到曹郎司业，管领清都山水，万夫莫能开。兴至偶咳謦，东海涨碧埃。"

天伤星行者武松 冯沅君（1900—1974）

沅君原名恭兰，后改淑兰，字德馥，冯友兰、冯景兰胞妹，陆侃如室。沅君早岁熏沐"五四"风潮，以新文学家名世，然亦不废旧诗，笔名沅君即出自《湘夫人》。二十世纪三十年代获巴黎大学文学博士学位，此后专事古典文学教研，著有《张玉田年谱》、《古优解》等。沅君《四余词稿》、《续稿》存词百篇，风调出入稼轩、白石间。佳制如《点绛唇》组词："风定云开，远林推上明明月。扁舟如叶，稳泛蛟龙窟。　　隐隐前村，渔火明还灭。沧海间，人天悲郁，一啸千岩裂。""拔地孤峰，濡毫须用如天纸。长天如纸，不尽沧桑意。　　冻雨飘风，袖底重云起。群山外，晴空无际，偷得哥窑翠。"清刚劲健，牢落不群，是绮罗队中掉臂独行者。

天异星赤发鬼刘唐 添雪斋（1976—　　）

粤人添雪斋以妖异独造驰名网间，其荒寒诡谲远倍于郊岛。一入添雪国，品添雪辞，则如溺梦魇，如闻梦呓。遍检前贤词论，唯杨夔生"畸士羽衣，露言雷喧"[1]之语差可拟之。添雪斋喜作僻调，尝以《白雪》自寿、《催雪》自序，以《踏歌》咏希腊神话之卡珊德拉、美狄亚，泂美且异。余初读《影青词》，至"微灯鳞火是耶非，累累冰凌依骨叠""燃尽骨为灰，乱雨千丝做褐衣。翻野据梧孰与睹，忘归。魂梦如花错落飞""迷迭香和玫瑰色，缀白纱七十年如雪。覆你我，终同穴"（《木兰花令·冷灰日》、《南乡

---

[1] 杨夔生《续词品·独造》。

子》、《贺新郎·埃利斯》）句，辄诧为鬼语。当是时，冷雨敲窗，残焰昏昏，悚然掷卷，不能卒观。

天退星插翅虎雷横　丁小玲（1947—　　）

小玲浙江嵊县人，下放十年，企业退休。四十后始知诗，"口生疮，肘成胝，抄诗不辍"，自云作诗词"未敢有所期，风铎自鸣，孤怀自宣而已"。因恨"生不在，男儿列"[①]，自号曰半丁。半丁集中《浣溪沙》、《临江仙》特多，隽句如"枨触奇愁开倦眼，沉吟大月漫长堤""海月一轮看李白，寒花万朵说黄巢""一女投炉剑始出，千金买骨梦诚痴""子规思小杜，虫梦响深山""好山藏慧业，风叶是平生""晚来双燕子，轻剪一行烟""古今多少梦，南北往来舟"，皆苦心扪剔而后工也。

天杀星黑旋风李逵　张默君（1883—1965）

默君初名昭汉，号涵秋，以字行，湖南湘乡人。默君性颖慧，弱岁已颇可观；后游学上海，龚炼百、黄克强奇之，挽入同盟会。默君与秋瑾交称莫逆，尝阴护其党人，所全非一。辛亥之役，父张伯纯举事苏州，默君制长幡盈二丈，擘窠书"复汉安民"，树北寺浮图顶，数里皆见之；又主《大汉报》，创办神州妇女协济社、神州女学，鼓吹民治，进导女权。后游于欧美时，闻巴黎和会将不利，与留学士子奔走呼号，吁恳我代表退席。国民政府甫建，历官杭州教育局长、立法院立法委员、考选委员。默君持文衡最久，树

---

① 丁小玲《半丁集》，南京出版社2014年版，第1页。

人最多，又以为人率直伉爽，光风霁月，海内识与不识，皆呼先
生。内战后赴台，仍任职教育界。默君以诗词文章雄于时，《红树
白云山馆词》尤高蹈绝俗，啼笑百端，格最近清季易哭庵。《玉簟
凉》云："晶箔飘灯。正梦瘦梅花，月浸空庭。霜钟摇古怨，况雪
意沉冥。红墙银汉缥缈，旧阆苑、仿佛曾经。云路冷，甚玉鸾啼
处，哀断长更。平生。当筵说剑，浮海赋诗，游侠肯误功名。鱼龙
看变幻，指弱水膻腥。青城幽话未已，忽化鹤，足乱繁星。花雨
外，响九天，横展修翎。"邵瑞彭题序曰："……惊采壮志，辚轹
千古……默君本非常人，值此非常之境，复葆此非常之才之学，求
诸彤史，绝无伦比……世有善知识，慎勿以古来闺秀相提并论，庶
几可以读默君之词矣。"①

天巧星浪子燕青 周炼霞（1906—2000）

炼霞原名紫宜，又名莛，字螭，号螺川，笔名忏红等。少年移
居上海，从郑德凝学画，蒋梅笙学诗，朱古微学词，与陈小翠、顾
青瑶、顾飞等共举中国女子书画会。炼霞词妙趣天成，性灵四溢，
真如敲冰戛玉，诵之满颊生香，令人辄生"美人才地太玲珑"②之
叹。有论词者云："碧城姿首仗严妆，子苾犹熏漱玉香。若比灵心
与仙骨，都教输与炼师娘"③。咏馨楼主《近百年词坛点将录》擢螺
川词人为双枪将董平，眼光如炬。炼霞美姿容，善应对，以只身周
旋于沪上文化名流间④，有索诗词者，当筵立就。更兼"咳珠唾玉，

---

① 冯乾编校《清词序跋汇编》（第四册），凤凰出版社2013年版，第2136页。

② 龚自珍《己亥杂诗》第二百六十五。

③ 柳芸《螺川韵语辑》，《诗锋》（第二辑），复旦大学出版社2012年版，第
379页。

④ 陈巨来《安持人物琐忆·记螺川事》谑而近虐，于炼霞多有诬者，不足信。

妙语迭出"①，故"鬓眉衮衮，奉手称臣"②。迨红羊劫起，陈小翠、庞左玉相继自尽，炼霞勉力维生，始终不肯揭发他人，后竟以"但使两心相照，无灯无月何妨"句见诬，遭殴打至一目盲。遂请友人代刻"一目了然""眇眇兮愁予"二印解嘲，旷达乃尔。二十世纪八十年代赴美与家人团聚，瞽目复明，寿至耄耋。《水浒》七十四回起首单道着燕青云："他虽是三十六星之末，却机巧心灵，多见广识，了身达命，都强似那三十五个。"此番好言语，移誉炼霞可也。

天牢星病关索杨雄 汤国梨（1883—1980）

国梨字志莹，号影观，章炳麟室，二人由征婚结合，太炎畸人，多赖相侍③。国梨自言："老先生声名盖世，虽擅诗文而不屑于词曲，我之习倚声，亦有意以示非倚傍老先生者。"④身后之名终未为夫所牢笼。夏夫子谓《影观词》"幽深绵纱"⑤"婉约深厚"⑥，细味其"木叶飘摇风不息，残阳影里啼乌集""漫说花灵憔悴，终怜月魄荒唐""支离双泪眼，憔悴一生心"句，佳处则每在含鞶衔怨、因病生妍。太炎有奇语："人之娶妻当饭吃，我之娶妻当药

---

① 刘聪著辑《无灯无月两心知——周炼霞其人其诗》，北京出版社2012年版，第39页。

② 宋训伦《沁园春》句。

③ 黄朴《影观词序》："大家相先师太炎先生，出处语默之大，米盐酒脯之细，宾萌酬酢之烦，靡不辨色审音，曲尽其道；既又迎奉太夫人，左右无违，南陔戒养，白华自清；所以移风易俗者，可谓能务其本矣。"《文教资料》2000年第4期。

④ 徐复《影观词前言》，转引自刘梦芙编选《二十世纪中华词选》，黄山书社2008年版，第1678页。

⑤ 《影观词序》。

⑥ 《章夫人词集题辞》。

用。"①讵知国梨夫人亦一病词女耶?

　　天慧星拼命三郎石秀 盛静霞(1917— 2006)

　　盛静霞字弢青,扬州人,受业于汪辟疆、吴梅、唐圭璋。汪旭初云:"中央大学出了两位女才子,前有沈祖棻,后有盛静霞。"②弢青特擅歌行,尝以新乐府四十首充毕业论文③,《大刀吟》、《哀渝州》、《壮丁行》诸作诚具诗史之高度。弢青词仙心秀骨,好句纷披:"粉蝶飞迷千里路,落花飘下一声钟""月易朦胧天易妒,人间别有烟与雾""恒沙流尽天难老,烧痕暗发原头草""秋风不皱星河水,闲庭一霎愁无已",迷离惝恍,思致飘然,慧心若此。弢青为天风阁弟子蒋云从室,夫妇琴瑟甚笃,以诗词文章相濡沫,如频伽灵鸟交颈相鸣,学林佳谈。

　　天暴星两头蛇解珍 徐自华(1873—1935)

　　自华字忏慧,号寄尘,别署秋心楼、语溪女士,浙江崇德人。同盟会、光复会会员,南社社友。寄尘为秋瑾义姊,尝倾奁中黄金三十两助其起事。秋瑾赴义后,与吴芝瑛冒死为之营葬。后筹办秋社,主持祭奠,死保秋坟。又职掌竞雄女校,以志秋魂。寄尘于南

---

　　① 陈永忠《章太炎与近代学人》,百花文艺出版社2012年版,第75页。

　　② 蒋礼鸿、盛静霞《怀任斋诗词·频伽室语业合集》,香港天马图书有限公司2004年版,前言页。

　　③ 蒋遂《粉蝶飞迷千里路,落花飘下一声钟:盛静霞的诗意人生》:"转眼间,盛静霞就要毕业了,她一向怕写论文,于是向汪辟疆先生征求意见说:'可否以四十阕《新乐府》代替论文?'汪先生说:'别人不可以,你可以。'"杭州市政协文史委员会编《之江大学的神仙眷侣——蒋礼鸿与盛静霞》,杭州出版社2012年版,第17页。

社文名藉甚，诸宗元径题其词卷云："我读闺秀词，昔嗜庄莲佩。我读近人词，今慕徐忏慧。"忏慧集中固多悼秋侠篇什，复以豪侠之气格工于侧艳小词，是多面人生之写照。寄尘雅人义士，集句作赞："秋风秋雨愁煞人，河梁分手欲沾巾。古来圣贤皆寂寞，多谢诗人为写真。"[①]

天哭星双尾蝎解宝 徐蕴华（1884—1962）

蕴华为自华胞妹，字小淑，别字双韵，别署月华、曾立雪人，同盟会、光复会成员，南社社友。小淑自幼受姊课，及长拜秋瑾、陈去病为师。上海爱国女校肄业后，膺教职近三十年，抗战中为拒伪职，流寓浙沪间。小淑才华不逊乃姊，柳亚子并举曰"玉台两妙""浙江两徐"[②]；鉴湖亦赠诗云："丽句天成谢道韫，史才人目汉班姬"。小淑有《金缕曲》题寄尘《忏慧词》："漱玉清音歇。可颉颃、女儿溪畔，犹留词笔。慧业忏除焚稿矣，黄鹄歌成凄绝。更又是、掌珠坠失。身世茫茫多感慨，抱愁怀天地为之窄。谁解得，词人郁。　　残山剩水悲家国，最伤心、秋风秋雨，西泠埋骨。风雪山阴劳往返，今日只留残碣。叹一载、空喷热血。造物忌才艰际遇，剩裁云缝月金荃集。恐谱入，哀弦烈。"哭秋悲姊，感时伤己，兼而出之。

---

①　四句依次为秋瑾绝命残句、张耒《出京寄无咎二首其二》、李白《将进酒》、陈维英《太古巢记事》。

②　柳亚子于1936年拟《文坛点将录》，其中天罡皆为南社、新南社成员，亦点寄尘、小淑为解珍、解宝。

步军将校一十七员

地默星混世魔王樊瑞 薛绍徽（1866—1911）

绍徽字秀玉，号男姒，福建侯官人，适同乡陈寿彭。寿彭福州船政学堂毕业后留学欧洲，获系统西方教育，绍徽由此颇得西学浸润。戊戌变法中，绍徽积极投身上海女学运动，创办女学会、女子刊物、女学堂。变法败，退与寿彭合作编译西方文史、科技著作，编辑报刊[①]，凡尔纳之《八十天环游地球》首部中文译本即薛、陈夫妇所作。寿彭游学时尝以海外珍玩寄妻，绍徽遂着意拣选词调，填词回赠。《绕佛阁·绎如夫子由锡兰寄贝叶梵字佛经填此却寄》、《穆护砂·绎如又寄埃及古碑拓本数种用题以寄》、《八宝妆·绎如寄珍饰数事》、《十二时·金表》诸作，无不协调圆融，文藻斐然，有凿通之妙。梦苕翁许绍徽诗为"闺阁中大手笔"[②]，观其词作，诚可随其笔致神游列国也。

地暴星丧门神鲍旭 杨令茀（1887—1978）

令茀名清如，江苏无锡人，名士杨宗济小女、杨味云妹。自幼受新式教育，通法、英、俄文字。又承家学沾濡，诗古文辞深入堂奥。从兄游辇下时，为逊清诸老陈弢庵、樊云门、张季直交口称誉，袁世凯延为子女教读[③]。令茀以画艺名世，曾任北平、沈阳两地

---

① 钱南秀《薛绍徽及其戊戌诗史》，[加]方秀洁、[美]魏爱莲《跨越闺门：明清女性作家论》，北京大学出版社2014年版，第287页。

② 《近百年诗坛点将录》，《当代学者自选文库·钱仲联卷》，安徽教育出版社1999年版，第684页。

③ 《杨令茀诗、书、画三绝》，《郑逸梅选集》（第六卷），黑龙江大学出版社2001年版，第597页。

故宫博物院画师。"九一八"事变后，日本遣间谍相笼络，令茀慨
然书"关东轻弃千钟禄，义不降日气节坚"，去国逃亡。经德国，
逢画展，其水墨花鸟为希特勒所喜，强请题款。遂以中文书"致战
争贩子"，飘然而去。令茀侨居北美四十余年，逝世后将毕生珍藏
文物捐献祖国。有《莪慕室诗余》，曾作《水龙吟》留别武英殿、
《金缕曲》重别武英殿，遗民心绪颇浓重。令茀一生传奇，点为丧
门神，以彰其爱国之忱、反战之勇，非恶谥也。

地飞星八臂哪吒项充 康同璧（1889—1969）

同璧字文佩，康南海次女。梁启超《饮冰室诗话》载其"研
精史籍，深通英文……孑身独行，省亲于印度，以十九岁之妙龄弱
质，凌数千里之莽涛瘴雾，亦可谓虎父无犬子也"①。同璧随父历游
海外十余国，自作诗云："若论女士西游者，我是支那第一人。"
同璧于乃父思想宣传最力、维护最坚，为民国女界领袖，曾任万国
妇女会副会长、中国全国妇女大会会长。新中国成立前夕任华北七
省参议会代表，与人民解放军商议和平解放北平事宜。后于数次政
治运动中逐渐边缘化至失声状态，昔时俊杰，晚景凄凉，终因感冒
死于医院观察室。同璧有词集名《华鬘》，可为其雄奇跃宕、云龙
变幻之生涯作一注脚，如"宿雾收云脚，朝云浴涧边。望迷一片绿
芊绵。须趁秋深茶熟，踏花田"，何等优容；"雨横风狂葬落花，
角声凄咽送行车。长亭迷望远山遮"，何等萧杀；"金粉凋残，神
州怅望，妖祲漫漫结。谁挽银河，可能为浣腥血"，何等豪侠。集
龚自珍、康同璧诗吊之：天将何福予蛾眉。胸中海岳梦中飞。遥知

---

① 舒芜校点《饮冰室诗话》，人民文学出版社1959年版，第3页。

下界觇乾象，故现华鬟作女儿。①

地走星飞天大圣李衮 黄墨谷（1913—1998）

墨谷字潜，福建同安人。厦门大学肄业，抗战中赴东南亚诸国讲学，归国后辗转各地执教鞭。墨谷曾以词受知于毛夷庚，并师事乔大壮；又研词学，著《重辑李清照集》等。墨谷词集名《谷音》，《永遇乐·题蒲松龄故居》云："子夜灯昏，荒斋案冷，满腔孤愤。狐鬼奇文，风雷绝唱，托寄痴狂忿。汨罗沉石，寒郊骑驽，一例吞声饮恨。想当年、呕心沥血，总为苍生泪揾。　　松溪映带，三间茅舍，依旧烟霞隐隐。魂返魂来，青林黑塞，比黄州困顿。藏之名山，传诸后代，春秋微义谁引。算知我、刺贪刺虐，诗人笔奋"。"满腔孤愤""汨罗沉石"云云即恸恩师曾劬也。乔大壮以人、词横绝民国，有"词坛飞将"之目，墨谷女弟宜拟飞天大圣。

地幽星病大虫薛永 隆莲（1909—2006）

隆莲法师俗名游永康，字德纯、亦名慈，法名隆净、仁法，别号文殊戒子、清时散人。在家时遵父命参加全省文官三场考试，俱荣登榜首，峻谢县长之任命。二十世纪四十年代出家，师事能海上师，新中国成立后出任全国佛教协会副会长，创办尼众佛学院，毕生致力佛门教学事业，世尊之当代第一比丘尼。法师词多言礼佛事，《菩萨蛮》云："旃檀香袅慈云护。纱窗不许春风度。斗室静无尘。低头礼至人。　　庄严瞻妙相。垂臂长相望。游子不归家。池莲空自华。"《沁园春·野望》为声调悲慨之别调："试上高楼，极目西川，逦迤平原。问二十三年，几王几帝；卧龙跃马，载

---

① 四句集龚自珍、康同璧诗。

鹤乘轩。剖腹燃脂，寝皮食肉，万姓同衔九死冤。悲风起，又黄尘匝地，来扑空村。　　天高地迥黄昏。向豺虎空山早闭门。信微君之故，天胡此醉；人间何世，予欲无言。彼黍离离，吾其左衽，昨夜西山闻杜鹃。三闾氏，问万方一概，谁与招魂。"法师以慈悲怀发壮音，盖"修持之严"与"爱国之殷""利生之忧"[①]原相妨也。

地伏星金眼彪施恩 陈懋恒（1901—1969）

懋恒又名珊，字榉常，号荔子、墨痕等，福州螺洲人，陈宝琛女侄，合家称"十八姑"。燕京大学历史系毕业，师从顾颉刚、邓之诚、钱穆，为顾氏入室弟子。先后工作于东吴大学、圣约翰大学、上海美术专科学校、上海历史研究所等。懋恒自幼强于记忆，能默诵十三经中十一经，后果成良史，著有《明代倭寇考略》、《中国上古史演义》等。兼能诗、词、文、琴、棋[②]，有"福建才女班头"之誉。挚友陈小翠避居懋恒所，懋恒慨然迎接，毫无畏惧。小翠赠诗云："狼狈青毡百不存，解衣推食女平原。乞天暂缓三年死，我有平生未报恩。"小翠自尽后，懋恒不顾危难，当即着手为其整理年谱及诗词集，三十二年后，终由儿媳许宛云交还小翠之女汤翠雏，合编为《翠楼吟草全集》，于台湾出版[③]。懋恒词《解语花·翠姊赠藕》云："积尘书笈，仙凡隔，丽句妙香齐灭。苍茫吟彻。又岂独、杜陵愁绝。应念伊，一片冰心，似旧时莹澈。"写尽

①　赵朴初《隆莲诗词选序》，《隆莲大师文汇》，华夏出版社2011年版，第226页。

②　懋恒指导两儿之华、之云围棋，居然俱成国手。卢美松《陈懋恒诗文集前言》，海峡文艺出版社2011年版，前言页。

③　《上海滩名门闺秀·叁》，宋路霞编，上海科学技术出版社2012年版，第157—158页。

小翠灵慧。懋恒"形貌虽娇弱，而行事则类丈夫。性豪爽而果敢、诚笃而正直"[1]，只手出小翠于存亡死生间，直是朱家、郭解一流人物。懋恒后小翠一年而逝，不知地下，翠楼报恩也未？

地镇星小遮拦穆春 柯昌泌（1899—1985）

昌泌字徵君，山东胶州人，柯绍忞女，王广浩室。从王国维学词，有《和观堂长短句》廿三首，追怀乃师。《蝶恋花》云："碾尽香尘车辚辚。别后江南，烟水谁相讯。蜡炬烧残红几寸，今宵归梦犹无分。""为问闲愁愁几许。日日东风，不绾游丝住。费尽黄莺千万语，落花依旧东流去。"虽细针密缕，仍见"人间"情怀明灭其间。

地僻星打虎将李忠 雪泥萍踪（1974—　　）

雪泥网间一奇客，尝披甲穿梭于各大论坛，以疗诗圣手自许，张榜攻讦，语辞锋利，人不堪其伤，雪也不改其乐，大有真理在握、受敌八面之气概。雪泥平生绝句最佳，赠人如"窗前多种相思树，截住萧郎老去秋""郎似红荷依绿叶，不妨莲藕有余丝""依肩才一笑，已抵十年春"，风情摇曳，我见犹怜。词擅短章，立春日为家中小猫小狗作《如梦令》二首云："纵是寒风满路，已露芳菲气数。春似道旁猫，暗里长牙一吐。低语。低语。鱼在桃花红处。""总算冬成过往。幸此毛皮无恙。试咬春之襟，拖到咱家楼上。独享。独享。春是油油向往。"天然语，新鲜语，每诵为之绝倒。雪泥居随园，或真能得袁子才遗风沾溉。

---

[1] 懋恒大学同窗、马寅初之女马仰曹语，同前注。

地异星白面郎君郑天寿 黄润苏（1922—　　）

　　润苏字曼琴，号澹园，四川荣县人，复旦大学教授。曾受业于汪东、陈子展、蒋天枢，尤惠于卢冀野。润苏词每擅煞尾，如镜头步步推进，定格于细节刻画之上，全词精神顿出，如《御街行》之"更无人处更销魂，野草山花如洗。红衣小髻，断桥流水，并坐横吹笛"、《临江仙》之"呢喃听燕语，凤绣每停针"。润苏为人"不傲睨于时，不讽喻于事"①，恂恂然一书生。

地魔星云里金刚宋万 梁璆（1913—2005）

　　梁璆字颂笙，又字庸生，福建闽侯人。中央大学时入吴梅创立之潜社，与盛静霞、陶希华称"三才女"。后适同窗徐益藩，举家辗转宁沪间。夫殁后赴连云港，任海州师范学校教师。"反右"中革去教职，划为右派，下放至图书馆任管理员，所存诗词亦尽抄没，平反后始退还，劫后余灰，弥足珍贵②。《菩萨蛮·五都词》作于国难方殷时，其三、其四咏汴梁、临安云："虫沙海内纷如织。黄袍竟见陈桥驿。奠国几何时，议和三四回。　　凄然遥望北。一片胡尘墨。卧榻任人眠。天津听杜鹃。""凄凉一片烽烟逼。皋亭山下胡兵入。半壁纵偏安，行都守亦难。　　百年重寂寞。秋水钱塘落。莫过半闲堂。秋原蟋蟀荒。"直笔大书，毫无拘忌，是卢冀野《中兴鼓吹》之流亚。

---

①　陈子展《澹园诗词序》，学林出版社2001年版，第2页。
②　梁璆《颂笙诗词稿》复印件及年谱等资料由江苏省连云港市海州区诗词楹联协会副会长朱成安先生寄赠。

地妖星摸着天杜迁 李淑一（1901—1997）

淑一长沙人，李肖聃女，柳直荀室，杨开慧好友。1957年以旧作《菩萨蛮》寄主席，词云："兰闺索寞翻身早。夜来触动离愁了。底事太难堪，惊侬晓梦残。　征人何处觅。六载无消息。醒忆别伊时，满衫清泪滋。"后竟得《蝶恋花》词之回赠。横汾之赏，荣逾华衮，淑一由是播名天下。

地短星出林龙邹渊 王季淑（1900—1966）

季淑字静宜，出身闽侯望族，适珍重阁主赵尊岳，"名士才媛，伉俪綦笃……一时比于赵松雪之于管仲姬"[1]。季淑有纪史七绝《悼珍妃》一百首，今已佚。叔雍集中存其《望江南》六首，兹录其二略窥词才："江南好，画舫载娇娆。风里落花红入桨，雨余春水绿平桥。金粉尚南朝。""江南好，人在木兰船。柳拂一溪如画㡠，花为四壁藉书眠。箫鼓夕阳天。"

地角星独角龙邹润 赵文漪（1923—？）

文漪为赵尊岳长女，承庭训，颇能词，有《和珠玉词》一卷，与叔雍《和小山词》合刊。父女而和父子，时人目为大小晏。卢前《望江南》云："蘋香例，常派有斯人。直向易安分一席，高梧家学本清真。二晏得传薪。"并谓"……同叔父子并有继响，为不寂寥矣"。叔雍晚年与夫人失和，往星岛投文漪，老去颓唐，客中寂寞，幸赖女儿奉养。去世后，《高梧轩诗》、《珍重阁词》亦由文

---

[1] 高拜石《古春风楼琐记》，台湾新生报社1979年版，第112页。

附　录　287

漪主持刊行。今人咏馨楼主谓"夫人有子，中郎有女"①，文漪功其
不泯。

地捷星花项虎龚旺 如月之秋

如月之秋居重庆，出道网络甚早。刘梦芙称"吹气若兰，风
韵独绝……心丝一缕，不断绵绵"，苏无名称"似清茶檀香，久而
有味"，皆言其词清而不疏、雅而能厚也。如月隽句如"人定凉秋
深院里，手合刹那优昙""月度楼中，照见小瓶花淡红""一时人
倦，衣薄压阑干，云又淡，隔花看，仿佛成相忆"，俱温淡从容，
殆杨夔生所谓"采采白蘋，江南晓烟。觅镜照春，逢塘写莲。渔舟
还往，相忘岁年。佳语无心，得之自然"②之境界。如月隐退经年，
生平知之不详，以咏花多故，点为花项虎。

地速星中箭虎丁得孙 萼绿华

萼绿华又有"马甲"成昆、能饮一杯无，亦能作说部，成名
于"光明顶"③、菊斋。萼绿华名托天女，词亦超逸近仙。《莺啼
序·咏兰》之"宿壑栖崖，披发曳带，任雾凄风恚""携灵苓、松
阜夜坐，招皓露、篁林晨醉"" 时维夕暮，群芳将秒""孤高不
在逍遥，且遣余馨，不同风义"，其饮芳食菲之山鬼耶？留取残荷
叹之曰："绝怜并世风华少，彩笔纵横有几枝。"苏无名赞之曰：

---

① 冯永军《当代词坛点将录》，网文。按：尊岳父凤昌曾任张之洞文巡捕、总
文案，之洞侍之如左右手，虽中宵不离，颇有秒声。章太炎因有"两江总督张之洞，
一品夫人赵凤昌"联语讥之。

② 《续词品·澄淡》。

③ QQ聊天室，依《倚天屠龙记》例设四大法王管理，后转型为论坛，网络诗词
早期阵地之一。

"灵性较孟依依犹胜，读之如对姑射山人，顾盼倾国，氓童登徒，狂思至矣。"仙人其逝何速，空余衣香珮响，令人怀想出尘。

地恶星没面目焦挺 孟依依

依依另有网名谢青青等，2000年即涉网，成名于天涯诗词比兴版块，后加入菊斋网，历任诗词曲联版版主、管理员。依依为网间最早之"偶像派"，清慧才女代表人物。亦以亲历各论坛人事风波，列网坛元老。《月出》一集，清丽缠绵，时见灵心，使置于大观园中，应夺罍卿之位。《风入松·雪花寄江南》云："仙葩惟许种天坛。夜守昼犹监。霜娥偷得琼瑶去，向人间、倾倒花篮。如絮风流体态，痴儿差拟为盐。　　爱他一朵鬓边簪。素手苦难拈。方开旋谢知何故？想深情、绝似春蚕。笺札若能封取，与君寄往江南。"《南歌子·周末网上算命》云："抱枕人迟起，居家发懒梳。蓬头且作小妖巫。卜卜将来那个是儿夫。　　已自心中有，如何命里无。刷新之后再重输，不信这台电脑总欺奴。"十数载间诸子往来啸聚，倾慕者如草虾江鲫，而依依始终不肯见一人[1]，真容至今人莫能知，遂为网坛悬案矣。

地丑星石将军石勇 石人山（1976— ）

石人山原名刘芳，河南人，网间名家碰壁斋主[2]夫人，游于深、

---

[1] 苏无名《网络诗坛点将录》。

[2] 碰壁斋主本名卢青山，1968年生。原籍岳阳，后流寓岭表。著有《安归集》，含《荷塘集》等六种；又有《壁下诗存》、《壁下词存》等，凡数千首。马大勇师谓"'才大气粗'者也……赤膊出阵，所向披靡"；苏无名点为宋江，谓"古风一格，狂飙突起，元气淋漓，沛然莫之能御……网中罕有不奉碰壁诗为圭臬者……卓然当代，宜为首领"。

港间。石人词气息萧索，惯作出世语，似怀大心事。其最擅《菩萨蛮》一调："茫茫失路客。试上危岩立。三面海声寒。乱云驰复还。""湖山著墨浑如锁。电光千顷倏开破。此际一天波。沉雷波底过。""黄昏记得深相倚。长堤一水波迤逦。波影荡星光。还同此夜长。"昔时山横壁立，网坛佳话，惜夫妇偕隐有年，琴箫合奏遂绝响于江湖矣。

四寨水军头领八员

天寿星混江龙李俊 李祁（1902—1989）

李祁字稚愚，长沙人。受业于李肖聃、刘麟生。1933年由庚款招考入牛津大学攻读英国文学，归国后辗转主湖南大学、浙江大学、岭南大学等校讲席，嗣应傅斯年召，讲学台湾。1951年由香港赴美，先后执教于加州大学、密歇根大学及加拿大温哥华B.C大学，1964年以名誉教授退休。1972年请得研究金，专研朱熹文艺批评。李祁词多抒写去国离思，《满江红·一九六五年二月温哥华》云："七月勾留，曾看老、丹枫颜色。行到处、沙鸥云树，渐成相识。无竹无梅难说好，有松有水情堪适。最喜是、微雪降山头，迎朝日。　　地之角，当西北。天欲坠，谁撑得。问鹏程初起，可愁天窄。碧海观澜昨倦矣，清宵听雨今闲极。又回思、故国雨声多，春逾急。"壮思闲愁，并入瑶章，如守贞写兰，一笔中兼有浓淡，几臻毕生追慕白石"雄浑飘渺两相兼"[1]之境界。

---

① 李祁诗《读扬子江歌》句。

天平星船火儿张横 张纫诗（1912—1972）

纫诗原名宜，后转换，纫诗其字，自署南海女子。幼从名儒叶
士洪及桂坫受经史之学，书法钟王，擅写牡丹，又尝为民国政要、
诗人陈融掌书录。寓广州时加盟越社、棉社。1950年赴港，"纱幔
授徒，自修慧业"①，后入坚社、硕果社，有"诗姑"之目。尝挟
艺走东南亚、北美，倾动一时。中年适越南华侨蔡念因，偕隐太平
山。纫诗早岁与叶恭绰、冒广生、詹安泰、朱庸斋、黄咏雩诸公交
游，在港时同廖恩焘、刘景堂、饶宗颐、黄松鹤等文酒酬唱，数十
年间往来者俱一时隽才，又居传灯港岛之功，真可谓身负半部岭南
词史也。其词法南宋，出入清真、梅溪间而略近史，思韵双美，阙
无率笔，如燕翦掠波，妥帖轻圆。百年香江词苑女性第一名家之
位，应无二选。

天损星浪里白条张顺 张荃（1911—1957）

张荃字荪簃，原籍广东揭阳，生于北京，学词于天风阁。之江
文理学院国文系毕业后执教鞭十五年，抗战后赴台湾，应聘于台湾
大学、台湾师范大学。中年罹溶血症，逝世于马来亚。《踏莎行》
云："险韵吟诗，深杯问字。旧游依约还能记。钱塘乱后少花枝，
丹枫合染斑斑泪。"《虞美人》云："从今身世悲飞絮，南北皆歧
路。欲抛心事重成眠。无奈一轮明月又当前"。无限深衷，都自浅
语中来，是竹山格。

---

① 高拜石《妹夫棒打鸳鸯——陈协棠梨之恋》，《古春风楼琐记》（第九
集），台湾新生报社1979年版，第221页。

天剑星立地太岁阮小二　潘思敏（1920—　）

思敏南海人，诗人陈荆鸿室，早岁参加香港海声词社，从郑水心习诗词。思敏品性慈和，襟怀渊若，博学多才，深受时流敬重，尤以填词为文坛称诩。又二十世纪八十年代为香港《华侨日报》、《艺文》副刊撰《词林雅故》百余篇，点评历代词人词作，颇多精识。《渔家傲·过青山红楼，当年孙总理中山先生曾寓于此》云："满眼西风黄叶地。当年谁会幽栖意。亿万黄魂呼欲起。嗟已矣。尊前慷慨空余泪。　　历尽红桑楼半圮。定巢燕子归无计。纵目屯门悲逝水。今古事。问君独醒何如醉。"一番寄慨存焉。

天罪星短命二郎阮小五　温倩华（1896—1921）

倩华一字佩蕚，江苏无锡人。生具夙慧，幼而能文，年十八，拜杭州天虚我生陈蝶仙门下，与陈小翠结金兰之契。诗文之外，兼工书画，且于医卜星相之术，无所不窥。二十岁适同里过锡嵒，后竟以母丧哀毁，得龄仅二十又六①。其天分绝高，栩园弟子中最能承继乃师"鸳蝴"气质。小令笔致隽秀，风韵独绝，长调亦无沉滞之弊，调转灵巧，一气通贯，《壶中天·胡园观荷作》云："晓云笼树，笑看花来早，花还慵起。一角红亭三面水，消受四围香气。露咽蝉声，风惊鸳梦，写出凉无际。采莲儿女，雅怀倜傥如此。　　远听泉水淙淙，炎氛不到，罗袂侵秋思。十万田田花世界，留得幽人芳趾。拗莲抽丝，跳珠掬水，无限娇憨意。夕阳明处，小鬟催作归计。"神仙境界，唯闺中奇手能造。倩华殁后，小翠尝作《黛吟楼图序》挽之，极尽追思。倘天锡永年，翠黛二楼必足并辔于海上词坛也。

---

① 刘梦芙《二十世纪名家词述评·女词人二十二家》，安徽文艺出版社2008年版，第271页。

天败星活阎罗阮小七 冼玉清（1895—1965）

玉清别署碧琅玕馆主，生于澳门，长于香港，入名儒陈荣衮私塾习文史六年、圣士提女校习英文两年。自言不喜港岛花花世界，考入"藏修之所"岭南大学（后并入中山大学），毕业后留校执教。玉清为当代著名文献学家、画家、诗人，有"不栉进士"之誉，称"数百年来岭南巾帼无出其右"者①。玉清早岁有文名，尝从黄节、陈垣、郑孝胥、夏承焘、吴湖帆游，尤与陈三立、陈寅恪父子两代投契。《碧琅玕馆词》今仅存二十余首，然不肯作一字软媚平熟语，是以少许胜人多许处。玉清"以事业为丈夫，以学校为家庭，以学生为儿女"②，终身未婚，遗世独立，不为富贵所累③，不为时流裹挟，端的"上上人物"也，"是另一样气色……使人对之，龌龊都销尽"④。

地进星出洞蛟童威 琦君（1917—2006）

琦君原名潘希真，小名春英，浙江永嘉瞿溪镇人。师事夏瞿

---

① 陆键东《陈寅恪的最后二十年》，三联书店2013年版，第40页。

② 陆键东《陈寅恪的最后二十年》，三联书店2013年版，第40页。

③ 玉清出身富商家庭而自甘俭朴，一生数度捐献财产，晚年将近40万港元捐给国内统战部门，声明："此款是已出之物，如何用途，由你们支配，总要用得适当就好了。但此事只系圈内人知道便了。切不可宣传，更不可嘉奖。"

④ 金批阮小七评语。又，潘思敏有《鹊踏枝·挽冼玉清教授》："才隔关山成梦里。忆卧沧江，觌面拳拳语。一束生刍遥寄与。琅玕孤馆愁秋雨。　须信骚魂应不死。班左余馥，万古江河注。我欲升堂天未许，可堪重读遗章句。"段颖庐有《浪淘沙·中山图书馆坐阅数日，偶见旧册中所夹冼玉清大家手迹》："帘外已斜阳。静室生凉。何人盥手检残章。乱叠书衣浑不觉，墨淡笺黄。　海国卷枯桑。向此深藏。应怜叶叶拓流光。临去秋波惊一顾，小笔留香。"

禅、龙沐勋，笔名琦君为二翁所赠①。毕业于之江大学国文系，1949
年赴台湾，供职司法界，晚年以小说、散文家名世，电视连续剧
《橘子红了》即为其原作改编。瞿禅尝赠诗勉之云："莫学深鞸与
浅鞸，风光一回一日新。禅机拈来凭君会，未有花时已是春。"希
真果能一洗闺中庸弱，得乃师挺健高逸之风骨。《水调歌头·随洪
洛东、郑曼青诸前辈游碧潭》云："客里逢佳节，蜡屐厕诗翁。黄
花莫负今日，直上最高峰。指点蓝桥仙路，一笑轩轩霞举，回首望
云中。千片奔岩下，碧水自溶溶。　　危楼上，邀明月，舞长风。
豪情且付杯酒，百尺羡元龙。我欲高歌击节，更挽箜篌天半，此曲
和谁同。禾黍中州梦，泪眼若为容。"瞿髯词才绝代，琦君得其气
骨，苏簃得其情致。希真于乃师终身爱敬，词亦为"瞿禅范式"中
探骊得珠者。

　　地退星翻江蜃童猛 张雪茵（1906—? ）

　　雪茵字双玉，湖南长沙人，十二岁能诗文，里称三湘才女。
毕业于艺芳大学，历任湖南省民政厅秘书，《湘报》、《霹雳报》
主编等职，赴台湾后专力从事新文学创作。刘梦芙评雪茵《双玉吟
草》曰："……工于小令，格调在南唐北宋之间，风华凄美"②。
《柳梢青》云："衰柳斜曛。重阳过了，雨湿轻尘。小苑花开，洞
箫声落，容易黄昏。　　玉屏风冷愁人。误几度、香衾未温。一片
新愁，渐吹渐起，如梦如云。"似白头宫女说玄宗，极尽哀婉低回

---

　　① 龙榆生陷缧绁中，希真以学生身份上书层峰，为其申请保外就医。龙、夏通
信提及此事，为免嫌疑，乃以"琦"字称希真，盖瞿禅尝以"希世之珍琦"许之；龙
为表礼貌，再赘"君"字。琦君《我的笔名》，张晖编《忍寒庐学记·龙榆生的生平
与学术》，北京三联书店2014年版，第66—67页。

　　② 刘梦芙编选《二十世纪中华词选》，黄山书社2008年版，第1916页。

之致。

四店打探声息邀接来宾头领八员

东山酒店

地数星小尉迟孙新 月如

月如另有"马甲"小微许回、服媚，网坛名宿军持女弟子，其词深情刚健相济，隐有思想锋芒，于词界别树一帜。早年尝以《苤苡》二集价倾洛阳，其"向日葵"组词三首云："一霎悲生疼不解。几团浓烈，分明都喊，我在我存在。""莫待昏黄光线减。呼喊。来人或恐识凡高。""甚矣其衰孰敕，且倚柱听园歌啸也。向鲁阳开，随秦雨谢。"读之真如观凡高同名油画，其设色鲜明也弗可掩，其生气郁勃也弗可遏。《南乡子·惘然记》云："我是雪皑皑。君是初阳耿素怀。山自失棱天自合，无猜。只恐情浓化不开。""已惯莫能言。已惯相思苦自瞒。偶过广场偷一瞥，军辕。记得当时放纸鸢。""是我负前盟。君亦何其负我轻。泉下相怜还速忘，狰狞。岁月于今是永刑。"或关乎一时情事，读之令人心魂俱痛，怅触莫名。近年月如远居异域，抚育女儿之暇，有由英文童谣改写之《金缕曲》"河马揶臀部""气她磨霜爪""莫怕三更近"数首，兼有童心奇趣，颇可一观。

地阴星母大虫顾大嫂 非烟（1970—　）

非烟本名姜学敏，辽宁丹东人，环保部门工程师。其词造境极深婉，琼思玉想，并入瑶笺；又能运遣现代白话，如盐着水，自然浑凝。《减兰·晨起有不知名鸟儿落于窗台内，久之始啼飞而去》云："君家窗户。应是那年春去处。花落当时。我在盘旋君可知。　　乱红欲息。著我双眸和两翼。若许关关。不向珠帘一惘然。"《一撚红·见有白发，用反骨斋韵》尤撩人心弦："汝身盈尺矣。算一撚当中，两端何事。俄然指尖水。""三千世界，真成梦，被他记。被琉璃窗上，江潮有意，冻作霜华露蕊。剩肩头、这缕朝云，去来而已。"非烟词不脱于古，不隔于今，能晓畅，能深情，盖女子天性与词体之美灵犀暗通也[①]。

西山酒店

地刑星菜园子张青　王善兰（1904—1998）

善兰有家学。年方及笄，随父王积沂参与陶情诗社，尝以诗钟"乐叙天伦图一幅，俏移仙步露双弓"一联夺魁，为名儒耆宿称赏，遂有平湖才女之名。父谓其母曰："此女必传。"善兰新中国成立后汇箧中吟稿编《畹芬楼诗草》，惜毁于十年"浩劫"。八十寿辰时检录旧作重梓[②]，周炼霞为署签。善兰老人大隐于乡，老而弥坚，与周振甫、许白凤分占平湖文气。善兰词多家常语，闲闲道来，真淳自见。《减字木兰花》之"身居茅屋，田野风光长满目。

---

① 学敏自言："女性诗词作品完全可以独立于既有审美体系及标准，亦完全不必以竞争的心态和方式，去复制或填补男性的姿态和语言……恰诗词是偏重于感性的产物，女子原就有较胜于男子的原始感性，加之以人性的自我内在之本质，是最适合以挚诚的诗心和语言来表现的……所以，随缘且保持住自己的特质吧：女性，可以是一个很女人的诗人，慧之纤之；也可以是一个很汉子的诗人，豪之烈之。《吟坛女诗人六家》，《诗书画》2015年第4期。

② 王善兰《畹芬楼吟草》由浙江省平湖市政协寄赠。

小桨轻流，收入诗囊入乳舟"、《卜算子·酬老许白凤原韵》之
"坐雨细谈诗，情味如年少。握手相期岁二千，轧着春红闹"，岂
非"百年心事归平淡""人间有味是清欢"也欤？

地壮星母夜叉孙二娘 叶璧华（1841—1915）

璧华字婉仙，号润生，广东嘉应人，咸丰、光绪间闻名岭南
文坛，曾受聘为张之洞家庭教师。戊戌后创办懿德女校，嗣任梅
县县立女子师范学监，为我国首批现代女性教育家。璧华诗词兼
工，丘逢甲题《古香阁集》曰："滴粉搓酥绮意新，溶溶梅水写丰
神。""翩翩独立人间世，赢得香名饮粤中。"

南山酒店

地囚星旱地忽律朱贵 林岫（1945—　　）

林岫字蘋中、如意，号紫竹居士，浙江绍兴人，毕业于南开
大学。"文革"中，于大兴安岭鄂伦春自治旗林海劳动八年，因
有"流水杳然东去，山中稳作诗囚""不辨春秋，无乐无忧一楚
囚"。蘋中善绘深山雪景，如"蘑幻屋，树成梳。醉归未肯倩人
扶""灯如豆，屋如拳。漫天飞雪压成绵"。极北奇观，都入流人
眼中。平生佳制多出自晦暗岁月、苦寒边陲，是蘋中诗家幸。

地全星鬼脸儿杜兴 胡蘋秋（1907—1983）

蘋秋名邵，世家子。早岁从戎，官至东北军何柱国部少将秘书
长，以枢密位亲历"九一八事变""西安事变"等重大军政活动；
又以工花旦、青衣称民国京剧名票，与四大名旦交谊颇深。蘋秋一
生数度化身为女性，托名胡芸娘，与男词人酬唱往还。所作词惊才

绝艳，诸老宿名家莫不蒙其蛊惑：夏承焘称其足与沈、丁并称"三艳妇"；周采泉以"金闺国士"目之；张伯驹与之通函经岁，渐"情陷于中而不能自拔"①，唱和积《秋碧词》五卷。男子作闺音古有之，然易弁而钗，入戏若之深者，则仅蘋秋一人。今列名女将，亦戏仿其颠倒阴阳、变幻色相之狡狯耳②。

北山酒店

地奴星催命判官李立 曾昭燏（1909—1964）

昭燏字子雍，湖南湘乡人，曾国潢曾孙，陈宝箴外孙、陈寅恪表妹。曾氏衣冠雍穆，子雍兄妹七人皆一时才彦③。就读中央大学时拜胡小石为师，后赴英国伦敦大学研究院研考古学，民国时曾膺中央博物院筹备处代理总干事、代理主任。新中国成立后后任南京博物院院长，曾领导南唐二陵发掘，为当代首屈一指之女考古学家。"五反""四清"中，以蒙冤致精神崩溃，自坠南京灵谷塔。友人沈祖棻赋诗吊之："自伤暮齿少相亲，朗月清风忆故人。空说高文传海徼，身名荏苒总成尘。"程千帆笺曰："子雍……位高心寂，鲜友朋之乐，无室家之好，幽忧憔悴……伤哉！"子雍昔与沈祖棻、尉素秋辈交游，为梅社中"学识最渊博"④者，其词多毁弃，今止存三四篇。《琐窗寒·孝陵怀古》云："断阙撑空，荒墀卧石，

---

　　① 罗星昊《胡蘋秋传略》，玉庐主人新浪博客。

　　② 刘梦芙《"五四"以来词坛点将录》亦点蘋秋为鬼脸儿，原因殆同。

　　③ 昭燏长兄昭承为哈佛大学硕士，二兄昭抡为麻省理工学院博士、弟昭杰为上海大夏大学学士，大妹昭懿为北平协和医学院博士、著名妇科医师林巧稚弟子，二妹昭辉为西南联大经济系学士，小妹昭楣为西南联大生物学学士。岳南《南渡北归·第1部：南渡》，湖南文艺出版社2011年版，第323页。

　　④ 尉素秋《秋声词校后记》，台湾帕米尔书店1967年版，第112页。

藓痕萦步。铜盘露冷，洒作一林寒雨。听萧萧断松夜吟，烧痕阅尽
兴亡古。自鼎湖去后，葱葱佳气，即今何许。　　无据。伤情处。
又苑琐边愁，阵喧笳鼓。金瓯破了，漫道山川如故。想煤山、犹有
怨魂，忆君泪落千万缕。任无言、燕子飞来，对立斜阳暮。"吊古
感时，托寄至微，子雍满腔块垒或于斯可觇。

地劣星活闪婆王定六　李慎溶（1878—1903）

慎溶字樨清，闽词人李宗祎女、李宣龚妹。樨清"髫龄绝
慧""吐秀诣微"[1]，因"一夕凉飚辞旧暑。飒飒墙蕉，恐是秋来
路"句得名"李墙蕉"，声闻乡里。年二十六，遽然仙逝，所遗
《花影吹笙楼》一卷引诸家竞相题咏，频致叹惋。林畏庐题曰：
"墙蕉总是秋来路，何事词人即断魂。"樊樊山题曰："好女莫填
词，呕尽冰茧丝。""红粉女词仙，合生仞利天。"人生倏忽，如
露如电，才命相妨，今古同悲。

总探声息头领一员

天速星神行太保戴宗　周素子（1935—　）

素子号白芷，浙江乐清人，适诗人陈朗。温岭陈氏一门风雅，
陈朗父仲齐及叔伯辈伯龄、叔寅、季章（后名沧海）、鹗、凌云，
兄弟行让、永言等皆善吟咏。素子生涯流徙，"反右""文革"

---

① 王尢晢题词，李慎溶《花影吹笙室词》，民国九年（1920年）铅印本。

中，数度由西北而东南，由山野而海陬，浮家泛宅，迄无宁日①。又以从事民居研究，屐痕遍及全国。1995年移居新西兰至今。友人周有光遂以"瀚海飘流燕"②喻之，素子亦自言"屈指行程千万里""身世萍飘星霜历"（《蝶恋花·拟远思》、《金缕曲·悼昌米并及昌谷二兄》句）。素子有《晦侬往事》记平生鸿雪、《情感线索》记故人往事，词亦擅传体，《六州歌头·哭胞兄昌谷》云："孩提往事，历历几人同。和泥土，寻书蠹，比鱼龙。骋芳风。尝有筑巢志，长相聚，勿离别，雁荡麓，山溪厄，旧游踪。师法天然，泼墨写生处，林木葱茏。叹如椽彩笔，输与一毫锋。负笈武林。觅潘翁。　渐关河破，红尘堕，分襟乍，各西东。居难稳，机易失，少何养，老何终。膝下斑衣痛。唯一点，孝心通。不由己，不由彼，梦成空。留得丹青，只把众生相，涂抹其中。共湖边苏白，南北两高峰。烟水濛濛。"画家昌谷一生痛史尽在其中。素子笔锋健朗，得东坡神理，而所居"海外仙岛"又远于儋州千万里矣。

军中走报机密步军头领四员

地乐星铁叫子乐和 蔡德允（1905—2007）

德允号愔愔室主，江苏湖州人，为近世琴人中大成者，中岁后

---

① 周素子《辗转的户口》、《西域探夫记》，周素子《晦侬往事》，三联书店2013年版，85—132页。

② 周有光《海燕其归来乎》，周素子《晦侬往事》，三联书店2013年版，前言页。

定居香港①，四十载育人无算，泽被香江琴坛；并擅诗词，有《愔愔室诗词稿》传世，饶宗颐题词曰："翕响如君真美手，便声清、张急徽能别。余音在，久难绝。"德允词宗北宋，体格闲雅，每宜十七八女郎当筵清唱。《瑞鹤仙·鹤》幽人自画，孤标遗世："猴山曾驻足。看疏翮高翔，紫虚遥度。冉冉海天暮，叹归来丁令，沧桑今古。华亭夜语，破幽梦，怀人意苦。谱瑶笙，律正清商，舒翼九霄飞舞。　　闲豫。临风潇洒，映月清华，系身洲渚。为谁延伫，和靖远，总心阻。记符秦当日，八公金鼓，此际江城风雨。有苏仙、赤壁玄裳。醒时可睹。"

地贼星鼓上蚤时迁　左又宜（1875—1912）

又宜字鹿孙，一字幼卿，文襄公女孙，夏映庵继室。钱萼孙《近百年词坛点将录》点为"地壮星母夜叉孙二娘"，称"挺秀湘西"。然检诸《缀芬阁词》，所存六十五首中五十七首系剽窃吴藻、左锡嘉、顾贞立等前人作品②。以侯门闺秀厕身文偷之列，《隋书·韦鼎传》曰："卿是好人，那忽作贼？"身后名，可不惜哉。

地狗星金毛犬段景住　张清仪

世纪末有少女张清仪者成名网间。清仪自云湖北孝感人，幼时

---

① 蔡德允二十世纪三十年代移居香港，1942年日军侵占港岛，遂举家北上沪渎，1950年再返港。

② 计邓瑜《蕉窗词》5首，吴藻《香南雪北词》4首，左锡嘉《冷吟仙馆词》、李佩金《生香馆词》、鲍之芬《三秀斋词》、方彦珍《有诚堂诗余》各3首，曹慎仪《玉雨词》、左锡璇《碧梧红蕉馆词》、殷秉玑《玉箫词》、苏穆《贮素楼词》、刘琬怀《补栏词》各2首，顾贞立《栖香阁词》、袁绶《瑶花阁词》、高佩华《芷衫诗余》、顾翎《茝香词》各1首。详附录三。

患病切除右肺，伴药炉经年，然乐观开朗，自强不辍，日与网友切磋诗词。1998年夏，清仪因劳累过度殒于电脑前，呕血染红键盘。网友哀之，为建网络灵堂，发布悼念诗文五百余。俄而此事影响渐巨，破绽转多，后证实事系"星伴论坛"网站捏造，张清仪实乌有先生、亡是君之徒耳[1]。炒作恶道也，虽鸡鸣狗盗不足称其鄙。

地耗星白日鼠白胜 慕容宁馨

慕容宁馨出道于网络诗词肇兴之初，有"网络旧体第一才女"之名。自建竹筼清课聊天室，经营三载，网人慕其才貌，尽为羁縻。慕容遂巧言取信，非法筹募网友钱财数万元。未几，有见闻博广者，指其作品盖抄自韩国汉诗，慕容遽携财销匿，竹筼清课亦宣告解散。一时网坛大哗，慕容遂由枝头凤而过街鼠矣[2]。

守护中军马军骁将二员

地佐星小温侯吕方 曾庆雨（1975—　　）

庆雨河北廊坊人，从叶嘉莹治词学、王蛰习创作。以"红蕖"弟子[3]身份，有"此夜南塘连梗瘦""朱蕤一朵待师归"句。尝

---

① 事据张咏华《媒介分析：现代传播神话的解读》，复旦大学出版社2002年版，第292—293页；草牧子谦网文《汉语古典诗歌发展、现状及展望》等。

② 事据苏无名网文《苏子世说》、吴撷网文《关于"才女"的倒掉》、草牧子谦网文《汉语古典诗歌发展、现状及展望》等。

③ 迦陵有《红蕖留梦：叶嘉莹谈诗忆往》，三联书店2013年版，书名出自其《浣溪沙》"红蕖留梦月中寻"句，盖以荷花自喻。

以《鹊踏枝》十首和半塘，其五、九云："知我百年能几许。再整行囊，只影迢迢去。苟遇知音倾盖语。流连又恐归期误。　绾住游丝千万缕。不绕巫山，不滞桃源路。回首飞花飞雨处。此生此际关情否。""小住长留皆有尽。梦未圆时，一例因春困。漫倚虚空书爱恨，剧终犹恋残妆粉。　人海遥时天路尽。冬雪春雷，各递人天信。月鉴山河谁更隐。垂髫老至繁霜鬓。"人生亘古寂寞感宣之于词，令人思老歌《三百六十五里路》。

地佑星赛仁贵郭盛　石任之（1983—　　）

任之江苏徐州人，亦为迦陵门人，现任扬州大学教师。自云"欲取陶达杜优之中，处乎太上不及之间"[1]，于当代词人尤爱还轩。《未凉灰》、《西海玄珠》二集存词凡百余，深情款款，精诚耿耿，俱见乎辞。又有咏美剧《权力的游戏》组词，非仅关合人物个性故事与情节，《忆王孙·提利昂兰尼斯特》、《乌夜啼·夜王》、《醉花间·桑铎克里冈》诸篇尤极雄健古逸、奇辟纵横之至。任之学词甫数载即手眼不凡，盖夙慧，来日大成良可期也。

守护中军步军骁将二员

地猖星毛头星孔明　王真（1904—1971）

真字道真，又字道之，号耐轩，自署道真室主人，福州人。祖王羹梅官至广东知府，父王寿昌即与林纾同译《巴黎茶花女遗事》者。道真先后从闽中名家郑无辩、何振岱、陈石遗习诗文经史，

---

① 微信公众平台"光影搁尘"。

"积久所诣愈精"①；又性勇果，尝救振岱老人全家于横流洪水中，振岱作《洪水行》以记之。似此才性为词必多劲语，《道真室词》中佳制可推《风入松·初阳》："腾光出海揭金奁，寒气欲无纤。鱼龙岛屿都惊醒，看仙舟、安稳张帆。重海阴霾都息，古松千尺垂鬃。"奇气矫矫，喷薄纸面。振岱《道真室诗序》勉之曰："吾且期道真为渊龙之潜，不为沼鳞之跃。"道真不负斯言。

地狂星独火星孔亮 王闲（1906—1999）

闲字翼之，号坚庐，道真妹。闽地多滋芝兰玉树之属，寿昌得此二女，作诗勉之："吾家真与闲，赋性颇奇特。从不理针线，而乃耽文墨。""偶论及婚嫁，愤怒形于色。谓父既爱女，驱遣何太亟。嫁女未成才，无异手自贼。请观古及今，男女讵相敌。""儿今欲返古，谋自食其力。女红殊戈戈，不堪供朝夕。要能擅高艺，凌霄长劲翮。"②坚庐与其姊同为我春室门人，后适振岱次子敦敏。陈曾寿《味闲楼诗词序》云："其长短句无纤巧轻倩之语，亦无近人堆砌晦涩之习，有白石之清雅，易安之本色，词中可贵之品也。"③

① 何振岱《道真诗序》，《何振岱集·我春室文集》，福建人民出版社2009年版，第32页。

② 《书真闲二女》。

③ 转引自刘梦芙编选《二十世纪中华词选》，黄山书社2008年版，第1739页。

专掌行刑刽子二员

地平星铁臂膊蔡福 看朱成碧（1979—　）

看朱成碧本秦萤亮，黑龙江人，供职国企企宣部门。昔"光明顶"上士女嬉游，阿朱词最俊。自言平生师稼轩，其词英气腾郁，得其仿佛。《破阵子·春雷》云："天际横生水墨，临空蘸下霜锋。渐次远来春轨迹，波澜翻涌到前庭。仰首暮云平。　　空自电光坼裂，何曾雪练倾城。千里冬袍花欲染，人间待见草青青。江海破春冰。"《西江月》云："回首金依林杪，觉来翠抱双肩。铜阳铅月久沉潭，淬得凉波如练。　　去路黄花四野，离人红叶三千。西风一入九州寒，遥饮天星对岸。"二短章不袭稼轩一字，以锤炼浑灏与之角胜。

地损星一枝花蔡庆 秦紫箫（1977—　）

世有阿朱，便有阿紫。秦紫箫本名李文卿，广东佛山人。双姝情同姊妹，词亦伯仲间，尝互赠《菩萨蛮》云："遗簪解珮江皋侣。千山冰雪堪相遇。一纸报梅花。岭南女儿家。　　翠楼吟未了。莫道前恩少。秦镜故新磨。皎如明月何。""藏珠敛玉音尘静。腕底韶华风雨并。绮语祝红颜。半笺菩萨蛮。　　一时弦管急，交错莺声呖。不是说相思，相思汝已知。"二人风神笑貌如画。阿紫生女，作词颇多。《南乡子》记女儿满月、病愈云："赐我万明珠。能及亲亲一笑无。地有山川天有日，何如。如此娇儿真属予。""开口笑天真。虽是寒冬一室温。月样弯眉星样目，朱唇。渐有雏形近美人。"眷眷焉，殷殷焉，词人为母宜此。阿朱居北，阿紫在南；阿朱俊逸，阿紫娟好；开向一丛，相映成春。

掌管三军内探事马军头领二员

地微星矮脚虎王英 李久芸

久芸字蕊仙，适蜀中名士刘明扬，尉素秋寓蜀时与之交好。蕊仙素耽吟咏，值"嗷鸿遍野，烽燧弥天"际，犹"从容艺苑，乐以忘忧"①。《玉露词》存五十七首，《菩萨蛮》云："嫩寒侵翠袂。照影临潭水。连卷绿云松，恨深双颊红。""衣宽怜带窄，千里关山隔。归梦正凄迷，满园蝴蝶飞。"沉艳之姿，差近飞卿。蕊仙词未脱闺阁痼习，微见才情耳，以存人故，列地微星。

地慧星一丈青扈三娘 伦鸾（？—1927年后）

伦鸾字灵飞，广东番禺人，杜鹿笙室，尝师事名士邓尔雅。况周颐《玉栖述雅》载其"资禀颖迈"，"年甫十五，即据讲座为人师。于归后，为桂林女学教习数年，授国文、舆地学、算学，生徒百余人"②，后任北大词学教授三十余年③。况氏于灵飞极推崇，盛称其词"清婉可诵，气格渐进沉着，不涉绮纨纤靡之习""矜持高格，浚发巧心。"其《南乡子·咏雪狮子》云："蓄锐貌狰狞。抟象精神照玉英。如此雄奇休入梦，梦腾。冷处凭谁一唤醒。　　皮相仅堪惊。也似麒麟榰得成。便作虎形应逊汝，聪明。随意堆盐特地精。"灵飞《玉函词》今不存，赖蕙风所传数阕一窥慧业词人眉目。

---

① 杨正芳《玉露词序》，博文印书局民国三十八年（1949年）版。

② 况周颐《玉栖述雅》，转引自孙克强辑考《蕙风词话·广蕙风词话》，中州古籍出版社2003年版，第168页。

③ 郑逸梅《南社丛谈：历史与人物》，中华书局2006年版，第118页。

一同参赞军务头领一员

地魁星神机军师朱武 任淡如

淡如又有网名人淡如菊，网人爱之，径呼"菊菊"。2000年[1]创办菊斋网，任"诗词曲联"版版主，积十数年心血维护。菊斋今已注册诗友四万余名，发表今人诗词近百万篇[2]，为当代诗词最重要阵地之一，网间"奇才俊彦，狂生迁客"[3]泰半长驻于此。苏无名《网络诗坛点将录》赞曰："美人巨眼识英雄，天下英雄半彀中。"淡如词肖其名，大抵婉约一路，《西江月》云："道是不如不见，相逢何处何乡。旧书一束坐新凉。忽忆槐花小巷。　　我已十年无梦，忘了明月如霜。知君心事换流光。须是双双无恙。"清圆流美，是上乘之作。

掌管行文走檄调兵遣将一员

地文星圣手书生萧让 萧娴（1902—1997）

萧娴字雅秋，号蜕阁、枕琴室主。幼从父铁珊学书，年十三，为广州大新百货公司落成书丈二匹对联，震惊海内，世以"南海神童"目之；又随父出入南社，称"南社小友"。康有为跋其临本曰："笄女萧娴写散盘，雄深苍浑此才难。应惊长老咸避舍，卫管

---

①　菊斋前身为聊天室，后发展为独立论坛。2000年为公认之"网络诗词元年"，菊斋成立即标志性事件之一。

②　引自"菊斋网"微信公众平台。

③　任淡如词《貂裘换酒·九马画山》语。

重来主坫坛。"萧娴闻之，书"大哉南海，撮尔须弥"榜书楹联回赠，由兹拜入门墙。中年后居南京，与林散之、高二适、胡小石并称"金陵四家"。萧娴喜作擘窠大字，磅礴浑厚，元气淋漓，阳刚之美直驾须眉而上之。词亦学辛刘一路，可按入铁板铜琶。《满江红·题碧江柳岸钓月图》云："一片中原，干净土、偏多荆棘。只剩得、沧江风景，尚同畴昔。别有洞天非世间，此中老稚忘休戚。盼崖前、两岸柳如烟，摇空碧。　　天上月，光如揭。波心掩，映虚白。照过了古今，多少豪杰。诗酒如钩月作纶，垂竿不钓寒江雪。遥指点、一幅画图中，谁点缀。"昔弟子俞律撰《女书豪萧娴》毕，持请陈大羽为题签，陈云："书法家只论大小，不论男女！"遂改题《大书家萧娴》[①]。词界惜无如此谠论。

掌管定功赏罚军政司一员

地正星铁面孔目裴宣　秦月明

月明现居天津，于高校讲授法学。活跃于网络诗词界早、中期，尝主持菊斋版务，为人爽利斩截，"顾盼自成睥睨"，封"秦王"。自云最喜陈迦陵，以"气场合"故。庚辰年，月明作《菊斋春秋》，捃摭逸事，勾连人物，刀笔老辣，多皮里阳秋之属，合网为大噱，一众皆呼"太史婆"。月明有集名《金错刀》、《小神锋》、《归匣》，剑气刀光，的的荧烁。其诗绝佳，几可拟"七言长城"，词略逊诗而风怀过之。苏无名雅重之，曰《满江红·夜读

---

①　"大书家"之号原为于右任所赠，萧娴时年二十四岁。张昌华《名家翰墨》，江苏文艺2012年版，第168页。

《迦陵》等篇"直可平视古人"。

掌管考算钱粮支出纳入一员

地会星神算子蒋敬 夏婉墨（1982—　）

夏婉墨本名尹椿溢，重庆人，又有网名豹嘤嘤、悟七宝、一切观见池、野孩子等。《嘤嘤集》、《野仙子集》、《非非想》诸集存词绝多，"积万累千，纤毫不差"①。网评婉墨曰"拗俏活泼，常能于今人浮辞中得人耳目"②，因有"俊逸'豹'参军"之誉。其词非徒清新可喜，亦富气象，工感慨。又不事依傍，不主故常，往往阑入现代语汇甚或英文，掉运自如，转侧得宜，灵思逸想栩栩然字间，遂成不可无一、不能有二之"豹体"。婉墨洵为小眉后一代网坛奇杰，不可以寻常才媛视之。

掌管专工监造大小战船一员

地满星玉幡竿孟康 张雪风（1917—1998）

雪风为浙江玉环县渔家女，《鹃红集》一卷珠玑久掩，世所罕知。雪风诗词"不屑屑于引商刻羽，一以率真为归"③，诗句"一弯无恙蛾眉月，萧寺楼头挂万愁"尝为名画师写入丹青。雪风为

---

① 《水浒传》第四十一回评蒋敬语。

② 微信公众平台"国风诗社"。

③ 陈朗《鹃红集序》。

诗人陈沧海平生情友①，《鹃红词》纯是心花结撰："荷锄种梅人远去。瓣瓣芳心，开到离人处。制就寒衣寄未寄。寒风已到江南地。　梅自多情人有意。摘朵梅花，共枕衣裳睡。夜雪无声来万里。梅花梦冷人三起。""沧海洪波今又起。燕子香笺，烧到名和字。一撮寒灰一勺水。背人葬入回肠底。　检点旧盟犹在臂。衣袂松烟、只是当时翠。十载重愁何处寄。秋风秋雨夜郎地。"痴缠幽丽，情深一往，何减静志、饮水。雪风"赤脚踏踾海涂长大"②而"独挺出于网罟蓑笠间"③，严沧浪云"诗有别才"，信夫。

掌管专造一应兵符印信一员

地巧星玉臂匠金大坚 顾青瑶（1896—1978）

青瑶名申，别署灵姝，斋号绿梅诗屋，以字行，出身吴中望族，为晚清画家顾若波女孙。钱瘦铁称："江南女子中能通金石、擅才艺者，唯顾青瑶耳"④。曾为柳亚子治"前身青兕"印，为周炼霞治"有限温存，无限酸辛"印。青瑶十一岁入栩园学词，"天分

---

① 张雪风青年逃婚，寄住温岭寺庵，因结识陈沧海并得其庇护，遂成终生知己。沧海晚为罪囚，雪风曾寄寒衣，并接济其妻女，事为有司侦知，即围攻之。沧海去世前曾制《金缕曲·效顾梁汾以词代柬寄雪风武林》六首以寄。事详周素子、陈沧海著《追忆张雪风》，陈朗审订，何英杰注释加评《沧海楼诗词钞》，台湾朗素图书局2014年版，第393—397页。

② 周素子《追忆张雪风》。陈沧海《沧海楼诗词钞》，台湾朗素图书局2015年版，第393页。

③ 陈朗《鹃红集序》。

④ 王本兴《江苏印人传》，南京大学出版社2012年版，第297页。

学力超诣均迥绝"①，小翠视同骨肉，订半生知己。战后移居香港，任新亚学院艺术讲师，1972年赴加拿大，终老于北美。其《归砚室词稿》今亡，仅从画稿题识、书信残编中觅得作品若干。《金缕曲》谢友人赠红木秘阁云："别矣浑难说。恁年时、剪灯披雪，往还深密。最爱灵心天赋厚，艺事磋磨第一。但记取、待人真切。寥落生平哀恸感，倾青鳟、解我肠千结。吾有疾，汝先急。　　红梨秘阁临歧擘。想低鬟、拈毫腕底，宛然亲炙。粉划丝量刚合手，一任吹霏降屑。要几番、绸缪摩拭。伴去吴云春树里，只殷勤、重叠加胶漆。长把臂，不离隔"。格物入微，印人口角宛然。

掌管专造一应旌旗袍袄一员

地遂星通臂猿侯健 顾飞（1907—2008）

顾飞字墨飞、默飞，别署杜撰楼主，江苏南汇人，红梵精舍主人顾宪融妹。墨飞为黄宾虹入室弟子，其画作"一水一石，俱有来历，摹古创作，逸趣横生"②。以诗词论，亦有"女虎头"之诨号，才不让乃兄。墨飞《烬余集》存词五十八首，语淡而隽，多饶画意，是能得北宋倚声家三昧者。《鹊桥仙》云："秋云不雨，秋花不语，秋水潺潺不住。凭高何处是天涯，只千里、迢迢江暮。　　雁来燕去，燕来雁去。来去匆匆无据。自来辛苦自相催，自谱出、人生律吕。"尝过杭州小翠故居，作《相见欢》、《卜算子》："蕉不展，花不语，竹凄然。寂寞水禽三两、雨中

① 佚名《顾青瑶女士润格》，《红玫瑰》1929年第5卷第2期。

② 黄鸿初、丁翔熊编《蜗牛居士全集·艺人小志》（中卷），上海丁寿世草堂1940年版，第60页。

眠。""波影似年时，照影人何去。纵不凄凉也是秋，几滴黄昏雨。"顾氏一族明、清两朝以"露香园顾绣"名世，墨飞虽无绣名，亦足称缝月裁云手也。

掌管专攻医兽一应马匹一员

地兽星紫髯伯皇甫端 皇甫小菱（1968—　）

小菱秋扇词人室，有《白丁香花馆词》。《淡黄柳》云："西窗剪烛，思绪寻芳迹。正好桐花飞雨密。梦入红衣水陌，都系心心暗香匣。　问消息。啼鹃一声急。算花落、更难觅。叹匆匆往事成今夕。伞底柔肠，烛边心曲，吹入盈盈小笛。"温厚绮丽，绝类秋扇，惜未睹全帙。

掌管专治诸疾内外科医士一员

地灵星神医安道全 曾懿（1853—1927）

曾懿字伯渊，一字朗秋，四川华阳人，才媛左锡嘉女，湖南提法史袁学昌室，翰林院编修、清史馆编纂袁励准母，今学者袁行霈祖母。伯渊自幼失祜，奉母乡居，乃遍览家藏医书。及笄，婴疾五稔，遂涵泳坟典，研习医理。其时西方进化论东渐，伯渊受其影响，主张行医救国，"保康强""强种族"。伯渊既怜乡民之无告，复恨庸医不识寒温、泥执古方之无能，积三十载撰《医学篇》八卷，成一代女儒医。教育家张百熙序其《古欢室全集》曰："叹夫人之襟抱宏远，议论明通，不独今之女界无此完人，即求之《列女传》中，亦不可数数觏。"①缪荃孙赞曰："古今才媛，不可多得之遇，以一身兼之，则又独异也。"②伯渊有《浣月词》传世，豪婉相兼，女杰之概。

掌管监督打造一应军器铁甲一员

地孤星金钱豹子汤隆 何曦（1899—1980）

何曦字健怡，一字敦良，南华老人何振岱独女、林则徐曾外孙，"福州八才女"之一。振岱视女如男，曦果能"健"而"怡"，词风亢爽。《晴赏楼词》中间有清刚语，如新硎初试，叩之作金石声。《琐窗寒·盆山》云："谁箝寸塔，隐隐片云来去。问甏成、丘壑无多，教人结想神仙府。待招呼、上界星辰，手扪天尺五。""翦翎笑我雕龙里，仰望云霄辽绝。"《临江仙·剑意》云："愿铲妖氛消众魅，至刚原属多情。人间悍怯苦相凌。　好凭三尺，万恨为君平。记昔秋霜飞月，寒锋照胆晶莹。剑光人影两分明。云山千叠，来往一身轻。"此等健句必淬冶自肝胆，非闺房苦吟能出也。

---

① 张百熙《女学篇序》，清光绪三十三年（1907）湖南长沙刻本。

② 缪荃孙《古欢室诗集序》，缪荃孙著、张延银、朱玉麒主编《缪荃孙全集·诗文》，凤凰出版社2014年版，第369页。

掌管专造一应大小号炮一员

地轴星轰天雷凌振 谢叔颐（1913—2002）

叔颐原籍湖南宁乡，毕业于蓝田国师，为"白云诗社"才女，抗战胜利后与同窗陈锦光结缡，任中学教师。"文革"初，叔颐罹文字之劫，后锦光被诬特务，遭造反派以粪勺击死，葬时双目未瞑①。奇祸之下，叔颐唯"扶榇吞声"以自活。叔颐晚岁制《忆江南·回忆录》五十二首，其三十四记锦光冤死、三十五记接受批斗、三十八记干校改造云："狂飙起，挨斗夜如年。获罪'顶峰'沦黑籍，无端老伴逐黄泉。肠断鹧鸪天。""无日夜，战栗讲台边。鞠尽厥躬称罪重，飞来孤掌觉天旋。心事付啼鹃。""清明雨，传令赴前营。误入苇湖几灭顶，忽窥塔影幸旋旌。无用是书生。"为迷狂年代留下数帧版画质地之剪影。同乡熊鉴题其《山雷吟草》诗云："一响山雷天地阔，神州五岳自崔嵬。"

掌管专一起造修葺房舍一员

地察星青眼虎李云 梁令娴（1893—1966）

令娴名思顺，梁任公长女。自幼习倚声，父谓性情所寄，弗之禁也。方父执麦孟华过梁家，即从受业。令娴感于《词综》之浩繁而令人望洋生叹，复病《词选》、《宋四家词选》之严苛而不免主

---

① 谢叔颐组诗《哭亡夫陈锦光》详记此事："天胡懵懵地冥冥，一夕惊雷袭我庭。雨骤风狂行不得，傺仃何处叩仙扃。""双目不瞑难泄忿，一抔乍掩又开棺。伤心忍作违心论，泣血吞声裂肺肝。"谢叔颐《山雷吟草》，2008年自印本，第15—16页。

奴之见，故斟酌繁简，不论门户，手录《艺蘅馆词选》。初，备极披览，删珠选玉，得二千余，后经麦氏甄正，余六百，成五卷①，并列词人小传、词话本事、诸家评语于眉端，搜采浩博，体例井然，成一时文献。"选家之业，自古为难"②，令娴以摽梅之年卓然操选政，家学也，禀赋也，勤力也，慧眼也。

掌管专—屠宰牛马猪羊牲口一员

地羁星操刀鬼曹正 许禧身（1858—1916）

禧身字仲萱，一字亭秋，浙江钱塘人，直隶总督兼北洋大臣陈夔龙继室。夔龙为清末权臣，得慈禧、荣禄、奕劻、李鸿章倚重，亲历庭审"戊戌六君子"、平定拳乱、签订《辛丑条约》、筹办两宫西狩、辛亥革命、张勋复辟等大事件。庚子、辛丑间，夔龙官京师，以内外交困"穷于因应"，禧身则"气闲身静，临乱不惊"，"枪弹林中，不失常度"③。随宦数十载间常佐夫计，夔龙云："凡有规画，夫人赞助之力为多。"禧身《高阳台·感怀》隐记其事："漫点铜龙，缓敲檐铁，欣闻春雨纷纷。笼雾青纱，照来烛影偏清。隔闱共说安民语，喜听来、句句真诚。黯消凝。炉内香残，

---

① 其中正编甲卷选唐五代词三十一家一百十一首，以明渊源；乙卷选北宋词三十三家一百二十九首；丙卷选南宋词五十二家一百九十一首；丁卷选清及近人词六十八家一百六十七首，戊卷增选七十八首，并附历代词话若干种。

② 梁令娴《〈艺蘅馆词选〉自序》。梁令娴辑，刘逸生校点《艺蘅馆词选》，广东人民出版社1981年版，第1页。

③ 陈夔龙《亭秋馆词钞序》、《皇清诰封一品夫人陈尚书继配许夫人墓志铭并序》。沈建中《皇清诰封一品夫人陈尚书继配许夫人墓志铭并序考略》，《杭州文博》第五辑。

案上灯昏。 运筹决尽承平策，奈安边少计，鬓角愁生。一样无眠，静传银箭沈沈。祝天早罢干戈事，愿从今、永庆升平。倚窗听。残溜声低，滴至黎明。"亭秋夫人以命妇政才协夫周旋于晚清危局之中，真乱世操刀手也。

掌管专一排设筵席一员

地俊星铁扇子宋清 宋清如（1911—1997）

清如为江苏常熟人，天风阁弟子、著名莎译专家朱生豪室。朱宋十年苦恋，锦书盈箧，近年结集出版，火热坊间，俨然国民爱情读本[①]。清如才子妇，词亦可读，《蝶恋花》云："愁到旧时分手处。一桁秋风，帘幕无重数。梦散香消谁共语。心期便恐常相负。 落尽千红啼杜宇。楼外鹦哥，犹作当年语。一自姮娥天上去。人间到处潇潇雨。"似永叔、同叔一辈语。

掌管监造供应一切酒醋一员

地藏星笑面虎朱富 岛姬（1985— ）

岛姬为发初覆眉好友，南京人，供职海关。为人狡黠可喜，自集诗词名曰《弃疗》、《撸猫》，序曰"多有刻薄句""多有掉节操"，不持威仪，警俊谐谑，一时无两。有《卜算子·各种死系

---

① 朱生豪赠宋清如情词实不在其白话情书之下，撷录《鹧鸪天》一首："楚楚身裁可可名。当年意气亦纵横。同游伴侣呼才子，落笔文华洵不群。招落月，唤停云。秋山朗似女儿身。不须耳鬓常厮伴，一笑低头意已倾。"

列》咏割腕、服毒、吞枪、跳楼等死法十四种，题目古之未有，叹
观止矣。其《卧轨》条目云："敬启俏甜心，亲爱的安娜。海上花
开海浪升，我是初来者。　　　前路必无歧，欹枕听车马。或有村头
小黑鸦，识我于荒野。"《AK47》条目云："眸是紫罗兰，腰是金
星桦。白马高歌Катюша，万物安然夏。　　　莫许凯而旋，莫许归
来嫁。听哪前方号角声，досвидания"[①]打油而不卑、不伦极难，
非明慧优容不能成此。百年俳谐词，当为此姝虚一席。

掌管专一筑梁山泊一应城垣一员

地理星九尾龟陶宗旺 邓红梅（1966—2012）

　　红梅江苏句容人，十五岁入苏州大学，二十九岁获博士学位，
先后师从吴企明、钱仲联、杨海明教授，任教于山东师范大学、南
京师范大学。其积十年之力撰成《女性词史》，专为千年女词人树
碑修史，非仅惠于学林，亦有功之女界。王元化评曰："……文笔
清新，格调高雅……无理障，无文字障，其才其学多臻妙境。"
然托命于学，化心血为蜡炬；花枝纵好，终摧折于东风。愿天国之
中，能得漱玉、幽栖辈长相护持。红梅能词，今可由《邓红梅遗
集》附录撷得遗作若干，其《清平乐·落梅》真若词谶："冰姿幽
远。不见绾红浅。旧梦檀心空一点。飘零天不管。　　　回首夕阳依
依。寒山无限凄迷。谁见芳尘来去。翠禽夜吟空枝。"红梅仙去五
年有奇矣，集唐人句以奠："皓质留残雪，香魂逐断霞；寒梅最堪
恨，常作去年花。"[②]

---

① 词下自注：两个俄文单词分别是"喀秋莎"和"再见"。

② 韦庄《旧居》、李商隐《忆梅》。

掌管专一把捧帅字旗一员

地健星险道神郁保四 吴无闻（1917—1989）

　　吴无闻又名吴闻，浙江乐清人，诗人吴鹭山妹。二十世纪七十年代与夏承焘结合，瞿禅暮年，幸赖维持。又以古稀之岁整理审订夏氏遗著，付之枣梨，使天风流韵广播天壤。无闻存词不多，然襟怀高朗，足可追陪词宗。《减字木兰花·1973年冬侍夏承焘夫子踏雪杭州西湖白堤，作此以呈》云："长笻短笛，啸傲湖山追白石。词问笺成，说与梅边旧月听。　　断桥西路。抱朴仙翁招手去。不是仙翁。冰雪孤山一老松。"《望江南·羡山夏承焘教授墓》云："明湖曲，小宅住词仙。映水石莲开一朵，花头跌坐好参禅，入定不知年"。王小波致李银河信中有语："你是我的军旗。"移谓吴、夏二先生，亦称允洽。

附录二　望江南咏近百年女词人三十六家

　　望江南论词词肇迹于戴复古，踔兴于朱彊邨、姚鹓雏，恢张于卢冀野。此一体容阃论于寸幅，折疑狱于片言，具芥子须弥、摘叶飞花之妙。余撰《点将录》，意有未尽，乃鼓余勇，试作数篇。虽一家言，亦取法乎上，倘得诸老其半愿足矣。

　　一叶落，天下遽惊秋。女儿声名传季布①，拔却金钗换吴钩②。胸横万古愁。

秋瑾、徐自华

　　妆楼上，月第几回圆。照见秋魂来往路③，花候总在秋风前。午梦忆当年。

李慎溶

　　苌弘血，三年化碧城。转侧流眄生乾象，身卧诸天最上

---

　　① 寄尘冒死营葬秋瑾，时人谓之"裙钗季布"。

　　② 徐自华、徐蕴华尝倾尽箧中黄金三十两助秋瑾起事，寄尘《和鉴湖女侠感怀原韵二章》诗云："好散千金交侠客，相从燕市买吴钩。"

　　③ 慎溶名句"一夕凉飙辞旧暑。飒飒墙蕉，恐是秋来路"，因得名"李墙蕉"。

层。迤逦降双成。

吕碧城

真女子，敢负奇侠情①。不周山裂潜龙出，拍碎珊瑚连海腥。散作满天星。

张默君

才一觑，巨眼识重瞳。已工怨语新婚别②，每多豪情思悲翁③。南屏晚来钟④。

汤国梨

蘅芜梦，幽意冷处浓⑤。岂必章句多刻镂，伤心人语从来工。八闽旧家风⑥。

刘蘅

伤禾黍，刻意复伤春。任尔换尽人间世，侬是深闺旧词臣⑦。帘外月一痕。

罗庄

---

① 默君《如梦令》："天予此生潇洒，不负奇侠骚雅。"

② 章太炎、汤国梨结缡甫一月，太炎即北上讨袁，三年陷缧绁中。

③ 国梨《南乡子》："抚缶一高歌，毕竟豪情比怨多。"

④ 章、汤夫妇合葬于西湖畔南屏山荔子峰。

⑤ 纳兰性德《采桑子》"一片幽情冷处浓"。

⑥ 刘蘅师从我春室老人何振岱，振岱出谢枚如门中。

⑦ 罗庄为民国女性遗民代表。

多歧路，零落剑与琴。砚台十二①贮灵墨，小笔垂香到如今，旧游不堪寻②。

顾青瑶

行不得，瘴色遍千云。有泪都作天南雨，此身合是湘夫人。故国春未春。

冯沅君

横汾赏，九州知令名。江表王气销未尽，一带杨柳厌言兵。隔岸尚青青。

李淑一

甘索寞，书剑老生涯。凭他倾叶葵与藿③，萧然不共赤城霞。颜色异群花。

丁宁

天成我，蝶梦不须醒④。我是梦中传彩笔，忽遇天风吹便行⑤。翩然饮性灵。

陈小翠

---

① 青瑶室名"十二砚斋"。

② 青瑶晚岁取道香港赴北美，终老于加拿大，所遗《归砚室词稿》今已不可寻。

③ 丁宁《鹧鸪天·归扬州故居作》："秋来尽有闲庭院，不种黄葵仰面花。"

④ 小翠父陈栩字蝶仙，号天虚我生。

⑤ 二句集李贺《牡丹》、龚自珍《杂诗 己卯自春徂夏，在京师作，得十有四首》。

山灵顾，含睐又宜狂。人间无地著仙侣①，楚丘有女名碧湘。日暮倚修篁。

陈家庆

平湖隐，风物最清嘉。农谚原是长短句，村庄儿女可当家②。春在荠菜花。

王善兰

真香色，并世几家胜。每从绮语认豪语，任使无月与无灯③。闻道最倾城④。

周炼霞

寒江涉，无计可避秦⑤。欲同易安论宾主，天以百劫成词人⑥。抛残一片心⑦。

沈祖棻

迁乔木，是处可传灯。随常才调接片玉，有时韵度近邦

---

① 陈家庆、徐英夫妇游黄山，有《黄山揽胜集》。陈声聪评曰："想见其风流胜赏，如天外刘樊矣。"转引自刘梦芙编校《澄碧草堂集》，黄山书社2012年版，第82页。

② 平湖词人男有许白凤，女有王善兰，皆善写乡居生活。

③ 炼霞自度曲《庆清平》有句"但使两心相照，无灯无月何妨"。

④ 炼霞貌美，苏渊雷称"八十犹倾城"。

⑤ 祖棻《鹧鸪天》："难从故纸觅桃源。"

⑥ 王国维《人间词话》："天以百劫成一词人，果何为哉。"

⑦ 朱祖谋绝笔词《鹧鸪天》："枉抛心力作词人。"

卿。入山心太平①。

张纫诗

乘槎去②，心事漫峥嵘。竟能沉咽参老杜，别有萧瑟拟兰成。故园无此声。

尉素秋

园林好，暂作小谪仙。一自风烟人去后③，我闻此曲惟潸然。何日更思凡④。

张充和

斫轮手，岂必皆男儿。记题千古忧乐句⑤，辛刘到此堪低眉。间气赖撑持。

吕小薇

情苗种，故故生春妍。尽有销魂儿女语，都入周南雅颂篇。风怀不可芟。

盛静霞

珠无价⑥，采之欲贻谁。何郎词笔人争唱，小字中央只

---

① 纫诗晚岁与夫婿偕隐香港太平山。

② 素秋新中国成立后赴台。

③ 充和远嫁海外，因自云"谶得风烟人去汉"。

④ 充和昆曲名家，尤擅《惊梦》、《思凡》。

⑤ 小薇《金缕曲》："共斯人、忧乐迈千古。"

⑥ 于美词集名《夜珠词》。《生查子》云："妾有夜光珠，采掇经沧海。"

侬知①。春恨却来时。

茅于美

高梧梦，零落旧家秋。君子论德讳三世，老凤功成小凤囚。是非一转头②。

赵文漪

南岳下，传法见优昙③。万里流去海月白，百年种得寸心殷。勋策国士编。

叶嘉莹

青兕相④，分明尘外看。九点齐烟如在掌⑤，一辈洪老许拍肩。柏也诗如仙。

刘柏丽

家国史，十载涩难描。道是离乱诗人幸，剪生裁死作楚骚。泪涨千江潮。

周素子、张雪风

---

① 朱彝尊《两同心》："洛神赋，小字中央，只有侬知。"吴宓书信云："茅于美女士，有《夜珠词》行世，原名《灵珊词》，盖字灵珊，镇江籍。今（缪钺）诗中凡灵字，甚至'扬舲溫江'，均指此。"

② 文漪祖父为"民国产婆"赵凤昌，父赵尊岳曾任汪伪政府要职，抗战胜利后下狱，其《高梧轩诗》、《珍重阁词集》等身后由文漪主持刊印。

③ 叶氏业师顾随二十世纪四十年代曾有寄语："别有开发，自成建树，成为南岳下马祖。"又有赠诗云："廿载上堂如梦呓，几人传法见优昙。"

④ 《宋史》卷四百一《辛弃疾传》："义端曰：'我识君真相，乃青兕也。'"柏丽词粗豪近稼轩。

⑤ 文廷式词《玉楼春》句。

阳关北，朔风卷龙沙①。茫茫天意高曷极，自磨枯血书
岁华。归去已无家。

蔡淑萍

芳鬓冷，垂袂坐古春。偶成一笔界仙俗，天花拂尽还著
身②。心事淡于云。

李静凤

迦陵后，哀乐遣谁传。六合秋气来胸次，一代才人袖手
看。推窗望中原。

问余斋主人

定公下，侠梦未全荒。大星欲出芒不散，奇句脱腕手犹
香。剑衣夜被霜。

李舜华

新来者，俊逸豹参军③。和烟捕梦最窈窕，投红掷白任
天真④。醒眠都是春。

夏婉墨

呢喃语，痴儿我是莲⑤。侧身人海或能忘，浮生几见小

---

① 淑萍青年下放新疆阿尔泰兵团，生活十七年。

② 静凤词集名《散花》，谓文字结习难空也。

③ 夏婉墨又网名豹嘤嘤，网人以"豹参军"戏称之。

④ 夏婉墨词《蘸水》句。

⑤ 发初覆眉《喝火令》："那夜谁曾语，痴儿我是莲。"

团圆。谁为画远山。

发初覆眉

　　声家事，庄谐皆法门。博得狸奴时绝倒，赋到罗刹愈可人^①。风物入题新。

岛姬

　　天机转，士女各成名。一笑轻夺湖海气，小队蛾眉子弟兵^②。斯世见中兴。

网坛诸女

---

① 岛姬多咏猫之作，又尝以俄语入词。
② 陈小翠诗《画展小纪》句。

附录三　左又宜《缀芬阁词》剽窃情况详表

　　共五十七首：邓瑜《蕉窗词》六首，吴藻《香南雪北词》、赵我佩《碧桃仙馆词》、陆蓉佩《光霁楼词》各四首，左锡嘉《冷吟仙馆词》、李佩金《生香馆词》、鲍之芬《三秀斋词》、方彦珍《有诚堂诗余》、苏穆《贮素楼词》、刘琬怀《补阑词》、袁绶《瑶花阁词》、顾贞立《栖香阁词》各三首，曹慎仪《玉雨词》、左锡璇《碧梧红蕉馆词》、殷秉玑《玉箫词》、熊琏《淡仙词钞》各二首，孙荪意《衍波词》、徐诵珠《雯窗瘦影词》、汪淑娟《昙花词》、高佩华《芷衫诗余》、顾翎《茞香词》、吴尚熹《写韵楼词》、许庭珠各一首。

原作者	原作	左作
邓瑜（1843—1901），字慧珏，号蕉窗主人。江苏金匮人，奉化知县邓恩锡女，钱塘诸可宝室继妻，邓似周弟子。有《蕉窗词》一卷，辑入《小檀栾室汇刻闺秀词》第七集。 谭献《清足居集序》："有生气，有真气，一洗绮罗粉泽之态，有徐淑、李清照所不逮者。"	玉楼春·春雨 小楼人倚阑干立。酥雨和烟宵未息。阶前润遍绿苔痕，花底流莺声寂寂。　阿侬空有怜花癖。为替花愁眠不得。忍寒燕剪掠波还，零落香泥多带湿。	玉楼春 小楼人倚阑干立。酥雨和烟宵未息。阶前新遍绿苔痕，陌上忽添杨柳色。　阿侬空有怜花癖。为替花愁眠不得。忍寒燕剪掠波还，零落香泥多带湿。
	浪淘沙·其四雨夜怀远 帘外雨潇潇。凉透疏寮。玉钉与我两无聊。自是愁人心易碎，休怨芭蕉。　望远暗魂消。双鲤迢迢。青溪柳色白门潮。为语西风须着力，早送归桡。	浪淘沙·寄映庵金陵 楼外雨潇潇。寒透疏寮。玉钉与我两无聊。自是离人愁不寐，休怨长宵。　望远更魂消。双桨迢迢。青溪柳色白门潮。为语东风须着力，早送归桡。
	满庭芳·柳絮 如雾如烟，非花非雪，趁风吹过窗西。隋宫汉苑，行遍短长堤。怪底撩人千里，梅花弄最惹人思。莺啼也，才依曲砌，又见入柴扉。　迷离。甘冷落，无根无蒂，一任风欺。笑谁拘谁管，随聚随飞。纵作新萍水面，曾任尔漂泊无依。须知道，生涯不定，世路有高低。	满庭芳·柳絮 如雾如烟，非花非雪，趁风经过练帷。汉苑隋宫，行遍短长堤。着意伤春春尽，今古泪点点沾衣。凭高望，江南江北，草长更莺飞。　迷离。思故国，飘零何限，只送斜晖。与落红同命，流水难西。明镜已羞华发，曾任尔漂泊无依。须知是，无涯生死，世路有高低。

	一尊红·余嗜梅成性，每形咏吟，自累俗尘，近遂荒废。昨读肖菊兄白雪红梅诗画，不禁见猎之思，辄有写怀之句，谱为慢词，并约璞斋夫子同作	一尊红·梅
	岁朝春。喜和脂和粉，梅雪一般新。虚白含绯，嫣红碾玉，妆点还胜春人。也人事、天工巧占，好煮茗、花底暖芳樽。正月平头，百年笑口，难得今辰。　都道几生修到，便桃绯李素，总落凡尘。蓦绿娇羞，飞琼薄醉，争似双颊潮痕。有如此、幽香冷艳，要屏风、猩色替传神。越是清寒那枝，越自清芬。	岁朝春。桥繁英照眼，千点一枝新。冻蕊催冰，寒香碾玉，妆点还自宜人。遽馆静、临风障袖，便移近、林底暖芳尊。素被香篝，莫孤花艳，为唤娇云。　休恨开时太早，到桃绯李素，一例成尘。蓦绿娇羞，飞琼薄醉，争似双颊潮痕。倩江郎、为呵彩笔，向猩屏、雪壁替传神。映水年年清绝，长是销魂。
	醉花阴·供梅	醉花阴
	为恐江城风信动，折取宜珍重。瘦极更无诗，纸阁芦帘，位置癯仙供。　铜瓶雪水初含冻。清入罗浮梦。点缀镜奁边，一种孤芳，还与君相共。	为恐江城风信动，折取宜珍重。剩得两三花，纸阁芦帘，只合癯仙供。　铜瓶雪水初消冻。清入罗浮梦。点缀镜奁边，一种孤芳，还与君相共。

	庆春泽·其一 冬夜盼家书 　　圆月凝愁，寒灯晕影，偏惊长夜如年。盼绝家书，恨它千里俄延。误人鱼雁无情甚，漫思量、尺素遥传。怕累伊，一阵霜风，吹落江烟。　　思亲太急胸头恶，叹蛛丝婉转，方寸长牵。极目凭阑，白云瑶曳南天。吴头楚尾伤心路，纵凝眸、亲舍何边。最难禁，百叠千行，有泪无言。	庆春泽 　　霜月凝晖，风灯晕影，偏惊长夜如年。梦断家山，迢迢水驿三千。波鱼云雁浑无准，漫思量、尺素遥传。念湘流，日夜东来，尽绕楼前。　　乡愁脉脉知何以，叹蛛丝婉转，方寸长牵。极目高阑，白云亲舍谁边。乌啼只傍吴坊树，正四更、城坼催眠。料江头，寸草心枯，还锁秋烟。
吴藻（1799—1862），字蘋香，号玉岑子，浙江仁和人，晚寓嘉兴。嘉、道间著名女词人。黄燮清编纂《国朝词综续编》，尝与其研订词学，泂为闺阁中作手。有《花帘词》、《香南雪北词》各一卷，合称《香雪庐词》，辑入《小檀栾室汇刻闺秀词》第五集。 　　俞陛云《清代闺秀诗话》："清代闺秀词有三大家，湘蘋特起于前，顾太清、吴蘋香扬芬于后，卓然为词坛名媛。"	寿楼春·新岁 　　惊东风吹来。有红情绿意，缀上瑶钗。恰喜椒盘颂好，画堂筵开。残蜡尽、韶光回。费一番、天公安排。正彩燕翩翩，新莺呖呖，笑语到妆台。　　鳌山结，嬉游才。又试灯天气，纵酒襟怀。几处银花影合，玉梅香猜。城不夜，春无涯。趁踏歌、铜壶休催。但明月随人，人间暗尘飞六街。	寿楼春 　　惊东风吹来。有红情绿意，飞上瑶钗。恰喜椒盘称颂，画堂筵开。残蜡尽、韶光回。费一番、天公安排。看彩燕翩翩，新莺呖呖，歌吹旧楼台。　　鳌山结，嬉游才。想承平粉饰，灯火蓬莱。几处银花光合，玉梅香猜。城不夜，春无涯。趁踏歌、铜壶休催。但明月随人，人间暗尘飞九街。
	柳梢青·花朝夜 　　帘卷香销。轻寒侧侧，良夜迢迢。春到春分，月圆月半，花发花朝。　　年年此夕春饶，花月下、金樽酒浇。邀月长空，祝花生日，且尽今宵。	柳梢青 　　帘卷香销。轻寒侧侧，良夜迢迢。春过春分，月圆月半，花发花朝。　　年年此夕春饶，花月下、金樽酒浇。邀月长空，祝花生日，且尽今宵。

	鬓云松令	苏幕遮
	漏沉沉，香袅袅。烛影移花，帘幕风来小。试拍红牙歌水调。尺半霜筠，吹得霜天老。 醉颜酡，开口笑。丝竹中年，已觉输年少。此境等闲看过了。往后追思，又说而今好。	漏沉沉，香袅袅。廊转花深，帘幕风来小。试拍红牙歌水调。尺半湘筠，吹弄霜天晓。 醉颜酡，明镜照。过尽韶光，事事输年少。来日白头今翠葆。自后思量，更说而今好。
	水调歌头·题柳暗花明又一村图	水调歌头·题桃花源图
	佳士爱名句，粉本拓烟霞。峰回路转何处，茅屋两三家。如在山阴道上，步步引人入胜，望望酒帘斜。一带水杨柳，万树碧桃花。　绕村郭，闻鸡犬，见桑麻。不因蜡屐，谁信春色到天涯。好个绿蒙蒙地，添段夕阳罨画，无处不繁华。仙亦在尘境，何必武陵夸。	先辈落心画，粉本拓烟霞。峰回路转忽露，茅屋两三家。似识渔郎能醉，别有仙人为市，望望酒帘斜。一带水杨柳，万树碧桃花。　绕村郭，闻鸡犬，见桑麻。不因蜡屐，谁信春色在天涯。坐泛镜中红景，人世流尘四散，长驻此韶华。展壁卧游得，奚必武陵夸。

赵我佩（生卒年不详），字君兰，浙江仁和人，词人赵庆熺女，举人张上策室，妹君莲、小姑采湘俱工诗。幼年受业于同里魏谦升，与妹与女词人关瑛、吴藻为至友。有《碧桃仙馆词》一卷，辑入《小檀栾室汇刻闺秀词》第三集。 邹弢《三借庐笔谈》："余观女史词，实出先生之上，人言不足信也……清新俊丽，独有千秋，不减蘋香稿也。" 王蕴章《然脂余韵》："所作以清圆流丽见长……每诵一过，口角生香，拟诸秋舲先生《香销酒醒词》，可谓典型不远。"	**霓裳中序第一·过旧居感赋，用草窗韵** 　苔衣冷翠叠，乱石荒阶飞败叶。蛛网当门暗结。有古甃絮蛩，颓垣筛月。香罗腻雪，剩绣巾和泪封箧。沧桑事，旧时燕子，软语向侬说。　　悲切。短歌声咽，叹转眼浮云变灭。妆楼曾记赋别，怕觅当时，玉佩珊玦。唾壶敲又缺，早谱就幽兰怨阕。休重问，花前盟约，梦断故园蝶。	**霓裳中序第一·用草窗韵** 　苔衣冷翠叠，乱石荒阶飞败叶。蛛网当门暗结。更古甃絮虫，颓垣筛月。香消臂雪，剩锦笺和泪封箧。还追念，别巢燕老，软语向侬说。　　凄绝。银屏凉咽，叹客里流光易灭。清商惟是怨别，怅泪湿红轮，腰冷金玦。唾壶敲又缺，怕谱就阳关恨阕。秋如水，西风庭院，梦绕故园蝶。 （下片衍一字）
	虞美人 　小楼一夜帘织雨。酿得春如许。暖寒和梦锁银屏。倦听街头唤过卖花声。　　踏青人去清明节。廊响弓弓屧。病中心绪厌喧哗。低语小鬟帘外步轻些。	**虞美人** 　小楼一夜帘纤雨。酿得春如许。峭寒和梦锁银屏。倦听街头唤过卖花声。　　柳枝知近清明节。拂水丝千结。南窗药气不胜花。莫更开帘凝望碧天涯。
	暗香·题孤山饯岁图，用白石韵，为绹士韵梅作 　四山寒色。把瘦魂唤醒，声声长笛。绿萼乍舒，缟袂盈盈谩攀摘。忙了催春腊鼓，休闲了、生香词笔。趁此夕、约伴寻幽，乌肪裁吟席。　　花国。思岑寂。叹岁岁来，别绪萦积。翠禽似泣。仙梦罗浮那堪忆。冻雪苍苔未扫，疏竹外、云封残碧。者暮景、将去也，问谁缩得。	**暗香·除夕庭梅盛开，置酒花下，以凤琴谱白石暗香、疏影词，声韵幽美，因与映庵各和之** 　四山寒色。渐冷魂唤醒，灯楼横笛。细蕊乍舒，雪底阑边好攀摘。惊听催春戏鼓，休闲搁、吟笺词笔。趁此夕、一醉屠苏，花暖烛摇席。　　南国。思寂寂。叹岁去年来，万感萦积。翠禽漫泣。仙梦罗浮那堪忆。清漏帘间滴尽，疏竹外、云封残碧。怕暗暗、年换也，有谁见得。

	减兰·春分夜偶成	减字木兰花
	更长梦短。春色平分刚一半。水样轻寒。翠袖宵来怯倚栏。　　乱愁如絮，无奈东风吹不去。碎雨零烟。深院梨花瘦可怜。	春深春浅。九十韶光才一半，乍暖还寒。翠袖娟娟怯倚阑。　　乱愁如絮，无奈东风吹不去。碎雨零烟。深院花枝瘦可怜。
陆蓉佩（1840？—1863），江苏阳湖人，陆鼎晋女，赵念植室。有《光霁楼词》一卷，辑入《小檀栾室汇刻闺秀词》第五集。	疏影·红梅花	疏影·红梅
	阑干曲曲。探南枝信早，占到春足。弄影姗姗，偶点轻红，横斜那更妆束。空山雪满添寥寂，倩纸帐、轻笼低覆。只此间、合住清华，耐冷傍侬茅屋。　　描取香魂一缕，待巡檐索笑，牵动帘幕。浅水波明，掩映芳痕，不似寻常夭灼。疏枝纵染胭脂色，□冷艳、天然幽独。对夕阳、一抹晴封，欲画生绡几幅。（下片脱一字）	廊空槛曲。喜一枝放早，娇恣春足。隔影娟娟，时点繁红，横斜未假妆束。空山雪卸魂归后，倩纸帐、轻笼低覆。总避伊、玉殿温香，傍我补萝茅屋。　　聊共东风一醉，向翠尊尽处，牵动帘縠。浅水波明，掩映芳痕，肯比桃华秾郁。冰肌纵染胭脂色，望冷艳、天然风骨。等乱霞、幻入梨云，写作粉绡晴幅。
	菩萨蛮·镜影	菩萨蛮·自题小影
	年时憔悴常扶病。开奁怕见菱花镜。相对是耶非。端详还自疑。　　颦眉非复旧，幻相参应破。拂拭费工夫。模糊看欲无。	年时憔悴常扶病。开奁怯见菱花影。相对是耶非。端相还自疑。　　带宽衣自旧，天遣愁人瘦。更欲画侬愁。谁为顾虎头。

	探春慢·腊梅花 绛蜡凝黄，琼枝缀蕊，一夜微香初逗。月冷云封，霜欺雪压，刚是峭寒时候。几度临风看，怎玉骨、这番消瘦。绮窗纸帐轻笼，殷勤珍护知否。　独鹤也应闲守。想皓腕轻攀，冷香盈袖。伴我孤吟，一般清绝，不许春风吹逗。忍记年时，红紫零落，那堪回首。插向铜瓶，岁寒标格如旧。	**探春慢·腊梅** 蝶翅胎黄，蜂须酿蜜，昨夜微香初透。月冷云封，霜欺雪压，却是峭寒时候。几度临风看，怎玉骨、一般消瘦。绮窗纸帐深笼，仙禽应也厮守。　枝上金铃系久。想皓腕轻攀，冷香盈袖。伴我清吟，松闲竹外，两两素心无负。长记年时，里醉妆薄，染腮春酒。窥影冰池，岁寒标格如旧。
	金缕曲·冰花 镂就玲珑质。爱亭亭、者还不籍，东风吹拂。几夜银塘霜露迸，算是清寒第一。看满地、嶙峋瘦骨。休共素娥闲斗影，记前因、一片参空色。吹乍散，冷还结。　琉璃世界琼瑶积。问浮沤、无端幻此，甚时了得。冷淡生涯尘不染，难道坚原如铁。好与共、梅魂幽绝。谁唱阳春高格调，助精神、雪萼三分白。闲指点，信孤洁。	**金缕曲·冰花** 镂就玲珑叶。纵东风、吹花有信，不教披拂。几夜银塘霜威迸，偏耸嶙峋瘦骨。似玉树、奇葩森列。更向月中频顾影，问前因、空色谁生灭。如有恨，自凝结。　琉璃世界琼瑶戛。怪浮沤、无端幻此，甚时销没。碎蕊两三还拈取，贮向玉壶自澈。好与共、梅魂幽绝。姑射仙人今何在，对婵娟、千里肌如雪。闲指点，信孤洁。
左锡嘉（1830—1889后），字小云，一字韵卿，晚号冰如，江苏阳湖人，华阳曾咏室，有《冷吟仙馆诗余》一卷，辑入《小檀栾室汇刻闺秀词》第七集。 廖平《冷吟仙馆诗余》："……得玉田清空之旨……自然流露，无不合拍，亦闺中之杰出者。"	**临江仙·白荷** 仙骨珊珊湖上住，天然水佩风裳。不须浓抹靓时妆。凌波微试步，的的暗生香。　月堕横塘留粉本，闲鸥梦亦清凉。拚将心苦驻年芳。但教参净果，甘老水云乡。	**临江仙** 几曲银塘光不定，天然水佩斗风裳。不须浓抹斗时妆。凌波微试步，栏槛晚飘香。　昨夜西风残暑退，玉肌何限清凉。还将心苦驻年芳。几生成净果，长在水云乡。

	一叶落·其一　秋思 小院落。秋阴薄。夕阳一片画阑角。井梧已渐凋，新凉谁先觉。谁先觉，满眼西风恶。	一叶落 小院落。秋阴薄。夕阳一片画阑角。井梧已渐凋，新凉谁先觉。谁先觉，满眼西风恶。
	一叶落·其二　秋思 万籁寂。霜天碧。月明满地夜砧急。雁飞紫塞遥，相思无终极。无终极，梦破蚕吟壁。	一叶落 万籁寂。霜天碧。月明满地夜砧急。雁飞紫塞遥，相思无终极。无终极，梦破蚕吟壁。
李佩金（1775? —?），字纫兰，江苏长州人，知州李邦爕女，山阴何仙帆室。有《生香馆词》一卷，辑入《小檀栾室汇刻闺秀词》第一集。 　郭麐《灵芬馆词话》云："生香女士，秀骨天成，隽思云构，秀骨比清，兰蕙其穆"。 　吴衡照《莲子居词话》："……长洲纫兰李氏《生香馆词》，如鸟中子规，自是天地间愁种。"	满庭芳·暮春偕蕊渊、雪兰、蘅芳、畹兰诸姊妹看海棠 溪水拖蓝，遥山凝碧，素心连袂佳辰。青畦缓度，雨洗一犁春。风引残霞漾影，垂杨外、烟锁桥横。听花杪、梵钟远递，莺语骂金铃。　阑边红玉萦，锦江春色，移种石根。见娇姿、浅晕乍醒芳魂。愁在杜鹃声里，啼破了、新绿如云。归鸦急，斜阳黯淡，情思绕虚村。	满庭芳 溪水拖蓝，遥山凝碧，素画环抱柴门。青畦方罫，雨洗一犁春。风引残霞漾影，垂杨衮、烟淡桥曛。惊花杪、疏钟远递，鸦犊趁归人。　仙源何处是，黄冠白裕，酒畔逃秦。更滋兰、九畹乍返骚魂。奈有先鸣啼鴂，空惜此、百草无熏。悲歌老，相遮野舞，劳梦息虚村。
	声声慢·七夕招雪兰、蕊渊、蘅芳、蓉清集生香馆分韵得同心结 兰云拥鬓，麝月修眉，玉纤捣破遥青。凉浸瑶铺，炷香低拜双星。女伴争缠连爱，向花前、重缔新盟。蛛丝巧、看密牵卍字，细缀同心。　婉转愁萦万缕，愿丝丝酥泪，扣入回文。织女机中，年年锦织离情。怅望碧罗天远，湿榆花、香露无声。依稀听，恍天风、吹下玉笙。	声声慢·七夕 微云拥鬓，纤月修眉，银河夯镜分明。凉浸琼铺，天街仰睇双星。人闲女郎好事，早安排、瓜果中庭。珠帘外、垂垂灯火，零乱流萤。　万草千花凝碧，正象床玉手，织金初成。中有回文，行行为诉离情。此夕露桥自迥，怪下方、乌鹊无声。还坠响，恍天风、吹下玉笙。

	生查子·送春 把酒问东风，怨入花铃语。只解送春归，未肯吹愁去。 云影荡轻烟，帘外飘香雨。枉煞柳丝长，不系韶华住。	**生查子** 把酒问东风，怨入花铃语。只解送春归，未肯吹愁去。 廊外荡轻烟，帘际飘香雨。枉煞柳丝长，不系韶华住。
鲍之芬（生卒年不详），字药缤，一字浣云，号佩芳，乾隆时丹徒名士鲍皋第三女，户部郎中鲍之钟妹，与姊之兰、之蕙并工吟咏。有《三秀斋词》一卷，辑入《小檀栾室汇刻闺秀词》第七集。	**台城路·其一 咏瓶菊** 十风九雨重阳过，秋光更饶篱菊。败叶阶除，疏桐院落，秀色一天霜足。堆黄熨绿。自不为春华，不因寒肃。野韵幽芳，独开迟暮避尘俗。　书窗分取一束。称诗怀浓淡，瓶水新掬。瘦影离披，清灯暗月，添写屏山六幅。翛然溪谷。伴楚客狂吟，陶家清福。爪擘霜螯，冷香沁樽醁。	**齐天乐·菊** 十风九雨重阳过，秋光更饶篱菊。败叶阶除，疏桐院落，秀夺一天霜足。堆黄熨绿。自不为春华，不因寒肃。野韵幽芳，独开迟暮避尘俗。　书窗分取一束。称诗怀淡雅，瓶水新掬。瘦影离披，青灯暗月，添写屏山六幅。翛然溪谷。伴楚客狂吟，乱头簪簇。醉擘霜螯，晚香泛樽绿。
	风蝶令·其二 寻梅 梦里香生处，窗前月到时。晴檐鸟语报南枝，定卜咏花人已得先期。　残雪梭巡踏，轻风料峭吹。清溪曲处小桥敧，一树寒葩掩映出疏篱。	**南歌子·寻梅** 梦醒香生处，窗虚日上时。画檐微暖翠禽知，应是东风着意酿南枝。　残雪山皴瘦，轻冰水骨奇。行行且过小桥西，一树寒葩掩映出疏篱。
	忆秦娥·踏雪 山光白。山光白衬天光黑。天光黑。沉沉远水，玻璃冻墨。　羔裘粘满花魂魄。芒鞋印满人踪迹。人踪迹，高低路径，杖藜须策。	**忆秦娥** 山光白。山光白衬天光黑。天光黑。沉沉远水，玻璃冻墨。　嵌空一片娲皇石。终南太华无人迹。无人迹，无今无古，也无朝夕。

方彦珍（约1824年前后在世），字静云，号岫君，江苏仪征人。有《有诚堂诗余》一卷，辑入《小檀栾室汇刻闺秀词》第六集。	**如梦令·其二 题落花胡蝶卷子** 芳草天涯青遍。满地落花风旋。春去太无情，惆怅雨丝风片。休怨。休怨。胡蝶殷勤留恋。	**如梦令** 芳草天涯青遍。满地落花红旋。春去太无情，惆怅雨丝风片。休怨。休怨。胡蝶殷勤留恋。
	月上海棠·对酒 东墙皓月移花影。是谁人、宜此良宵景。把酒吟秋，有娇红、助侬诗兴。高歌唱，未识海棠曾听。 频唤花仙花不应。这宿醒、醉到何时醒。辗转回思，想嫦娥、共伊清韵。待醉了，好去同游幻境。	**月上海棠·立秋夜对月** 西阑皓月移花影。问何人、能驻片时景。坐对高梧，露华清、叶飘金井。凉飔起，玉殿雕栏自迥。 人间百唤伊谁应。想嫦娥、沉醉未能醒。辗转愁思，玉绳低、索光无定。今宵拚，与汝同游幻境。
	如梦令·其一 夜咏 金鸭香残烟尽。翠竹无声风定。举袖欲挑灯，回见月光东映。人静。人静。犹自推敲诗韵。	**如梦令** 金鸭香残烟暝。翠竹无声风定。举袂障银灯，回见月光东映。人静。人静。廊外露寒天迥。
苏穆（1790?—?）字佩襄，江苏淮阴人，周济妻，有《储素楼词》一卷，见《小檀栾室汇刻闺秀词》第二集。 《续修四库全书总目提要》："（周）济论词最精，所作亦深密纯正。穆之词学，自有本源。集中多清婉之作，不似济词之深美。"	**摸鱼儿·饯秋** 念秋来、惜离伤别，珠帘垂又还捲。西风只会吹梧叶，那识芳园零乱。晴又晚。最怕是、重阳风雨年年惯。暮云一片。空绕遍天涯，画栏凝伫，怎教黛痕展。 情未倦。更上层楼望远，婵娟谁与为伴。供愁惟有东篱菊，解得愁深愁浅。秋不管。也不怕、玉关旧路阴晴换。千回万转。要寄取相思，庭前为托，疏柳倩征雁。	**摸鱼儿** 浸寒阶、破云筛月，珠帘垂又还捲。西风只会吹梧叶，那惜芳园零乱。荒梦短。听一夜、残蛩病蝉成愁叹。孤城陋馆。但墙柝喑声，壁灯昏影，怎放曙痕展。 西楼畔。望极江天更远，南来曾未归雁。吴山越水相重叠，尽是善愁眉眼。凝恨满。翘首处、中庭咫尺悬河汉。玉盘自转。想桂树凋零，婆娑终老，歌尽舞人散。

	临江仙 莫道春归愁已绝，残秋别样难支。画栏凭遍月轻移。谁将纤影，又送极天西。　　待倩征鸿传信息，断肠空自凝思。暗风不动小荷池。岸边衰柳，独舞碧*丝丝*。	**临江仙** 莫道春归愁已绝，残秋别样难支。画栏凭遍月轻移。谁将纤影，又送极天西。　　待倩征鸿传信息，断肠空道凝思。暗风吹动败荷池。岸边衰柳，独自舞傲傲。
	长亭怨慢 乍闻得、一声春去。料想东园，落花无主。越样离情，黛痕只向翠蛾聚。绣帘空卷，云迭迭、关山暮。便诉与常仪，只逗凄凉无数。　　最苦。袅垂杨线弱，谩欲系情教住。天涯恁远，怎但在、阑干斜处。拌换却、满眼流光，夜窗听、沉沉风雨。问燕子能言，曾唤春人醒否。 （上片脱一字）	**长亭怨慢** 乍惊觉、一城春去。料想东园，绿丝无主。冀霭燕霏，黛痕频向翠蛾聚。绣帘空卷，云迭迭、关山暮。便诉与常仪，只剩得凄凉三五。　　情苦。袅垂杨一线，谩欲系春教住。天涯恁远，怎但在、阑干斜处。拌换却、满眼流光，夜窗听、沉沉风雨。问燕子能言，曾唤春人知否。
刘琬怀（生卒年不详），字撰芳，一字韫如，江苏阳湖人。诗人刘汝器、虞霭仙女，刘嗣绾妹妹。有《补阑词》一卷，辑入《小檀栾室汇刻闺秀词》第八集。	**金缕曲·春日感怀** 梦影双丸逐。渐消磨、辋川烟水，平泉花木。龙脑一炉茶七碗，悔不襟期偏俗。分领略、人间清福。漫问禁烟明日事，且菁腾、闲展离骚读。山鬼笑，湘君哭。　　也知生世原空谷。太匆匆、隙尘过马，隍阴覆鹿。我是个中参透惯，冷眼花前银烛。独倚遍、碧栏杆曲。满径云停门自掩，种琅玕、几树森森玉。听春雨，长新绿。	**金缕曲** 莫放双丸逐。尽销磨、楼前烟水，槛边花木。龙脑一炉茶一碗，涤尽平生尘俗。分领略、人间清福。漫问禁烟明日事，且菁腾、闲展离骚读。众醉也，醒还独。　　幽兰并蒂宜空谷。有奇葩、与君相赏，其人如玉。我已布衣椎髻惯，未羡膏粱牟肉。向缥缈、飞阑东曲。幽径云停门不键，叟琅玕、几树森森竹。盎春雨，长新绿。

	苏幕遮·鸟声 雨蒙蒙，春悄悄。柳陌花堤，宛转千回绕。绣舌娇喉容易掉。玉润珠圆，相和相争巧。　　过池塘，穿树杪。爱学清歌，宫羽翻颠倒。短梦惊残晴色好。香雾迷离，一带楼台晓。	苏幕遮·鸟声 雨蒙蒙，春悄悄。柳陌花堤，宛转千回绕。燕舌莺喉容易掉。已解人言，只分伤春老。　　度波心，穿树杪。一世歌唇，含恨知多少。短梦惊残晴色好。香雾迷离，一带楼台晓。
	苏幕遮·卖花声 晓云轻，晴旭早。摘取红英，欲换榆钱小。唤过短墙经曲道。清脆吟腔，远远酬啼鸟。　　雨初晴，春正好。忍贷韶光，不管东皇恼。闲倚楼头听渐香。几阵回风，微送余音袅。	苏幕遮·卖花声 晓云轻，晴旭早。折取红英，欲换榆钱小。行过短墙经曲道。吴语声娇，相和枝头鸟。　　暖蜂游，妆镜绕。梦隔纱窗，酒醒惊春闹。闲倚楼阑听渐香。几阵回风，微送余音袅。
袁绶（1795—1866?），字紫卿，浙江钱塘人，袁枚女孙。有《瑶华阁词》一卷，辑入《小檀栾室汇刻闺秀词》第六集。 　　夏恺《簪芸阁诗词集序》："……其寻声按拍，造语清腴，比之白石、屯田，何多让焉。"	虞美人 宵长漏尽兰灯炧。残雪明鸳瓦。月波凉浸小庭心。睡鸭香销慵展九华衾。　　邮签细数程过半。肠逐车轮转。一番离别一番愁。待不思量偏又上眉头。	虞美人·寄映庵 徐州道上 宵长漏尽灯初炧。积雪明鸳瓦。月波寒浸小庭心。睡鸭香销还自拥重衾。　　邮签细数程过半。肠逐车轮转。残淮残汴易生愁。为恐朔风吹霰白君头。
	临江仙·月当头夜待月 未许婵娟全面露，当头虚说相逢。痴云深护广寒宫。中宵明镜掩，可是晚妆慵。　　窗外蜜梅初破蕊，生怜香影迷蒙。箫声吹彻玉玲珑。幽怀何处诉，惆怅倚西风。	临江仙 月到当头何限好，人生几度相逢。痴云今锁广寒宫。终宵明镜掩，可是晚妆慵。　　窗外腊梅初破蕊，生怜香影迷濛。箫声和彻玉玲珑。高阑频缩手，怯听雁啼风。

	蝶恋花·即景偶成，寄怀少兰、小村弟，柔吉妹 怯试春衫寒尚峭。细雨斜风，不管莺花恼。上巳清明都过了，杜鹃声里韶光老。　寂寂重帘香篆袅。乍喜新晴，灵鹊穿花噪。宿酒醒来情悄悄，绿窗自谱相思调。	蝶恋花 怯试春衫寒尚峭。细雨斜风，不管莺花恼。上巳清明都过了，杜鹃声里韶光老。　寂寂重帘香篆袅。乍喜新晴，簷鹊还相噪。花落阑空人窈窕，绿窗自谱幽兰操。
顾贞立（1623—1699），原名文婉，字碧汾，自号避秦人，江苏无锡人，顾贞观胞姊。有《栖香阁词》二卷，辑入《小檀栾室汇刻闺秀词》第三集。 郭麐《灵芬馆词话》："语带风云，气含骚雅，殊不似闺阁中人作者，亦奇女子也。" 王蕴章《然脂余韵》云："屹然为闺阁女宗。"	一剪梅·春寒 重炉香烬漏迢迢。不似春宵，还似春宵。薄烟深院杏花梢。难道明朝，便是花朝。凄风冻雪雨潇潇。镜里容销，梦里魂销。邻娃莫去踏春郊。吹断秋腰，瘦减裙腰。	一剪梅 蜜炬熏炉细细烧。不似春宵，还似寒宵。薄烟深院杏花梢。难道明朝，便是花朝。　苔上残红点点飘。香满帘腰，绿满裙腰。邻娃莫去踏春郊。镜里容销，梦里魂销。
	桃丝·自制曲 壬子九月二十一夜，梦两仙子，烟鬟云髻，雾谷霞绡，芬芳袭人，珊珊而来，光彩耀室。遗予草二株，一枝条壁红丝，非花非叶，纤纤可爱，不与垂柳似，云是桃丝。一枝翠叶浅深，如梧如菊，如桂如蕙，方圆斜整，种种可异，云是翠凌波，因其名，遂各制一词记之 清波难写流虹影，喜梦里垂垂。比似人间枝叶异，桃丝。　红房烂煮琼花宴，问此会何时。四十九年偿慧业，归迟。	桃丝·自度曲 辛亥四月廿四夜，梦两仙女，遗予异卉二枝，其一条色惨碧，红丝垂垂，非花非叶，名之曰桃丝。其一翠叶浅深相间，方圆村整，形不一致，名之曰翠凌波。觉而异之，因其名，各制一词 清波难写流虹影，喜梦里垂垂。比似人间枝叶异，桃丝。　红房烂煮琼花宴，问此会何时。四十九年偿慧业，归迟。

	翠凌波·自制曲	翠凌波·自度曲
	香逗衾鸾，鬶敧钗凤。断鼓零钟，薄醉和愁拥。哀雁啼蛩清露重。翠生生、幻出凌波梦。　灵根知是瑶台种。艳叶柔丝，不与凡花共。待展砑粉吴绫，写幅屏山清供。珠箔深沉，不教风雨吹送。	香逼衾鸾，鬶敧钗凤。断鼓零钟，薄醉和愁拥。哀雁啼蛩清露重。翠生生、幻出凌波梦。　灵根知是瑶台种。艳叶柔丝，不与凡花共。待展砑粉吴绫，写幅屏山清供。珠箔深沉，不教风雨吹送。
曹慎仪（生卒年不详），字叔惠，号玉雨，江西新建人，兵部侍郎曹云浦女，同里顾清昕室。有《玉雨词》一卷，辑入《小檀栾室汇刻闺秀词》第一集。	天香·牡丹　叶上新诗，吟残鹦鹉，惊回谢庭春困。漫拂冰纨，轻拈湘管，小白嫣红相映。缓移纤腕，闲写出、翠华春影。佩暖罗松，腻霞微晕，宿醒乍醒。　低徊宝阑又凭。胃霓裳、绿云欲暝。玉润珠寒，偏紫粉奴香鬓。几许胭脂泪冷，算未解、东风后来讯。艳照金莲，宫袍眩锦。	天香·牡丹　花叶新题，朝云未寄，春眠画阁谁省。绣被犹堆，锦帷旋卷，丽日醉霞相映。轻移素腕，闲写出、倾城娇影。佩暖罗松，对卷玉颜，宿醒乍醒。　低徊宝阑又凭。谱霓裳、绿云催暝。料不共他，凡蕊强簪霜顶。几许胭脂泪染，怕镜里、残妆坏难整。艳照金莲，宫袍夜炯。
	醉春风·送春　莫把辞春酒。春来浑未久。绿窗病起试罗衣，瘦。瘦。瘦。觅句阑边，簪香镜里，此情非旧。　折尽长堤柳。往事休回首。雨丝风片送春归，又。又。又。芳草无边，春归何处，问花知否。	醉春风　莫把辞春酒。春来浑未久。绿窗病起试罗衣，瘦。瘦。瘦。觅句阑边，插花头上，此情非旧。　梦里江潭柳。春至先回首。雨丝风片送春归，又。又。又。芳草无边，春归何处，问花知否。

左锡璇（1829—1895），字芙江，号小桐，江苏阳湖人，左锡嘉姊。有《红蕉碧梧馆诗词集》，辑入《小檀栾室汇刻闺秀词》第七集。	浪淘沙 独自倚空关。情绪阑珊。流光如矢去无还。多少思亲离别泪，暗里偷弹。　七载失承欢。云路漫漫。聊凭雁足寄修翰。安得乘风生丝翼，飞到长安。	浪淘沙 何处望乡关。烟锁回阑。流光一失去无还。千里辞家头易白，遮莫春残。　两载失承欢。江路漫漫。聊凭雁足寄修翰。安得乘风生彩翼，飞到湘南。
	鹊踏枝·其一 月过西窗衾似水。人在天涯，秋在虫声里。一院湿烟飞不起，临风谙尽相思味。　珠楯玉栏闲徙倚。良夜迢迢，欲道愁无计。卜得灯花私自喜，无言悄立帘儿底。	蝶恋花 残月横窗帘似水。人在天涯，秋在虫声里。一院暝烟飞不起，临风戏掷相思子。　玉楯朱阑闲徙倚。良夜迢迢，一半消磨醉。觅得新词还自喜，悄吟背立红檀几。
殷秉玑（1821—1881），字荃仙，江苏常熟人，陈锡祺室，有《玉箫词》一卷，辑入《小檀栾室汇刻闺秀词》第六集。	买陂塘·六月廿一日晓起，偕外子伯唐弟泛舟尚湖，烟水一片，荷香四闻，十里五里红白相间，翠影亭亭，凌波欲笑，正锦峰倒映，开奁晓妆时也，扣舷曼歌，花若解语欲答 趁轻桡、满船凉翠，载将明月同去。蝉声唤醒红闺梦，引我花间容与。天乍曙，浑不辨，弥弥万顷湖田路。烟波深处。看架树为巢，结芦作屋，只有老渔住。　看花意，安得与花常聚。芳情领略何许。荷花似与侬相识，隔浦盈盈欲语。且慢诉，还怕被、闲鸥听去先相妒。重来恐阻。索折取卿卿，携手归珍重，付与胆瓶贮。	摸鱼儿·玄武湖夜游 弄熏风、满船凉翠，载将明月同去。蝉声唤醒江南梦，引我镜波容与。天未曙，浑不辨，漫漫万顷湖田路。危城尽处。看架树为巢，结芦作屋，只有逸民住。　蒹葭际，冉冉一汀烟露。芳情知寄何许。荷花似与人相识，隔水数枝无语。休折去，怕已有，商飙入抱伤今古。悲秋更苦。恁蘋末吹愁，衰红满眼，瑟瑟绕弦柱。

	浪淘沙·送春	浪淘沙
	帘外绿阴浓。帘里春慵。风风雨雨梦魂中。睡起不知春已去,一晌惺忪。　　去也怎匆匆。何处重逢。落花飞絮各西东。荡漾春愁收不得,付与东风。	帘外绿阴浓。帘里春慵。风风雨雨梦魂中。睡起不知春已去,一晌惺忪。　　花事太匆匆。愁里相逢。芭蕉又展一重重。多病却妨身不健,还怯东风。
熊琏(生卒年不详),字商珍,号淡仙,一号茹雪山人,江苏如皋人,江干弟子,陈遵室。有《淡仙诗钞》、《文钞》、《赋钞》、《淡仙诗话》。《淡仙词钞》四卷辑入《小檀栾室汇刻闺秀词》第六集。　　况周颐《玉栖述雅》:"熊淡仙秉冰蘗之贞操,振金荃之遗响,一洗春波绮纨,近于朴素浑坚……清疏之笔,雅正之音,自是专家格调,视小慧为词者,自是上下楼之别。"	百字令·题平山女史诗卷　　清才慧性,是碧翁亲付,蕊珠仙子。玉手蔷薇花露浣,净洗脂浓粉艳。笔落珠圆,诗成锦灿,一种幽芬气。平山不远,菁华钟自邘水。　　堪敬梁孟丰标,闺房师友,千载金兰契。夜月高楼香雾湿,秋在凤箫声里。愧我微才,瑶编幸接,展卷惊还喜。一词莫赞,惟知拜读而已。	念奴娇·题丹徒包兰瑛女士锦霞阁诗集　　瑶编一卷,是天孙云锦,霞烘晴赋。玉手蔷薇春泪浣,净洗粉脂丽。笔落珠圆,吟成绮灿,一种幽芬气。空江浮玉,翠蛾频照秋水。　　闻道别浦花繁,收将凤纸,小叠回文字。夜月高楼香雾湿,肠断紫箫声里。明圣湖光,毗陵山色,绣幰莲风起。弄烟题叶,定应香茗能继。
	解语花·白桃花　　净洗胭脂,香生艳雪,不为红颜误。轻盈如许。消魂煞、半面文君缟素。天台旧路。怕玉洞更无寻处。听墙东,子夜歌残,脉脉凭谁诉。　　露井春光无数。讶千红队里,琼瑶一树。娟娟楚楚。任飘泊,未染人间尘土。芳魂谁主。被淡月清风留住。小窗前,梦入梨花,同按霓裳谱。	解语花·白桃花　　肥堆艳雪,淡却浓脂,生恐朱颜误。泪痕弹许。清铅水、点滴袄罗娟素。天台旧路。怕玉洞更无寻处。琼树新,春在楼东,子夜歌谁度。　　斜傍雕阑怨暮。怅千红成阵,珠玉频睹。倩魂来去。流连久,露井粉光无数。停尊待语。有淡月清风迟汝。愁宴阑,门掩深深,同梦梨花雨。

孙苏意（1783—？），字秀芬，一字苕玉，浙江仁和人。孙震元女，萧山儒学劝导高第继室。有《贻砚斋诗稿》，《衍波词》一卷，辑入《小檀栾室汇刻闺秀词》第一集。 郭麐《灵芬馆词话》："浙西闺秀，首推二孙。" 王蕴章《然脂余韵》："清圆流转，出入频伽、忆云二家，附庸浙派，当之无愧。"	菩萨蛮·绣毯花 丛丛晴雪阑干曲。东风碎剪玲珑玉。蝴蝶打成团。梅花一蒂攒。　　昨宵林影白，错认团圞月。晓起捲帘看，罗衣生薄寒。	菩萨蛮·和映庵春雪 柳丝将放阑干曲。东风碎剪玲珑玉。蝴蝶打成团。梨花千树攒。　　昨宵林影白，错认天街月。晓起捲帘香，雪花飘满窗。
许诵珠（生卒年不详），字宝娟，号悟红道人，浙江海宁人，督粮道许桂季女，归安朱镜仁室，以婚后九年无出，抑郁而终。《雯窗瘦影词》一卷，辑入《小檀栾室汇刻闺秀词》第八集。	醉落魄·外子久客不归，赋此速驾 倚窗月透。一枝梅影如侬瘦。脂愁粉怨人偏傲。剩取年时，别泪浣红袖。　　焚香轻合纤纤手。金钱暗卜平安否。几时早整归鞍骤。计算腰围，宽减定非旧。	一斛珠 绮窗月透。一枝梅影如侬瘦。人间愁恨花应有。小立多时，清泪浣红袖。　　拼取金尊开笑口。与君花底长相守。莫放江南春去柳。春损腰围，宽减定非旧。
汪淑娟（1835—1853），字玉卿，浙江钱塘人，孝廉金绳武室。有《昙花词》一卷，辑入《小檀栾室汇刻闺秀词》第七集。	卖花声·寄韵仙 独自展鸳衾，情思昏沉。芭蕉滴雨好难禁。便是当时心也碎，何况如今。　　坐起费搜寻，调弄徽音。七弦原是一条心。千万休将心冷了，叮嘱瑶琴。	浪淘沙 窗树夜萧森，灯烬香沉。荒阶滴雨好难禁。不管人间秋思苦，到晓涔涔。　　坐起费愁吟，调弄徽音。冰弦瑟瑟雁惜惜。收拾古今无限恨，并入瑶琴。

许庭珠（生卒年不详），字林风，江苏娄县人，姚椿室，与李佩金交好，有词附《生香馆词》中。《全清词钞》收录其作。 郭麐《灵芬馆词话》："婉约之情，一往而深。"	生查子 珠箔隔轻寒，鹦鹉玲珑语。悄唤锁重门，莫放春归去。 桃李可怜怜，别我啼红雨。点带愁飘，吹入春江住。	生查子 珠箔隔轻寒，鹦鹉笼中语。犹唤锁重门，怕放春归去。 桃李可怜生，昨夜啼红雨。点点带愁飘，吹入春江住。
高佩华（生卒年不详），字素香，江苏泰州人，叶雨楼室。有《芷衫诗余》一卷，辑入《小檀栾室汇刻闺秀词》第六集。	风入松·春日记事 阶前草色碧于油。粉蝶梦魂留。闲来偶而裁诗句，对残花、惹起新愁。正是海棠开足，斜阳一抹红楼。　风筝犹挂树梢头。彩线不曾收。鹦哥对我喃喃说，便教人、早上帘钩。莫被好风吹散，炉香几缕清幽。	风入松 玉阶芳草碧迎眸。粉蝶梦魂留。画阑点笔裁诗句，傍吴花、浓酿春愁。庭院棠梨开遍，夕阳偏在高楼。　残筝独胃树梢头。彩线不曾收。笼鹦向晚呼灯火，怕遥山、暗对帘钩。休被东风吹散，炉烟几缕清幽。
顾翎（1779—1860），字羽素，江苏无锡人，顾敏恒女，顾翰姊，杨敏勋室。性爱梅，题所居曰"绿梅影楼"，尝作《绿梅影楼填词图》征题咏，一时士女如林则徐、王嘉禄、刘嗣绾、吴藻等皆应之。有《茞香词》一卷，辑入《小檀栾室汇刻闺秀词》第一集。	齐天乐·新柳 夕阳影外吟情古，湖堤几丝飘碧。轻染衫痕，纤描眉样，离恨已堪消得。天涯怨别。见羃雨寻鸦，拂晴弄蝶。尔许青阴，津桥初醒倦游客。　宝钗楼畔行过，有娭莺幽语，啼瘦湘月。撤笛红亭，抛笙香阁，怜我缟衣颜色。芳踪愁绝。待洗竹眠琴，补苔移石，折赠归人，画桡迟戴笠。	齐天乐·新柳 夕阳红外吟情古，湖堤几丝飘影。乍染衫痕，才舒带结，小叶娥妆慵整。轻烟弄暝。见浅搭阑干，薄依桃杏。尔许青阴，酒边游客梦初醒。　谁怜楼下逝水，有娭莺嫩语，愁里难听。故国堪嗟，江潭易老，更奈风狂雨横。娭光换景。叹新恨频添，旧眉都省，折赠行人，送春春去迥。

吴尚熹（1808—？），字禄卿，一字小荷，广东南海人，荷屋中丞吴荣光女，同邑叶应祺室。有《写韵楼词》，辑入《小檀栾室汇刻闺秀词》第四集。 　　《佛山忠义乡志》卷十四《人物志十·才媛》："善画，工诗，荷屋宦游所至，挈之以行……生平喜吟咏，其警句多采入梁氏《十二石斋诗话》、临桂倪鸿《桐阴清话》。其自署小印曰：'从父随夫宦游十万里。'其自题词句云：'此身原不让男儿。'豪宕之气，足以凌铄一切，巾帼中豪杰也。"	**蝶恋花** 　　**云鬓蓬松钗欲坠**。**日过纱窗，犹自**怏怏睡。一线情思常**似醉，身慵半拥**红鸳被。　　**脸际销红眉锁翠**。无语沉吟，总似多情泪。一缕尖风侵绣袂，镜儿偏晓人憔悴。	**蝶恋花** 　　**云鬓蓬松钗欲坠**。**日过纱窗，犹自**恹恹睡。病起扶头常**似醉，身慵半拥**香罗被。　　**脸际销红眉锁翠**。明镜无情，偏照人憔悴。却恐东风侵绣袂，落花只在重帘外。

＊黑体字为抄袭雷同部分

参 考 文 献

［1］刘知几. 史通［M］. 上海：上海古籍出版社，2008.

［2］杨天石，王学庄. 南社史长编［M］. 北京：中国人民大学出版社，1995.

［3］郭建鹏. 南社人物史编年［M］. 北京：团结出版社，2014.

［4］冯祖贻，曹维琼，敖以深. 辛亥革命——贵州事典［M］. 贵阳：贵州人民出版社，2011.

［5］政协广东省委员会办公厅. 广东文史资料精编［M］. 北京：中国文史出版社，2008.

［6］扬州市政协文史资料委员会. 扬州史志资料［M］. 自印本. 1991.

［7］江苏省地方志编纂委员会. 江苏省志·人物志［M］. 南京：凤凰出版社，2008.

［8］王本兴. 江苏印人传［M］. 南京：南京大学出版社，2012.

［9］黄鸿初，丁翔熊. 蜗牛居士全集·艺人小志［M］. 上海：上海丁寿世草堂，1940.

［10］宋路霞. 上海滩名门闺秀·叁［M］. 上海：上海科学技术出版社，2012.

［11］黄昏. 岭南才女［M］. 广州：广东人民出版社，2002.

［12］赵金钟. 倚树听流泉：唐河冯氏家族文化评传［M］. 郑州：郑州大学出版社，2013.

［13］金安平. 合肥四姐妹［M］. 北京：生活·读书·新知 三联书店，2015.

［14］刘乃昌. 李清照志·辛弃疾志［M］. 济南：山东人民出版社，2009.

［15］杭州市政协文史委员会. 之江大学的神仙眷侣——蒋礼鸿与盛静霞［M］. 杭州：杭州出版社，2012.

［16］赵林涛，顾之京. 顾随与叶嘉莹［M］. 石家庄：河北教育出版社，2009.

［17］郭长海，秋经武. 秋瑾研究资料·文献集［M］. 银川：宁夏人民出版社，2007.

［18］王忠和. 吕碧城传［M］. 天津：百花文艺出版社，2010.

［19］陆键东. 陈寅恪的最后20年［M］. 北京：生活·读书·新知 三联书店，2013.

［20］陈希. 岭南诗宗：黄节［M］. 广州：广东人民出版社，2004.

［21］章子仲. 易安而后见斯人：沈祖棻的文学生涯［M］. 北京：当代中国出版社，2014.

［22］李岫. 岁月、命运、人——李广田传［M］. 北京：人民文学出版社，2006.

［23］王道. 一生充和［M］. 北京：生活·读书·新知 三联书店，2017.

　　［24］胡兰成. 今生今世［M］. 北京：中国社会科学出版社，2003.

　　［25］徐有富. 程千帆沈祖棻年谱长编［M］. 南京：南京大学出版社，2013.

　　［26］陈谊. 夏敬观年谱［M］. 合肥：黄山书社，2007.

　　［27］张耕华，李永圻. 吕思勉先生年谱长编［M］. 上海：上海古籍出版社，2012.

　　［28］刘义庆，等. 世说新语校笺［M］. 徐震堮，校笺. 北京：中华书局，1984.

　　［29］陈宏谋. 五种遗规［M］. 北京：线装书局，2015.

　　［30］王士禛. 池北偶谈［M］. 北京：中华书局，1982.

　　［31］郑逸梅. 南社丛谈：历史与人物［M］. 北京：中华书局，2006.

　　［32］郑逸梅. 近代名人丛话［M］. 北京：中华书局，2005.

　　［33］郑逸梅. 艺林散叶荟编［M］. 北京：中华书局，1995.

　　［34］郑逸梅. 艺林散叶［M］. 北京：中华书局，2005.

　　［35］郑逸梅. 艺林散叶续编［M］. 北京：中华书局，2005.

　　［36］郑逸梅. 文苑花絮［M］. 北京：中华书局，2005.

　　［37］郑逸梅. 清末民初文坛轶事［M］. 北京：中华书局，2005.

　　［38］郑逸梅. 郑逸梅选集（一—六卷）［M］. 哈尔滨：黑龙江人民出版社，1991—2001.

　　［39］曹聚仁. 天一阁人物谭［M］. 北京：三联书店，2007.

　　［40］高拜石. 古春风楼琐记［M］. 台北：台湾新生报社，1979.

［41］施耐庵，罗贯中．水浒传［M］．北京：人民文学出版社，1997．

［42］施耐庵．金圣叹批评第五才子书水浒传［M］．金圣叹，评点．天津：天津古籍出版社，2006．

［43］陈栩．泪珠缘［M］．南昌：百花洲文艺出版社，2011．

［44］施议对．当代词综［M］．福州：海峡文艺出版社，2002．

［45］刘梦芙．二十世纪中华词选［M］．合肥：黄山书社，2008．

［46］严迪昌．金元明清词精选［M］．南京：凤凰出版社，2002．

［47］严迪昌．近代词钞［M］．南京：江苏古籍出版社，1996．

［48］徐乃昌．小檀栾室汇刻百家闺秀词［M］．南陵徐氏刻本：1896（清光绪二十二年）．

［49］梁令娴．艺蘅馆词选［M］．刘逸生，校点．广州：广东人民出版社，1981．

［50］冯乾．清词序跋汇编［M］．南京：凤凰出版社，2013．

［51］胡晓明，彭国忠．江南女性别集初编［M］．合肥：黄山书社，2008．

［52］《二十世纪诗词文献汇编》委员会．二十世纪诗词文献汇编·词部第一辑［M］．成都：巴蜀书社，2009．

［53］毛谷风，熊盛元．海岳风华集［M］．杭州：浙江文艺出版社，1998．

［54］毛谷风. 海岳天风集［M］. 杭州：杭州出版社，2010.

［55］毛谷风. 海岳弦歌集［M］. 香港：中国国学出版社，2012.

［56］方宽烈. 二十世纪香港词钞［M］. 香港：东西文化事业公司，2010.

［57］余祖名. 广东历代诗钞［M］. 香港：能仁书院，1980.

［58］王德愔，等. 寿香社词钞［M］. 刻本. 三山林心恪，1942（民国三十四年）.

［59］沈厚韶，等. 分春馆门人集［M］. 自印本. 陈永正，编. 2009.

［60］李遇春. 21世纪新锐吟家编年［M］. 武汉：华中师范大学出版社，2016.

［61］徐英，陈家庆. 澄碧草堂集［M］. 刘梦芙，编校. 合肥：黄山书社，2012.

［62］徐蕴华，林寒碧. 徐蕴华、林寒碧诗文合集［M］. 周永珍，编. 北京：社会科学文献出版社，1999.

［63］裘柱常，顾飞. 梅竹轩诗词集［M］. 杭州：西泠印社，2006.

［64］赵尊岳，赵文漪. 和小山词·和珠玉词［M］. 上海：上海古籍出版社，2004.

［65］周厚复，江芷. 春云秋梦集诗词合刊［M］. 自印本. 1988.

［66］李清照. 李清照集笺注［M］. 修订本. 徐培均，笺注. 上海：上海古籍出版社，2013.

［67］李清照. 重辑李清照集［M］. 修订本. 黄墨谷，辑校.

北京：中华书局，2009.

［68］黄庭坚. 黄庭坚全集辑校编年［M］. 郑永晓，整理.
南昌：江西人民出版社，2008.

［69］冼玉清. 碧琅玕馆诗钞［M］. 陈永正，编订. 广州：
广东人民出版社，2008.

［70］吕碧城. 吕碧城集［M］. 李保民，校笺. 上海：上海
古籍出版社，2015.

［71］陈栩. 栩园丛稿二编［M］. 刻本. 上海：上海著易堂
书局，1924（民国十三年）.

［72］陈栩. 天虚我生诗词稿（附曲）［M］. 上海：中华图
书馆，1916（民国二十七年）.

［73］陈栩. 栩园杂志（一——五册）［M］. 上海：上海著易
堂书局，民国十年—十一年（1921—1922）.

［74］陈小翠. 翠楼吟草［M］. 刘梦芙，编校. 合肥：黄山
书社，2010.

［75］陈小翠. 翠楼吟草全集［M］. 陈克言，汤翠雏，编.
台北：三友图书有限公司，2001.

［76］钱仲联. 当代学者自选文库·钱仲联卷［M］. 合肥：
合肥教育出版社，1999.

［77］沈祖棻. 涉江词［M］. 长沙：湖南人民出版社，1982.

［78］沈祖棻. 沈祖棻全集［M］. 石家庄：河北教育出版
社，2000.

［79］丁宁. 还轩词［M］. 刘梦芙，编校. 合肥：黄山书
社，2012.

［80］丁宁. 还轩词［M］. 吴万平，注. 合肥：安徽文艺出

版社，1985.

　　［81］周炼霞著. 无灯无月两心知——周炼霞其人其诗［M］.
刘聪，著辑. 北京：北京出版社，2012.

　　［82］施蛰存. 北山楼诗［M］. 上海：华东师范大学出版
社，2000.

　　［83］顾随. 顾随全集［M］. 石家庄：河北教育出版社，
2014.

　　［84］沈从文. 沈从文全集［M］. 太原：北岳文艺出版社，
2002.

　　［85］吕凤. 清声阁诗余［M］. 刻本. 1936（民国二十五
年）.

　　［86］刘鉴. 分绿阁集［M］. 刻本. 长沙：长沙友善书局，
1914（民国三年）.

　　［87］许禧身. 亭秋馆词钞［M］. 刻本. 京师：1912（民国
元年）.

　　［88］左又宜. 缀芬阁集［M］. 刻本. 京师：民国二年
（1913）.

　　［89］杨庄. 湘潭杨叔姬诗文词录［M］. 刻本. 1940（民国
二十九年）.

　　［90］柳亚子. 磨剑室文存［M］. 上海：上海人民出版社，
1993.

　　［91］罗庄. 初日楼稿［M］. 徐德明，吴琦幸，整理. 上
海：上海辞书出版社，2013.

　　［92］龙榆生. 龙榆生全集［M］. 张晖，主编. 上海：上海
古籍出版社，2015.

［93］薛绍徽. 薛绍徽集［M］. 林怡，点校. 福建省地方志编纂委员会，整理. 北京：方志出版社，2003.

［94］张默君. 张默君先生文集［M］. 台北：中国国民党党史委员会，1983.

［95］章炳麟. 訄书［M］. 呼和浩特：内蒙古大学出版社，2006.

［96］吴湖帆. 佞宋词痕［M］. 上海：上海书店，2002.

［97］陈去病. 浩歌堂诗钞［M］. 张夷，标点. 上海：上海古籍出版社，2016.

［98］徐自华. 徐自华集［M］. 郭长海，郭君兮，编校. 杭州：浙江古籍出版社，2014.

［99］刘韵琴. 韵琴诗词［M］. 李西亭，注. 武汉：武汉工业大学出版社，1996.

［100］郭坚忍. 游丝词［M］. 自印本. 2014.

［101］蒋礼鸿，盛静霞. 怀仁斋诗词·频伽室语业合集［M］. 香港：天马图书有限公司，2004.

［102］王兰馨. 将离集［M］. 刻本. 北京：北平著者书店，1934（民国二十三年）.

［103］尉素秋. 秋声集［M］. 台北：台湾帕米尔书店，1967.

［104］汪东. 汪旭初先生遗集［M］. 台北：文海出版社，1974.

［105］冯沅君. 冯沅君创作译文集［M］. 济南：山东人民出版社，1983.

［106］梁璆. 颂笙诗词集［M］. 自印本，2003.

［107］顾佛影. 佛影丛刊［M］. 上海：浦东旬报社，民国

十三年（1923）.

　　［108］陈定山. 十年诗卷·定山词合刊［M］. 台北：正中书
局，1968.

　　［109］陈乃文. 陈乃文诗文集［M］. 张晖，整理. 上海：上
海社会科学院出版社，2013.

　　［110］陈懋恒. 陈懋恒诗文集［M］. 福建文史馆，编. 福
州：海峡文艺出版社，2011.

　　［111］周采泉. 金缕百咏［M］. 澳门：九九学社，1997.

　　［112］杨令茀. 莪慕室吟草［M］. 自印本，1932.

　　［113］唐玉虬. 唐玉虬诗文集［M］. 刘梦芙，汪茂荣，点校.
合肥：黄山书社，2014.

　　［114］何振岱. 何振岱集［M］. 福州：福建人民出版社，
2009.

　　［115］王闲. 王闲诗词书画集［M］. 何琇，编. 福州：海峡
文艺出版社，2012.

　　［116］黄稚荃. 杜邻存稿［M］. 成都：四川人民出版社，
1990.

　　［117］蔡淑萍. 萍影词［M］. 成都：巴蜀书社，2011.

　　［118］丁小玲. 半丁词［M］. 南京：南京出版社，2014.

　　［119］周素子. 周素子诗词钞［M］. 陈朗，审定. 何英杰，
注评. 台北：朗素园书局，2016.

　　［120］张雪风. 鹃红集［M］. 自印本，1990.

　　［121］陈仲齐. 秋半轩诗词钞［M］. 台北：朗素园书局，
2015.

　　［122］陈沧海. 沧海楼诗词钞［M］. 陈朗，审定. 陈诒，编

辑. 何英杰，注评. 台北：朗素园书局，2014.

　　［123］茅于美. 茅于美词集［M］. 长沙：湖南人民出版社，
1985.

　　［124］吴宓. 吴宓书信集［M］. 北京：生活·读书·新
知 三联书店，2011.

　　［125］吴宓. 吴宓诗集［M］. 北京：商务印书馆，2004.

　　［126］缪钺. 缪钺全集［M］. 石家庄：河北教育出版社，
2004.

　　［127］邵洵美. 一朵朵玫瑰［M］. 上海：上海书店，2012.

　　［128］黄建琛. 养心斋文存［M］. 自印本，2011.

　　［129］张林岚. 一张文集［M］. 北京：三联书店，2013.

　　［130］张珍怀. 飞霞山民诗词［M］. 刘梦芙，黄思维，编校.
合肥：黄山书社，2009.

　　［131］周邦彦. 乔大壮手批周邦彦片玉集［M］. 乔大壮，批.
济南：齐鲁书社，1985.

　　［132］刘柏丽. 柏丽诗词稿［M］. 郑州：中州古籍出版社，
2004.

　　［133］谷海鹰. 捞月集［M］. 熊盛元，编校. 合肥：黄山书
社，2010.

　　［134］叶嘉莹. 迦陵诗词稿［M］. 北京：中华书局，2007.

　　［135］叶嘉莹. 迦陵诗词稿注［M］. 程滨，注. 上海：华东
师范大学出版社，2014.

　　［136］添雪斋. 添雪韵痕［M］：刘梦芙，校. 合肥：黄山书
社，2010.

　　［137］汪顺宁. 廓尔集——格律诗词自选集［M］. 北京：文

化国际出版公司，2016.

［138］张纫诗. 张纫诗诗词文集［M］. 自印本. 香港：出版者不详. 1962.

［139］潘思敏. 茹香楼存稿［M］. 自印本. 香港：出版者不详. 2012.

［140］蔡德允. 愔愔室诗词文稿［M］. 香港：香港浸会大学出版社，2003.

［141］琦君. 琦君小品［M］. 台北：黎明文化事业股份有限公司，1975.

［142］张荃. 张荃诗文集［M］. 台北：明文书局，1990.

［143］张雪茵. 双玉吟草［M］. 台北：彩虹出版社，1975.

［144］李祁. 李祁诗词集［M］. 自印本，1975.

［145］张充和. 张充和诗文集［M］. 白谦慎，编. 北京：生活·读书·新知 三联书店，2016.

［146］隆莲大师. 隆莲大师文汇［M］. 北京：华夏出版社，2011.

［147］黄润苏. 澹园诗词［M］. 上海：学林出版社，2001.

［148］王善兰. 畹芬楼吟草［M］. 自印本，2012.

［149］谢叔颐. 山雷吟草［M］. 自印本，2008.

［150］杜松柏. 清诗话访佚初编［M］. 台北：新文丰出版公司，2008.

［151］雷瑨. 闺秀词话［M］. 石印本. 扫叶山房. 出版地不详：1925（民国十四年）.

［152］孟荦，叶申芗. 本事诗·本事词［M］. 上海：古典文学出版社，1957.

［153］魏庆之. 诗人玉屑［M］. 上海：上海古籍出版社，1978.

［154］唐圭璋. 词话丛编［M］. 北京：中华书局，1986.

［155］况周颐，王国维. 蕙风词话・人间词话［M］. 北京：人民文学出版社，1960.

［156］况周颐. 蕙风词话・广蕙风词话［M］. 孙克强，辑考. 郑州：中州古籍出版社，2003.

［157］梁启超. 饮冰室诗话［M］. 舒芜，校点. 北京：人民文学出版社，1959.

［158］朱庸斋. 分春馆词话［M］. 广州：广东人民出版社，1989.

［159］陈声聪. 填词要略及词评四篇［M］. 广州：广东人民出版社，1986.

［160］缪钺，叶嘉莹. 灵溪词说［M］. 上海：上海古籍出版社，1987.

［161］沈祖棻. 宋词赏析［M］. 北京：中华书局，2008.

［162］沈祖棻. 唐人七绝诗浅释［M］. 北京：中华书局，2008.

［163］王翼奇等. 当代诗词丛话［M］. 合肥：黄山书社，2009.

［164］徐晋如. 缀石轩论诗杂著［M］. 海口：海南出版社，2011.

［165］［奥］斯蒂芬・茨威格. 人类的群星闪耀时［M］. 舒昌善，译. 北京：生活・读书・新知 三联书店，1986.

［166］［加］方秀洁，［美］魏爱莲，编．跨越闺门：明清女性作家论［M］．北京：北京大学出版社，2014.

［167］陈维崧．妇人集［M］．北京：中华书局，1985.

［168］郑振铎．中国俗文学史［M］．上海：上海古籍出版社，2013.

［169］汪辟疆．光宣诗坛点将录笺证［M］．王培军，笺证．北京：中华书局，2008.

［170］冼玉清．广东女子艺文考［M］．长沙：商务印书馆，1941.

［171］谢无量．中国妇女文学史［M］．上海：中华书局，1916.

［172］梁乙真．清代妇女文学史［M］．上海：中华书局，1927.

［173］梁乙真．中国妇女文学史纲［M］．北京：中国书店，1990.

［174］胡文楷．历代妇女著作考［M］．上海：上海古籍出版社，1985.

［175］谭正璧．中国女性文学史·女性词话［M］．上海：上海古籍出版社，2012.

［176］陆侃如，冯沅君．中国诗史［M］．天津：百花文艺出版社，2008.

［177］孙犁．耕堂劫后十种［M］．济南：山东画报出版社，1999.

［178］茅于美．中西诗歌比较［M］．北京：中国人民大学出版社，2012.

［179］严迪昌. 清词史［M］. 南京：江苏古籍出版社，2001.

［180］严迪昌. 清诗史［M］. 北京：人民文学出版社，2011.

［181］傅璇琮，蒋寅. 中国古代文学通论·清代卷［M］. 蒋寅，分册主编. 北京：人民出版社，2010.

［182］郭绍虞. 中国文学批评史［M］. 北京：商务印书馆，2010.

［183］刘梦芙. 近百年名家旧体诗词及其流变研究［M］. 北京：学苑出版社，2013.

［184］刘梦芙. 二十世纪名家词述评［M］. 合肥：安徽文艺出版社，2006.

［185］马大勇. 二十世纪诗词史论［M］. 长春：时代文艺出版社，2014.

［186］马大勇. 晚清民国词史稿［M］. 武汉：华中师范大学出版社，2016.

［187］邓红梅. 女性词史［M］. 济南：山东大学出版社，2000.

［188］邓红梅. 闺中吟——传统女性的精神自画像［M］. 石家庄：河北人民出版社，2001.

［189］陈平原，王德威，商伟. 晚明与晚清：历史传承与文化创新［M］. 武汉：湖北教育出版社，2001.

［190］汪涌豪. 范畴论［M］. 上海：复旦大学出版社，1999.

［191］谭新红. 词学档案［M］. 武汉：武汉大学出版社，2012.

［192］吕友仁，查洪德. 中州文献总录［M］. 郑州：中州古籍出版社，2002.

［193］朱德慈．近代词人考录［M］．北京：中国社会科学出版社，2002．

［194］李明杰．中国古代著作权研究［M］．北京：社会科学文献出版社，2013．

［195］王水照．首届宋代文学国际研讨会论文集［C］．上海：复旦大学出版社，2001．

［196］杜桂萍．文献与文心：元明清文学论考［M］．北京：中华书局，2009．

［197］王学泰．清词丽句细评量［M］．北京：东方出版社，2015．

［198］杨国桢．林则徐论考［M］．福州：福建人民出版社，1989．

［199］曾大兴．词学的星空——20世纪词学名家传［M］．石家庄：河北人民出版社，2009．

［200］曾大兴．20世纪词学名家研究［M］．北京：中华书局，2011．

［201］曹辛华．民国词史考论［M］．北京：人民出版社，2017．

［202］徐新韵．吕碧城三姊妹文学研究［M］．广州：暨南大学出版社，2015．

［203］《文史哲》编辑部．中国古代文学：作家·作品·文学现象［M］．北京：商务印书馆，2012．

［204］李遇春．中国当代旧体诗词论稿［M］．武汉：华中师范大学出版社，2010．

［205］汪梦川．南社词人研究［M］．上海：上海古籍出版

社，2015.

　　[206]陈思和，胡中行．诗铎（第二辑）[M]．上海：复旦大学出版社，2012.

　　[207]姜丽静．历史的背影——一代女知识分子的教育记忆[M]．北京：教育科学出版社，2012.

　　[208]景蜀慧．魏晋诗人与政治[M]．北京：中华书局，2007.

　　[209]叶嘉莹．唐宋词名家论稿[M]．石家庄：河北教育出版社，2014.

　　[210]黄坤尧．香港诗词论稿[M]．香港：当代文艺出版社，2004.

　　[211]巩本栋．程千帆沈祖棻学记[M]．贵阳：贵州人民出版社，1997.

　　[212]张晖．忍寒庐学记：龙榆生的生平与学术[M]．北京：三联书店，2014.

　　[213]吴元闻．夏承焘教授纪念集[M]．北京：中国文联出版公司，1988.

　　[214]陈保定．郭坚忍纪念文集[M]．自印本．出版地不详：陈保定．2014.

　　[215]谢忱，吴逸鸥，王鉴风．述林（第三辑）[M]．自印本．武进：南风词社，2008.

　　[216]叶嘉莹．红蕖留梦：叶嘉莹谈诗忆往[M]．张侯萍撰写．北京：生活·读书·新知 三联书店，2013.

　　[217]黄恽．蠹痕散辑[M]．上海：上海远东出版社，2008.

　　[218]顾国华．文坛杂忆续编[M]．上海：上海书店，1999.

［219］张宏生，钱南秀．中国文学传统与现代的对话［M］．上海：上海古籍出版社，2007．

［220］康正果．女权主义与文学［M］．北京：中国社会科学出版社，1994．

［221］康正果．风骚与艳情［M］．上海：上海文艺出版社，2001．

［222］孙康宜．孙康宜自选集：古典文学的现代观［M］．上海：上海译文出版社，2013．

［223］陈巨来．安持人物琐忆［M］．上海：上海书画出版社，2001．

［224］周素子．情感线索［M］．广州：花城出版社，2013．

［225］周素子．晦侬往事［M］．北京：三联书店，2013．

［226］扬之水．脂麻通鉴［M］．沈阳：辽宁教育出版社，1997．

［227］扬之水．开卷书坊·梣柿楼杂稿［M］．上海：上海辞书出版社，2013．

［228］徐培均．岁寒居论丛［M］．合肥：黄山书社，2011．

［229］张建庭．杭州文博（第5辑）［M］．杭州：杭州出版社，2007．

［230］杨世纯，杨世缄．双松百年［M］．北京：中国社会出版社，2006．

［231］严克勤．发现无锡［M］．上海：上海三联书店，2010．

［232］过耀华，陈东，潘振中，等．无锡书画［M］．南京：凤凰出版社，2009．

［233］浙江省文史研究馆．孤山拾零［M］．上海：上海书

店，1993.

［234］郑重. 海上收藏世家［M］. 上海：上海书店，2003.

［235］朱卓鹏. 中国民间收藏集锦［M］. 上海：上海人民出版社，1995.

［236］谭延桐. 民国大艺术［M］. 北京：中央广播电视大学出版社，2014.

［237］陆蓓容. 更与何人说［M］. 北京：中华书局，2011.

［238］张咏华. 媒介分析：现代传播神话的解读［M］. 上海：复旦大学出版社，2002.

［239］王慧敏. 民国女性词研究［D］. 天津：南开大学，2012.

［240］孙衍章. 汤国梨《影观词》研究［D］. 济南：济南大学，2014.

［241］颜运梅. 陈小翠诗词曲研究［D］. 广东：华南师范大学，2005.

［242］黄晶. 陈小翠旧体诗词创作流变论［D］. 武汉：华中师范大学，2015.

［243］周银婷. 民国报刊与词学传播［D］. 上海：华东师范大学，2011.

［244］徐燕婷. 民国女性词集研究［D］. 上海：华东师范大学，2016.

［245］王怡云. 女性作为作者：从诗歌史的角度重看清代女诗人［D］. 台南：台湾"国立"成功大学，2015.

［246］邝希恩. 冼玉清研究［D］. 广州：中山大学，2010.

［247］江辉.《海绡说词》与《分春馆词话》之比较［D］.广州：中山大学，2008.

［248］曾庆雨. 末代遗民陈曾寿及其咏花词［D］. 天津：南开大学，2006.

［249］彭玉平. 罗庄论［C］∥第八届中国韵文学国际学术研讨会论文集. 天津：南开大学，2016：451—470.

［250］佚名. 女词家吕桐花［N］. 中央时事周报，1934—（72）.

［251］文英. 朱淑真与生查子词［J］. 妇女世界，1943（11）：29.

［252］陈小翠. 半生之回顾［J］. 宇宙风，1937（62）：44—45.

［253］陈小翠. 画余随笔［J］. 大陆，1941（2）：4.

［254］陈栩. 梁溪女士过温倩华小传［J］. 自修，1939（65）：7—8.

［255］陆丹林. 介绍几位女书画家［J］. 逸经，1937（33）：38.

［256］李明杰，周亚. 畸形的著述文化——中国古代剽窃现象面面观［J］. 出版科学，2012（5）：94—98.

［257］曹辛华. 论民国女词人创作状态与观念的新变［J］. 中国文学研究，2011（2）：390—409.

［258］刘纳. 风华与遗憾——吕碧城的词［J］. 中国文学研究，1998（2）：57—63.

［259］叶嘉莹. 从李清照到沈祖棻——谈女性词之美感特质的演进［J］. 文学遗产，2004（5）：4—15.

［260］施议对. 江山·斜阳·飞燕——沈祖棻《涉江词》忧生忧世意识试解［J］. 中国诗歌研究, 2007（1）: 42—68.

［261］黄晓丹. 从林下之风到闺房之秀——盛清女性写作背后的身份认同［J］. 齐鲁学报, 2013（5）: 123.

［262］杨义. 李白代言体诗的心理机制（一）［J］. 海南师范学院学报（人文科学版）, 2000（1）: 1.

［263］薛峰. 周炼霞的华美人生［N］. 文艺报, 2011—04—08（7）.

［264］马大勇. 20世纪旧体诗词的回望与前瞻［J］. 文学评论, 2011（5）: 213.

［265］马大勇. 南中国士, 岭海词宗: 论詹安泰词——兼论"民国四大词人"［J］. 求是学刊, 2015（2）: 141—142.

［266］马大勇. 朱彝尊《蕃锦集》平议——兼谈"集句"之价值［J］. 南京师范大学文学院学报, 2003（3）: 76—80.

［267］马大勇. 辛稼轩《沁园春》"止酒"二首接受考述［J］. 中国诗学, 2008（13）: 152—171.

［268］徐晋如. 易安而后见斯人——对《涉江词》在20世纪词史中地位的一种认识［J］. 甘肃联合大学学报（人文科学版）, 2010（4）: 14—18.

［269］徐晋如. 论当代学人诗之特质及源流［J］. 吉林大学学报（社会科学版）, 2016（3）: 150.

［270］彭玉平. 夏承焘与二十世纪词学生态——以《天风阁学词日记》所记况周颐二事为例［J］. 词学, 2016（35）: 142—159.

［271］严晓博. 罗庄与王国维之词学关系［J］. 开封教育学院学报, 2016（2）: 7—9.

［272］傅瑛. 吕碧城及其研究［J］. 淮北煤炭师范学院学报（哲学社会科学版），2004（2）：1—6.

［273］汤国梨，章念祖，章念翔. 影观词［J］. 文教资料，2000（4）：42—113.

［274］马兴荣. 沈祖棻年谱［M］//马兴荣，邓乔彬. 词学：第17辑，2006：256—289.

［275］马兴荣. 丁宁年谱［M］//马兴荣，邓乔彬. 词学：第28辑，上海：华东师范大学出版社，2012：244—274.

［276］黄阿莎. "一编珠玉存文献"——沈祖棻的"词史"创作与词学传统［J］. 中国韵文学刊，2015（2）：101—106.

［277］周啸天. 论沈祖棻现象［J］. 绵阳师范学院学报，2013（12）：1.

［278］周啸天. 丁宁及其词［J］. 中华诗词，2012（10）：68—72.

［279］尹奇岭. 梅社考［J］. 新文学评论，2012（4）：140—146.

［280］张可礼. 陆侃如、冯沅君先生《中国诗史》的主要贡献［J］. 文史哲，2002（2）：80.

［281］徐有富. 吴梅与潜社［J］. 古典文学知识，2011（5）：93.

［282］许宛云. 我所认识的陈小翠先生［N］. 东方早报，2011—102—27（20）.

［283］施议对. 二十世纪词坛飞将黄墨谷［M］//马兴荣，邓乔彬. 词学：第15辑，2004：197—208.

［284］柯昌泌. 石桥词［M］. 《词学编辑委员会》//马兴

荣，邓乔彬词学．上海华东师范大学出版社，1986：286—294．

　　［285］柯昌泌。郭荤等．和观堂长短句后记［J］．诗书画（试刊），2011（2）：87—98．

　　［286］施灵等．吟坛女诗人六家［J］．诗书画，2015（4）：218—220．

　　［287］倪博洋．"而今童话中藏"——添雪斋的诗词造景与情感倾诉［J］．现代语文，2013（5）：52—54．

　　［288］尘色依旧．做一树梅花添雪斋［J］．诗书画，2016（4）：131．

　　［289］黄坤尧．香港词人刘景堂及其《沧海楼词》［M］∥马兴荣，邓乔彬．词学：第16辑，上海：华东师范大学出版社，2006：202．

　　［290］鲁晓鹏．一九五○年代香港词坛：坚社与林碧城［J］．现代中文学刊，2015（2）：138—209．

　　［291］赵郁飞，马大勇．当代诗词写作的价值确认——读《21世纪新锐吟家诗词编年》［J］．长江文艺评论，2017（1）：118．

后　记

　　选择了一种简净的方式度过迫近三十岁的这几年：离群索居，夙兴夜寐，让自己的大脑成为古今才人的曝书石。出乎导师和我最初的想象，这个随手划定的研究范畴竟也丰美如武陵溪谷，令其后的过程颇有了穿花寻路、烂柯忘归的兴味。

　　"此间无地着浮名"，却自有潜化之力。我偏执地认为，如果一部学位论文未在写作者的性情甚至生命中留下烙印，那么它就是不成功的。于我，这段经历完足了心性中坚劲、唯真的部分，更宝贵的，则是在对近百年女词人——这个时间／空间的双重维度下的边缘群体长久的凝视中获得的共情或曰感发：转身，走近，扪触到她们炽热或温凉的词心，再将她们微弱的唇语一一收集、封存，投入文学史的宏大叙事。

　　女性生具诗性，"纯白的阿佛洛狄忒在我们这边"。而一切伟大纯粹的人类情感，也并无男女大防横亘其中。现代的、平等的文学批评如何从陈旧的性别观念中获得救赎？我想应是从男性和女性不再以"异质"彼此注目开始的。从这个意义上说，女性词史之"作"是为了"不作"。希望女性的声音传到人类智识的边境之地，无远弗届，使未来者在看待我们这个时代时不再毫不犹疑地代入男性想象；希望卓越的女性不必再怀有被"打入另册"的隐忧，以"词人"而不是"女词人"之名，昂然走进文学史。若到那一日，我的文字尽可速朽。

献给我的师祖严迪昌先生。曾见词人谷海鹰《齐天乐·梦碧词翁九十诞辰祭》"底事缘悭，不教华鬓识眉妩"句，为怅触久之。

感谢马大勇师，少年的造梦人和领航者。比年尝作数截句见呈，此处钞录其二以存念：

> 报道文星入座来，选诗夫子女颜回。不要人夸姓字好，
> 名山终古属我侪；

> 漫向灯前数去程，检点文心报先生。十年尚能矜一语：
> 谢女才华不赁名。

感谢各位师长、亲友、同门，我心头不熄的微光，前行路上的温暖慰藉。

北地春日潦草，如短促无常之人世。在青山乱叠的书页间，我试图探求出一种活法，能够拖缓时间的磨蚀、抵御人生的成住坏空，却又一次折戟而返。也许还不到时候。现在我只能将女诗人辛波丝卡的名句略作改动，赠予自己——我偏爱有诗的荒谬，胜过无诗的荒谬"。而那个静默如谜的终极答案，我想用一生寻找。